JOHANNA LINDSEY

WILD WIE DIE NACHT

Roman

WILHELM HEYNE VERLAG
MÜNCHEN

HEYNE ALLGEMEINE REIHE
Nr. 01/10947

Titel der Originalausgabe
ALL I NEED IS YOU

Aus dem Englischen
von Nina Bader

Umwelthinweis:
Das Buch wurde auf chlor- und
säurefreiem Papier gedruckt.

4. Auflage

Copyright © 1997 by Johanna Lindsey
Copyright © 1998 der deutschen Ausgabe
by Wilhelm Heyne Verlag GmbH & Co. KG, München
Printed in Germany 2002
Umschlagillustration: Pino Daeni/Agentur Schlück
Umschlaggestaltung: Atelier Ingrid Schütz, München
Satz: Buch-Werkstatt GmbH, Bad Aibling
Druck und Bindung: Elsnerdruck, Berlin

ISBN 3-453-15209-3

http://www.heyne.de

1. Kapitel

Texas, 1892

»Es interessiert mich nicht im geringsten, ob du Anteile an dieser Ranch besitzt oder nicht, ich werde nicht zulassen, daß du sie leitest!«

»Du weißt genau, daß das nicht fair ist! Tyler würdest du ohne weiteres die Leitung der Ranch übertragen, wenn er hier wäre.«

»Tyler ist ein erwachsener Mann, und du bist erst siebzehn, Casey.«

»Das darf einfach nicht wahr sein! Ihn bezeichnest du als erwachsen, obwohl er nur ein Jahr älter ist als ich, dabei haben andere Frauen meines Alters bereits einen Mann und drei Kinder. Ist dir das vielleicht nicht erwachsen genug? Oder traust du mir nichts zu, weil ich in deinen Augen nur eine Frau bin? Wenn das so sein sollte, werde ich nie wieder ein Wort mit dir sprechen, das schwöre ich dir!«

»Diese Vorstellung gefällt mir im Augenblick ausnehmend gut.«

Keiner von beiden meinte es wirklich ernst, doch das war ihnen nicht anzumerken. Courtney Straton beobachtete ihren Mann und ihre Tochter, die einander wütend anfunkelten, und stieß einen tiefen Seufzer aus, um die Aufmerksamkeit der Streithähne auf sich zu lenken. Es nutzte nichts. Die Auseinandersetzung war an dem Punkt angelangt, an dem die Kontrahenten sich nur noch anschrien, und wenn Chandos und Casey sich stritten, war es für Unbeteiligte fast unmöglich, auch einmal zu Wort zu kommen. Courtney bezweifelte, daß die beiden sich ihrer Anwesenheit überhaupt bewußt waren.

Nicht zum erstenmal hatte dieses leidige Thema zum

Streit zwischen Casey und ihrem Vater geführt, doch nie zuvor waren derart heftige Worte gefallen. Begonnen hatte der ganze Ärger mit Fletcher Stratons Tod im vergangenen Jahr. Fletcher hatte Chandos die Bar M Ranch hinterlassen, hatte aber, da er seinen Sohn kannte, seinem Testament eine Klausel hinzugefügt, welche besagte, daß die Ranch, falls Chandos das Erbe ausschlug – was dieser prompt getan hatte – zu gleichen Teilen an seine drei Enkelkinder fallen sollte.

Chandos selbst stand finanziell recht gut da. Angespornt von dem glühenden Wunsch, seinem Vater zu beweisen, daß er sich mit ihm messen konnte, hatte er es weit gebracht, und wenn er auch nicht ganz so viele Morgen Land sein eigen nannte, so besaß er doch ebensolche riesigen Viehherden wie Fletcher, und sein Haus war beinahe doppelt so groß wie das seines Vaters; ein prächtiges Gebäude, das schon fast einem Herrenhaus glich.

Zusammen bildeten die Bar M und die K. C. Ranch eine der größten Besitzungen in ganz Texas, und da die Besitzer Vater und Sohn waren, hatten beide Ranches in den Augen der meisten Leute schon immer eine Einheit gebildet. Nur Vater und Sohn selbst waren in diesem Punkt anderer Meinung gewesen, und nun beharrte einzig Chandos noch darauf, die Ländereien voneinander zu trennen. Er hatte zu Lebzeiten seines Vaters niemals etwas von diesem verlangt, und daran hatte auch Fletchers Tod im letzten Jahr nichts geändert.

Doch daß die beiden Ranches getrennt bleiben sollten, bedeutete nicht, daß er seiner Tochter erlauben würde, die Bar M zu leiten. Er war ein Hitzkopf, und Casey half ihrem Anliegen nicht, wenn sie auf stur schaltete, so ernst sie es damit auch meinte.

Sie waren sich so ähnlich, diese beiden. Im Gegensatz zu ihren Brüdern, dem achtzehnjährigen Tyler und dem erst vierzehnjährigen Dillon, die beide mehr auf Courtneys Seite der Familie hinauskamen, schlug Casey, was das Temperament und ihr Äußeres betraf, ganz Chandos nach. Von ihm hatte sie ihr kohlschwarzes Haar geerbt, und ihm verdankte sie auch ihre außergewöhnliche Größe von beinahe sechs Fuß, an die wohl kein zweites Mädchen in der Umgebung heranreichte.

Das einzige, was Courtney an ihre Tochter weitergegeben hatte, waren die Augen, die bei Casey an sanft glühenden Bernstein erinnerten. Aber obgleich sie sich selbst als erwachsene Frau bezeichnete und nach den Maßstäben des Westens, wo junge Mädchen schon sehr früh heirateten, auch als solche galt, ließ ihre körperliche Entwicklung in dieser Hinsicht zu wünschen übrig. Sie war groß, schlank und drahtig wie ihr Vater, allerdings lange nicht so muskulös.

Dennoch war sie ein auffallend hübsches Mädchen, was sicherlich niemandem entgangen wäre, hätte sie nur einmal lange genug stillgesessen, um sich in Ruhe betrachten zu können. Doch Casey war, ob sie nun saß oder stand, ständig irgendwie in Bewegung, gestikulierte beim Sprechen oder lief mit ihren langausgreifenden, fast männlich anmutenden Schritten unruhig auf und ab.

Doch wer sie in einem unbeobachteten Moment ertappte, der bemerkte, wie groß und leuchtend ihre Augen waren, wie makellos glatt die sonnengebräunte Haut schimmerte und wie keck die kleine Nase geformt war. Ihre Augenbrauen waren eine Spur zu buschig, das Kinn wirkte – wie das ihres Vaters – ein wenig zu kantig, doch im Zusammenspiel mit ihren hohen, feingemeißelten Wangenknochen fielen diese kleinen Schönheitsfehler kaum ins Gewicht. Irritierenderweise verfügte sie, genau wie Chandos, über die schon unheimliche Fähigkeit, ihre Gefühle vor anderen zu verbergen, so daß niemand ahnte, was eigentlich in ihr vorging.

Heute wollte ihr das nicht so recht gelingen. Aber Casey hatte noch eine weitere Angewohnheit ihres Vaters übernommen: die Kunst des Ausweichens. Wenn eine Taktik nicht den gewünschten Erfolg brachte, pflegte sie zu einer anderen überzugehen.

Ihr Wutanfall hatte nichts gefruchtet, also schlug sie nun einen ruhigeren Ton an, als sie zu bedenken gab: »Aber die Bar M braucht jemanden, der dort nach dem Rechten sieht.«

»Sawtooth macht seine Sache sehr gut, finde ich.«

»Sawtooth ist siebenundsechzig Jahre alt. Zum Zeitpunkt von Großvaters Tod war er bereits im Ruhestand und lebte friedlich auf seinem eigenen Stück Land. Er wollte nur so lange die Leitung der Ranch übernehmen, bis du Ersatz für ihn gefunden hast, aber du konntest ja niemanden auftreiben, der bereit gewesen wäre, die ganze Verantwortung auf sich zu nehmen, ohne dir gleich die Hälfte des Gewinns abzuverlangen. Und du weigerst dich, selbst einzuspringen.«

»Ich hab' hier schon genug um die Ohren, und ich kann mich schließlich nicht zerteilen. Mir fehlt ganz einfach die Zeit, um ...«

»Aber mir nicht, und ich bin für diese Aufgabe geeignet, das weißt du so gut wie ich. Ein Drittel von der Bar M gehört ohnehin mir, es ist also mein gutes Recht ...«

»Du bist noch nicht einmal achtzehn, Casey.«

»Ich möchte wirklich wissen, warum du achtzehn als magisches Alter betrachtest. Davon abgesehen habe ich in ein paar Monaten Geburtstag, und dann ...«

»Gerade deswegen solltest du langsam daran denken, zu heiraten und eine eigene Familie zu gründen. Dazu bleibt dir keine Zeit, wenn du die Bar M leitest.«

»Heiraten!« schnaubte das Mädchen verächtlich, dann fuhr sie etwas leiser fort: »Es geht doch nur um ein paar Jahre, Daddy, nur so lange, bis Tyler mit dem College fertig ist. Es gibt nichts, was ich über den Betrieb einer Ranch nicht weiß, dafür hast du selbst gesorgt. Du hast mir alles beigebracht, was du weißt, hast mich gelehrt, in der Wildnis zu überleben ...«

»Das war mein größter Fehler«, knurrte Chandos.

»Nein, das war es nicht«, mischte sich Courtney endlich ein. »Du wolltest sichergehen, daß sie in der Lage ist, jede Situation zu meistern, falls wir einmal nicht zur Stelle sein sollten.«

»Genau«, erwiderte Chandos. »*Falls* wir einmal nicht zur Stelle sein sollten.«

»Aber ich möchte es unbedingt versuchen, Daddy, und du hast mir noch keinen Grund genannt, der dagegen spricht.«

»Dann hast du nicht richtig zugehört, Kleines«, sagte Chandos sanft, woraufhin auf Caseys Stirn jene tiefe Furche erschien, die dieser leicht tadelnde Tonfall immer dort hervorrief. »Erstens bist du zu jung, zweitens bist du eine Frau, von der die vierzig Cowboys auf der Bar M bestimmt keine Befehle entgegennehmen wollen, und drittens ist es für dich an der Zeit, dir einen Mann zu suchen. Wie willst du denn einen finden, wenn du die Nase ständig in den Ranchbüchern vergräbst oder jeden Abend verschwitzt und schmutzig von der Arbeit nach Hause kommst.«

Inzwischen war Casey hochrot angelaufen, vermutlich vor Zorn, aber genau ließ sich das nicht sagen. »Fängst du schon wieder damit an!« fauchte sie erbost. »In den letzten zwei Jahren habe ich in dieser Gegend keinen Mann zu Gesicht bekommen, der es wert gewesen wäre, einen zweiten Blick an ihn zu verschwenden. Oder möchtest du, daß ich einfach den erstbesten heirate? Wenn das nämlich der Fall sein sollte, dann wüßte ich auf Anhieb ein Dutzend Männer, die gerade zur Verfügung stehen. Gleich morgen gehe ich los und angele mir einen, wenn ich auf diese Weise …«

»Werd nicht frech, Casey.«

»Es ist mein völliger Ernst«, beharrte Casey. »Wenn ich verheiratet wäre, hättest du nichts dagegen, daß mein Mann die Bar M leitet, nicht wahr? Für dich wäre das ganz selbstverständlich. Nun gut, ich werde dir einen Kandidaten präsentieren, und zwar spätestens …«

»Das wirst du nicht tun! Ich dulde es nicht, daß du dich an irgendeinen x-beliebigen Kerl wegwirfst, nur um die Geschäftsbücher der Ranch in die Finger …«

»Ich führe bereits seit Monaten die Bücher, Daddy. Sawtooth ist blind wie eine Fledermaus, falls dir das entgangen sein sollte. Vom Kampf mit den Zahlenkolonnen bekommt er solche Kopfschmerzen, daß er ernsthaft krank wird.«

Nun leuchtete Chandos' Gesicht puterrot, was zweifellos von mühsam unterdrückter Wut herrührte. »Warum hat mir niemand etwas davon gesagt?«

»Vielleicht liegt es daran, daß du immer, wenn Sawtooth herübergeritten kommt, um mit dir zu sprechen, irgendwo draußen im Gelände bist. Du selbst setzt ja keinen Fuß auf die Bar M, um dich davon zu überzeugen, wie er zurechtkommt. Aber vielleicht liegt es ja auch daran, daß dir die Bar M nichts bedeutet. Dir ist es doch völlig egal, ob die Ranch langsam zugrunde geht. Großvater ist ja tot.«

»Casey!« Die scharfe Ermahnung kam diesmal von Courtney.

Aber Casey war bereits totenblaß geworden. Diesmal war sie zu weit gegangen, und sie wußte es. Ehe ihr Vater sie für ihr Benehmen ausschelten konnte, drehte sie sich auf dem Absatz um und rannte aus dem Zimmer.

Courtney holte schon Luft, um Chandos zu versichern, daß Caseys Temperament mit ihr durchgegangen war und daß sie ihre Worte nicht so gemeint hatte, aber er preßte nur die Lippen zusammen und marschierte schweigend hinter seiner Tochter zur Tür hinaus, folgte ihr aber nicht, sondern wandte sich zur Hintertür des Hauses, um auf direktem Weg zu den Ställen zu gehen, während sie in Richtung Vordereingang gelaufen war.

Ein mehr als unglücklicher Ausgang des Ganzen. Chandos hätte nicht zulassen dürfen, daß die Auseinandersetzung ohne ein versöhnliches Wort endete, denn nun wurde Casey zweifellos von Schuldgefühlen geplagt, obwohl sie mit Sicherheit immer noch entschlossen war, ihren Vater umzustimmen. Er hätte ihr seine Gründe wirklich etwas deutlicher darlegen sollen, dachte Courtney, hätte ihr erklären sollen, daß er nicht mit ansehen wollte, wie Casey Schiffbruch erlitt – was unweigerlich geschehen würde.

Die Cowboys, die zur Zeit auf der Bar M beschäftigt waren, mochten sie ja eine Weile als Vorgesetzte akzeptieren, sie wußten ja, daß sie Fletchers Enkelin war, aber jede Saison wurden neue Leute eingestellt, und diese Männer kannten weder Casey, noch hatten sie Fletcher gekannt, und sie würden nur zu bald für Unruhe sorgen. Wäre Casey nur etwas älter oder bereits verwitwet, dann sähe die Sache schon etwas anders aus, aber beides traf nun einmal nicht zu. Die meisten Männer würden sich schlichtweg weigern, von einer Frau Befehle entgegenzunehmen – erst recht nicht von einer, die sie noch als halbes Kind betrachteten.

Aber Chandos hatte nichts dergleichen erwähnt, wenigstens nicht explizit, und Courtney hielt es für unwahrscheinlich, daß er es jetzt noch tun würde. Wie Casey reagieren würde, wenn sie emotional aufgewühlt war, ließ sich nicht vorhersagen. Courtney hatte vor, selbst noch einmal mit ihrer Tochter zu sprechen, aber sie wollte ihr ein oder zwei Tage Zeit lassen, um sich zu beruhigen.

2. Kapitel

Casey hatte sich nicht schmollend in ihr Zimmer zurückgezogen. Die vordere Veranda lag näher und war so früh am Morgen für gewöhnlich leer. Der heutige Tag bildete keine Ausnahme.

Diese Veranda, die vor der gesamten Vorderfront des Hauses verlief, war zwar nur zehn Fuß breit, dafür aber achtzig Fuß lang. Darauf standen mehrere kleine Tische und Stühle, zwei doppelsitzige Schaukeln, die ihr Vater eigenhändig gezimmert hatte und eine Fülle verschiedener Topfpflanzen, die ihre Mutter hegte und pflegte und die die Cowboys heimlich als Spucknäpfe mißbrauchten.

Casey ging langsam zum Geländer und schloß ihre Hände so fest um das Holz, daß ihre Fingerknöchel weiß hervortraten. So weit das Auge reichte, blickte sie auf Straton-Land, das entweder ihrem Vater oder ihrem Großvater gehörte; weitläufige Ebenen, die nur ab und an durch Hügel oder einige vereinzelte Bäume, die in der Nähe einer Wasserstelle wuchsen, aufgelockert wurden. Überall wucherten Kakteen und andere für Texas typische Pflanzen. An der nördlichen Grenze gab es auch noch ein Waldgebiet, das vom Haus aus jedoch nicht zu sehen war. Ein schmaler Bach trennte die beiden Besitzungen voneinander, doch ein Stück weiter südlich teilten sie sich einen Süßwassersee, in dem es von Barschen nur so wimmelte. Es war ein kraftvolles, faszinierendes Land, doch an diesem herrlichen Frühlingsmorgen war Casey für die Schönheit, die sie umgab, unempfänglich.

Sie hätte niemals auf diese Weise mit ihrem Vater sprechen dürfen, aber andererseits hatte er sich ja keinem vernünftigen Argument zugänglich gezeigt. Und nun wurde sie zwischen Wut und Schuldgefühlen hin- und her gerissen; ein Zustand, an den sie nicht gewöhnt war. Mit Wutanfällen wußte sie umzugehen, schließlich war sie mit zwei Brüdern aufgewachsen, deren größtes Vergnügen darin bestand, sie zu piesacken. Aber mit Schuldgefühlen verhielt es sich anders, besonders wenn sie sich zu Recht Vorwürfe machen mußte ...

Was sollte sie nun eigentlich glauben? Ihr Vater hatte stets den Eindruck erweckt, daß er sich aus der Bar M nichts machte. Jeder hier wußte, daß er mit nichts, was Fletcher Straton gehört hatte, etwas zu tun haben wollte. Aber Casey hatte ihren Großvater geliebt und nie verstanden, warum er und Chandos nicht in der Lage waren, das Kriegsbeil zu begraben, um es einmal bildlich auszudrücken, und zu versuchen, miteinander auszukommen. Fletcher hatte weiß Gott oft genug den ersten Schritt getan, aber wenn es um seinen Vater ging, war mit Chandos nicht zu reden.

Natürlich kannte auch Casey die Geschichte von Meara, Fletchers Frau, die ihn – vermutlich wegen seiner Seitensprünge – verlassen und ihren Sohn mitgenommen hatte. Und obwohl Fletcher, fest entschlossen, sie wieder nach Hause zu bringen, das halbe Land nach ihnen abgesucht hatte, waren die beiden verschwunden geblieben.

Fletcher fand erst heraus, warum es ihm nie gelungen war, Frau und Sohn wiederzufinden, als Chandos Jahre später plötzlich auf der Bar M auftauchte. Er konnte von Glück sagen, daß er nicht kurzerhand erschossen worden war, als er auf seinem Schecken angetrabt kam, da er Lederhosen, lange schwarze Zöpfe und ansonsten nur wenig mehr am Leib trug. Er hätte wie ein waschechter Indianer ausgesehen, wären da nicht seine tiefblauen Augen – Mearas Augen – gewesen, das einzige Merkmal, an dem sein Vater ihn erkannte.

Laut Fletcher hatte Meara ihn aus einem Impuls heraus verlassen. Aber ob dies nun zutraf oder nicht, auf jeden Fall hatte sie es versäumt, die notwendigen Sicherheitsvorkehrungen zu treffen, ehe sie davonlief, und so waren sie und ihr Sohn von Kiowas gefangengenommen und an einen Komantschen weiterverkauft worden. Doch sie kamen noch einmal glimpflich davon, denn der junge Krieger nahm Meara zur Frau und adoptierte Chandos. Einige Jahre später entsprang dieser Verbindung ein weiteres Kind, Chandos' Halbschwester Weißer Flügel, die er geradezu anbetete.

Er selbst war zum Zeitpunkt seiner Gefangennahme noch ein Kind gewesen, und Meara schickte ihn erst zehn Jahre später, als er achtzehn Jahre alt war und sich darauf vorbereitete, seinen Platz unter den Kriegern des Stammes einzunehmen, zu seinem Vater nach Hause zurück. Sie wollte, daß ihr Sohn einen Eindruck vom Leben in der Welt des weißen Mannes gewann, ehe er sich endgültig der indianischen Lebensweise verschrieb.

Dies erwies sich als schwerer Fehler. Chandos ging zwar fort, da er alles getan hätte, was seine Mutter von ihm verlangte, aber er hatte die Entscheidung, wo er den Rest seines Lebens verbringen wollte, bereits getroffen. Er war bei den Komantschen aufgewachsen, und was ihn betraf, so fühlte er sich voll und ganz als einer von ihnen.

Dennoch hatte er nichts dagegen, so viel wie möglich von den Weißen, wie er sie damals für sich nannte, zu lernen. Es schadete nie, den Feind zu kennen – diese Weisheit hatten sich nicht nur die Weißen zu eigen gemacht.

Unglücklicherweise ging Fletcher, der begeistert war, seinen Sohn wiederzuhaben, davon aus, daß Chandos bei ihm bleiben wollte, und so konnte er die Feindseligkeit, die dieser ihm vom ersten Tag an entgegenbrachte, nicht begreifen. Und Fletcher selbst, stur, rechthaberisch und selbstherrlich, wie er in jenen Tagen war, trug durch sein Verhalten eher dazu bei, diese Feindschaft zu schüren, statt sie abzubauen.

Ständig kam es zu Reibereien. Fletcher versuchte, Chandos so zurechtzubiegen, daß er seinen Vorstellungen entsprach. Chandos widersetzte sich ihm. Fletcher sah seinen achtzehnjährigen Sohn noch immer als ein Kind an, das er nach Belieben formen konnte, und fuhr beharrlich damit fort, ihn auch so zu behandeln. Leider ging er dabei oft einen Schritt zu weit.

Die Auseinandersetzungen erreichten ihren Höhepunkt, als Fletcher seinen Männern befahl, Chandos in die Enge zu treiben und ihm seine Zöpfe abzuschneiden. Wenn man Fletcher Glauben schenken durfte, war es dabei zu einem Kampf gekommen, in dessen Verlauf Chandos drei Männer verwundet hatte. Danach hatte er die Ranch verlassen – drei Jahre, nachdem er dort aufgetaucht war. Fletcher hatte damals gedacht, er würde seinen Sohn nie wiedersehen, was unter anderen Umständen wohl auch der Fall gewesen wäre, da Chandos ihm bis zum heutigen Tage nicht verziehen hatte.

Was der alte Mann erst viel später erfuhr, war, daß Chandos zwar zu den Komantschen zurückgekehrt war, die meisten von ihnen jedoch nur noch tot vorgefunden hatte, dahingemetzelt von einer Rotte Weißer, die auch seine Mutter und Schwester vergewaltigt und dann ermordet hatten. Und dies war ausgerechnet an dem Tag geschehen, an dem er zu ihnen zurückgekommen war. Vier Jahre lang hatte er sich danach mit den wenigen Überlebenden seines Stammes an die Fährte der Mörder geheftet, um Rache zu nehmen; eine Rache, die ebenso grausam ausfallen sollte, wie es das Massaker unter den Frauen und Kindern des Stammes gewesen war. In dieser Zeit lernte er auch Courtney Harte kennen, Caseys Mutter.

Sie hatten sich verliebt. Chandos hatte schließlich beschlossen, sich auf einem Stück Land niederzulassen, das der Familie von Courtney gehörte und an das Land seines Vaters grenzte; er wollte mit Fletcher konkurrieren und ihm beweisen, daß er als Rancher auch ohne seine Hilfe erfolgreich sein konnte. Auf der Bank in Waco hatte er ein beachtliches Sümmchen, das Fletcher ihm vor langer Zeit gegeben hatte, doch er rührte nicht an dieses Geld, würde es wohl auch nie tun. Was Chandos schuf, gelang ihm aus eigener Kraft.

Fletcher und Chandos, Vater und Sohn, hatten nie Frieden geschlossen, zumindest hatte niemand je etwas bemerkt, was darauf hindeutete. Und nun war Fletcher tot, aber Chandos hatte ihre Zwistigkeiten nicht zusammen mit ihm begraben. Doch eines Tages würden beide Ranches durch seine Kinder wieder vereint werden, ein Gedanke, der ihm wahrscheinlich nicht sonderlich zusagte. Vielleicht ließ er deshalb die Bar M lieber zugrunde gehen, anstatt dafür zu sorgen, daß sie ordentlich geführt wurde.

All das hätte Casey jedoch niemals laut aussprechen dürfen. Sie konnte denken, was sie wollte, aber ihrem Vater diese Gedanken förmlich ins Gesicht zu schleudern kam einer Beleidigung der übelsten Art gleich, und sie hatte ihren Vater noch nie zuvor wissentlich beleidigt. Ihr Temperament war mit ihr durchgegangen, was ihren Ärger nur noch verstärkte. Und mit Ärger wurde sie leichter fertig als mit Schuldgefühlen.

Sie hatte nicht gehört, daß sich ihr jemand näherte, bis hinter ihr plötzlich eine Stimme ertönte: »Willst du jetzt in Tränen ausbrechen, Missy?«

Ohne sich umzudrehen wußte sie, wer sich da zu ihr gesellt hatte und nahe genug gewesen sein mußte, um den Streit zwischen ihr und ihrem Vater mit anzuhören. Nach Fletchers Tod hatte sie sich ziemlich eng an Sawtooth angeschlossen, er stand ihr jedenfalls so nah, daß er sich das Recht herausnahm, ihr auch persönliche Fragen zu stellen – und Antworten darauf zu erwarten.

»Wozu sollten Tränen wohl nützen?« entgegnete sie mit betont gelassener Stimme.

»Meiner Meinung nach zu gar nichts, außer dazu, einem Mann Unbehagen einzuflößen. Was also hast du vor?«

»Ich werde Daddy beweisen, daß ich keinen Ehemann brauche, um zurechtzukommen. Ich kann sehr wohl in einer Männergesellschaft arbeiten, ohne daß mir eines dieser Exemplare am Schürzenzipfel hängt.«

»Nicht, daß du jemals freiwillig eine Schürze umgebunden hättest.« Bei dieser Vorstellung kicherte Sawtooth leise in sich hinein. »Aber wie willst du das anfangen?«

»Indem ich mir einen Job suche, der für eine Frau absolut unschicklich ist«, gab Casey zurück.

»Es gibt ja kaum geeignete Jobs für Frauen, ganz zu schweigen von ungeeigneten.«

»Ich denke an eine *wirklich* unpassende Arbeit, etwas Gefährliches vielleicht, oder etwas so Anstrengendes, daß es eine Frau nie in Betracht ziehen würde. War dieses Oakley-Mädchen nicht eine Zeitlang Ochsentreiberin? Und hat sie nicht später als Kundschafterin gearbeitet?«

»Nach dem, was ich gehört habe, sah diese Oakley maskuliner aus als mancher Mann. Kleidete sich auch wie einer. Aber worauf willst du hinaus? Du denkst doch wohl nicht daran, auch eine solche Dummheit zu begehen, oder?«

»Ansichtssache. In gewissen Situationen kann man eine Notwendigkeit wohl kaum als Dummheit bezeichnen. Aber darum geht es ja gar nicht. Der springende Punkt ist, daß ich unbedingt etwas tun muß. Daddy wird mit Sicherheit nicht auf wundersame Weise seine Meinung ändern. Er ist stur wie ein Maulesel, und wir beide wissen ja, von wem er das hat, nicht wahr?«

Ein Schnauben erklang. Immerhin war Sawtooth ein guter Freund von Fletcher Straton gewesen. Aber nun gab er zu: »Die Wendung, die dieses Gespräch nimmt, gefällt mir nicht.«

»Jammerschade«, brummelte Casey. »Ich hatte nämlich nicht vor, dich um Erlaubnis zu bitten. Allerdings hatte ich auch nicht damit gerechnet, meine Fähigkeiten unter Beweis stellen zu müssen, weil Daddy ganz genau weiß, was ich kann. Also erfordert diese Angelegenheit gründliche Überlegung.«

»Gott sei Dank. Affekthandlungen von dir verursachen mir immer eine Gänsehaut, Missy.«

3. Kapitel

Ein Stück weiter vor ihm flackerte etwas, ein Lagerfeuer – zumindest hoffte Damian Rutledge, daß es sich um ein Lagerfeuer handelte, denn ein Feuer verhieß Menschen, und Vertreter dieser Spezies hatte er seit zwei Tagen nicht mehr zu Gesicht bekommen. Im Augenblick hätte er sich sogar mit Burschen von der rauhesten Sorte zufriedengegeben, wenn sie ihm nur den Weg zur nächst gelegenen Stadt zeigen konnten.

Er war in dieser Wildnis vollkommen verloren. Dabei hatte man ihm vor seiner Abreise versichert, der Westen sei zivilisiert. Das bedeutete Menschen. Nachbarn. Nicht Meile für Meile trostloses Niemandsland.

Eigentlich hätte er bereits Verdacht schöpfen müssen, daß dieser Teil des Landes nicht dem entsprach, was er gewohnt war, als die Städte, durch die er kam, immer kleiner wurden. Aber bislang war alles gutgegangen. Er hatte den ganzen Weg von New York City bis hierher problemlos mit der Eisenbahn zurücklegen können – zumindest war die Reise glatt verlaufen, bis er Kansas erreichte. Dort stieß er auf die ersten Unannehmlichkeiten.

Begonnen hatte alles mit der Eisenbahnlinie. Die ›Katy‹, wie die Missouri, Kansas & Texas Railway liebevoll genannt wurde, verkehrte aufgrund eines Maschinenschadens und der unbedeutenden Tatsache, daß der Zug überfallen und fünfzig Yard der Gleisstrecke aufgerissen worden waren – was unter anderem zu dem Maschinenschaden beigetragen hatte –, in dieser Woche nicht. Aber die Postkutschenlinie war in Betrieb, und er konnte in der nächsten Stadt einen anderen Zug nehmen, wie man ihm sagte. Wohlweislich verschwiegen hatte man ihm, daß diese spezielle Kutsche mindestens fünf Jahre lang stillgelegen hatte und demzufolge völlig veraltet war.

Die meisten seiner Mitreisenden zogen es vor, die Reparaturarbeiten abzuwarten. Damian fehlte die Geduld dazu, und das war sein größter Fehler. Als er feststellte, daß er der einzige Passagier war, hätte er sich eigentlich denken können, daß der Grund dafür nicht allein in dem zweifelhaften Zustand des altersschwachen Vehikels zu suchen war.

In Kansas verkehrten noch weitere Postkutschen zwischen Städten, die abseits der Eisenbahnlinie lagen, und diese waren in der letzten Zeit ungewöhnlich oft überfallen worden. Doch das erfuhr Damian erst, als sie an einer Wasserstelle haltmachten und der bis dato wortkarge Kutscher etwas redseliger wurde. Und nicht lange darauf lernte er seine Lektion auf die harte Tour ...

Wenigstens wurde ihm, sowie die ersten Schüsse fielen, ziemlich schnell klar, was vor sich ging. Der Kutscher hielt jedoch nicht an, sondern versuchte, den Räubern zu entkommen; ein törichtes Unterfangen, wenn man Alter und Zustand seines Gefährtes berücksichtigte. Außerdem war er aus Gründen, die Damian wohl nie verstehen würde, von der befestigten Straße abgewichen. Meile um Meile legten sie in einem aberwitzigen Tempo zurück, weitere Schüsse krachten, und dann kam die Kutsche so abrupt zum Stehen, daß Damian durch das Wageninnere geschleudert wurde, gegen die Tür prallte und mit dem Kopf unsanft gegen den metallenen Türknauf schlug, und das war auch das letzte, woran er sich erinnerte.

Der Regen, der unaufhörlich gegen die Kutsche trommelte, weckte ihn. Inzwischen war die Nacht hereingebrochen, und als es ihm endlich gelang, aus dem halb auf der Seite liegenden Gefährt herauszuklettern, mußte er feststellen, daß er sich mutterseelenallein in einer gottverlassenen Gegend befand.

Die Pferde waren verschwunden, entweder gestohlen oder davongejagt, er wußte es nicht. Auch der Kutscher war nirgendwo zu sehen, wahrscheinlich lag er mit einer Kugel im Leib irgendwo am Wegesrand, oder er hatte den

Überfall überlebt und war losgegangen, um Hilfe zu holen. Doch auch das sollte Damian nie erfahren. Er war über und über von dem Blut, das seiner Kopfwunde entströmte, bedeckt. Der Regen spülte einen Teil davon fort, während er seine in der ganzen Umgebung verstreuten Habseligkeiten zusammenklaubte und wieder in seine Reisetasche stopfte.

Den Rest dieser entsetzlichen Nacht verbrachte er im Inneren der Kutsche, wo es zumindest trocken war.

Unglücklicherweise erwachte er erst am Mittag des nächsten Tages wieder, so daß er nicht mehr anhand des Sonnenstandes bestimmen konnte, welche Richtung er einschlagen sollte – nicht, daß er überhaupt eine Ahnung gehabt hätte, wohin er sich wenden sollte. Der Regen hatte sogar die Spuren der Postkutsche verwischt.

Seine Uhr und das Geld waren ihm aus der Tasche gestohlen worden, aber die Summe, die er in das Futter seiner Jacke eingenäht hatte, war noch vollzählig vorhanden; ein kleiner Lichtblick in der mißlichen Lage, in der er sich momentan befand. Außerdem entdeckte er eine an der Seitenwand der Kutsche befestigte Feldflasche mit Wasser, die er einsteckte, und unter dem Sitz lag eine alte, muffige Reisedecke, die ihm in der darauffolgenden Nacht, als er immer noch keiner Menschenseele begegnet war, gute Dienste leistete.

Er hatte sich nach Süden gewandt, wo die Stadt liegen mußte, die sein nächstes Ziel gewesen wäre, aber er konnte die Richtung nur sehr oberflächlich bestimmen, da die Straße, die sie zuletzt befahren hatten, sehr kurvenreich gewesen war. Gut möglich, daß er sich viel zu weit östlich oder westlich davon befand und vielleicht an der Stadt vorbeikam, ohne es überhaupt zu merken. Insgeheim hatte er gehofft, wieder auf die Straße zu stoßen, aber das Glück war ihm bislang noch nicht hold gewesen.

Am Ende dieses ersten Tages begann er, sich hinsichtlich seiner Mahlzeiten ernsthafte Sorgen zu machen. Er hatte keine Waffe bei sich, um gegebenenfalls Wild zu erlegen. Irgendwann einmal war er zu einem kleinen Wasserloch gekommen, wo er sich sein blutverklebtes Haar gewaschen und sich saubere, wenn auch noch regenfeuchte Kleider angezogen hatte. In dieser Nacht konnte er erst schlafen, nachdem er seinen knurrenden Magen mit etwas Wasser beschwichtigt hatte.

Der hämmernde Kopfschmerz, der von der Beule an seinem Kopf herrührte und der ihn den ganzen ersten Tag lang begleitet hatte, ließ am zweiten ein wenig nach, aber die Blasen an seinen Händen, die der Tragegriff seiner Tasche verursacht hatte, und die an seinen Füßen, die vom Laufen in zu engen Straßenschuhen stammten, schmerzten so sehr, daß er darüber das Dröhnen in seinem Kopf fast vergaß. Außerdem ging sein Wasservorrat zur Neige. So kam es, daß er sich am Ende jenes zweiten Tages ziemlich elend fühlte.

Das Lagerfeuer hatte er rein zufällig entdeckt, kurz ehe er sich abends in seine schmuddelige Decke wickeln wollte. Es lag noch ziemlich weit weg, so weit, daß er schon meinte, einer Fata Morgana aufgesessen zu sein. Dann aber wurde der flackernde Punkt langsam größer und entpuppte sich schließlich tatsächlich als Lagerfeuer, und nun stieg ihm auch der Duft von Kaffee und gebratenem Fleisch in die Nase. Sein Magen begann, vor Vorfreude zu grummeln.

Er hatte das Feuer schon beinahe erreicht, war vielleicht noch zwanzig Fuß davon entfernt, als er plötzlich kaltes Metall in seinem Nacken spürte und das typische Klicken hörte, mit dem ein Hahn gespannt wurde. Er hatte weder eine Bewegung noch ein anderes Geräusch wahrgenommen, aber die Berührung des Laufes genügte, um ihn davon abzuhalten, auch nur einen einzigen Schritt weiterzugehen.

»Sind Sie wahnsinnig, sich einfach so ohne Vorwarnung an ein Lager anzuschleichen?«

»Ich irre seit zwei Tagen in der Gegend herum«, gab

Damian erschöpft zurück. »Und ich hatte keine Ahnung, daß es hierzulande üblich ist, denjenigen zu warnen, von dem man sich Hilfe erhofft.«

Das darauffolgende Schweigen zerrte an seinen Nerven. Schließlich dachte Damian etwas verspätet daran, noch hinzuzufügen: »Ich bin unbewaffnet.«

Ein weiteres Klicken verriet ihm, daß die Waffe wieder gesichert wurde, dann hörte er, wie sie in ihr Lederhalfter zurückglitt. »Sorry, Mister, aber hier draußen kann man gar nicht vorsichtig genug sein.«

Damian fuhr herum, um seinen Retter in Augenschein zu nehmen – er hoffte, auf jemanden gestoßen zu sein, der ihn in die Zivilisation zurückführen konnte. Doch zu seiner großen Überraschung sah er sich einem halbwüchsigen Jungen gegenüber. Der Bursche war nicht sehr groß und eher mager. Seine Wangen wirkten so samtweich wie die eines Babys, und er hatte sich ein leuchtendrotes Tuch locker um den Hals geschlungen. Er mochte fünfzehn oder sechzehn Jahre alt sein, trug Jeans, kniehohe Mokassins und einen braun und schwarz gemusterten Webponcho über einem dunkelblauen Hemd.

Irgendwo unter diesem Poncho mußte ein Revolverhalfter verborgen sein. Auf dem wirren, schwarzen, schulterlangen Haar des Burschen saß einer jener breitkrempigen Hüte, die Damian jenseits des Missouris schon zur Genüge zu Gesicht bekommen hatte, und hellbraune Augen musterten ihn aufmerksam.

Der Poncho und die Mokassins veranlaßten Damian, sich leicht zögernd zu erkundigen: »Ich bin doch hoffentlich nicht zufällig in ein Indianerreservat geraten, oder?«

»Nicht so weit nördlich – aber wie kommen Sie denn darauf?«

»Ich habe mich gerade gefragt, ob du wohl ein Indianer bist.«

Über das Gesicht seines Gegenübers huschte etwas, das Damian als Grinsen deutete. »Sehe ich etwa aus wie ein Indianer?«

»Ich weiß es nicht, mir ist noch nie einer begegnet«, mußte Damian gezwungenermaßen zugeben.

»Das glaube ich Ihnen gern, Grünschnabel.«

»Sieht man mir das etwa an?«

Der Junge starrte ihn einen Augenblick verdutzt an, dann brach er in Gelächter aus; ein kehliges, sinnliches Lachen, das aus seinem Munde ein wenig irritierend wirkte. Damian war sich sicher, daß der Witz, worin auch immer er bestanden haben mochte, auf seine Kosten ging. In seinem momentanen Zustand kam er sich ja selbst reichlich lächerlich vor.

Ohne seinen Hut fühlte er sich geradezu nackt, aber sein Bowler war nach dem Postkutschenunfall nicht mehr zu retten gewesen, und einen zweiten hatte er nicht bei sich. Der saubere Anzug, den er gestern angezogen hatte, war heute bereits wieder staubbedeckt und schmutzig. Vermutlich sah er genauso verloren aus, wie er sich vorkam. Aber zumindest erinnerte er sich noch an seine guten Manieren. Ohne auf das einzugehen, was seinen jungen Gastgeber so amüsiert hatte, hielt er ihm die Hand hin, um sich formvollendet vorzustellen.

»Sehr erfreut, deine Bekanntschaft zu machen. Mein Name ist Damian Rutledge der Dritte.«

Der Junge blickte auf die ihm dargebotene Hand, ergriff sie jedoch nicht, sondern nickte nur knapp, ehe er ungläubig bemerkte: »Gibt es etwa gleich drei von Ihrer Sorte?« Gleich darauf winkte er lässig ab, offenbar war ihm klargeworden, daß er eine ziemlich törichte Frage gestellt hatte. »Machen Sie sich nichts daraus. Das Essen ist fertig, und Sie sind herzlich eingeladen, es mit mir zu teilen und hier zu übernachten.« Mit einem süffisanten Grinsen fügte er hinzu: »Hört sich an, als könnten Sie eine warme Mahlzeit vertragen.«

Damian errötete, als ihm bewußt wurde, daß sein Magen unüberhörbar geknurrt hatte, seit ihm der köstliche Essensduft zum erstenmal in die Nase gestiegen war. Aber er dachte gar nicht daran, sich an der spöttischen

Miene des Burschen zu stören – nicht, wenn ihm ein Abendessen angeboten wurde, und obgleich ihm noch eine Anzahl weiterer Fragen am Herzen lag, hatte sein leerer Bauch im Moment absoluten Vorrang, und so wandte er sich ohne Umschweife dem Lagerfeuer zu.

Eigentlich handelte es sich um zwei Feuer, ein größeres, das hell auflodernde und die Lagerstätte erleuchtete, und ein kleineres, über dem gekocht wurde. Eine kleine Grube war mit vier Steinen umlegt, auf denen ein eiserner Grillrost thronte. Halb verkohlte Zweige glommen darunter und sorgten dafür, daß das Fleisch gleichmäßig gar wurde, ohne zu verbrennen. Eine schwarze Blechkanne mit Kaffee stand auf einer Ecke des Grills, eine Blechdose, die ein halbes Dutzend frischgebackener Brötchen enthielt, auf einer anderen. Daneben köchelte noch eine Dose mit Bohnen leise vor sich hin. In Damians Augen wartete ein wahres Festmahl auf ihn.

»Was für Fleisch ist das denn?« fragte er, als ihm ein Teller gereicht wurde.

»Wildes Präriehuhn.«

Die Vögel waren nicht allzu groß, aber es waren zwei davon vorhanden, und einer wurde ihm nun, zusammen mit drei Brötchen und der Hälfte der Bohnen, gerade auf einen Teller gelegt. Damian machte sich heißhungrig über sein Essen her. Erst nach einer geraumen Weile bemerkte er, daß es nur einen einzigen Teller gab und der Junge direkt vom Grill aß.

»Es tut mir leid«, begann er, wurde jedoch sofort unterbrochen.

»Stellen Sie sich nicht so an. Hier draußen sind Teller ein Luxus und keine Notwendigkeit. Außerdem gibt es ganz in der Nähe einen Fluß, da können Sie ihn nach dem Essen wieder abwaschen.«

Waschen? Eine himmlische Vorstellung. »Du hast nicht zufällig etwas Seife bei dir?«

»Keine, die Ihnen zusagen würde«, war die rätselhafte Antwort. »Benutzen Sie doch einfach den Flußsand, wenn

Sie baden wollen, das tun alle anderen auch. Damit bekommen Sie auch den gröbsten Dreck von der Haut.«

Welch primitive Methode, um sich zu säubern. Aber wer nur mit dem Allernotwendigsten ausgestattet im Freien kampieren mußte, durfte nicht wählerisch sein. Dafür war das Essen ausgezeichnet, und Damian lobte es dementsprechend.

»Danke, daß du dein Abendessen mit mir geteilt hast. Ich glaube nicht, daß ich ohne einen Bissen im Bauch noch sehr viel weiter gekommen wäre.«

Wieder erschien auf dem Gesicht des Jungen dieses angedeutete Grinsen, so verstohlen, daß sich Damian nicht ganz sicher war, ob es sich wirklich um ein Grinsen handelte oder nicht. »Glauben Sie im Ernst, daß ich diese Riesenportion ganz allein hätte essen können? Was Sie soeben verputzt haben, das war mein Frühstück – und fangen Sie bloß nicht wieder an, sich zu entschuldigen. Es spart einfach nur Zeit, morgens Reste zu essen, statt neu zu kochen. Aber ich bin nicht so in Eile, daß ich nicht morgen früh ein paar Pfannkuchen zubereiten könnte.«

Damian freute sich bereits jetzt darauf. Aber nun, da sie zusammen gespeist hatten, um es einmal vornehm auszudrücken, und sein Magen zufriedengestellt, wenn auch nicht gefüllt worden war, kehrte seine Neugier mit Macht zurück.

Er begann sein Verhör damit, den Jungen zu erinnern: »Ich glaube, ich habe deinen Namen nicht genau verstanden.«

Die hellbraunen Augen bohrten sich kurz in die seinen, dann hefteten sie sich wieder auf die Kaffeekanne. »Liegt wohl daran, daß ich ihn gar nicht genannt habe.«

»Wenn du lieber nicht …«

»Ich hab' gar keinen Namen«, schnitt ihm der Junge das Wort ab. »Jedenfalls hab' ich ihn nie gekannt.«

Das war nicht gerade das, was Damian erwartet hatte. »Aber auf irgend etwas mußt du doch hören.«

Ein lässiges Achselzucken. »Die meisten Leute rufen mich gewöhnlich Kid.«

»Aha.« Damian lächelte. Diese Bezeichnung war ab und an in den Akten aufgetaucht, die er sich verschafft hatte, wenn auch immer nur in Verbindung mit einem weiteren Namen. »So wie Billy the Kid?«

Ein abfälliges Schnauben ertönte. »So wie jemand, der für das, was er tut, ein bißchen zu jung ist.«

»Als da wäre?«

Damian nahm die Tasse entgegen, die der Junge ihm reichte, und hätte beinahe seinen Kaffee verschüttet, als er zu hören bekam: »Ich jage Verbrecher. Outlaws.«

»Ich ... äh, ich hätte dich nicht für einen Polizisten gehalten ... ich meine, du siehst nicht gerade aus wie ...«

»Wie was?«

»Wie ein Gesetzeshüter.«

»Ach, Sie meinen, ich wär' so eine Art Sheriff? Nein, wer würde mich in meinem Alter denn wohl wählen?«

Genau dieser Gedanke war Damian auch schon gekommen. Erstaunt fragte er weiter: »Warum verfolgst du dann Outlaws?«

»Wegen der auf sie ausgesetzten Belohnungen natürlich.«

»Ein lukratives Geschäft?«

Damian rechnete damit, diesen Ausdruck erklären zu müssen, erlebte aber eine neuerliche Überraschung.

»Sehr sogar.«

»Wie viele hast du denn im Lauf deiner Karriere schon geschnappt?«

»Fünf bis jetzt.«

»Ich hab' inzwischen auch schon ein paar Steckbriefe gesehen«, bemerkte Damian. Tatsächlich waren die Akten, die man ihm mitgegeben hatte, voll davon. »Steht in den meisten nicht ›Tot oder lebendig‹?«

»Wenn Sie wissen wollen, wie viele von diesen miesen Schurken ich umgelegt habe, so lautet die Antwort: keinen – zumindest bis jetzt noch nicht. Ein paar Fleischwunden habe ich ihnen wohl beigebracht, und einer der fünf hat eine Verabredung mit dem Henker, also wird er wahrscheinlich noch in diesem Jahr vor seinen Schöpfer treten.«

»Und diese hartgesottenen Kerle nehmen dich ernst?« wunderte sich Damian.

Wieder erschien dieses subtile Grinsen, das eigentlich gar keines war. »Selten«, gab der Junge zu. »Aber das hier nehmen sie ernst.«

Die Waffe schien sich wie durch Zauberei plötzlich in seiner Hand zu materialisieren. Anscheinend hatte er sie bereits unter dem Poncho umfaßt gehabt, und Damian hatte nur nicht bemerkt, wie er sie darunter hervorzog.

»Zugegeben, ein Revolver nötigt den meisten Menschen eine gewisse Achtung ab«, räumte er widerwillig ein.

Weitere Zugeständnisse würde er nicht machen. Der Bursche war viel zu jung, um die Taten begangen zu haben, deren er sich rühmte, und selbst wenn er etwas älter gewesen wäre, so wäre Damian skeptisch gewesen. Schließlich prahlten Jugendliche gern mit ihren Heldentaten, um ihre Altersgenossen zu beeindrucken, was nicht weiter schwerfiel, wenn Beweise nicht verfügbar waren oder nicht gefordert wurden.

Dennoch behielt er wohlweislich die Waffe im Auge, bis sie wieder unter dem Poncho verschwand und der Junge sich selbst einen Kaffee einschenkte.

»Lebst du hier in der Gegend?« bohrte er dann weiter.

»Nein.«

»Lebt *überhaupt* jemand in dieser Gegend?«

Die Betonung, die Damian auf dieses Wort legte, entlockte dem Jungen einen glucksenden Laut, und wie sein vorheriges Lachen hatte er einen merkwürdig sinnlichen Unterton, der zu einem Jungen seines Alters irgendwie nicht paßte. Hätte Damian es nicht besser gewußt und nicht genau in diesem Moment dem Bürschchen ins Gesicht gesehen, wäre ihm schon da die Idee gekommen, daß sich eine Frau ins Lager geschmuggelt hatte, als er nicht hinsah. Aber schließlich hatte Kid das Aussehen eines ›hübschen Jungen‹, so daß es nicht erstaunlich war, daß Damian auf solche verrückten Ideen kam.

Damian schob diese Gedanken beiseite, als sein Gastgeber bemerkte: »Nun, mir scheint, Sie sind gegen Ihren Willen in einer menschenleeren Einöde gelandet, Mr. Rutledge.«

»Tatsächlich?« erwiderte Damian trocken und fügte nach kurzer Überlegung hinzu: »Aber du weißt doch hoffentlich, wo wir uns befinden, oder nicht?«

Ein flüchtiges Kopfnicken. »Etwa einen oder zwei Tage südlich von Coffeyville, schätze ich.«

Der Name sagte ihm nichts. Damian wußte nur, daß es sich nicht um die Stadt handelte, die er erreichen wollte, also war entweder die Kutsche schon vor dem Unfall weiter nach Süden geraten, als es ihm bewußt geworden war, oder aber er war weiter marschiert, als er es vorgehabt hatte, und hatte so sein Ziel verfehlt.

»Ist das die nächst gelegene Stadt?«

»Keine Ahnung. Ich kenn' mich hier in der Umgebung nicht so gut aus.«

»Was hat dich denn dann hierherverschlagen?«

»Ich hab' in Coffeyville was Geschäftliches zu erledigen, zumindest hoffe ich das.«

Freiwillig äußerte der Junge nichts mehr zu diesem Thema. Damian beschlich der Verdacht, daß es ihm nicht paßte, derart ausgefragt zu werden, da seine Antworten recht knapp ausfielen. Damian hingegen war ein gesprächsfreudiger Mensch, selbst wenn in diesem Fall die Unterhaltung eher einem Verhör ähnelte, und da er bislang nicht aufgefordert worden war, sich um seine eigenen Angelegenheiten zu kümmern ...

»Ich kann nur beten, daß ich nicht im Kreis gelaufen bin, ohne es zu merken. Ist denn wenigstens eine Straße in der Nähe?«

Der Junge schüttelte langsam den Kopf. »Ich meide die Straßen, wo ich nur kann. Auf diese Weise trifft man nicht so viele Leute, und ich ziehe es vor, allein zu reisen.«

Diese unverblümte Bemerkung trieb Damian das Blut in die Wangen. »Es tut mir leid, wenn ich mich aufdränge, aber ich habe mich hier draußen völlig verlaufen.«

»Wie ist das eigentlich passiert?« wollte der Junge wissen. »Hat Ihr Pferd Sie abgeworfen und ist dann weggelaufen?«

Aus dem Tonfall, ja, aus der ganzen Frage schloß Damian, daß der Junge ihn für unfähig hielt, mit einem Pferd umzugehen, daher fiel seine Antwort etwas schärfer aus als beabsichtigt. »Nein, ich bin mit der Postkutsche gereist. Und falls du jetzt annimmst, ich wäre heruntergefallen und einfach zurückgelassen worden ...«

»Nun halten Sie mal die Luft an, Mister«, unterbrach ihn der Junge barsch. »Sie haben keinen Grund, eine simple Frage als Beleidigung aufzufassen, schon gar nicht, wo Sie doch selber einen ganzen Haufen davon gestellt haben. Sie kamen zu Fuß in mein Lager, also muß Ihr Pferd entweder gelahmt haben, oder es hat Sie abgeworfen und ist davongelaufen. Eine andere Erklärung gibt es nicht, denn Leute, die mit der Postkutsche reisen, enden für gewöhnlich nicht als Fußgänger.«

Damian seufzte. Der Junge hatte recht, er hatte nur eine logische Schlußfolgerung gezogen. Seine Kopfschmerzen kehrten auch zurück, und er gedachte diesmal nicht, sich schon wieder zu entschuldigen.

»Die Kutsche, in der ich saß, ist überfallen worden«, erklärte er statt dessen. »Der Kutscher versuchte noch, den Räubern zu entkommen, aber es gelang ihm nicht. Die Kutsche stürzte um, und dabei habe ich mir den Kopf angeschlagen und das Bewußtsein verloren. Als ich mitten in der Nacht wieder aufwachte, war der Kutscher verschwunden, die Pferde desgleichen, und meine Taschen waren fein säuberlich ausgeräumt worden.«

Der Junge spitzte merklich die Ohren. »Postkutschenräuber in dieser Gegend? Wann hat der Überfall denn stattgefunden?«

»Vorgestern.«

Ein enttäuschtes Seufzen ertönte. »Dann sind die Kerle vermutlich schon über alle Berge.«

Damian runzelte die Stirn. »Ich nehme es an. Wäre dir das Gegenteil lieber?«

»Nun, Wells Fargo hat auf die Ergreifung von Postkutschenräubern ziemlich hohe Belohnungen ausgesetzt. Und wenn ich die Chance bekomme, jemanden aufzustöbern, dessen Gesicht des öfteren auf Steckbriefen auftaucht, dann ergreife ich die Gelegenheit beim Schopf.«

Damian zwinkerte seinem Gegenüber zu. »Diese Zufälle erleichtern dir wahrscheinlich deine Arbeit.«

»Nein, sie sparen lediglich Zeit. Ich betrachte solche Zufälle als eine Art Bonus – unerwartet, aber durchaus willkommen. Und nun zu Ihnen, Mr. Rutledge. Was treibt Sie denn in den Westen?«

»Wie kommst du denn darauf, daß ich aus dem Osten stamme?«

Nun breitete sich definitiv ein Grinsen auf dem Gesicht des Jungen aus, und seine hellbraunen Augen, die im Schein des Feuers beinahe bernsteinfarben glühten, glitten abschätzend über Damian hinweg. »Ach, das war nur so eine wilde Vermutung.«

Damians Miene verfinsterte sich. Der Junge kicherte leise, dann fragte er beiläufig: »Sind Sie auf einer dieser Rundreisen, die ihr Oststaatler anscheinend so liebt? Machen Sie eine dieser …«

Jetzt war Damian verstimmt genug, um ziemlich unfreundlich zu antworten: »Nein, ich bin auf dem Weg nach Texas, um einen Mann zu töten.«

4. Kapitel

Ich bin auf dem Weg nach Texas, um einen Mann zu töten.

Sowie er diese Worte laut ausgesprochen hatte, stürmten all die furchtbaren Erinnerungen an jene Frühlingsnacht vor fast sechs Monaten, an die Nacht, in der Damians ganze Welt zusammengebrochen war, wieder auf ihn ein. Dabei war der betreffende Tag bis dahin gut verlaufen. Die Blumen, die er Winifred hatte schicken lassen, waren abgeliefert worden, kurz bevor er sie abholen kam, der Verlobungsring, den er bestellt hatte, war an diesem Morgen eingetroffen. Sie waren sogar pünktlich bei dem Restaurant angelangt, da der dichte New Yorker Straßenverkehr dieses eine Mal seinen Zeitplan nicht durcheinandergebracht hatte, und sie hatten dort vorzüglich gespeist. Auf der Heimfahrt hatte er Winifred dann die bewußte Frage stellen wollen ...

Ihr Vater hatte die Verbindung bereits gebilligt, sein Vater war sehr zufrieden mit seiner Wahl. Sie gaben das perfekte Paar ab; er der Erbe von Rutledge Import, sie die Alleinerbin der C. W. & L. Company. Hier ging es nicht allein um eine Hochzeit, sondern um die Fusion der beiden bedeutendsten Importunternehmen der Stadt.

Doch dann, gerade als sie ihr Dessert löffelten, war Sergeant Johnson vom 21. Polizeirevier an ihren Tisch getreten und hatte Damian mit ernster Miene um eine private Unterredung gebeten, also waren sie gemeinsam hinaus in die Halle gegangen. Und als das Gespräch beendet war, befand sich Damian in einer Art Schockzustand.

Er war sich heute nicht einmal mehr sicher, ob er den Sergeant überhaupt gebeten hatte, dafür zu sorgen, daß Winifred nach Hause gebracht wurde, so eilig hatte er es gehabt, die Büros von Rutledge Imports zu erreichen. Dort hatte er alle Räume hell erleuchtet vorgefunden.

Für gewöhnlich wurden die Büros gegen fünf Uhr nachmittags geschlossen, aber gelegentlich blieb der eine oder andere der Angestellten etwas länger, um liegengebliebenen Papierkram aufzuarbeiten. Damians Vater bildete da keine Ausnahme ... nur war er selten noch so spät abends in der Firma anzutreffen. Um diese Zeit hatten sogar die Putzkolonnen ihre Arbeit bereits beendet. Aber an jenem Abend hielten sich ohnehin nur noch die Beamten der Polizei von New York City in dem Gebäude auf.

Der Leichnam hing immer noch an der Fahnenstange in dem riesigen Büro mit der hohen Decke. Es gab zwei dieser reichverzierten Stangen in dem Raum; zu jeder Seite der Tür eine. Jedes Jahr im Juli wurde dort während des gesamten Monats die amerikanische Flagge gehißt, ansonsten dienten die Stangen als Befestigungsmöglichkeit für ein Sortiment von Hängepflanzen. Die Pflanzen, die üblicherweise von der einen Stange herabhingen, waren abgerissen und zu Boden geworfen worden, so daß der cremefarbene Teppich mit Erde und zerrupften Blättern bedeckt war, und an ihrer Stelle baumelte in dieser Nacht eine Leiche an der Fahnenstange.

Wären die Wände nicht aus soliden Ziegeln gemauert worden, so hätten sie einen Leichnam dieser Größe nicht sechs Zoll über dem Boden halten können, aber die stählernen Stangen waren so tief in die Wand eingelassen worden und so stabil, daß sie das Gewicht aushielten. Zweihundert Pfund hingen an der einen, und sie hatte noch nicht einmal ein Stück nachgegeben.

So nah über dem Boden, und doch so weit davon entfernt. Hätte der Tote Schuhe getragen, wäre es ihm vielleicht möglich gewesen, sich mit den Zehenspitzen am Fußboden abzustützen – wenigstens eine Zeitlang –, aber die Schuhe waren entfernt worden. Doch auch seine Arme waren nicht gefesselt, und diese kräftigen Arme hätten die Fahnenstange mit Leichtigkeit erreichen, sich daran festhalten und so den mörderischen Druck des Seiles auf den Hals abschwächen können. Auch der Stuhl, der genau unter die Stange geschoben worden war, stand noch an seinem Platz. Er war nicht umgeworfen worden, befand sich also immer noch in Reichweite.

»Schneiden Sie ihn ab.«

Niemand hörte auf Damian. Drei Männer hatten bereits versucht, ihm den Zutritt zu dem Büro zu verwehren, und ihn erst passieren lassen, als sie erfuhren, wer er war. Die Beamten hier im Raum waren zu sehr damit beschäftigt, eventuelles Beweismaterial sicherzustellen, um auf eine kaum vernehmliche, erstickte Stimme zu achten. Damian mußte schließlich brüllen, um sich Gehör zu verschaffen.

»Schneiden Sie ihn sofort ab!«

Das erregte nun doch ihre Aufmerksamkeit, und ein uniformierter Beamter erkundigte sich ungehalten: »Wer zum Teufel sind Sie eigentlich?«

Damian konnte den Blick nicht von dem Leichnam abwenden. »Ich bin sein Sohn.«

Er vernahm verschiedene gemurmelte Beileidsbekundungen, während der leblose Körper von Damian Rutledge II heruntergeholt wurde; bedeutungslose Floskeln, die kaum zu seinem vom Schock betäubten Verstand durchdrangen. Sein Vater war tot; die einzige Person auf dieser Welt, die ihm jemals etwas bedeutet hatte. Andere Verwandte besaß er nicht.

Seine Mutter zählte für ihn nicht. Sie hatte sich von seinem Vater scheiden lassen, als Damian noch ein Kind gewesen war, und war fortgegangen, um ihren Liebhaber zu heiraten – was damals einen beträchtlichen Skandal ausgelöst hatte. Damian hatte sie nie wiedergesehen und verspürte auch nicht den Wunsch danach. Was ihn anging, so existierte sie für ihn nicht mehr. Sein Vater hingegen ...

Auch Winifred zählte nicht. Er hatte zwar vorgehabt, sie zu heiraten, doch er hatte sie nie geliebt, sondern einfach gehofft, daß sie gut miteinander auskommen würden.

Schließlich gab es an ihr nichts auszusetzen. Sie war hübsch, gebildet, hatte ausgezeichnete Manieren und würde eine gute Mutter für seine Kinder abgeben. Doch zu dieser Zeit konnte er sie noch nicht einmal mit Fug und Recht als seine Verlobte bezeichnen, konnte an sie nur als an eine Frau denken, die ihm weitgehend fremd war. Sein Vater hingegen ...

»... ganz offensichtlich Selbstmord«, hörte er plötzlich, dann: »Hier liegt sogar eine Nachricht.« Und die ›Nachricht‹ wurde Damian unter die Nase gehalten.

Als er endlich imstande war, sich auf die Worte zu konzentrieren, las er: »Ich habe versucht, darüber hinwegzukommen, Damian, aber es gelingt mir nicht. Verzeih mir.«

Damian riß dem Polizisten den Zettel aus der Hand und las die Worte noch einmal ... und noch einmal. Die Handschrift sah aus wie die seines Vaters, wenngleich eine Spur zittriger. Der Zettel allerdings wirkte, als habe man ihn achtlos in die Hosentasche gestopft oder in der Faust zerknüllt.

»Wo haben Sie den gefunden?« wollte er wissen.

»Auf dem Schreibtisch – direkt in der Mitte, um genau zu sein. Man konnte ihn gar nicht übersehen.«

»In diesem Schreibtisch liegt stets frisches Briefpapier. Warum ist diese Notiz dann so zerknittert, wenn er doch angeblich gerade erst ...«

Er brachte den Satz nicht zu Ende, weil der Polizeibeamte, den er fragend ansah, nur die Schultern hob.

Doch ein Kollege gab zu bedenken: »Möglich, daß er den Zettel tagelang mit sich herumgetragen hat, bis sein Entschluß dann endgültig feststand.«

»Und dann hat er sich gleich auch noch seinen eigenen Strick mitgebracht, was? Dieses Seil stammt nämlich nicht hier aus dem Haus.«

»Demnach muß er es wohl mitgebracht haben«, lautete die gleichmütige Antwort, dann: »Hören Sie, Mr. Rutledge, ich verstehe sehr gut, wie schwer es fällt, den Freitod eines geliebten Menschen zu akzeptieren, aber derlei Dinge geschehen nun einmal. Wissen Sie, was das war, worüber er nicht hinwegkommen konnte?«

»Nein. Mein Vater hatte nicht den geringsten Grund, sich umzubringen«, beharrte Damian.

»Nun ... es scheint, als hätte er das anders gesehen.«

Damians graue Augen verdunkelten sich, bis sie an Eis in einer Winternacht erinnerten. »Sie nehmen das einfach so als gegeben hin?« fragte er bitter. »Sie wollen die Möglichkeit, daß mein Vater ermordet wurde, überhaupt nicht in Betracht ziehen?«

»Ermordet?« Der Mann konnte seinen Hohn nur schwer verbergen. »Es gibt schmerzlosere und bei weitem schnellere Methoden, sich umzubringen, als sich zu erhängen. Wissen Sie, wie lange es dauern kann, bis beim Erhängen der Tod eintritt? Ziemlich lange, es sei denn, man bricht sich das Genick, und das war bei Ihrem Vater nicht der Fall. Für Mord gilt genau dasselbe: Es gibt wesentlich einfachere und wirksamere Methoden als den Strick.«

»Außer wenn man einen Selbstmord vortäuschen möchte.«

»Eine Kugel im Kopf hätte den gleichen Zweck erfüllt. Sehen Sie hier irgendwelche Anzeichen eines Kampfes? Und nichts deutet darauf hin, daß man Ihrem Vater die Hände gefesselt hat. Er hätte den Erstickungstod also mühelos vermeiden können. Was meinen Sie wohl, wie viele Männer vonnöten sind, um einen so großen und schweren Menschen zu erhängen, besonders dann, wenn er sich wehrt? Einer oder zwei hätten das nicht fertiggebracht. Drei oder mehr? Warum? Wo liegt das Motiv? Hat Ihr Vater große Geldsummen im Büro aufbewahrt? Fehlen irgendwelche Wertgegenstände? Hatte er Feinde? Hat ihn jemand so sehr gehaßt, daß er ihn töten wollte?«

Die Antwort lautet nein, nein und abermals nein, doch Damian machte sich nicht die Mühe, weitere Erklärungen abzugeben. Die Beamten hatten anhand des vorliegenden

Beweismaterials bereits ihre Schlußfolgerungen gezogen, und er konnte ihnen deshalb noch nicht einmal einen Vorwurf machen. Die Lösung des Falles schien ja auf der Hand zu liegen, warum also sollten sie sich lediglich auf seinen Wunsch hin näher mit der Sache befassen? Es war doch viel einfacher, den Schreibkram zu erledigen und dann zum nächsten Verbrechen überzugehen. Der Versuch, sie davon zu überzeugen, *diesem* Verbrechen weiter nachzugehen, bedeutete bloße Zeitverschwendung. Sowohl seiner als auch ihrer Zeit.

Dennoch ließ er nicht locker. Geschlagene zwei Stunden lang redete er weiter auf sie ein, bis sich die Polizisten unter einem fadenscheinigen Vorwand verabschiedeten. Sie würden der Sache nachgehen, versicherten sie ihm, doch er glaubte ihnen kein Wort. Sie wollten nur den trauernden Hinterbliebenen beschwichtigen und hätten ihm zu diesem Zeitpunkt alles versprochen, was er hören wollte, nur um endlich hier herauszukommen.

Es war schon Mitternacht, als Damian das Stadthaus betrat, welches er mit seinem Vater geteilt hatte. Es war eine große alte Villa, viel zu geräumig für sie beide allein, deshalb war Damian auch nicht ausgezogen, als er volljährig wurde. Er und sein Vater hatten auf kameradschaftlicher Basis miteinander gelebt, keiner war dem anderen in die Quere gekommen, doch jeder von ihnen hatte sich stets gern zur Verfügung gestellt, wenn dem anderen nach einer Unterhaltung zumute war.

In dieser Nacht blickte sich Damian in seinem Heim um und empfand es als entsetzlich leer. Nie wieder würde er gemeinsam mit seinem Vater frühstücken, ehe sie sich auf den Weg zur Arbeit machten. Nie wieder würde er seinen Vater in dessen Arbeitszimmer oder in der Bibliothek vorfinden, wo sie sich in ein Buch vertieften oder über klassische Werke der Literatur diskutierten. Nie wieder würden sie während des Abendessens geschäftliche Probleme besprechen. Nie wieder ...

Bei diesem Gedanken zerbrach etwas in ihm, und die

Tränenflut, die er den ganzen Abend lang mühsam zurückgehalten hatte, strömte ihm nun unaufhaltsam über die Wangen. Noch nicht einmal bis zu seinem Zimmer war er gekommen, aber zum Glück hielten sich zu dieser späten Stunde keine Bediensteten mehr im Haus auf, die diese Entgleisung hätten mit ansehen können. Sie waren es gewohnt, daß er unter allen Umständen seine übliche steife Haltung wahrte. Damian schenkte sich ein Glas von dem Brandy ein, der für den Fall, daß er nicht schlafen konnte, immer auf seiner Kommode bereitstand, doch seine Kehle war so zugeschnürt, daß er ihn nicht herunterbrachte.

Er wurde einzig und allein von dem Gedanken beherrscht, herauszufinden, was wirklich geschehen war, da er sich mit der Theorie vom Selbstmord seines Vaters niemals zufriedengeben würde. Es gab zwar keinen gegenteiligen Beweis, keinerlei Spuren eines Kampfes, aber Damian wußte, daß sein Vater ermordet worden war.

Damian senior war kein Mann gewesen, der die Wahrheit verdrehte oder ständig Ausflüchte benutzte. Er hatte nie gelogen, weil er sich unweigerlich verriet, sowie er es versuchte. Wenn in seinem Leben etwas so furchtbar aus dem Ruder gelaufen wäre, daß ihm der Tod als einziger Ausweg erschien, dann hätte sein Sohn davon gewußt.

Außerdem stand eine Hochzeit an. Es war sogar davon gesprochen worden, den Westflügel des Hauses umzubauen, um eine privatere Atmosphäre zu schaffen, falls Damian und seine junge Frau hier leben wollten. Und Damians Vater hatte sich schon darauf gefreut, endlich Enkelkinder verwöhnen zu dürfen. Er hatte einige Jahre warten müssen, bis Damian daran dachte, seßhaft zu werden und eine eigene Familie zu gründen.

Abgesehen von alledem hatte sich Damian senior sein Leben ganz nach seinen eigenen Wünschen eingerichtet und war glücklich damit. Er wollte nicht wieder heiraten, sondern gab sich damit zufrieden, eine Geliebte auszuhalten. Er hatte es aus eigener Kraft zu Wohlstand und Ansehen gebracht und zusätzlich noch ein riesiges Vermögen geerbt, und er liebte die Firma, die sein eigener Vater, Damian I, gegründet hatte und die er seit dessen Tod äußerst erfolgreich leitete. Für ihn hatte es auf dieser Welt so viel gegeben, wofür es sich zu leben lohnte.

Doch irgend jemand war da anderer Meinung gewesen. ›Verzeih mir‹? Nein, das konnten unmöglich die letzten Worte seines Vaters sein. Er, Damian, hatte seinem Vater nichts zu verzeihen. Aber er würde ihn rächen.

Entschlossen verdrängte Damian die düsteren Erinnerungen. Ja, er war in den Westen gekommen, um einen Mann zu töten, den Mann, der seinen Vater auf dem Gewissen hatte. Aber das schien den Jungen, der da neben ihm saß, nicht im geringsten zu beeindrucken.

Er fragte lediglich ungerührt: »Nur so zum Spaß, oder haben Sie einen Grund, diesen Mann umzubringen?«

»Einen sehr guten Grund sogar.«

»Sind Sie vielleicht auch so etwas wie ein Kopfgeldjäger?«

»Wohl kaum. Es handelt sich um eine persönliche Angelegenheit.«

Auf etwaige Fragen hin hätte Damian sich auch noch näher darüber ausgelassen, doch es wurden keine weiteren Fragen gestellt. Der Junge nickte nur bestätigend. Wenn er neugierig war, ließ er es sich jedenfalls nicht anmerken. Ein ungewöhnlicher Bursche, soviel stand fest. Bei den meisten Jungen seines Alters stand das Mundwerk kaum still, doch dieser hier hatte nur wenige Fragen gestellt, und die auch noch ohne erkennbares Interesse. Nun, ihm sollte es recht sein.

»Ich denke, ich werde noch schnell baden und mich dann hinlegen«, erklärte Damian und erhob sich.

Der Junge deutete mit dem Daumen über seine Schulter. »Da unten ist schon das Ufer. Ich werde jetzt auch schlafen gehen, also machen Sie bitte keinen unnötigen Lärm, wenn Sie zurückkommen.«

Damian nickte, packte seine Tasche und kletterte den

Abhang hinunter. Hinter sich hörte er noch: »Und passen Sie auf die Schlangen auf!«, gefolgt von einem mutwilligen Kichern, bei dem er vor Wut die Zähne zusammenbiß. So ein unverschämter Bengel! Und in dessen Gesellschaft mußte er noch einen weiteren Tag verbringen!

5. Kapitel

Der anregende Duft nach Kaffee weckte Damian kurz vor Morgengrauen, aber er blieb noch einen Moment regungslos auf seinem unbequemen Lager auf dem harten Boden liegen. Ihm kam es so vor, als hätte er höchstens eine oder zwei Stunden geschlafen – was durchaus im Bereich des Möglichen lag. Er blinzelte ein wenig durch die Wimpern hindurch und stellte fest, daß der Himmel zwar immer noch sternenübersät war, das tiefe Blau sich aber im Osten langsam aufhellte. Bald würde die Sonne aufgehen. Letzte Nacht hatte er trotz seiner Erschöpfung kaum Schlaf gefunden, kein Wunder also, daß er sich heute morgen wie gerädert fühlte.

Nicht zum ersten Mal hatten der Tod seines Vaters und die darauffolgenden Ereignisse Damian den Schlaf geraubt. Der Zorn, der in ihm schwelte, lag dicht unter der Oberfläche und war ihm während der letzten sechs Monate ein ständiger Begleiter gewesen. Wieder und wieder durchlebte er diese heftigen Gefühlsaufwallungen, die Hilflosigkeit, die ihn gequält hatte, bis er die Wahrheit erfuhr, sein Unvermögen, diese Wahrheit zu akzeptieren, und schließlich sein unumstößlicher Entschluß, dafür zu sorgen, daß der Gerechtigkeit Genüge getan wurde.

Nach seinen negativen Erfahrungen mit der Polizei hatte er auf eigene Faust Nachforschungen anstellen lassen, und die von ihm angeheuerten Detektive hatten rasch und gründlich gearbeitet. Das kleine, gegenüber von Rutledge Imports gelegene Café hatte in dieser Nacht geöffnet gehabt, doch das Geschäft war nur schleppend gelaufen. Der diensttuende Kellner hatte zwei stämmige Männer bemerkt, die die Geschäftsräume der Firma verlassen hatten. Sie waren ihm aufgefallen, weil sie in seinen Augen völlig fehl am Platze gewirkt hatten, und da er sich zufällig als Hobbymaler betätigte, hatte er gegen ein geringes Entgelt aus dem Gedächtnis heraus Zeichnungen von den beiden angefertigt.

Ganz offensichtlich verfügte dieser Kellner über ein beträchtliches künstlerisches Potential, da seine Zeichnungen schließlich direkt zu einem der Täter führten, als sie in den schäbigeren Vierteln der Stadt herumgezeigt wurden. Dieser hatte sich davon überzeugen lassen, daß es für ihn vorteilhafter war, ein volles Geständnis abzulegen. Doch ehe all dies geschah, war Henry Curruthers bereits in Verdacht geraten.

Damian hatte es nicht glauben wollen. Seit mehr als zehn Jahren war Henry Curruthers als Buchhalter bei seinem Vater angestellt; ein bescheidener, unauffälliger kleiner Mann Mitte Vierzig, der nie geheiratet hatte. Er lebte zusammen mit einer ältlichen Tante, die er auch finanziell unterstützte, im Osten der Stadt. Niemals war er auch nur einen einzigen Tag nicht zur Arbeit erschienen; entweder hielt er sich im Büro auf, oder er war in einem der Lager von Rutledge Imports zu finden, wo er den Warenbestand überprüfte. Und genau wie alle anderen Angestellten hatte er der Beerdigung beigewohnt und schien ehrlich um Damian Rutledge senior zu trauern.

Nichts hatte auf ihn als Schuldigen hingedeutet, bis einer der Detektive um Erlaubnis ersuchte, die Geschäftsbücher der Firma einsehen zu dürfen. Abgesehen von den prägnanten Zeichnungen war kein weiteres Beweismaterial aufgetaucht, bis dieser besagte Detektiv Unregelmäßigkeiten in den Büchern entdeckte und, als er Henry zur Rede stellte, mit den Antworten des kleinen Mannes nicht recht zufrieden war.

Dennoch reichten die Beweise nicht aus, obwohl Henry inzwischen aus der Stadt verschwunden und spurlos untergetaucht war. Doch dann machten sich die Zeichnungen des Kellners endlich bezahlt.

Die beiden Männer, die Henry angeheuert hatte, hatten zwar seinen Namen nicht genannt, ihn jedoch äußerst treffend beschrieben, von den dicken Brillengläsern über sein schütteres braunes Haar und das Muttermal auf seiner linken Wange bis hin zu seinen eulenhaften blauen Augen. Es handelte sich um Henry Curruthers, daran bestand kein Zweifel. Und er war es auch gewesen, der diese beiden Männer für lumpige fünfzig Dollar engagiert hatte, um seinen Arbeitgeber zu ermorden, ehe dieser herausfand, daß er Firmengelder unterschlagen hatte.

Für fünfzig Dollar! Damian konnte es noch immer nicht fassen, daß jemand ein Menschenleben so gering einschätzte. Einer der beiden Detektive hatte dann versucht, ihm klarzumachen, daß fünfzig Dollar für den einen ein Trinkgeld, für den anderen jedoch ein kleines Vermögen darstellten.

Henry war es auch gewesen, der darauf bestanden hatte, den Mord als Selbstmord zu tarnen. Er hatte sogar den gefälschten Abschiedsbrief verfaßt. Vermutlich hatte er damit gerechnet, daß der Kummer über den Tod seines Vaters Damian so lange davon abhielt, die Bücher zu überprüfen, bis er alle seine Spuren sorgfältig verwischt hatte und niemand die Unterschlagungen würde nachweisen können.

Henry Curruthers war der Mörder, diese zwei Männer lediglich seine Handlanger. Und er wäre ungestraft davongekommen, wenn Damian seinem Vater nicht so nahegestanden und daher genau gewußt hätte, daß Selbstmord in diesem Fall nicht in Frage kam. Aber dennoch – bislang war er davongekommen, war verschwunden, hatte sich abgesetzt. Es hatte drei Monate gedauert, seinen Aufenthaltsort ausfindig zu machen, doch er war erneut untergetaucht, ehe er verhaftet werden konnte.

Damian war es schließlich leid gewesen, weiter tatenlos herumzusitzen und abzuwarten. Er konnte den Gedanken nicht ertragen, daß sich Curruthers immer noch auf freiem Fuß befand und sein Leben genoß. Zuletzt war er in Forth Worth, Texas, gesehen worden. Wie so viele Männer auf der Flucht vor dem Gesetz hatte er sich nach Westen gewandt, weil er hoffte, daß sich seine Spur in den endlosen Weiten dieses Landesteiles irgendwann einmal verlieren würde. Doch Damian war fest entschlossen, ihn zu finden. Er hatte zwar keine Ahnung, wie man es anstellte, einen flüchtigen Verbrecher dingfest zu machen, aber er würde Curruthers finden. Und er hatte sich ein Abzeichen verschafft, welches es ihm erlaubte, den Mann auf ganz legale Weise zu töten.

Es zahlte sich stets aus, einflußreiche Freunde zu haben, und Damians Vater hatte eine ganze Reihe davon gehabt. So war Damian in der Lage gewesen, einige Hebel in Bewegung zu setzen und seine Ernennung zum U.S.-Deputy zu erwirken – einzig und allein zu dem Zweck, mit Curruthers abzurechnen. Die umfangreiche Akte, die man ihm zusammen mit dem Dienstabzeichen überreicht hatte, enthielt die Namen und Decknamen aller bekannten Kriminellen in Texas und Umgebung. Nun war Curruthers' Name dieser Liste hinzugefügt worden.

»Kommt ihr zwei jetzt her und trinkt einen Schluck Kaffee mit uns, oder wollt ihr platt auf euren Bäuchen liegenbleiben, bis die Sonne aufgeht?«

Damian riß die Augen auf. Der Junge hatte nicht mit ihm geredet, dessen war er sich sicher, und tatsächlich hörte er in einiger Entfernung ein leichtes Kichern. Langsam setzte er sich auf und konnte vage die Umrisse zweier Männer erkennen, die sich gerade erhoben und den Staub von ihrer Kleidung klopften. Sie mußten mindestens zwanzig Fuß weit weg sein.

Als nächstes warf er seinem Gastgeber einen verstohlenen Blick zu, um zu sehen, wie dieser auf die beiden Besucher reagierte. Der Junge war vollständig angekleidet, er trug dieselben Sachen wie am Abend zuvor, nur daß sie jetzt noch zerknitterter wirkten als vorher, weil er darin geschlafen hatte. Sein Hut baumelte, von einer Schnur um den Hals gehalten, auf seinem Rücken, und es zeigte sich nun, daß sein schwarzes Haar nicht zur zerzaust, sondern regelrecht verfilzt war und vor Schmutz starrte. Es sah aus, als hätte es seit Monaten keinen Kamm mehr gesehen – wenn überhaupt jemals.

Der Junge kauerte bei dem Feuer, das er wieder angefacht hatte. Er wirkte ausgeruht und entspannt, obwohl sein Gesicht an eine ausdruckslose Maske erinnerte, von der man unmöglich ablesen konnte, ob er den beiden Eindringlingen mißtrauisch gegenüberstand, sich über die zusätzliche Gesellschaft freute oder ob ihn ihre Anwesenheit vollkommen kaltließ. Diese glatte, undurchdringliche Fassade gab sogar Damian Rätsel auf.

Und wie zum Teufel er hatte wissen können, daß sich zwei dort draußen befanden, war Damian schleierhaft. Der Lichtschein des Feuers reichte kaum zehn Fuß weit, und alles dahinter lag im Dunkeln, da die Sonne erst in einer halben Stunde aufgehen würde. Damian hatte angestrengt in die Finsternis blinzeln müssen, um die Schatten der Männer ausmachen zu können, und doch hatte der Junge sie mit seinen goldenen Katzenaugen sofort entdeckt.

Er wunderte sich auch, warum die beiden sich zunächst mehr oder weniger versteckt gehalten hatten, um das Lager zu beobachten; besonders nachdem der Junge ihm letzte Nacht gepredigt hatte, er dürfe sich niemals einem Lagerfeuer nähern, ohne sich vorher bemerkbar zu machen. Anscheinend war er, Damian, nicht der einzige, der diesen Brauch nicht kannte.

Die beiden Männer kamen langsam auf das Feuer zu, bis sie in seinem Lichtschein deutlich zu erkennen waren. Auf dem Gesicht des einen lag ein freundliches Lächeln, der andere schlug immer noch seinen Hut gegen die Beine, um den Staub abzuklopfen. Wie jemand es fertigbrachte, so achtlos mit einem Hut umzugehen ...

Der hutlose Mann blieb wie angewurzelt stehen, als sein Blick auf Damian fiel. Seine Augen weiteten sich vor Schreck, als habe er einen Geist gesehen, und tatsächlich sagte er halblaut zu seinem Freund: »Hast du nicht behauptet, der wäre tot? Ich finde, er sieht ziemlich lebendig aus.«

Der Freund stöhnte leise, dann knurrte er: »Kannst du nicht *einmal* nachdenken, bevor du dein Maul aufreißt? Du bist wirklich der größte Dummkopf, den ich kenne, Billybob.«

Beim Sprechen hatte er seine Waffe gezogen und auf Damian gerichtet. Billybob nestelte zunächst ungeschickt an seinem Halfter herum, schaffte es aber schließlich, seinen eigenen Revolver zu ziehen und auf den Jungen zu richten, der langsam aufstand und die Arme hob, um den Männern klarzumachen, daß sie von seiner Seite nichts zu befürchten hatten. Noch immer zeigte er keinerlei Gefühlsregung, worüber sich Damian zu ärgern begann. Gleichzeitig ging ihm auf, daß er es offenbar mit denselben Männern zu tun hatte, die ihn ausgeraubt hatten. Wer sonst hätte ihn wohl für tot halten sollen?

Billybob beschwerte sich beleidigt: »Kein Grund, mich anzuschnauzen, Vince. Immerhin war es deine Schuld, daß er mich so überrumpelt hat. Wenn du das nächste Mal sagst, ein Typ wär' tot, dann überzeug dich gefälligst vorher, ob das auch stimmt!«

»Halt die Klappe, Billybob. Du trittst ja nur noch tiefer in die Sch…«

Daraufhin blickte Billybob tatsächlich zu Boden, um nachzusehen, wo er hineingetreten haben sollte. Sein Freund, der seinem Blick gefolgt war, verdrehte die Augen, ehe er dem kleineren Mann einen Rippenstoß versetzte, um ihn daran zu erinnern, wo er besser hinschauen sollte, nämlich zu dem Lager oder vielmehr zu den beiden Bewohnern desselben. Sein Lächeln kehrte zurück, als sein Blick auf Damian haftenblieb.

»Nun gut«, bemerkte er dann liebenswürdig. »Da Billybob nun schon einmal die Katze aus dem Sack gelassen hat, können wir uns ebensogut gleich dem geschäftlichen Teil zuwenden. Wir wissen bereits, daß Sie nichts Brauchbares mehr bei sich haben, Mister, aber wie steht's mit dir, Kid?«

Einen Moment lang hegte Damian den Verdacht, daß die beiden und der Junge sich kannten, da sie ihn so selbstverständlich Kid titulierten, doch dann wurde ihm klar, daß dies einzig und allein auf Kids Jugend zurückzuführen war. Er hatte ja selbst erklärt, daß die meisten Leute ihn aufgrund seines Alters einfach Kid nannten, da sie seinen richtigen Namen nicht kannten.

»Etwas Brauchbares?« wiederholte der Junge gedehnt und machte ein nachdenkliches Gesicht. »Ich hab' heißen Kaffee hier und eine Schüssel mit frischem Pfannkuchenteig, wenn es das ist, was Sie meinen.«

Die Antwort entlockte Vince ein belustigtes Kichern. »Nun, nicht, daß ich das nicht zu schätzen wüßte, aber du hast außerdem bestimmt noch so einiges in deinen Taschen, nicht wahr?«

»Stimmt. Dies hier zum Beispiel.«

Diesmal gab es keinen Zweifel daran, daß er seine Waffe mit geradezu blitzartiger Geschwindigkeit gezogen hatte, denn eine Sekunde zuvor hatten seine Hände noch locker auf seinen Hüften gelegen. Und er hatte sie nicht nur gezogen, sondern auch sofort abgefeuert, wobei unklar blieb, ob er sein anvisiertes Ziel nun getroffen hatte oder nicht. Falls er beabsichtigt hatte, Vince zu töten, so war ihm das kläglich mißlungen, aber wenn er ihn nur hatte unschädlich machen wollen, dann war er ein verdammt guter Schütze. Seine Kugel hatte Vince' Waffe getroffen und diesen veranlaßt, sie mit einem unterdrückten Aufschrei fallen zu lassen. Abgesehen von seiner schmerzenden Hand war er unverwundet geblieben.

Dennoch stieß er unaufhörlich wüste Verwünschungen aus, während er seine Hand rieb, um den Schmerz zu lindern. Sein Freund starrte ihn lediglich mit offenem Mund erschrocken an, was es dem Jungen leichtmachte, zu ihm hinüberzuschlendern und ihm den Lauf seines Revolvers in die Seite zu bohren.

Zum Glück war Billybob ziemlich begriffsstutzig. Wenn er, wie befohlen, den Jungen im Auge behalten hätte, dann wäre es wohl zu einem Schußwechsel gekommen, während dem Damian sehr leicht hätte verletzt werden können, da er genau in der Schußlinie saß.

Diesen Zustand änderte er rasch, indem er auf die Füße sprang. Ungläubig beobachtete er, wie der Junge Billybob die Waffe aus der schlaffen Hand nahm und die andere vom Boden aufhob. Er hatte beide Banditen schnell, geschickt und ohne Blutvergießen entwaffnet, ohne dabei irgendeine erkennbare Gemütsbewegung zu zeigen. Noch immer wirkte er so ungerührt, als sei er nur kurz im Gebüsch verschwunden, um sich zu erleichtern, anstatt zwei Postkutschenräuber zu überwältigen und gefangenzunehmen.

Er warf Damian einen der beiden Revolver zu, den anderen schob er in seinen Gürtel, dann wedelte er mit dem, den er noch immer in der Hand hielt, durch die Luft und befahl: »Setzt euch hin und nehmt die Pfoten hinter den Kopf. Und macht mir ja keine Schwierigkeiten. Euch beide tot abzuliefern wäre sehr viel einfacher für mich und ginge vor allem schneller, als euch lebendig mitzuschleppen. Ich bin kein Unmensch, aber ich muß mich sowieso schon mit überflüssigem Ballast herumärgern, also führt mich nicht in Versuchung, mir das Leben leichter zu machen.«

Damian bekam von diesem Monolog nichts mit, zumindest nicht die Bemerkung über überflüssigen Ballast, da der Junge höflich die Stimme gesenkt hatte, ehe er darauf zu sprechen kam. Außerdem haderte er mit sich selbst. Sollte er die Waffe aufheben, die über den Boden geschlittert und kurz vor seinem bloßen Fuß liegengeblieben war, oder nicht?

Handfeuerwaffen waren nicht gerade seine Stärke.

Genaugenommen hatte er noch nie Gelegenheit gehabt, eine zu benutzen; in dem Teil des Landes, wo er lebte, waren sie weder notwendig noch gebräuchlich. Mit

Gewehren dagegen kannte er sich recht gut aus, da er während seiner Collegezeit häufig an Wettschießen teilgenommen und seinen Vater ab und an auf die Jagd begleitet hatte.

Aber vermutlich war es unklug, die Waffe einfach liegenzulassen, immerhin konnten die beiden Männer jederzeit den Versuch machen, sie wieder in ihren Besitz zu bringen. Der Junge hatte offensichtlich vor, dies zu verhindern. Er rief Damian über die Schulter hinweg zu: »Schauen Sie doch mal in Ihrer Tasche nach, ob Sie darin etwas finden, womit wir die zwei fesseln können, Mr. Rutledge. Ein altes Hemd sollte genügen, wenn Sie es in Streifen reißen.«

Beinahe hätte Damian abfällig geschnaubt. Er besaß keine *alten* Hemden, allein der Gedanke war lächerlich ... aber dann fügte der Junge noch hinzu: »Sie können die Tasche ohnehin nicht mitnehmen. Wir haben nicht genug Platz.«

Jetzt war Damian doch froh, sich das Schnauben verkniffen zu haben. Er hatte noch gar nicht darüber nachgedacht, wie sie von hier aus zu der nächsten Stadt gelangen sollten, aber der Junge war offenbar bereits zu dem Schluß gelangt, daß ihnen nichts anderes übrigblieb, als gemeinsam auf einem Pferd zu reiten. Für Extragepäck blieb da kein Raum mehr.

Nachdem er einen Moment in seiner Tasche herumgekramt hatte, trat er mit dem geforderten Hemd in der einen und dem Revolver in der anderen Hand auf die Männer zu. Der Junge sah ihn auffordernd an, bis ihm aufging, daß er allein das Hemd zerreißen und die beiden fesseln sollte. Eigentlich logisch, dachte er. Ihre Gegner hatten ja bereits am eigenen Leib erfahren, wie gut der Junge mit einer Waffe umgehen konnte, und würden sich daher sicher nicht zur Wehr setzen, wenn er sie bewachte, wohingegen Damian einen Revolver wahrscheinlich ebenso ungeschickt handhaben würde wie Billybob.

Vince fand seine Stimme wieder, als er sah, wie sein

Freund außer Gefecht gesetzt wurde, und erkundigte sich streitlustig: »Was hast du denn nun mit uns vor, Kid? Wo willst du uns hinbringen?«

»Nach Coffeyville, wo ich euch dem dortigen Sheriff übergeben werde.«

»Das wäre pure Zeitverschwendung, alldieweil wir nichts getan haben, was gegen das Gesetz verstößt.«

»Direkt neben mir steht ein Augenzeuge, der in diesem Punkt anderer Meinung sein dürfte.«

»Du hast rein gar nichts gegen uns in der Hand, Kid. Der Kerl war ja vollkommen hinüber.«

»Und wie steht's mit eurem Geständnis?«

»Was für ein Geständnis?« lachte Vince, dann warf er seinem Freund einen warnenden Blick zu. »Hast du vielleicht irgend etwas gestanden?«

Billybob lief rot an, spielte jedoch gehorsam mit. »Warum sollte ich? Ich hab' doch nichts ausgefressen.«

Bei dieser Bemerkung zuckte der Junge die Achseln und meinte: »Spielt ja auch keine Rolle. Der Sheriff bekommt schon aus euch heraus, was ihr verbrochen habt oder nicht. Ob Postkutschenüberfälle oder gewöhnliche Räubereien, ich bin sicher, daß Eure Konterfeis sein Büro zieren und ich die auf euch ausgesetzte Belohnung kassieren kann, und wenn nicht ... nun, dann betrachte ich eure Festnahme eben als meine gute Tat des Monats.«

Hätte Damian den Geschehnissen mehr Aufmerksamkeit geschenkt, dann wäre ihm der Anflug von Panik aufgefallen, der bei der Erwähnung von Steckbriefen über Vince' Gesicht huschte. Er hätte auch erkennen müssen, daß Vince der bei weitem Gefährlichere der beiden war, und ihn statt Billybob als ersten fesseln sollen. Aber im Grunde genommen hatte er von keinem der beiden noch irgendwelche Schwierigkeiten erwartet und war demzufolge völlig überrascht, als Vince plötzlich aufsprang, reagierte jedoch diesmal sofort.

Vince warf sich mit einem Satz auf den Jungen und bekam dessen Beine zu fassen. Beide stürzten zu Boden, der

Junge landete flach auf dem Rücken, und Vince hangelte sich an seinen Beinen entlang, um ihm die Waffe zu entreißen. Doch ehe darum ein Kampf entbrennen konnte, zerrte Damian ihn hoch und stand gerade im Begriff, ihm die Faust ins Gesicht zu schmettern, als sie beide hörten, wie hinter ihnen ein Hahn gespannt wurde. Beide erstarrten mitten in der Bewegung.

Vince ergriff als erster das Wort, wobei er den Jungen, der sich wieder hochgerappelt hatte und mit dem Revolver direkt auf seinen Kopf zielte, finster anstarrte. »Du bringst es nicht fertig, mich zu töten.«

»Wirklich nicht?«

Mehr sagte der Junge dazu nicht. Es war sein Gesichtsausdruck, dieses Fehlen jeglicher Emotionen, das Vince dazu veranlaßte, sich mit einem unwilligen Knurren zurückzuziehen. Diesem jungen Burschen sah man einfach nicht an, was er dachte oder fühlte, man wußte nicht, ob er ein kaltblütiger Mörder oder bloß ein verängstigtes Kind war, welches sich bemerkenswert gut verstellte.

Damian hingegen gelang es nicht mehr, seine Wut zu zügeln. Zuviel war an diesem Morgen überraschend auf ihn eingestürmt, und als ihm bewußt wurde, daß er und sein junger Retter in ernster Gefahr geschwebt hatten, verließ ihn der letzte Rest seiner Beherrschung. Er holte aus und legte seine ganze nicht unbeträchtliche Kraft in den Schlag, mit dem er Vince zu Boden schickte. Dieser hatte die Faust noch nicht einmal kommen sehen und war schon bewußtlos, ehe er im Schmutz aufschlug.

Sofort überkam Damian ein tiefes Bedauern. Körperliche Gewalt hatte er nicht mehr angewendet, seit er fünfzehn war. Damals hatte sich die Zahl der Nasenbeinbrüche, die er anderen Jungen beigebracht hatte, auf die stattliche Summe von sieben belaufen, und sein Vater hatte ihm eine donnernde Strafpredigt gehalten, in der es um seine Körpergröße und den daraus resultierenden Vorteil ging, den er seinen allesamt sehr viel kleineren Altersgenossen gegenüber hatte. Auch heute, als Erwachsener, überragte er mit seinen stattlichen eins neunzig immer noch die meisten Männer.

Der Junge milderte seine Schuldgefühle ein wenig, als er sagte: »Gut gemacht, Mr. Rutledge. Am besten kümmern Sie sich jetzt um diese beiden Galgenvögel, und ich mache inzwischen die Pfannkuchen fertig. In ein paar Minuten können wir essen und dann aufbrechen.«

Er sagte das so ruhig und gelassen, als sei an diesem Morgen nichts Außergewöhnliches vorgefallen. Der Bursche mußte Nerven aus Stahl haben – oder überhaupt keine. Aber Damian nickte nur zustimmend und tat, wie ihm geheißen worden war.

6. Kapitel

Der Junge hatte sich wieder neben dem Feuer niedergehockt und war eifrig damit beschäftigt, dünnflüssigen Teig in eine Pfanne zu geben, den halbgaren Pfannkuchen zu wenden und ihn dann auf den einzigen vorhandenen Teller zu legen, eher er die ganze Prozedur wiederholte. Damian kam es so vor, als würde er sich voll und ganz auf diese Tätigkeit konzentrieren.

Sein Revolver war nicht mehr zu sehen, aber er hatte ja bereits unter Beweis gestellt, wie rasch er ihn wieder zum Vorschein bringen konnte, falls es notwendig war. Und diese katzenhaften Augen, eher goldfarben als braun, wie Damian zunächst gedacht hatte, schienen Dinge wahrzunehmen, die anderen Menschen verborgen blieben.

Damian dachte nicht weiter darüber nach, sondern nutzte Vince' Bewußtlosigkeit aus, um ihm die Hände besonders fest hinter dem Rücken zusammenzubinden, ehe er ihn auf die Seite rollte. Die Nase des Mannes blutete immer noch, und in dieser Position konnte das Blut besser abfließen. Billybob sagte nichts zu alledem, sondern verfolgte den Vorgang nur mißtrauisch.

Nachdem er die beiden Räuber gefesselt hatte, nahm sich Damian einen Moment Zeit, um seinen Mantel, den er am Abend zuvor ausgezogen und sorgfältig zusammengefaltet hatte, abzuklopfen und seine Schuhe zu suchen. Gerade als er hineinschlüpften wollte, zeigte sich, daß der Junge ganz unauffällig noch mehr Dinge im Auge behalten hatte als seine Kocherei.

Er rief ihm zu: »Die sollten Sie aber vorsichtshalber ausschütteln, ehe Sie sie anziehen. Man kann nie wissen, ob nicht ungebetene Gäste darin übernachtet haben.«

Daraufhin ließ Damian die Schuhe so schnell fallen, als ob er sich daran die Finger verbrannt hätte. Billybob begann hämisch zu kichern und erntete einen bitterbösen Blick dafür. Dem Jungen gelang es gerade noch, ein Grinsen zu unterdrücken und seine übliche unbeteiligte Miene aufzusetzen, ehe Damians Augen zu ihm wanderten. Dann wandte Damian sich ab und zögerte einen Moment, bevor er die Schuhe vorsichtig an den Spitzen aufhob, heftig schüttelte und sie dann zum Feuer trug, um sie dort genauer zu inspizieren.

»Ich würde sagen, das Schütteln hat gereicht. Sie können sie jetzt unbesorgt anziehen«, meinte der Junge lächelnd.

Damian blinzelte mißtrauisch auf ihn hinab. »Du hast mich doch wohl nicht auf den Arm genommen, oder?«

»Leider nicht. Ich hab' zwar keine Ahnung, ob es hier in der Gegend Skorpione gibt, aber in einigen Gebieten ...«

»Schon gut, du brauchst nicht ins Detail zu gehen.«

Mit finsterem Gesicht stapfte Damian davon, um seine Tasche und ein sauberes Paar Strümpfe zu holen. Er hatte nicht damit gerechnet, an diesem Morgen fast barfuß durch das Lager laufen zu müssen, aber andererseits hatte er ja auch nicht damit gerechnet, erneut Opfer eines – wenn auch gescheiterten – Überfalls zu werden.

Es stellte sich bald heraus, daß er die schmutzigen Socken besser angelassen hätte. Sie klebten nämlich so fest an seinen Füßen, daß er sich beim Ausziehen einige Blasen aufriß, die prompt zu bluten begannen, und es bereitete ihm Höllenqualen, danach in seine Schuhe zu schlüpfen.

Während er zum Feuer zurückhumpelte, hoffte er inständig, daß sie die Strecke bis Coffeyville, die nach Schätzung des Jungen ein bis zwei Tage in Anspruch nahm, an einem Tag schafften. Wenn er nie wieder ein Lagerfeuer zu Gesicht bekam, war das immer noch zu oft.

Beim Feuer angelangt, wurden ihm der mit Pfannkuchen vollgehäufte Teller und ein Glas Honig in die Hand gedrückt, wozu der Junge bemerkte: »Mein Buttervorrat ist gestern ranzig geworden, also müssen Sie sich mit dem Honig begnügen. Außerdem verdirbt mir Gewalt am frühen Morgen immer den Appetit, also essen Sie nur, Mr. Rutledge. Wenn ich später Hunger bekomme, kann ich immer noch ein Stück Dörrfleisch knabbern.«

Damian warf Vince und Billybob einen Blick zu. »Und unsere Gäste hier gehen leer aus?«

»Zum Teufel mit ihnen! Wenn sie mit uns hätten frühstücken wollen, dann hätten sie besser ihre Revolver im Halfter gelassen.«

Sein Tonfall und sein Gesichtsausdruck zeugten von heftigem Widerwillen gegen die beiden Männer. Also war der Junge doch nicht völlig gefühllos, sondern offenbar nur darauf bedacht, anderen Menschen gegenüber keinerlei Emotionen zu zeigen.

Er stand auf, wischte sich die Hände an seiner Hose ab und ging auf Billybob zu. »Habt ihr hier irgendwo Pferde versteckt?«

»Ja, ein Stück weiter flußaufwärts.«

Mit einem knappen Kopfnicken machte sich der Junge auf den Weg in diese Richtung. Damian drehte sich um, da er die Banditen im Auge behalten wollte, während er sein Frühstück verzehrte. Zwar glaubte er nicht, daß Billybob nun, wo Vince ihm nicht mehr helfen konnte, noch einen Angriff wagen würde, aber er hatte nicht vor, sich erneut überrumpeln zu lassen.

Er dachte gerade über die zusätzlichen Pferde und die Möglichkeit, seine Reisetasche auf eines davon zu schnallen, nach, als der Junge mit den beiden Tieren zurückkam. Eines lahmte, das andere war nicht weit davon entfernt. Beide waren so ziemlich die jämmerlichsten Klepper, die Damian je gesehen hatte. Dennoch versetzte es ihn in nicht geringes Erstaunen, als der Junge geradewegs auf Vince zumarschierte und ihn mit aller Kraft in die Kehrseite trat. Nicht, daß der Tritt eines mit einem Mokassin bekleideten Fußes sonderlich schmerzhaft sein konnte, aber trotzdem ...

»Ich kann Leute nicht ausstehen, die Tiere so schlecht behandeln«, fauchte er, ehe er sich drohend an Billybob wandte, der in Erwartung weiterer Fußtritte ein Stück zurückwich. »Welches davon ist deines?«

»Keines«, beteuerte Billybob wenig überzeugend. »Die gehören alle beide Vince.«

»Nun, das eine kann man gar nicht reiten, und das andere muß eine ganze Weile geschont werden. Ich hab' eben einen Stein aus seinem Huf entfernt, aber die Wunde hat schon angefangen zu eitern. Und schau sie dir doch an! Mit euren gottverdammten Sporen habt ihr die armen Viecher bis aufs Blut geschunden!«

Billybob wich noch weiter zurück, doch der Junge war mit seiner Tirade am Ende, ging zum Feuer hinüber und sagte zu Damian: »Zeit zum Aufbruch, Mr. Rutledge. Wir können von Glück sagen, wenn wir heute eine größere Strecke zurücklegen, als es der Fall gewesen wäre, wenn die beiden hätten laufen müssen. Sie müssen zu zweit auf einem Pferd reiten, weil das andere bleibende Schäden davonträgt, wenn es das Gewicht eines Reiters aushalten muß. Verdammt noch mal, solche Idioten bringen mich jedesmal zur Weißglut!«

Was nicht zu übersehen war. Und unter diesen Umständen beschloß Damian, seine Reisetasche nicht mehr zu erwähnen. Vermutlich würde er sie ersetzen können, sobald er sich wieder in der zivilisierten Welt befand. Neue Kleidungsstücke von guter Qualität zu finden, dürfte sich dagegen als schwierig erweisen ...

Er half dann, das Lager aufzuräumen, so gut er konnte, was für ihn hieß, das Kochgeschirr im Fluß zu spülen. Als er wieder zu dem Hügel zurückkam, war das Feuer gelöscht und das Pferd des Jungen gesattelt und mit den großen Satteltaschen beladen, die sein Gepäck enthielten.

Den kastanienbraunen Wallach, der in der Nähe der Lagerstatt angepflockt gewesen war, sah er zum erstenmal. Es war ein schönes Tier, gut gepflegt und lebhaft, zumindest wirkte es, als könne es den Aufbruch kaum erwarten. In der Tat konnte es sich durchaus mit den Vollblütern messen, die Damian bei seinen seltenen Besuchen auf der Rennbahn zu Gesicht bekommen hatte, und er war ein bißchen überrascht, daß dieses magere Kerlchen so ein herrliches Tier besaß.

Der Junge war gerade dabei, Billybob auf das Pferd zu verfrachten, und den Geräuschen nach zu urteilen hatte er damit nicht allzuviel Glück. »Ich hab' doch gesagt, es geht nicht, solange meine Hände auf den Rücken gefesselt sind«, beschwerte sich der Ganove. »Und selbst wenn ich da raufkomme, falle ich sofort wieder herunter, weil ich mich nicht festhalten kann.«

»Wunderbar, dann überlegst du eben den ganzen Tag lang, wie du dich im Sattel halten kannst, und kommst nicht auf dumme Gedanken. Und jetzt steigst du entweder auf, oder du gehst zu Fuß, und glaub mir, es ist mir herzlich gleichgültig, für welche Möglichkeit du dich entscheidest.«

Da ihm aufging, daß der Junge nicht allein zurechtkam, trat Damian hinter Billybob, packte ihn und warf ihn mehr oder weniger in den Sattel. Der Mann stammelte noch: »Was zum Teufel ...«, ehe er sich darauf konzentrierte, nicht auf der anderen Seite herunterzufallen.

Der Junge grinste ihn spitzbübisch an. Sein Gesichtsausdruck besagte deutlich, daß er Damian für doch nicht ganz nutzlos hielt, dann schaute er zu dem immer noch bewußtlosen Vince hinüber und fügte hinzu: »Falls der noch lebt, versuchen Sie doch bitte noch einmal Ihr Glück.«

Die Anspielung auf den harten Schlag, den Damian dem Mann versetzt hatte, ließ ihn vor Scham erröten. Er nickte, schritt zur Tat und schaffte es schließlich, Vince hinter seinem Freund in den Sattel zu hieven, nachdem er ihm eine halbe Feldflasche voll Wasser über den Kopf geschüttet hatte, um ihn wieder zu Bewußtsein zu bringen. Aber nun, da es an ihm war, auf das Pferd zu steigen, wünschte er insgeheim, es wäre jemand da, der ihm dabei behilflich sein könnte. Allerdings müßte dieser Jemand schon extrem groß und kräftig sein.

Damian, der sein ganzes Leben in einer großen Stadt verbracht hatte, war noch nie in die Verlegenheit gekommen, sich mit Pferden abgeben zu müssen. Immer hatten sich Lakaien oder Kutscher um die Tiere gekümmert. Heute war er zum erstenmal gezwungen, selbst ein Pferd zu besteigen. Seltsam, ihm war noch nie zuvor aufgefallen, wie riesig diese Biester waren – besonders dieser temperamentvolle Kastanienbraune.

Der Junge, der bereits aufgestiegen war, wartete ungeduldig ab, bis er schließlich sagte: »Zuerst den linken Fuß in den Steigbügel, Mr. Rutledge. Haben Sie denn noch nie auf einem Pferd gesessen?«

»Nein, nur in den Kutschen, die diese Tiere für gewöhnlich ziehen«, mußte Damian notgedrungen zugeben.

Er hörte ein gottergebenes Seufzen, dann: »Ich hätt's wissen müssen … so, nehmen Sie meinen Arm, dann können Sie das Gleichgewicht besser halten, und sobald Sie den Fuß im Steigbügel haben, stoßen Sie sich mit dem anderen Bein vom Boden ab und nehmen den Fuß aus dem Steigbügel, sowie Sie einigermaßen sicher sitzen.«

Das war leichter gesagt als getan, aber Damian gelang es bereits beim zweiten Versuch, sich auf das Pferd zu schwingen, ohne daß er und der Junge dabei im Staub landeten. Allerdings fühlte er sich auf seinem Sitz in luftiger Höhe alles andere als sicher, so daß er langsam begann, Vince zu bedauern, der mit auf den Rücken gebundenen Händen hinter Billybob sitzen mußte und keine Möglichkeit hatte, einen Sturz zu verhindern, wenn er das Gleichgewicht verlor.

Aber wenigstens hatte der Junge einige seiner Ängste ausgeräumt. »Halten Sie sich an mir fest, wenn es nicht anders geht. Wir können ohnehin nicht allzu schnell reiten, es dürfte Ihnen also keine Schwierigkeiten bereiten, sich im Sattel zu halten.«

Unmittelbar darauf brachen sie auf. Leider dauerte es nicht lange, bis Vince anfing, sich lauthals zu beklagen, und zwar bei weitem nicht nur über seine gefesselten Hände. Er war in der Wahl der Schimpfwörter, mit denen er Damian bedachte, nicht gerade zimperlich und erklärte ihm wieder und wieder in beleidigendem Tonfall, was er von Leuten hielt, die nichtsahnenden, unschuldigen Männern die Nase brachen.

Der Junge setzte diesem gehässigen Wortschwall schließlich ein Ende, indem er Vince anbrüllte:»Wenn du heute abend etwas zu essen haben möchtest, dann halt jetzt den Mund, sonst kannst du mit knurrendem Magen schlafen gehen!« Daraufhin herrschte Ruhe.

Damian lächelte in sich hinein. Der Junge hatte manchmal eine Art am Leibe, die er nur bewundern konnte – zumindest in bestimmten Situationen. Langsam sah er sich gezwungen, seine ursprüngliche Meinung über ihn zu revidieren. Trotz seiner keineswegs untadeligen Grammatik war Kid offensichtlich intelligent. Er war auch außerordentlich tüchtig für sein Alter und hatte starke Führungsqualitäten, wenn er auch etwas rechthaberisch war. Alles in allem war er ein faszinierender – wenn auch beunruhigender – junger Mann. Damian wünschte, daß er sich klarwerden könnte, was ihn an dem Jungen eigentlich beunruhigte, aber es gelang ihm nicht, den Punkt zu finden.

Die Leichtigkeit, mit der er die beiden Banditen überwältigt hatte, und sein fester Entschluß, sie ihrer gerechten Strafe zu überantworten, ließen darauf schließen, daß er weder in bezug auf seinen Beruf noch hinsichtlich der Zahl der Männer, die er persönlich dem Sheriff übergeben hatte, gelogen oder geprahlt hatte. Für einen Kopfgeldjäger war er zwar noch verdammt jung, aber Damian nahm an, daß er aufgrund seiner Geschicklichkeit im Umgang mit einer Waffe für diesen Job wie geschaffen war – trotz aller damit verbundenen Gefahren.

Seine persönlichen Gewohnheiten dagegen – besonders seine Körperhygiene – ließen sehr zu wünschen übrig. Er hatte gerade erst an einem Fluß gelagert, der eine brauchbare, wenngleich primitive Waschmöglichkeit bot, aber er hatte die Gelegenheit nicht genutzt. Falls er gebadet haben sollte, bevor Damian aufgetaucht war, so war davon jedenfalls nichts mehr zu merken. Der enge Körperkontakt, dem sie nun ausgesetzt waren, brachte Damian nur allzubald zu Bewußtsein, welch strengen Geruch der Junge verbreitete.

Als sie an diesem Tag gegen Mittag eine kurze Pause einlegten, damit die Pferde sich ausruhen und die Menschen sich die Beine vertreten konnten, holte Damian rasch ein Taschentuch aus seiner Reisetasche – zu seiner großen Erleichterung hatte er, als er sich umsah, festgestellt, daß sie auf dem Sattel des ledigen Pferdes befestigt worden war. Doch das dünne Tuch, das er unauffällig vor Mund und Nase drückte, damit sich der Junge, falls er sich umdrehte, nicht gekränkt fühlte, half nur wenig.

Unter normalen Umständen hätte Damian niemals ein so intimes Thema angeschnitten, aber nachdem er den Geruch den ganzen Tag lang ertragen hatte, konnte er sich gegen Abend eine diesbezügliche Bemerkung nicht mehr verkneifen. »Wechselst du eigentlich jemals deine Kleider?« erkundigte er sich unumwunden.

»Selten«, erfolgte die unbekümmerte Antwort. »Auf diese Weise bleibt mir wenigstens so manches Getier vom Leibe.«

Damian konnte beim besten Willen nicht sagen, ob der Junge seine Worte erst meinte oder nicht, daher vermied er es zu fragen, auf welche Art von Getier er angespielt hatte. Seufzend fand er sich mit dem Gedanken ab, mit dem unangenehmen Geruch leben zu müssen, bis sie ihr Ziel erreicht hatten … was die nächste Frage nach sich zog.

»Was meinst du, werden wir heute noch bis Coffeyville kommen?«

Der Junge antwortete, ohne sich umzudrehen: »Wenn uns diese beiden Galgenstricke nicht aufhalten würden, könnten wir es vielleicht schaffen, aber so? Ich halte es für ziemlich unwahrscheinlich, Mr. Rutledge.«

Wieder stieß Damian einen tiefen Seufzer aus, dann schlug er vor, um das Gespräch nicht einschlafen zu lassen: »Da wir ja vorübergehend auf so engem Raum zusammenleben, denke ich, du solltest mich einfach Damian nennen. ›Mr. Rutledge‹ klingt ein wenig ... fehl am Platze, findest du nicht? Und *du* mußt doch außer ›Kid‹ noch einen anderen Namen haben, oder nicht?«

»Nun, wenn ich irgendwelche amtlichen Formulare ausfüllen muß, unterschreibe ich mit K. C., wenn es das ist, was Sie meinen.«

»Was bedeuten diese Initialen denn?«

»Bedeuten?« Der Junge zuckte die Achseln. »Die bedeuten gar nichts. Als ich zum erstenmal eine Unterschrift leisten mußte, um die auf einen Verbrecher ausgesetzte Belohnung kassieren zu können, hat der Sheriff aus dem Gekritzel ›K. C.‹ herausgelesen, und irgendwie ist das dann an mir hängengeblieben. Dieser eine Sheriff nennt mich jedenfalls immer so.«

»K. C., was? Eigentlich ein schöner Name, wenn man ihn als Ganzes statt als Abkürzung benutzt. Hast du etwas dagegen, wenn ich dich Casey rufe?«

Der Junge erstarrte eine Sekunde lang merklich, dann entspannte er sich wieder. »Ist mir vollkommen gleichgültig« war alles, was er dazu sagte.

Diese Behauptung traf eindeutig nicht zu, aber Casey wollte offenbar nicht näher darauf eingehen. Damian lächelte, als ihm einfiel, daß er den Namen wahrscheinlich ablehnte, weil er für Jungen wie auch für Mädchen gleichermaßen geeignet war. Jungen seines Alters reagierten auf solche Bagatellen oft überempfindlich.

Danach herrschte Schweigen. Zum größten Teil war der lange Ritt zwar anstrengend, aber langweilig gewesen, wofür Damian, wie er annahm, dankbar sein konnte. ›Langweilig‹ bedeutete in diesem Fall nichts anderes, als daß sich nichts Ungewöhnliches oder gar Gefährliches ereignet und ihn aus der Fassung gebracht hatte, und er sich nicht noch einmal so schrecklich hilflos und überflüssig vorgekommen war.

Ungefähr eine Stunde vor Sonnenuntergang kehrte Casey wieder zum Fluß zurück, um dort das Nachtlager aufzuschlagen. Er machte Feuer, bereitete rasch eine Schüssel voll Teig zu und stellte sie beiseite, damit der Teig gehen konnte, dann stieg er wieder auf sein Pferd, während Damian noch damit beschäftigt war, sich um ihre ungebetenen Gäste zu kümmern.

Bei diesem Anblick bekam Damian einen gewaltigen Schreck, da er zunächst fürchtete, in der Wildnis allein gelassen zu werden, doch der Junge meinte nur lakonisch: »Tun Sie mir einen Gefallen, und brechen Sie nicht noch mehr Nasen, während ich für das Abendessen sorge, Mr. Rutledge.«

Damian lief puterrot an, doch Casey bemerkte dies nicht. Er war bereits losgeritten.

7. Kapitel

Casey war wahrscheinlich ebenso erleichtert wie Damian, als am nächsten Morgen Coffeyville in Sicht kam. Sie reiste nicht gern in Gesellschaft, denn sie konnte sich nicht entspannen und völlig sie selbst sein, wenn sie ständig auf der Hut sein mußte. Sie konnte nicht rasch ein Bad nehmen, wenn ausreichend Wasser zur Verfügung stand, und wenn sie ein menschliches Bedürfnis verspürte, mußte sie sich verstohlen in die Büsche schlagen, während sich ihre Begleiter an Ort und Stelle erleichterten, ohne sich darum zu scheren, wer gerade in der Nähe war. Aber es nutzte nichts, sich über diese Unannehmlichkeiten zu ärgern. Die Männer dachten ja, sie sei einer der Ihren.

Und daran war sie beileibe nicht unschuldig, obwohl sie nie absichtlich versucht hatte, ihre Mitmenschen hinsichtlich ihres Geschlechtes zu täuschen. Als sie ihre Heimat verlassen hatte, war es ihr nie in den Sinn gekommen, daß sie sich vieles leichter machen konnte, wenn sie sich für einen Jungen ausgab.

Zum damaligen Zeitpunkt hatte sie auch gar nicht vorgehabt, sich irgend etwas leichtzumachen, im Gegenteil, sie wollte ihrem Vater ja beweisen, daß Frauen ebensoviel leisten konnten wie Männer, wenn nicht mehr. Nur ihr Haar hatte sie auf Schulterlänge gestutzt, und das auch nur, weil der lange Zopf, der ihr über den Rücken fiel, im krassen Gegensatz zu ihrer Kleidung stand und nur unnötige Aufmerksamkeit erregt hätte. Sie hatte es noch nie gemocht, wenn sie aus irgendeinem Grund im Mittelpunkt des allgemeinen Interesses stand.

Männerkleidung trug sie schon deshalb, weil sie sich hauptsächlich zu Pferde fortbewegte und Röcke beim Reiten nur hinderlich gewesen wären. Aber hauptsächlich war es der dicke, wollene Poncho, der die Leute täuschte, weil er all ihre weiblichen Rundungen vollständig verbarg. Sie trug ihn mit Vorliebe, da sich der weite Poncho leicht zurückschlagen ließ, wenn sie zur Waffe greifen mußte. Eine Jacke dagegen mußte man hinter das Halfter schieben, ehe man die Waffe zog, so daß die Gefahr bestand, daß sie im ungeeignetsten Moment wieder nach vorne fiel und den Schützen behinderte, was sich für dessen Gesundheitszustand als fatal erweisen konnte.

Ihre Kleidung und ihre ungewöhnliche Größe bewirkten, daß die Leute sie automatisch für einen Jungen hielten, und Casey sah keinen Grund, diesen Irrtum zu korrigieren. Er bewahrte sie davor, über Gebühr belästigt zu werden, wenn sie sich in Städten aufhielt, und ihre Gefangenen kamen nicht auf die Idee, sie könnten ein leichtes Spiel mit ihr haben, nur weil sie zum sogenannten schwachen Geschlecht gehörte. Komisch, es schien ihr, als würden sie es eher hinnehmen, von einem jungen Spund festgenommen zu werden als von einer Frau. Aber es entsprach der Wahrheit. Manche Männer waren außerstande, Frauen ernst zu nehmen.

Wenn sie gefragt werden sollte, würde sie offen und ehrlich antworten. Schließlich führte sie die Leute ja nicht bewußt in die Irre, sondern unterließ es nur, ihren ersten Eindruck von ihrer Person zu berichtigen. Und wenn niemand ihr nahe genug kommen wollte, um die eine oder andere verräterische Kleinigkeit erkennen zu können, nun, auch das lag nicht in ihrer Absicht. Sie roch aus gutem Grund so unangenehm.

Hier draußen mußte sie sich selbst mit Nahrung versorgen, und wilde Tiere konnten Menschen allzu leicht wittern. Ihr Vater hatte ihr beigebracht, wie wichtig es war, ihren natürlichen Körpergeruch zu überdecken, und so gelang es ihr des öfteren, ein Beutetier zu überwältigen, ehe es die drohende Gefahr spürte – was ihr sehr gelegen kam, wenn sie sich nicht durch Schüsse verraten wollte.

Deshalb machte sich Casey auch nur dann die Mühe, ihre Kleider zu waschen, wenn sie länger als einen Tag in einer Stadt blieb, dafür badete sie, sooft es ihr möglich war. Sie wußte sehr wohl, daß sie in ihrem jetzigen Zustand nicht gerade nach Veilchen duftete. Immer, wenn ihr Wollponcho feucht wurde, begann er bestialisch zu stinken, und vor ein paar Tagen war er während eines Regengusses klatschnaß geworden.

Nichts von alledem hätte ihr etwas ausgemacht, wenn sie allein unterwegs gewesen wäre, aber sie reiste in Gesellschaft, und seit Damian Rutledge der Dritte in ihr Leben getreten war, hatte er sie mehr als einmal in tödliche Verlegenheit gebracht.

Noch nie hatte jemand ihr Interesse so stark geweckt wie dieser Oststaatler. Sicher, er sah ungewöhnlich aus – ein so großer, kräftig gebauter Mann, der so einen piekfeinen städtischen Anzug trug –, aber er war zugleich ungemein attraktiv. Breite Wangenknochen, ein arrogant geformtes Kinn und dichte Augenbrauen ließen sein Gesicht ausgesprochen maskulin wirken, dazu kamen eine scharfgemeißelte Nase und ein fester, wohlgeformter Mund. Und er hatte durchdringende graue Augen, die ihr oft Unbehagen einflößten, da es ihr so vorkam, als könne er damit durch sie hindurchsehen und hinter ihrer Fassade die wahre Casey erkennen.

Es war schlicht und ergreifend so, daß er sie ablenkte. Sie hatte sich mehrfach dabei ertappt, daß sie ihn ohne besonderen Grund anstarrte, einfach nur deshalb, weil er so gut aussah. Außerdem löste er tief in ihrem Inneren ein merkwürdiges, ihr bis dato unbekanntes Gefühl aus, das sie nicht einordnen konnte und das ihr nicht gefiel. Ein paarmal hatte sie sogar den törichten Wunsch verspürt, sich ein bißchen herauszuputzen, damit er sah, wie hübsch sie aussehen konnte, wenn sie wollte – einfach lächerlich. Sowie sie Coffeyville erreicht hatten, würde er seiner Wege gehen, und darüber war sie froh. So verwirrende Ablenkungen wie seine Person konnte sie in ihrem Leben nicht gebrauchen.

Im großen und ganzen kam Casey recht gut voran. Eine Zeitlang hatte ihr die Art, wie sie nach dem Streit mit ihrem Vater wutentbrannt das Haus verlassen hatte, schwer auf der Seele gelegen. Ihr Zorn war so groß gewesen, daß sie ihren Eltern gegenüber keine Erklärung für ihr Verhalten abgegeben hatte, sondern einfach so ohne Abschied fortgegangen war – sich mitten in der Nacht heimlich davongeschlichen hatte, um genau zu sein.

Allerdings schickte sie ihrer Mutter alle paar Wochen ein Telegramm, um sie wissen zu lassen, daß es ihr gutging. Sie wollte nicht, daß ihre Eltern sich Sorgen um sie machten, wußte aber natürlich, daß dies trotzdem der Fall war. Aber sie wollte keinesfalls nach Hause zurückkehren, bevor sie ihr Ziel erreicht hatte.

Chandos war dieses Vorhaben gelungen. Er hatte seinem Vater bewiesen, daß er ihn nicht brauchte, daß er aus eigener Kraft ein genauso erfolgreicher Rancher wie Fletcher werden konnte. Casey tat im Prinzip genau dasselbe; sie war dabei, Chandos zu beweisen, daß sie allein für ihren Lebensunterhalt sorgen konnte, und das auch noch, indem sie die Arbeit eines Mannes verrichtete.

Aber manchmal fühlte sie sich selbst wie einer der Outlaws, die sie verfolgte. Da sie ihren Vater kannte, wußte sie, daß er sich irgendwo hier draußen aufhielt und nach ihr suchte, und es fiel ihr nicht immer leicht, ihre Spuren zu verwischen. Allerdings konnte Chandos sie nur anhand ihrer Beschreibung ausfindig machen, und ihr augenblickliches Erscheinungsbild entsprach nicht ganz der Beschreibung, die er abgeben würde. Doch soweit sie wußte, hatte er bis jetzt noch nicht herausgefunden, welche Initialen sie benutzte, aber es kannten sie auch nur wenige Sheriffs als K. C.. Eigentlich nannten sie die meisten Leute wirklich bloß Kid.

Doch sie war hoffentlich bald in der Lage, nach Hause zurückzugehen. Zumindest war sie mit dieser Hoffnung nach Norden gekommen.

Durch einen glücklichen Zufall war sie vor ein paar Wochen zur rechten Zeit am rechten Ort gewesen und hatte mit angehört, wie sich Bill Doolin prahlerisch über einen zweifachen Banküberfall ausließ, der diese Woche in Coffeyville stattfinden sollte. Doolin gehörte, wie allgemein bekannt, zur Dalton-Bande, und Casey hätte ihn wahrscheinlich mühelos festnehmen können – er war zu diesem Zeitpunkt sturzbetrunken gewesen –, aber sie hatte sich entschieden, noch abzuwarten und die ganze Bande auf einmal auf frischer Tat zu ertappen.

Casey wußte über diese spezielle Horde von Outlaws inzwischen recht gut Bescheid. Sie hatte sich mit verschiedenen Leuten unterhalten und war alte Zeitungsartikel durchgegangen, so, wie sie es immer tat, ehe sie sich auf die Jagd nach einem Verbrecher machte. Die drei Dalton-Brüder – Robert, Emmett und Grattan – stammten aus Arkansas und waren einst als U.S. Marshalls für ihr Vaterland tätig gewesen. Um so schwerer wog es, daß die ehemaligen Gesetzeshüter sich nun kriminellen Aktivitäten verschrieben hatten.

Mit ihren illegalen Machenschaften hatten sie erst vor einigen Jahren in Oklahoma begonnen, zunächst vornehmlich mit Pferdediebstählen, waren dann aber zu größeren Coups übergegangen, als Robert, der Kopf der Bande, ihren Wirkungskreis nach Kalifornien verlegt hatte. Doch seit ihrem Versuch, Anfang letzten Jahres den San Francisco – Los Angeles-Express der Southern Pacific Railroad auszurauben – ein völliger Fehlschlag, da es ihnen nicht gelungen war, den Safe aufzubrechen –, hingen ihre Steckbriefe nun auch in dieser Gegend überall an der Wand, und sie zogen sich Hals über Kopf wieder nach Oklahoma zurück. Dort wurde Grattan verhaftet und vor Gericht gestellt, weil bei dem verpfuschten Überfall in Kalifornien ein Mann ums Leben gekommen war, und schließlich zu einer zwanzigjährigen Haftstrafe verurteilt, aber es gelang ihm, zu entkommen und sich wieder seinen Brüdern anzuschließen.

Danach hatten sie offenbar neue Mitglieder angeworben, da sich außer ihnen noch vier Neulinge, Charlie

›Blackface‹ Bryant, Charley Pierce, ›Bitter Creek‹ George Newcomb und eben jener Bill Doolin an dem Überfall auf den Santa Fé Limited in Wharton im Mai letzten Jahres beteiligt hatten. Diesmal war niemand getötet worden, und die Bande hatte mehr als zehntausend Dollar erbeutet. ›Blackface‹ Bryant blieb allerdings nicht mehr viel Zeit, seinen Anteil zu verprassen, er wurde kurz darauf im Zweikampf mit Deputy U.S. Marshall Ed Short, der ihn auch festgenommen hatte, erschossen.

Wenig später im selben Monat konnte die Bande dann mit neunzehntausend Dollar Beute entkommen, nachdem sie bei Lelietta einen Zug der Missouri, Kansas & Texas-Eisenbahnlinie angehalten und ausgeraubt hatte. Danach hatten sich die Halunken wohl eine Weile zurückgehalten und von dem gestohlenen Geld gelebt, denn die Dalton-Bande machte erst viel später, im Juni des darauffolgenden Jahres, wieder Schlagzeilen, als sie bei Red Rock erneut einen Zug überfiel. Ihr bislang letzter Anschlag auf einen Zug in der Nähe von Adair hatte dann wieder ein blutiges Ende genommen; drei Männer waren verwundet und einer getötet worden.

Nun sah es so aus, als würden sie auch Banken als lohnende Ziele für Raubüberfälle in Betracht ziehen, und zwar nicht nur eine, sondern gleich zwei auf einmal. Ein recht gewagtes Unternehmen für eine Horde nicht übermäßig mit Geistesgaben gesegneter Verbrecher, wenn ihre Informationen zutrafen, und Casey beabsichtigte, rechtzeitig am Ort des Geschehens zu sein, um den Überfall zu verhindern und anschließend die Belohnungen einzustreichen.

Die Summe, die ihr die Ergreifung der ganzen Bande eintragen würde, übertraf den Betrag noch, den sie am Ende ihrer »Vaterbekehrungstour« auf der Bank zu haben hoffte. Dann würde es ihr möglich sein, nach Hause zurückzukehren – wonach sie sich bereits zwei Wochen nach ihrer Abreise verzweifelt gesehnt hatte. Doch inzwischen war sie seit sechs langen Monaten unterwegs. Sechs Monate, in denen sie viele, viele Tränen vergossen hatte.

8. Kapitel

Wären sie letzten Abend nur eine Stunde lang weitergeritten, dann hätten sie ein sehr viel bequemeres Nachtlager gefunden. Aber das hatte Casey nicht wissen können, sie befand sich selbst zum erstenmal so weit im Norden des Landes und war noch nie zuvor in Kansas gewesen. Sie hatte auch nicht damit gerechnet, daß ihre Vorräte zur Neige gehen würden, ehe sie die nächst gelegene Stadt erreichte, aber drei unerwartete zusätzliche Esser hatten dafür gesorgt.

Am Morgen waren sie erst relativ spät aufgebrochen, da Casey gezwungen gewesen war, auf die Jagd zu gehen, um für das Frühstück zu sorgen. Das Abendessen am Tag zuvor hatte den letzten Rest ihres Teigvorrates und die letzten Dosenkonserven verschlungen. In jeder Stadt, durch die sie hindurchkam, kaufte sie immer gerade so viele Lebensmittel ein, daß sie bis zur nächsten Stadt reichten. Zufällige Zusammentreffen mit hilflos in der Gegend herumirrenden Oststaatlern und stümperhaften Postkutschenräubern hatte sie in ihre Kalkulation allerdings nie mit einbezogen. Und so war es, obwohl sie nur eine Stunde Weg zurückgelegt hatten, bereits spät am Morgen, als sie in Coffeyville eintrafen.

Coffeyville war, wie Casey aufgrund der Tatsache, daß es dort zwei Banken gab, bereits vermutet hatte, ein mittelgroßes Handelsstädtchen. Während sie die Hauptstraße entlang zum Büro des Sheriffs ritt, nahm sie sowohl die First National als auch die gegenüberliegende Condon Bank genau in Augenschein und suchte nach einem geeigneten Platz, wo sie Posten beziehen und beide Gebäude unauffällig beobachten könnte.

Im Augenblick war eine Reihe von Arbeitern damit beschäftigt, die Straße auszubessern. Zu diesem Zweck hatten sie vorübergehend die Geländer vor beiden Banken entfernt, und während Casey ihre Pferde anband, überlegte sie, ob sich das für sie als Vor- oder als Nachteil erweisen könnte.

Für gewöhnlich legten Bankräuber großen Wert auf die Möglichkeit, ihre Pferde entweder direkt vor oder neben ihrem auserkorenen Zielobjekt festzumachen, damit eine rasche Flucht gewährleistet war. Wenn die Daltons in die Stadt kamen und das Fehlen der Geländer bemerkten, verzichteten sie vielleicht darauf, die Banken zu überfallen, und machten sofort wieder kehrt.

In diesem Fall würde die Stadt zwar noch einmal verschont bleiben, doch die Bande würde zweifellos auch weiterhin ihr Unwesen treiben, und dann konnte sich Casey lediglich nach den Steckbriefen der Verbrecher richten – ihrer einzigen Hoffnung, diese doch noch zu fassen und vor Gericht bringen zu können.

In beiden Banken herrschte momentan wenig Betrieb; es sah also so aus, als bliebe ihr genug Zeit, sich ihrer augenblicklichen Gefangenen zu entledigen und sich darauf vorzubereiten, die nächste Horde von Outlaws dingfest zu machen.

Sie hatte sich immer noch nicht dazu durchgerungen, den hiesigen Sheriff über die bevorstehenden Ereignisse zu informieren. Möglicherweise bedankte er sich lediglich für die Warnung und befahl ihr, sich von nun an aus der Sache herauszuhalten, da er den Ruhm für sich allein beanspruchen wollte. Vielleicht lachte er ihr aber auch einfach mitten ins Gesicht, weil er ihr die Geschichte nicht abnahm. Schließlich war die Dalton-Bande aufgrund von Zug- und nicht von Banküberfällen zu ihrem zweifelhaften Ruf gelangt.

Dazu kam, daß Casey es vorzog, allein zu arbeiten. Sie wußte, wozu sie fähig war, aber sie kannte auch ihre Grenzen, und das konnte sie von anderen nicht behaupten. Andererseits hatte sie noch nie zuvor den Versuch unternommen, so viele Männer auf einmal zu überwältigen. Sie beschloß ihre Entscheidung zu treffen, sowie sie den Sheriff kennengelernt hatte, und das würde gleich geschehen, sie war nämlich bei seinem Büro angelangt.

Sie hatten einige Aufmerksamkeit auf sich gezogen; kein Wunder, immerhin ritten sie jeweils zu zweit auf einem Pferd, und Billybob und Vince waren überdies gefesselt, was keinem der Schaulustigen entgehen konnte. So kam es, daß sofort eine Anzahl Helfer zur Stelle waren, die die beiden Männer vom Pferd hoben und in das Büro des Sheriffs führten. Wie sich herausstellte, war auf beide eine kleine Belohnung ausgesetzt, und da noch weitere Postkutschenüberfälle auf ihr Konto gingen, wurde Damian als Zeuge nicht gebraucht, sondern mußte nur über den Unfall und das Verschwinden des Kutschers Auskunft geben.

Zunächst galt es, ein Mißverständnis zu klären, über das sich Casey maßlos ärgerte. Alle Anwesenden waren nämlich wie selbstverständlich davon ausgegangen, daß Damian die Banditen überwältigt hatte. Nur weil er so ein Riese war, dachte sie grollend, und weil sie neben ihm so verdammt jung wirkte. Zur Hölle mit den ersten Eindrücken!

Sowie der Sheriff ihn entließ, war er auch schon zur Tür hinaus. Casey lief ihm nach, um sich von ihm zu verabschieden, ehe sie ihre eigenen Angelegenheiten regelte.

»Viel Glück auf Ihrer Weiterreise«, sagte sie freundlich und hielt ihm zum Abschied die Hand hin.

»Ich bin schon zufrieden, wenn ich von weiteren unangenehmen Zwischenfällen verschont bleibe – wenigstens so lange, bis ich Texas erreicht habe.«

»Richtig, Sie sind ja selber auf der Suche nach einem bestimmten Mann. Nun, auch dabei wünsche ich Ihnen viel Glück.«

Damian ergriff ihre Hand und drückte sie fest. »Danke für deine Hilfe, Casey. Vermutlich würde ich immer noch hilflos dort draußen herumirren, wenn ich nicht zufällig dein Lagerfeuer entdeckt hätte.«

Darüber ließ sich streiten, aber das behielt Casey für sich. Sie entriß ihm ihre Hand und lief im selben Moment rot an, so offensichtlich war es, daß seine Berührung sie aus der Fassung gebracht hatte. Doch er schien davon gar keine Notiz zu nehmen. Er war mit seinen Gedanken bereits weit weg und konnte es anscheinend kaum erwarten, seiner Wege zu gehen. Ungeduldig blickte er sich nach allen Seiten um, um festzustellen, was die Stadt an Annehmlichkeiten zu bieten hatte.

»Leben Sie wohl«, sagte Casey endlich, drehte sich abrupt um und verschwand wieder im Büro des Sheriffs.

Es war mehr als wahrscheinlich, daß sie den Grünschnabel soeben zum letzten Mal gesehen hatte. Er würde sich vermutlich im besten Hotel der Stadt einquartieren, während sie sich nach einer preisgünstigen Unterkunft umsehen mußte, da Sparsamkeit bei ihr oberstes Gebot war. Die Abende würde sie in den verschiedenen Saloons verbringen, wo sie die eine oder andere wichtige Information aufzuschnappen hoffte. Er würde ins Theater gehen, sofern es hier eines gab.

Er täte gut daran, wieder nach Hause zu fahren. Der Westen barg für Menschen, die nicht dort aufgewachsen waren, die vielfältigsten Gefahren. Hatte er das nicht gerade erst am eigenen Leib erfahren? Aber hatte er daraus gelernt? O nein. Es stimmte schon, Oststaatler waren ein merkwürdiger Menschenschlag. Sie hatten oft seltsame Ansichten, und sie konnten ohne all jene Dinge, die sie als selbstverständlich erachteten, nicht überleben, sie ... Schluß jetzt, befahl Casey sich energisch, als sie sich dabei ertappte, daß ihre Gedanken schon wieder um diesen Mann kreisten.

Besser, sie befaßte sich wieder mit naheliegenden Problemen und überlegte sich endlich, ob sie dem Sheriff trauen sollte oder nicht. Von seinen Deputies hielt sie nicht allzuviel, nachdem sie sich die üblichen Frotzeleien hatte anhören müssen. Sie war viel zu jung für einen solchen Fang, sie mußte die Outlaws im Schlaf oder völlig betrunken überrascht haben, denn wie sonst hätte es ihr gelingen sollen, die beiden zu überwältigen. Casey versuchte erst gar nicht, die Vermutungen richtigzustellen, das tat sie nie. Je weniger Leute um das Ausmaß ihrer Fähigkeiten wußten, desto besser.

Es dauerte gut zwanzig Minuten, bis der Sheriff mit seiner Befragung fertig war und sie anwies, am nächsten Tag wiederzukommen und die ihr zustehenden zweihundert Dollar Belohnung abzuholen; ein vergleichsweise niedriger Betrag für die Ergreifung von zwei Postkutschenräubern, aber Vince und Billybob hatten ja auch erst ganz am Anfang ihrer Verbrecherlaufbahn gestanden, und da sie bislang noch kein Menschenleben auf dem Gewissen hatten, galten sie als relativ kleine Fische – woran sich in naher Zukunft wohl auch nichts ändern würde.

Und dann wurde ihr plötzlich die Entscheidung, ihre Informationen weiterzugeben oder für sich zu behalten, abgenommen. Draußen fielen Schüsse, und zwar mehrere nacheinander, woraufhin der Sheriff und seine Deputies aus dem Büro stürmten, ohne noch weiter auf Casey zu achten.

Casey hoffte von ganzem Herzen, daß die Dalton-Bande noch nicht in der Stadt eingetroffen war. Doch eine innere Stimme sagte ihr, daß sie vergeblich hoffte. Und dem Lärm und den Schüssen nach zu urteilen, waren auch die Pläne der Daltons kläglich gescheitert.

9. Kapitel

Damian stand mit erhobenen Händen da und konnte es nicht fassen, daß er erneut ausgeraubt, ja, sogar um dieselbe Summe wie beim erstenmal erleichtert wurde. Caseys Warnung vom vorigen Abend, als sie am Lagerfeuer gesessen und sich unterhalten hatten, kam ihm wieder in den Sinn.

»Es besteht die Möglichkeit, daß sich das Geld, welches Vince und Billybob Ihnen gestohlen haben, noch in ihren Satteltaschen befindet. Nehmen Sie es besser sofort wieder an sich, Damian, denn ich bezweifle, daß der Sheriff es Ihnen in absehbarer Zeit zurückgibt. Ich mußte schon mal über eine Woche warten, bis ich meine Belohnung ausbezahlt bekam. Mit dem Papierkram nimmt es kaum ein Sheriff sehr genau.«

»Ach, wegen Geld mache ich mir eigentlich keine Sorgen«, hatte Damian erwidert. »Ich kann mir jederzeit eine größere Summe überweisen lassen. Dabei fällt mir ein, daß ich so bald wie möglich zur Bank gehen müßte ...«

»Das würde ich nicht tun.«

»Wie bitte?«

»Hören Sie einfach auf mich, Damian, und halten Sie sich von den Banken fern, wenn Sie in die Stadt kommen.«

Nach diesem Wortwechsel hatte der Junge schnell das Thema gewechselt, und tatsächlich hatte Damian sein Geld in Vince' Satteltasche wiedergefunden und wieder an sich genommen – nur um es jetzt einem Bankräuber aushändigen zu müssen.

Die drei Männer, die kurz zuvor die Condon Bank betreten hatten, waren mit Gewehren und Revolvern schwer bewaffnet, und für den Fall, daß nicht jeder gleich begriff, was sie im Schilde führten, hatten sie den wenigen Kunden und den Bankangestellten sofort besagte Waffen unter die Nase gehalten.

Zwei der Räuber hatten sich ganz offensichtlich mit falschen Bärten maskiert, aber sie schienen alle noch jung zu sein, vielleicht Anfang Zwanzig. Und sie ließen keinen Zweifel daran aufkommen, daß es ihnen mit ihrer Absicht bitterernst war. Hier würde es keine stümperhaften Mißgeschicke geben, da war Damian sich sicher. Er konnte in ihren Augen deutlich lesen, daß jeder von ihnen ohne Zögern abdrücken würde, falls eines ihrer Opfer auf die Idee kam, Widerstand zu leisten.

Damian hätte sich nicht zur Wehr setzen können, selbst wenn er das gewollt hätte, denn er hatte – wieder einmal – keine Waffe bei sich. Den Revolver, den er einem der beiden Banditen abgenommen hatte, hatte er dem Sheriff von Coffeyville übergeben, da er der Meinung gewesen war, er würde ihn nun, da er in die Zivilisation zurückgekehrt war, nicht mehr brauchen. Eigentlich konnte er sich glücklich schätzen, daß sich die Waffe nicht mehr in seinem Besitz befand, denn im Moment war er wütend genug, um damit eine große Dummheit zu begehen.

Erneut ausgeraubt. Es war nicht zu fassen. Und das am hellichten Tag, mitten im Zentrum der Stadt, wo die Straßen von Menschen nur so wimmelten. Der Junge hatte vorher gewußt, was geschehen würde. Er hatte versucht, Damian zu warnen, aber Damian hatte ja nicht hören wollen, da er den Jungen für überfürsorglich gehalten oder ihm gar unterstellt hatte, daß er ihm, dem Neuling im Westen, nur Angst einjagen wollte. Was sollte denn so früh am Morgen schon passieren, noch dazu, wo sich außer ihm noch zahlreiche andere Menschen auf den Straßen drängelten?

Einige Minuten herrschte gespannte Stille, während die Räuber darauf warteten, daß sich das Zeitschloß des Tresorraumes um punkt neun Uhr fünfundvierzig automatisch öffnen würde. Die Wartezeit füllten sie damit aus, ihren Opfern die Taschen auszuleeren. Niemand sonst hatte in dieser Zeit die Bank betreten, aber Damian war aufgefallen, daß jemand von draußen durch das Fenster gespäht hatte. Dieser heimliche Beobachter mußte die Waffen bemerkt und daraus geschlossen haben, was in der Bank vor sich ging, denn in der nächsten Sekunde ertönten draußen auf der Straße weithin hallende Alarmrufe, die den Überfall abrupt beendeten.

Einer der Räuber fluchte gotteslästerlich. Ein anderer wurde totenbleich. Sie wirkten nun alles andere als zuversichtlich, und tatsächlich ließen sie den Tresor im Stich und stürzten zur Tür hinaus, wobei sie wild um sich schossen. Aber die Stadt reagierte schnell, wenn es darum ging, ihr Geld zu verteidigen. Jeder verfügbare Mann hatte sich bewaffnet und war auf die Straße gerannt. Dort draußen regierte jetzt das Chaos.

Die meisten Leute, dich sich zufällig in der Bank befanden, hatten sich beim ersten Schuß zu Boden geworfen, um nicht von einer verirrten Kugel getroffen zu werden. Damian hatte dies weder bemerkt noch daran gedacht, es ihnen gleichzutun. Statt dessen schlenderte er langsam zur Tür, wo er mit ansehen mußte, wie zwei weitere bewaffnete Räuber mit ihrer Beute aus der First National Bank flüchteten und ein Mann ihnen in den Weg trat, um sie aufzuhalten. Er wurde sofort mit einer Winchester niedergemäht. Nur Sekunden später starben zwei weitere unbeteiligte Zuschauer, die zufällig in der Nähe standen, als die Outlaws versuchten, über die Straße aus der Stadt zu fliehen.

Und dann schwirrte eine Kugel so dicht an Damians Kopf vorbei, daß sein Ohrläppchen zu brennen begann, und diese eine Kugel bewirkte, was all die anderen nicht geschafft hatten: Er verlor die Beherrschung. Aber er konnte seine plötzlich aufkeimende kochende Wut nirgendwo abreagieren – bis er Casey erblickte, die an ihm vorbeirannte und die Richtung einschlug, in die die Outlaws geflüchtet waren.

Es hatte ein entsetzliches Blutbad gegeben. Casey erreichte die schmale Gasse, wo die Outlaws ihre Pferde ungefähr einen Block von der Bank entfernt angebunden hatten, kurz ehe der letzte Schuß fiel, und bekam gerade noch mit, wie Emmett Dalton im Sattel schwankte und langsam vom Pferd rutschte.

Die ganze Schießerei hatte nur fünf Minuten gedauert, aber in dieser kurzen Zeit waren vier Einwohner von Coffeyville getötet worden, unter anderem ein Marshall, der sich mit Grat Dalton dort in der Gasse ein Duell geliefert hatte, welches keiner von beiden überlebte. Diese Gasse war zu einer Todesfalle geworden. Alle Outlaws hatten zwar ihre Pferde noch erreichen können, aber der Kugelhagel, der auf sie niedergegangen war, hatte ihre Flucht dann vereitelt.

Robert und Grat Dalton waren tot, Dick Broadwell und Bill Powers ebenfalls. Bill Doolin, den Casey belauscht hatte, als er von den Überfällen sprach, war gar nicht dabeigewesen.

Erst Jahre später erfuhr sie, daß sein Pferd an diesem Morgen gelahmt und ihn aufgehalten hatte, so daß er nicht rechtzeitig am Ort des Geschehens eingetroffen war.

Allerdings hatte er aus den Fehlern seiner verstorbenen Kumpane offenbar nicht viel gelernt, da er kurz darauf eine eigene Bande gegründet und seine kriminellen Aktivitäten fortgesetzt hatte. Einzig Emmett Dalton hatte diesen Tag überlebt. Auf ihn wartete eine lebenslange Haftstrafe im Staatsgefängnis von Kansas, die er antreten würde, sobald er sich von seinen Verletzungen erholt hatte.

Casey schäumte vor Wut, als sie auf das Schlachtfeld starrte. Sie hätte die ganze Bande lebendig gefangennehmen können, hätte jeden einzelnen der Halunken durch gezielte Schüsse in Beine und Knie außer Gefecht gesetzt, so daß ihnen gar nichts anderes übriggeblieben wäre, als sich zu ergeben.

Wenigstens hätte es keine Toten gegeben. Nicht, daß sie das Ableben der Daltons und ihrer Spießgesellen sonderlich betrauern würde, aber sie hatten unschuldige Zuschauer mit in den Tod gerissen, und es drehte ihr immer den Magen um, wenn Menschen sterben mußten, ehe ihre Uhr abgelaufen war, nur weil sie sich zufällig zur falschen Zeit am falschen Ort aufgehalten hatten.

All diese Todesfälle hätte sie vielleicht verhindern könne, wenn sie nur ein bißchen früher in Coffeyville angekommen wäre – so, wie sie es eigentlich geplant hatte. Unter normalen Umständen hätte sie die Stadt schon gestern oder gar vorgestern erreicht und somit reichlich Zeit gehabt, ihre Vorbereitungen zu treffen, aber sie hatte sich ja mit überflüssigem Ballast belasten müssen, den sie unterwegs aufgelesen hatte.

Damian und seine gottverdammten Postkutschenräuber!

Vince und Billybob allein hätten sie nicht so stark aufgehalten. Sicher, sie wäre trotzdem nicht ganz so schnell vorwärtsgekommen, als wenn sie allein geritten wäre, aber sie hätte sich heute morgen bestimmt nicht verpflichtet gefühlt, für sie auch noch auf die Jagd zu gehen, da sie wußte, daß die beiden in Kürze hinter Schloß und Riegel sitzen würden. Es hätte sie nicht im geringsten gestört, wenn sie vorher noch ein bißchen gehungert hätten. Sie wäre jedenfalls noch rechtzeitig in der Stadt angelangt.

Mit Damian verhielt es sich dagegen anders. Es war ihr überhaupt nicht in den Sinn gekommen, ihm zu eröffnen, daß die nächste Mahlzeit warten mußte, bis sie die Stadt erreicht hatten; nicht, wo sie ebensogut wie jeder andere wußte, daß hochgewachsene, kräftige Männer wie er über einen herzhaften Appetit verfügten. Außerdem stammte er aus dem Osten und war somit in ihren Augen hier in der Wildnis so hilflos wie ein Baby. Sie hatte in dem Moment, wo sie ihm gestattet hatte, an ihrem Lagerfeuer zu übernachten, die Verantwortung für ihn übernommen, und das bedeutete, daß sie für seine Verpflegung zu sorgen hatte.

Er hätte niemals in diesen Teil des Landes kommen sollen. Großstadtmenschen wie er hatten im Westen nichts verloren. Es war *seine* freie Entscheidung gewesen, diese Reise zu unternehmen, er allein war für diesen Entschluß verantwortlich, und deswegen konnte sie getrost die Schuld an diesem ganzen Fiasko auf ihn abwälzen.

Leider war er gerade nicht greifbar, damit sie ihren angestauten Ärger an ihm auslassen konnte – oder glücklicherweise, denn im Moment war sie genau in der richtigen Stimmung, um ihn kaltblütig zu erschießen.

Und dann war er plötzlich da ...

Casey stellte erstaunt fest, daß sie gegen die nächste Wand gedrückt wurde, daß sie auf einmal keinen Boden mehr unter den Füßen spürte und daß Damian sie mit seiner riesigen Pranke an Poncho, Hemd und Unterhemd gepackt und hochgehoben hatte. Seine andere Hand war zur Faust geballt und direkt auf ihr Gesicht gerichtet. In der nächsten Sekunde würden ihre Knochen unter der Wucht seines Schlages splittern ...

In diesem Moment hätte Casey eigentlich um Hilfe rufen müssen, aber sie zuckte mit keiner Wimper. Sie glaubte nicht, daß er fähig war, einen halbwüchsigen Jungen – und für einen solchen hielt er sie ja – zu verprügeln, und zu ihrer grenzenlosen Erleichterung behielt sie recht. Mit einem tiefen, angewiderten Knurren ließ er sie los und durchbohrte sie mit seinen stechenden grauen Augen, in denen ein wütender Sturm zu tosen schien.

Sie wußte ja nicht, wo *sein* Problem lag, aber *sie* hatte immer noch eines – ihren noch immer nicht abgeflauten Ärger. Und Casey hatte wesentlich weniger Skrupel als er, zumindest dann, wenn ihr Temperament mit ihr durchging. Ohne zu zögern schmetterte sie ihm ihre Faust direkt zwischen die Augen. Dort hatte sie ihn zwar gar nicht treffen wollen, aber er war so verdammt riesig, daß es ihr schwerfiel, ihr Ziel richtig einzuschätzen. Der Hieb veranlaßte ihn natürlich, erneut nach ihr zu greifen, entweder um sie zu bremsen oder um ihr den Hals umzudrehen, nahm sie an, aber sie wollte nicht abwarten, bis sie es herausfand.

Sie zog ihren Revolver. Damian hielt mitten in der Bewegung inne und stemmte voll ohnmächtiger Wut die Fäuste in die Seiten. Sein Gesicht färbte sich langsam ziegelrot.

Seltsamerweise war Caseys Zorn nun, da sie die Oberhand hatte, plötzlich verraucht. Dazu hatte wohl auch der Schlag beigetragen, den sie ihm versetzt hatte. Eigentlich dürfte er kaum etwas davon gespürt haben, da sie mit der linken Hand zugeschlagen hatte, aber sie achtete stets darauf, die rechte zu schonen, da sie mit rechts besser schießen konnte. Ohne auf das Hämmern in ihrer linken Hand zu achten, funkelte sie Damian böse an.

»Kämpfst du immer mit so unfairen Mitteln?« zischte dieser sie verächtlich an.

»Sicher, immer, wenn mein Gegner ein ganzes Stück größer ist als ich.«

Ihre unerschütterliche Gelassenheit brachte ihn noch mehr in Rage. »Du wußtest, daß diese beiden Banken überfallen werden würden, nicht wahr? Gib es doch zu!«

Casey gab darauf keine Antwort, sondern meinte nur: »Derartige Gespräche sollte man nicht auf offener Straße führen, Grünschnabel.«

Dabei schenkte ihnen niemand auch nur die geringste Beachtung, da sich die halbe Stadt in der Hoffnung, einen Blick auf das Schlachtfeld erhaschen zu können, in der schmalen Gasse versammelt hatte. Auch der Kramladen, in den sie Damian hastig hineinzerrte, war menschenleer, den Besitzer hatte wohl, ebenso wie die meisten Einwohner der Stadt, die Neugier auf die Straße getrieben, weil er herausfinden wollte, was diese Schießerei am frühen Morgen zu bedeuten hatte.

Sowie sie die Tür hinter sich geschlossen hatte, wiederholte Damian seine Frage, und Casey sah keinen Grund, weiterhin zu leugnen.

Anscheinend reichte ihm ihr knappes Nicken nicht aus, denn er bohrte weiter: »Und woher hast du das gewußt?«

Auch das brauchte sie nicht länger für sich zu behalten. »Vor ein paar Wochen bin ich zufällig in so einem kleinen Drecksnest weiter unten im Süden gelandet, und da habe ich ein Mitglied der Dalton-Bande erkannt. Ich war schon im Begriff, mir den Kerl zu schnappen, als ich hörte, worüber er mit seinem Kumpel gerade sprach – besser gesagt, womit er herumprahlte.«

»Er hat damit angegeben, daß er hier die Banken überfallen wollte?«

»Genau.«

»Der Mann war tatsächlich dumm genug, in aller Öffentlichkeit einen Bankraub zu planen?«

»Er wußte ja nicht, daß er belauscht wurde. Ich habe einige Übung darin, mich sozusagen unsichtbar zu machen, wenn ich nicht bemerkt werden will. Außerdem war er an diesem Abend voll wie eine Haubitze, der hätte keine Fliege mehr gesehen, selbst wenn sie direkt auf seiner Nasenspitze gesessen hätte.«

»Du wußtest also genau, was geschehen würde, und hast kein Wort darüber verlauten lassen. Herrgott, Casey, ich wäre beinahe in dieser Bank erschossen worden! Du hättest gestern abend wenigstens eine Andeutung machen können«, schimpfte Damian ärgerlich.

»Diese Art von Informationen gebe ich nur an den jeweiligen Sheriff weiter. Sie hätten mir eben vertrauen und meine Warnung nicht in den Wind schlagen sollen. Ich wollte Sie aus der Gefahrenzone heraushalten. Warum zum Teufel haben Sie nicht auf mich gehört?«

Damian errötete unwillkürlich, da er so offenkundig dabei ertappt worden war, daß er einen guten Rat einfach ignoriert hatte. »Ich wollte mich ja gar nicht lange in der Bank aufhalten, sondern mich nur schnell vergewissern, daß ich mir hier jederzeit Geld überweisen lassen kann, falls ich es brauche. Und nun brauche ich es sogar ziemlich dringend, denn diese Halunken haben mir schon wieder all mein Bargeld abgeknöpft.«

»Das haben Sie sich selber zuzuschreiben. Warum haben Sie auch nicht auf mich gehört?« entgegnete Casey ohne großes Mitgefühl. »Und ich will Ihnen noch etwas sagen. Da draußen auf der Straße liegen überall Tote herum, falls es Ihnen noch nicht aufgefallen ist, und all diese Menschen könnten noch leben, wenn ich bereits gestern hier angekommen wäre, wie ich es eigentlich vorgehabt hatte. Dann hätte ich nämlich das ganze Blutbad verhindern können. Und warum habe ich mich verspätet? Weil Sie mir in die Quere gekommen sind! Außerdem habe ich dadurch, daß Sie mich aufgehalten haben, einen Haufen Geld eingebüßt; mehr als zehntausend Dollar Belohnung, die auf die ganze Bande ausgesetzt waren.«

Bei dieser Bemerkung erstarrte Damian. »Jetzt mach aber mal 'nen Punkt, Freundchen. Du kannst mir doch nicht die Schuld an diesen Todesfällen in die Schuhe schieben oder mich für die dir entgangenen Belohnungen verantwortlich machen. Oder glaubst du etwa im Ernst, du allein hättest die ganze Horde gefangennehmen können, ohne daß dabei ein Schuß gefallen wäre?« Er verzog höhnisch das Gesicht. »Das möchte ich doch stark bezweifeln.«

Casey seufzte. »Genau das ist mein Job, Damian, falls Sie das vergessen haben. Ich spüre Outlaws auf, verfolge sie und nehme sie fest, während sie ihr Bestes tun, um das zu vermeiden. Wenn ich zufällig auf eine ganze Bande von ihnen treffe, um so besser. Die meisten Männer sind so gescheit, ihre Waffe steckenzulassen, wenn bereits eine auf sie gerichtet ist. Sie könnten sich sonst ebensogut gleich einen Sarg bestellen.«

»Ein Mann, der keinen Ausweg mehr sieht, ist zu allem fähig. Wenn du das nicht glaubst, verschließt du deine Augen vor den Tatsachen. Wahrscheinlich wärst du bei dem Versuch, die Banditen zu überwältigen, selbst erschossen worden. Wenn du mich fragst, dann sieht es eher so aus, als hätte ich dir das Leben gerettet, indem ich dir in die Quere gekommen bin.«

Casey war nahe daran, die Augen zu verdrehen. »Nun,

das werden wir nie herausfinden, nicht wahr? Ich weiß nur, daß ich nach dieser ganzen Sache genug Geld gehabt hätte, um mich aus dem Geschäft zurückzuziehen, und das ist mir nun durch die Lappen gegangen. Lassen Sie mich Ihnen noch einen guten Rat geben, Damian: Fahren Sie nach Hause. Sie haben hier draußen nichts zu suchen. Ach ja, und noch etwas: Bleiben Sie mir in Zukunft bloß vom Leibe!«

10. Kapitel

Damian verbrachte die nächsten paar Tage damit, seine Füße zu pflegen, bis die Blasen abgeheilt waren, was hieß, daß er in seinem Hotelzimmer bleiben und auch seine Mahlzeiten dort einnehmen mußte, weil er auf diese Weise seine Schuhe nicht anzuziehen brauchte. Er hatte auch einen Arzt kommen lassen, der sich seine Kopfwunde ansah und nach viel mißbilligendem Zungenschnalzen meinte, *eigentlich* hätte die Wunde ja genäht werden müssen, was aber jetzt keinen Sinn mehr habe, da sie bereits zugeheilt sei.

Es fiel ihm nicht sonderlich schwer, sich im Hotel aufzuhalten. Das Zimmer entsprach zwar nicht dem Standard, den er gewohnt war, aber es war wesentlich ansprechender eingerichtet als viele andere, in denen er seit seiner Abreise genächtigt hatte. Außerdem gab es in diesem Wildwestkaff ohnehin nichts weiter Sehenswertes. Bevor er weiterreiste, wollte er sich lediglich einen neuen Bowler kaufen – wenn er einen bekam – und ein Gewehr. In Zukunft würde er keinen Schritt mehr tun, ohne eine Waffe bei sich zu tragen, die er auch zu gebrauchen verstand. Aber das konnte warten, bis er so weit wiederhergestellt war, daß er den nächsten Zug in Richtung Süden besteigen konnte.

Da er umständehalber in seinem Zimmer bleiben mußte, hatte er wenig anderes zu tun, als die Akte mit den Namen und Beschreibungen aller Männer, die westlich des Missouri polizeilich gesucht wurden, wieder und wieder durchzugehen. Auch die Daltons und alle bislang bekannten Mitglieder ihrer Bande waren dort aufgeführt. Zu dieser Bande gehörten offenbar wesentlich mehr Männer als nur die, die sich an dem Bankraub in Coffeyville beteiligt hatten, aber zumindest die drei Dalton-Brüder würden auf keinem Steckbrief mehr auftauchen.

Damian hatte viel Zeit zum Nachdenken, während er sich von seinem ›Martyrium in der Wildnis‹ erholte. Nachdem er im Geiste alle Erlebnisse noch einmal durchlebt hatte, bedauerte er von ganzem Herzen, daß Casey und er sich im Streit getrennt hatten. Der Junge hatte ihm am Tag des Überfalls einen letzten Rat gegeben und war danach spurlos verschwunden. Seitdem hatte Damian ihn nicht mehr zu Gesicht bekommen. Er beabsichtigte jedoch nicht, diesen Ratschlag zu beherzigen und dem Jungen aus dem Weg zu gehen, nur hatte er sein Hotel bislang nicht verlassen können, um in Erfahrung zu bringen, ob Casey sich noch in der Stadt aufhielt.

Im Grunde genommen wurde Damian von Schuldgefühlen geplagt. Casey hatte ihm beigestanden, als er dringend Hilfe gebraucht hatte. Sicher, er hatte sich bei dem Jungen dafür bedankt, aber er war auch nahe daran gewesen, ihn zu Brei zu schlagen. Eine schöne Art, jemandem zu danken, der einem wahrscheinlich das Leben gerettet hatte.

Und eine Bemerkung Caseys ging ihm nicht aus dem Kopf. *Ich spüre Outlaws auf, verfolge sie und nehme sie fest, während sie ihr Bestes tun, um das zu vermeiden.*

Damian war bereits zu dem Schluß gekommen, daß er persönlich so gut wie keine Ahnung hatte, wie er die Suche nach Henry Curruthers in Angriff nehmen sollte. Er kannte lediglich den Namen der Stadt, in der er zuletzt gesehen worden war. Aber jemand wie Casey wußte zweifellos, wie er von dort aus vorzugehen hatte. Damit verdiente der Junge ja seinen Lebensunterhalt.

Kurz darauf war ihm der Gedanke gekommen, Casey zu engagieren, doch er setzte diesen Entschluß nicht sofort in die Tat um. Er war gewohnt, immer zu bekommen, was er wollte, doch in diesem Fall rechnete er mit einer schroffen Abfuhr seitens des Jungen, und er fühlte sich einer Zurückweisung noch nicht gewachsen, nicht nach alldem, was er durchgemacht hatte.

Schließlich siegte sein gesunder Menschenverstand. Casey konnte ihm Wochen, wenn nicht Monate fruchtloser Nachforschungen ersparen, und fragen kostete ja nichts. Wenn Casey sein Angebot ablehnte, konnte er immer noch irgendeinen anderen Kopfgeldjäger anheuern. Aber er mußte zugeben, daß er am liebsten den Jungen für diese Aufgabe gewonnen hätte, da er ihn bereits kannte und aus eigener Erfahrung wußte, was er leisten konnte. Außerdem vertraute er Casey, aus welchem Grund auch immer, wohingegen ein Fremder ...

Als er sich endlich zu einer Entscheidung durchgerungen hatte, begann er zu fürchten, daß er seine Chance verspielt hatte und der Junge bereits wieder weitergezogen war. Dennoch unternahm er den Versuch, ihn zu finden, und er hatte Glück.

Casey wohnte in einer heruntergekommenen, baufälligen Pension am Stadtrand, der billigsten Unterkunft von ganz Coffeyville. Die schlampige Besitzerin wies Damian den Weg zur ersten Tür im oberen Stockwerk. Die Treppenstufen knarrten so laut, als er hinaufstieg, daß er befürchtete, sie könnten sein Gewicht nicht aushalten. Auf sein Klopfen erhielt er keine Antwort, aber zu seiner Überraschung war die Tür nicht verschlossen, also betrat er das Zimmer, um dort zu warten.

Da er davon ausgegangen war, daß der Junge sich irgendwo in der Stadt herumtrieb, zuckte Damian erschrocken zusammen, als dieser ihm plötzlich aus dem winzigen, schrankähnlichen Badezimmer entgegenkam, wobei er sich mit einem Handtuch den Kopf abtrocknete. Offenbar hatte er sich gerade die Haare gewaschen und deshalb das Klopfen überhört.

Für einen Jungen von ungefähr sechzehn oder siebzehn Jahren war Casey extrem mager und hatte sehr schmale Schultern. Er trug ein übergroßes weißes Baumwollhemd, das er in seine Jeans gestopft hatte. In diesem Aufzug wirkte seine Taille so schmal, daß die meisten Frauen ihn darum beneidet hätten. Auch seine Füße waren klein und zierlich, was Damian gar nicht aufgefallen war, solange er seine Mokassins getragen hatte.

Frisch gewaschen und in sauberen Kleidern sah der Bursche fast wie ein Mädchen aus, und wie ein verdammt hübsches noch dazu. Vielleicht hätte Damian ihm ja sogar einen Gefallen getan, wenn er an jenem Tag wirklich zugeschlagen hätte. Eine leicht schiefstehende Nase hätte den Eindruck femininer Weichheit ein wenig abgeschwächt.

Bei Damians Anblick blieb Casey stocksteif stehen, nur die goldbraunen Augen verengten sich gefährlich. »Wie zum Teufel sind Sie hier reingekommen?«

»Die Tür war nicht abgeschlossen.«

»Hing vielleicht auch ein ›Bitte eintreten‹-Schild daran?« erkundigte sich Casey sarkastisch, während er sich das Handtuch um den Hals schlang und an beiden Enden festhielt. »Oder haben Sie es sich neuerdings zur Gewohnheit gemacht, ungebeten in fremde Räume einzudringen, Damian?«

Damian wurde rot. »Die Frau unten hat gesagt, du wärst auf deinem Zimmer. Als du auf mein Klopfen nicht reagiert hast, da ... da wollte ich mich nur davon überzeugen, daß alles in Ordnung ist.«

»Mir geht es ausgezeichnet. Aber ich werde mich gleich noch besser fühlen – sobald Sie wieder gegangen sind.«

»Du bist nicht gerade sehr gastfreundlich, Casey.«

»O doch. Zumindest habe ich davon Abstand genommen, Sie einfach über den Haufen zu schießen.«

Damian konnte sich nicht helfen, er mußte lächeln. Ein verärgerter Casey war schlimmer als eine schmollende Frau.

»Ich möchte mich für mein unverzeihliches Benehmen an jenem bewußten Morgen entschuldigen. Mir sind wohl die Nerven durchgegangen.«

»Das habe ich gemerkt.«

»Es wird nicht wieder vorkommen«, versicherte Damian ihm.

Casey zuckte die Achseln. »Mir ist es ziemlich egal,

wie oft Sie aus der Haut fahren. Ich muß es ja nicht noch einmal miterleben. Jetzt haben Sie sich entschuldigt. Ich denke nicht daran, dasselbe zu tun, also wenn es Ihnen nichts ausmacht – dort ist die Tür!«

Damian seufzte. Der Junge machte es ihm wirklich nicht leicht. Und er hatte wieder diese undurchdringliche Miene aufgesetzt, hinter der er seine Gefühle so erfolgreich verbarg – und die Damian in bestimmten Situationen ziemlich nervös gemacht hatte. Im Augenblick war der Junge jedoch unbewaffnet; Revolver nebst Halfter hingen an dem einzigen Stuhl, den es im Zimmer gab, und der stand direkt neben Damian.

»Ehe ich gehe, wollte ich dir noch einen Vorschlag machen«, sagte er zu Casey.

»Ich bin nicht interessiert.«

»Du könntest dir doch wenigstens anhören, was ich zu sagen habe, ehe du mein Angebot ablehnst.«

»Warum sollte ich? Ich habe doch laut und deutlich verkündet, daß ich nicht interessiert bin.«

Ohne auf den letzten Satz einzugehen, fuhr Damian fort: »Ich möchte dir einen Job anbieten. Du sollst mir helfen, einen Mörder zu finden.«

Casey stieß unwillig die Luft aus. »Sehe ich so aus, als ob man mich einfach so engagieren könnte, Damian? Das ist nämlich nicht der Fall. Ich suche mir die Männer, die ich aufstöbern will, selber aus, und zwar nach ganz bestimmten Gesichtspunkten. Ich kann es nicht leiden, wenn jemand versucht, mir Befehle zu erteilen oder mich zu drängen oder mir Vorschriften zu machen, wie ich meine Arbeit zu erledigen habe.«

»Ich zahle dir zehntausend Dollar, wenn du diesen Mann findest.«

Das wirkte. Die gleichmütige Miene verschwand und machte einem Ausdruck ungläubigen Staunens Platz. Die Summe, die Damian genannt hatte, war nicht willkürlich festgelegt worden, sondern entsprach dem Betrag, den Casey gerade eingebüßt hatte, wie er behauptete.

»Sind Sie verrückt?« fragte der Junge als erstes.
»Nein, nur sehr reich.«
»Sie werfen gutes Geld zum Fenster hinaus.«
»Das ist eine Frage des Standpunktes, Casey. Dieser Mann hat meinen Vater ermordet, und es macht mich fast wahnsinnig, wenn ich daran denke, daß er sich immer noch auf freiem Fuß befindet. Außerdem habe ich bereits einige tausend Dollar in Privatdetektive investiert, die seine Spur bis Fort Worth, Texas, verfolgt und dann verloren haben. Deswegen bin ich auch auf dem Weg nach Texas. Ich will mich selbst auf die Suche nach dem Mann machen, und wenn ich ihn mit deiner Hilfe früher finden kann, als es mir allein möglich gewesen wäre, dann tut es mir um keinen Penny leid, den ich dafür zahle.«

Casey ließ sich auf der Bettkante nieder und starrte einige Minuten, die Damian unendlich lang vorkamen, schweigend auf den Boden. Damian hütete sich, noch weiter auf den Jungen einzureden. Besser, er ließ ihn in Ruhe über alles nachdenken und hoffte, daß sein ausgeprägter Sinn für Gerechtigkeit letztendlich den Ausschlag geben würde.

Als Casey schließlich aufblickte, sagte er leise: »Ich will ganz ehrlich mit Ihnen sein, Damian. Mir fallen auf Anhieb ein Dutzend Männer ein, die den Job für einen Bruchteil dessen, was Sie mir zahlen wollen, übernehmen würden, und das sind auch alles gute Fährtenleser. Sie können aber auch einen professionellen Revolverhelden anheuern, diese Sorte von Leuten lebt von derartigen Aufträgen. Sie müssen sich nur in der Stadt erkundigen, wer Ihnen da weiterhelfen kann.«

»Allein die Tatsache, daß du mich auf diese Möglichkeiten hinweist, beweist mir, daß du der Richtige für den Job bist. Ich vertraue dir, und ich glaube nicht, daß du mich bewußt in die Irre führen oder meine Unkenntnis dieses Landesteiles ausnutzen würdest. Einem Fremden würde ich von vornherein nicht über den Weg trauen, also biete ich dir – und nur dir – diesen Job an.«

Wieder herrschte ein paar Minuten lang nervenzermürbendes Schweigen. Von Caseys Gesicht ließ sich unmöglich ablesen, was er gerade dachte. Damian wußte sehr wohl, daß der Junge lieber nichts mehr mit ihm zu schaffen gehabt hätte. Er wußte aber auch, daß Geld ihm sehr viel bedeutete, sonst hätte er sich nicht so darüber aufgeregt, daß ihm die auf die Dalton-Bande ausgesetzte Belohnung entgangen war.

Endlich sagte Casey: »Gut, dann erzählen Sie mir jetzt alles, was Sie über den Mann wissen.«

Beinahe hätte Damian einen erleichterten Seufzer ausgestoßen. »Ich erzähle es dir während der Reise.«

»Wie bitte?«

»Ich werde dich begleiten.«

»Das werden Sie schön bleibenlassen.«

»Das gehört zu unserer Abmachung, Casey. Ich muß dabeisein, um den Mann einwandfrei zu identifizieren ...«

»Und um ihn anschließend umzubringen?« unterbrach Casey, dessen Augen schmal geworden waren. »Ich erinnere mich dunkel, daß Sie einmal etwas Derartiges erwähnt haben. Aber wenn Sie sich einbilden, daß ich ruhig dabeistehe und zuschaue, wie Sie kaltblütig einen Mann erschießen, dann sind Sie auf dem Holzweg.«

»Ist das nicht ein ungeschriebenes Gesetz deines eigenen Berufsstandes?« gab Damian zu bedenken. »Auf all diesen Steckbriefen steht doch immer ›Tot oder lebendig‹, aber ich vermisse das Kleingedruckte, das einem erklärt, wie man ersteres in Angriff zu nehmen hat.«

»Ich spiele das Spiel nach meinen eigenen Regeln, Damian, und der Tod eines Menschen kommt darin nicht vor.«

»Das ist mir bereits klargeworden, also zerbrich dir darüber nicht den Kopf. Ich werde den Kerl nicht grundlos töten, wenn ich auch insgeheim hoffe, daß er mir einen triftigen Grund dafür liefert. Aber es reicht mir schon, wenn er den Rest seines Lebens im Gefängnis verbringen muß. Einige Leute halten ein solches Schicksal für eine schlimmere Strafe als den Tod.«

»Geben Sie mir Ihr Wort darauf?«

»Wenn es sein muß.«

»In Ordnung. Wir reiten direkt morgen früh los. Besorgen Sie sich ein Pferd ...«

Damian unterbrach ihn hastig. »Wir werden so lange wie möglich den Zug nehmen, das spart Zeit. Ich kümmere mich um die Fahrkarten, und ich übernehme auch sämtliche Reisekosten.«

Der Junge warf ihm einen Blick zu, welcher klar besagte: ›Fängst du schon damit an, Befehle zu erteilen?‹, aber er beschränkte sich darauf, gelassen zu erwidern: »Ich habe die Erfahrung gemacht, daß man mit dem Zug längst nicht immer schneller vorwärtskommt, aber tun Sie, was Sie nicht lassen können.«

11. Kapitel

Den Rest des Tages verbrachte Casey damit, sich dafür zu verfluchen, daß sie der Versuchung erlegen war. Sie hätte sich nie dazu bereit erklären dürfen, sich erneut mit Damian Rutledge zusammenzutun. Diesen Killer für ihn aufzustöbern war eine Sache, ihn dabei die ganze Zeit am Hals zu haben dagegen ... Sie konnte sich lebhaft ausmalen, was ihr bevorstand, sie hatte ja bereits am eigenen Leibe erfahren, was es hieß, ihn dauernd um sich zu haben.

Die Hälfte der Zeit gab er ihr das Gefühl, für ihn sorgen zu müssen wie eine Mutter für ihr Kind, da er sich nicht selbst helfen konnte. Doch manchmal, wenn sie ihn ansah, stiegen ganz andersgeartete Gefühle in ihr hoch. Er brachte sie durcheinander. Seine Gegenwart löste in ihr Empfindungen aus, die sie nicht kannte und mit denen sie nicht umgehen konnte. Himmel, sogar als sie sicher gewesen war, ihn nie wiederzusehen, hatte sie sich in Gedanken mit ihm beschäftigt.

Aber zehntausend Dollar für einen einzigen Job – so ein Angebot hatte sie einfach nicht ausschlagen können, ermöglichte es ihr dieses Geld doch, nach Hause zurückzugehen, sowie sie ihren Teil der Abmachung erfüllt hatte. Für gewöhnlich entsprach die auf einen Verbrecher ausgesetzte Belohnung dem Grad seiner Gefährlichkeit, aber in diesem Fall verhielt es sich vermutlich anders. Der Gesuchte kam schließlich aus dem Osten, konnte also nicht übermäßig gefährlich sein.

Es würde ein leichter Job werden, dessen war sie sich sicher. Für die ungeheure Summe, die Damian ihr angeboten hatte, würde sie nicht allzu viel leisten müssen. Aber was ging es sie an, wenn Damian sein gutes Geld zum Fenster hinauswerfen wollte. Immerhin mußte sie ja auch die Nachteile einer Zusammenarbeit mit ihm in Kauf nehmen ... und gleich am nächsten Tag bekam sie einen Vorgeschmack davon.

Damian hatte ihr am Morgen eine Nachricht zukommen lassen, und Casey fand sich pünktlich zu der darin genannten Uhrzeit am Bahnhof ein. Er war leicht zu entdecken. In seinem feinen Anzug und dem lächerlichen Hut, der noch nicht einmal dazu geeignet war, sein Gesicht vor der Sonne zu schützen, fiel er in der Menge auf wie ein bunter Hund.

Außer seiner Reisetasche hatte er noch eine Gewehrhülle bei sich. Sie konnte nur beten, daß sie nicht wirklich eine Waffe enthielt, denn falls er beabsichtigte, sich im Schießen zu üben, konnte sie sich darauf gefaßt machen, hinterher verletzte Zehen verbinden zu müssen.

»Du kommst zu spät«, rügte er anstelle einer Begrüßung, sowie sie auf ihn zukam.

»Ich bin auf die Minute pünktlich«, widersprach sie.

Er ließ sich auf keine weiteren Diskussionen ein, sondern marschierte schnurstracks zu dem bereits wartenden Zug hinüber und rechnete wohl damit, daß sie ihm anstandslos folgte. Was sie nicht tat.

Casey warf nur einen Blick auf die Waggons und rief ihm nach: »Dieser Zug hat aber keinen Viehwagen, Damian!«

Er blieb stehen, drehte sich zu ihr um und musterte sie mit hochgezogenen Brauen. »Einen Viehwagen?«

Sie durchbohrte ihn mit einem durchdringenden Blick. »Glauben Sie etwa, ich würde mein Pferd hier zurücklassen, Grünschnabel?«

Sofort lief er vor Verlegenheit hochrot an. Offenbar hatte er ihr Pferd bei seinen Reisevorbereitungen nicht berücksichtigt, aber das war von einem Mann, der erst vor ein paar Tagen zum erstenmal auf solch einem Tier gesessen hatte, auch nicht anders zu erwarten gewesen. Nun mußten sie auf einen Zug warten, der auch Pferde transportierte, und das konnte ein paar Stunden dauern – oder ein paar Tage.

Aber Damian sagte nur: »Ich bin gleich zurück« und kam nach einigen Minuten wieder, um ihr mitzuteilen: »Ein Viehwagen wird gleich angehängt.«

Casey grinste über das ganze Gesicht. »Das hat Sie bestimmt eine schöne Stange Geld gekostet.«

Er nickte nur kurz. Anscheinend war ihm die Angelegenheit immer noch peinlich. Außerdem verzögerte sich die Abfahrt des Zuges beträchtlich, weil der zusätzliche Wagen erst noch angekoppelt werden mußte; also hatte Damian vermutlich mehr dafür bezahlt, als sie ahnte. Schließlich legten Eisenbahngesellschaften größten Wert darauf, daß die Fahrpläne eingehalten wurden.

Aber endlich konnten sie einsteigen und betraten eines der luxuriösesten Abteile, das Casey je gesehen hatte. Damian konnte sich glücklich schätzen, daß gerade dieser Zug über einen der noblen Pullman-Salonwagen verfügte, dachte sie zuerst. Doch als kein weiterer Passagier zustieg, stellte sich heraus, daß er den Wagen von einem der nördlicher gelegenen Bahnhöfe hatte herschaffen lassen und daß er ihn für seinen persönlichen Gebrauch gemietet hatte.

Für dieses Vorrecht mußte er pro Tag die exorbitante Summe von fünfzig Dollar bezahlen. Aber, wie er ihr erklärte, betrachtete er dies als geringen Preis für seine Bequemlichkeit, wenn er diesen Wagen mit den gewöhnlichen Abteilen und den harten, unbequemen Sitzen verglich. Immerhin mußten sie noch Oklahoma und den Norden von Texas durchqueren.

Casey widersprach nicht, da sie in diesem Punkt mit Damian einer Meinung war. Die wenigen Züge, mit denen sie in den vergangenen sechs Monaten gereist war, waren alles andere als komfortabel gewesen. Sie, die auf einer Ranch aufgewachsen war, zog ohnehin die freie Natur und die Fortbewegung zu Pferde vor, aber wenn sie schon gezwungen war, den Zug zu nehmen, war einer von Henry Pullmans Salon- und Schlafwagen eindeutig die beste Methode, sich das Reisen zu versüßen.

»Ich hätte daran denken sollen, ehe ich New York verließ«, gestand Damian. »Mein Vater besaß selbst einen dieser Wagen, wir haben ihn immer benutzt, wenn wir außerhalb der Stadt geschäftlich zu tun hatten. Er bietet allen nur erdenklichen Komfort und ist sogar mit einem geräumigen Schlafabteil ausgestattet.«

»Ach, in *diesem Wagen* gibt es also noch nicht einmal Betten?« fragte Casey mit einem ironischen Lächeln.

Damian ging nicht darauf ein. »Nein, aber die Sitze sind gemütlich genug, um darin zu schlafen, wenn der Zug nicht über Nacht in einer Stadt hält. Nicht alle tun das, und auf den harten Bänken in den außerhalb der Städte gelegenen Bahnhöfen schläft man genauso schlecht wie auf dem nackten Erdboden.«

»Das hängt doch ganz davon ab, ob man gerne auf dem Boden schläft oder nicht, nicht wahr?«

Die Bemerkung hatte zur Folge, daß er sie mit Blicken erdolchte. »Ich nehme an, dir wäre es so lieber, was?«

Casey ließ sich in die dicken, weichen, samtbezogenen Polster sinken, faltete die Hände über dem Bauch und lächelte milde. Der Art nach zu urteilen, wie Damian sie wütend anfunkelte, schien er sich gewaltig über sie zu ärgern, also zuckte sie die Achseln und setzte zu einer Erklärung an.

»Ich bin auf einer Ranch großgeworden, Damian, und wenn das Vieh zusammengetrieben wurde, habe ich viele Nächte im Freien verbracht und am Lagerfeuer geschlafen.«

Zu ihren schönsten Kindheitserinnerungen gehörten die Ausflüge in die Wildnis, die ihr Vater ab und an mit ihr und ihren Brüdern unternommen hatte, um ihnen alles beizubringen, was sie seiner Meinung nach wissen mußten. Aber das mußte sie für sich behalten, sie hatte Damian ja hinsichtlich ihrer Herkunft im ungewissen gelassen.

Wenn man namenlos durch die Welt ging, so wie sie es von sich behauptete, nahmen die Leute unweigerlich an, daß man auch nicht von liebevollen Eltern großgezogen worden war. Aber ihren wirklichen Namen verschwieg sie auch nach all dieser Zeit noch, da ihr Vater wahrscheinlich immer noch nach ihr suchte.

»Also verstehst du vom Ranchbetrieb ebensoviel wie von der Verbrecherjagd«, stellte Damian beiläufig fest.

»Es gibt nichts, was ich darüber *nicht* weiß.«

»Du sagst das so, als würde es dir großen Spaß machen, auf einer Ranch zu arbeiten. Warum hast du dich dann auf die Verfolgung von Kriminellen verlegt? Das ist doch viel gefährlicher.«

»Gefährlicher?« Casey konnte sich ein spöttisches Grinsen nicht verkneifen. »Darüber kann man sich streiten, Damian.«

»Ich glaube kaum ...«

»Hatten Sie schon jemals mit Rindern zu tun?« unterbrach sie ihn. »Wenn Sie Verbrecher bekämpfen, setzen Sie Ihre Geschicklichkeit gegen die des Gegners, aber im Umgang mit Rindern stehen Sie roher Kraft gegenüber. Wenn ein Bulle Sie angreift oder eine ganze Herde durchgeht, dann nützt Ihnen Ihr ganzes Geschick nichts mehr, dann können Sie nur noch die Beine in die Hand nehmen und machen, daß Sie wegkommen.«

»Und so ein Leben gefällt dir?«

Casey zuckte die Achseln. »Ich habe vor, wieder auf einer Ranch zu arbeiten, sobald ich das, was ich mir vorgenommen habe, zu Ende gebracht habe.«

»Und das wäre?«

»Sie stellen zu viele Fragen, Damian.«

Diesmal war es an Damian, zu grinsen. »Nicht annähernd so viele, wie ich möchte, aber lassen wir das. Ich dachte mir nur, daß wir uns vielleicht besser kennenlernen sollten, da wir ja in den nächsten Wochen viel Zeit miteinander verbringen werden.«

»Alles, was Sie von mir wissen müssen, ist, daß ich

meinen Job erledigen kann. Und jetzt erzählen Sie mir am besten alles über diesen Mann, den ich für Sie suchen soll.«

Es nahm nicht viel Zeit in Anspruch, die reinen Tatsachen aufzuzählen, aber Damian informierte Casey auch über all das, was seine Detektive herausbekommen hatten. Jeder, der Henry Curruthers kannte, war entsetzt gewesen, als er von dessen Taten erfahren hatte; seine alte Tante, seine Mitarbeiter, seine Nachbarn. Niemand mochte glauben, daß er in seiner Firma Geld unterschlagen und dann auch noch einen Mord begangen hatte, um sein Verbrechen zu vertuschen.

Aber Menschen konnten sich ändern, das wußte Casey nur zu gut. Sie selbst war das beste Beispiel dafür. Und es sprach alles gegen Henry Curruthers: die Geständnisse seiner beiden Komplizen, die Tatsache, daß er in den Westen geflohen war, ohne jemandem zu sagen, daß er die Stadt verlassen wollte, und nicht zuletzt die Abbuchungen von den Konten, zu denen nur *er* Zugang gehabt hatte und die einwandfrei bewiesen, daß er große Summen unterschlagen hatte.

»Wenn er noch so aussieht, wie Sie ihn mir beschrieben haben, dürfte er ziemlich leicht zu finden sein«, bemerkte Casey, nachdem Damian seinen Bericht beendet hatte, dann fügte sie hinzu: »Aber ich möchte doch gerne seine Version der Geschichte hören, ehe ich ihn vor Gericht bringe.«

Damian runzelte die Stirn. »Nach alldem, was ich dir erzählt habe, kannst du ihn doch unmöglich für unschuldig halten.«

»Nein, eigentlich nicht. Aber er gehört nicht zu der Sorte von Verbrechern, mit denen ich es sonst zu tun habe. Alle Outlaws, die ich normalerweise jage, haben eines gemeinsam: Es gibt Augenzeugen für ihre Verbrechen. Wenn ich einen von ihnen töten muß, bereitet mir das keine allzu großen Gewissensbisse, da ihre Schuld ja bereits erwiesen ist.«

»Du hast doch behauptet, daß dieser Fall noch nie eingetreten ist; daß du noch nie gezwungen warst, einen von ihnen zu erschießen.«

»Das stimmt auch, aber was nicht ist, kann ja noch werden. Wenn Augenzeugen im Spiel sind, ist der Fall schon so gut wie abgeschlossen und die Gerichtsverhandlung nur noch eine Formsache. Mir ist nur ein einziges Mal eine Ausnahme von dieser Regel untergekommen; da hat ein angeblicher Tatzeuge einen Burschen namens Horace Johnson beschuldigt, den Bruder des Zeugen kaltblütig erschossen zu haben. Dieser Zeuge war ein angesehener Bürger der Stadt, Johnson dagegen nicht, der war erst kurz zuvor dorthin gezogen, also wurde Johnson zur Fahndung ausgeschrieben. Aber nachdem ich mit seiner Mutter und einem seiner Freunde, den ich ausfindig machen konnte, gesprochen hatte, kam mir der Verdacht, dieser Zeuge könnte der eigentliche Täter sein. Und als ich dem Mann auf den Kopf zusagte, daß er die Tat begangen hatte, war er von Schuldgefühlen schon so zermürbt, daß er zusammenbrach und den Mord an seinem Bruder gestand.«

»Erstaunlich«, bemerkte Damian. »Da hast du also einen Unschuldigen davor bewahrt, von einem mit weniger Skrupeln behafteten Kopfgeldjäger entdeckt und höchstwahrscheinlich niedergeschossen zu werden. Ich wußte nicht, daß du bei dem, was du tust, so gründlich vorgehst.«

Zu ihrem großen Verdruß schoß Casey das Blut in die Wangen. Sie hatte beileibe nicht beabsichtigt, ihn zu beeindrucken, sondern hatte ihm lediglich ihren Standpunkt klarmachen wollen.

Bemüht, sich ihre Verlegenheit nicht anmerken zu lassen, erklärte sie: »Ich wollte Ihnen ja nur begreiflich machen, warum ich mir erst anhören möchte, was Curruthers zu sagen hat, bevor ich ihn einem Sheriff übergebe.«

»Aber es gibt Zeugen! Die beiden Männer, die er angeheuert hat ...«

»Bezahlte Killer betrachte ich nicht als Zeugen, Damian, sondern als Komplizen. Außerdem nehmen sie es für gewöhnlich mit der Wahrheit nicht so genau. Vielleicht sind diese beiden Männer aus irgendeinem Grund auf Curruthers nicht gut zu sprechen und haben ihn deshalb so schwer belastet, als sie verhaftet wurden. Möglicherweise haben sie auf eine Strafmilderung spekuliert, als sie ihn der Anstiftung zum Mord bezichtigt haben, und er ist geflüchtet, weil er unschuldig in Verdacht geraten ist.«

»Da ist immer noch die Sache mit dem unterschlagenen Geld.«

»Richtig. Aber es kann trotzdem nicht schaden, den Mann zu befragen, wenn wir ihn gefunden haben.«

»Nur zu. Aber erst müssen wir ihn einmal finden.«

12. Kapitel

Eigentlich hätte die Reise nach Fort Worth ohne weitere Zwischenfälle verlaufen sollen, aber sowohl Casey als auch Damian waren einhellig der Meinung, daß das Glück sie eine Zeitlang verlassen haben mußte. Allerdings hatten sie beide unterschiedliche Gründe für diese Annahme. Auf jeden Fall waren sie nur noch wenige Stunden von der texanischen Staatsgrenze entfernt, als der Zug beinahe entgleiste. Zum Glück gelang es dem Zugführer noch, ihn kurz vor den fehlenden Schienen zum Stehen zu bringen, aber dennoch wurden viele Passagiere in den vorderen Wagen durch den heftigen Ruck aus ihren Sitzen geschleudert.

Casey, die sich in einen der großen, dick gepolsterten Sessel des Salonwagens gekuschelt hatte, trug nur ein paar Schrammen davon. Sie warf Damian einen flüchtigen Blick zu, um sich zu vergewissern, daß er unversehrt geblieben war, dann ging sie zum Fenster und steckte den Kopf hinaus. Sie konnte die Stelle, wo die Schienen fehlten, nicht erkennen, aber die maskierten Reiter, die sich soeben aus einer Gruppe von Bäumen lösten und mit gezückten Waffen auf den Zug zugaloppierten, waren nicht zu übersehen.

Sie ließ sich wieder in den Sessel sinken, strich ihren Poncho glatt und meinte zu Damian: »Kein Grund zur Aufregung. Bloß ein Zugüberfall.«

Damians Augen sprühten Feuer. »*Schon wieder* ein Überfall? Das darf einfach nicht wahr sein! Sag, daß das nicht wahr ist! Die Chancen, nach so kurzer Zeit schon wieder ausgeraubt zu werden ...«

»Sind ziemlich hoch«, warf Casey ein, »wenn man bedenkt, welches Gebiet wir gerade durchqueren.«

»Vielleicht verrätst du mir auch, was das nun wieder zu bedeuten hat«, brummte Damian verstimmt.

»Diese Gegend hat schon immer eine große Anziehungskraft auf Gesetzlose ausgeübt, Damian. Das ganze Gebiet ist erst vor ein paar Jahren zur Hälfte erschlossen worden, nachdem die Regierung den Indianern den Cherokee Strip abgekauft hat, um ihn ganz legal mit Weißen zu besiedeln. Aber die Hälfte, in der wir uns gerade befinden, gehört immer noch den Indianern.«

»Indianisches Territorium? Hättest du mir das nicht vorher sagen können?«

»Wozu? Es sind friedliche Rothäute. Aber vor 1890 unterstand dieses ganze Gebiet noch nicht der Gerichtsbarkeit der Weißen, und die Indianer, die die Regierung Jahre zuvor hier angesiedelt hatte, haben sich um ihre eigenen Angelegenheiten gekümmert, solange sie von den Outlaws in Ruhe gelassen wurden. Himmel, wir sind hier im Grenzgebiet, und die Gegend wird nicht umsonst als Niemandsland bezeichnet.«

»Niemandsland?«

»Früher war die Region das reinste Paradies für Outlaws, weil niemand Anspruch auf das Land erhob und somit weder die Gesetze der Weißen noch die der Indianer Anwendung fanden. Auch heute noch haben sie hier und überall in den umliegenden Gebieten ihre Schlupfwinkel. Und nur weil im Zuge der drei Landreformen, die die Regierung im Laufe der letzten Jahre gefördert hat, ein Haufen neuer Siedler hierhergekommen ist, heißt das noch lange nicht, daß die Outlaws deswegen ihr Treiben eingestellt haben.«

»Und *das* konntest du mir auch nicht vorher sagen?« erkundigte sich Damian gereizt.

Casey zuckte die Achseln, dann grinste sie ihn an. »Ich hatte gehofft, es würde mir erspart bleiben. Im Gegensatz zu dem, was Sie jetzt vermutlich denken, kommen Raubüberfälle hier draußen *nicht* jeden Tag vor.«

»Die unerfreulichen Erlebnisse, die mich auf dieser Reise zu verfolgen scheinen, sprechen eine andere Sprache.« Damian stand auf und ging zu seinem Gewehr, das er in einer Ecke des Wagens verstaut hatte.

Casey sah ihm stirnrunzelnd zu. »Was haben Sie denn mit dem Ding da vor?«

In Damians Blick stand wilde Entschlossenheit. »Ich werde dafür sorgen, daß mein Geld diesmal in meiner Tasche bleibt.«

»Sie werden dafür sorgen, daß Sie eine Kugel in den Kopf bekommen«, antwortete Casey grollend.

»Dieser Meinung kann ich mich nur anschließen«, nuschelte der Mann, der soeben durch die Tür kam, durch das Tuch hindurch, das er vor Mund und Nase gebunden hatte. Er hatte Caseys Prophezeiung offenbar mit angehört. »Setzen Sie sich lieber, Mister, dann passiert Ihnen auch nichts.«

Damian hielt mitten in der Bewegung inne, wich jedoch weder zurück, noch setzte er sich hin. Er sah aus, als würde er gleich vor Zorn platzen. Natürlich war er wütend, aber seine Wut so offen zu zeigen war ausgesprochen unvorsichtig, denn der Räuber, der sich zu ihnen gesellt hatte, wirkte verdammt nervös – und jung. Er schien nicht viel älter als Casey zu sein, daher lag die Vermutung nahe, daß dies sein erster bewaffneter Zugüberfall überhaupt war. Casey fragte sich, welcher hirnlose Esel ihm wohl den Tip dazu gegeben hatte ...

»Der große Bursche da wird dir nichts tun, also mach jetzt keine Dummheiten«, sagte sie rasch.

Sie blickte dabei den Räuber an, aber ihre Worte waren eher als Warnung für Damian gedacht gewesen. Außerdem schien die Bemerkung nicht gerade dazu beigetragen zu haben, den jungen Mann zu beruhigen. Die Hand, die den Revolver hielt, zitterte heftig, und seine Augen huschten mißtrauisch zwischen ihr und Damian hin und her.

Aber er nahm all seinen Mut zusammen und befahl mit fester Stimme: »Okay, werfen Sie einfach Geld und Wertsachen zu mir herüber, und dann sind Sie mich los.«

»Wie wäre es, wenn du darüber nachdenkst, ob du nicht lieber ohne unser Geld verschwinden willst?« schlug Casey gelassen vor.

»Warum sollte ich?«

»Weil auf diese Weise unnötiges Blutvergießen vermieden wird.«

Es erstaunte Casey nicht im geringsten, daß die Augen des Mannes bei diesen Worten von ihr zu Damian wanderten, da ihm der riesige Oststaatler wohl im Falle eines Kampfes als die größere Bedrohung erschien. Doch dieses eine Mal ärgerte sie sich nicht darüber, daß sie, wie schon so oft, als harmlos eingestuft wurde, erlaubte es ihr diese Fehleinschätzung doch, unauffällig ihre Waffe zu ziehen.

Und da dies innerhalb weniger Tage schon das zweitemal war, daß jemand versuchte, sie auszurauben, gab sie sich diesmal nicht damit zufrieden, den Gegner zu entwaffnen. Ihre Kugel traf den Mann genau in die Hand, die die Waffe hielt, und verletzte diese so schwer, daß er sie wohl nie wieder für Raubüberfälle würde gebrauchen können, zumindest nicht mit dem dafür erforderlichen Geschick.

Die Waffe fiel mit einem dumpfen Aufschlag auf den mit Teppichen ausgelegten Boden, Blut spritzte aus der Wunde, und der junge Mann stieß einen gellenden Schmerzensschrei aus, ehe er gottserbärmlich zu stöhnen begann. Nacktes Entsetzen war in seinen weit aufgerissenen Augen zu lesen, aber er rührte sich nicht vom Fleck, da Caseys Waffe immer noch auf ihn gerichtet war, sondern packte nur mit seiner gesunden Hand das Gelenk der verletzten und preßte beide fest gegen die Brust.

Casey seufzte innerlich. Warum nur mußten Dummköpfe gute Ratschläge grundsätzlich ignorieren?

So laut sie konnte, brüllte sie ihn an: »Und jetzt mach, daß du wegkommst!« Der Räuber gehorchte sofort. Als er zur Tür hinausrannte, schrie sie ihm nach: »Such dir lieber ein anderes Betätigungsfeld, Cowboy! Wenn du so weitermachst, lebst du nämlich nicht mehr lange!«

Wahrscheinlich hörte er sie gar nicht mehr, so eilig hatte er es, aus der Gefahrenzone zu verschwinden. Casey kehrte zum Fenster zurück, aber nur, um sich davon zu überzeugen, daß er auch wirklich sein Pferd holte und davonritt, statt seine Kumpane zusammenzutrommeln und eine kleine Racheaktion zu starten. Erleichtert stellte sie fest, daß er bereits auf die Gruppe von Bäumen zujagte. Nach einigen Minuten sprangen auch die restlichen Räuber aus dem Zug und machten sich gleichfalls aus dem Staub. Ob sie den Schuß gehört hatten und in Panik geraten waren, oder ob sie ihre Beute bereits zusammengerafft hatten, das konnten zu diesem Zeitpunkt nur die anderen Passagiere wissen.

Als plötzlich direkt neben ihr das Gewehr abgefeuert wurde, zuckte Casey heftig zusammen und starrte Damian finster an, weil er ihr solch einen Schreck eingejagt hatte.

»Lassen Sie sie laufen!«

Er starrte ebenso finster zurück. »Einen Teufel werde ich ...«

»Es handelt sich doch nur um eine Horde junger, arbeitsloser Cowboys«, unterbrach sie ihn grob.

»Es sind schlicht und ergreifend Zugräuber«, gab er zurück, wobei er den nächsten Schuß abfeuerte. »Und wenn ich schon einmal dabei bin: Merk dir für die Zukunft bitte, daß ich siebenundzwanzig Jahre alt und somit bereits erwachsen bin, falls dir das noch nicht aufgefallen ist. Es ist absolut lächerlich, wenn ein Kind mich zu beschützen versucht, also laß es bitte von nun an sein.«

»Wie bitte?« Caseys Stimme klang frostig.

»Du hast mich sehr wohl verstanden. Ich kann verdammt gut auf mich selbst aufpassen. Also laß mich ab jetzt meine eigenen Entscheidungen treffen, wenn es dir nicht zuviel ausmacht. Ich weiß mir auch in kritischen Situationen durchaus zu helfen.«

Casey zuckte die Achseln und ging zu ihrem Platz zurück. Er konnte also auf sich selbst aufpassen, soso. Das würde sie doch gerne einmal sehen! Und was das Herumballern mit seinem neuesten Spielzeug anging ... nun, er würde ohnehin nie den Punkt treffen, auf den er gezielt hatte, also konnte es ihr egal sein, wenn er gute Munition verschwendete. Es überraschte sie nur, daß er überhaupt wußte, wie er die Waffe zu halten hatte. Wenigstens würde sie keine durch falschen Umgang mit Gewehren verstauchten Schultern massieren müssen.

Nachdem er vier weitere Schüsse in Folge abgegeben hatte, drehte er sich zu ihr um, um seine Klagelitanei fortzusetzen. »Du hattest einen von ihnen doch schon so gut wie sicher. Seit wann hast du es dir denn zur Gewohnheit gemacht, Outlaws wieder laufenzulassen, damit sie in aller Ruhe noch mehr Unheil anrichten können?«

»Seit ich dafür bezahlt werde, einen ganz bestimmten Mörder zu finden. Oder ist es Ihnen noch nie in den Sinn gekommen, daß wir wertvolle Zeit verloren hätten, wenn wir die Burschen erst noch dem Sheriff der nächst gelegenen Stadt hätten übergeben müssen?«

»Sie zu töten hätte überhaupt keine Zeit in Anspruch genommen, und sie hätten nur gekriegt, was sie verdienen.«

Die Bemerkung überraschte Casey nicht weiter, kam sie doch aus dem Mund eines Oststaatlers. Sie stieß ein abfälliges Schnauben aus, ehe sie meinte: »Dann seien Sie froh, daß Sie noch nicht einmal imstande sind, ein Scheunentor zu treffen, Grünschnabel. Im Zorn sagt man vieles, was man hinterher bereut. Wenn Sie die Burschen wirklich erschossen hätten, hätte Ihnen Ihr schlechtes Gewissen für den Rest Ihres Lebens keine Ruhe mehr gelassen.«

Während sie sprach, sah Damian schweigend aus dem Fenster und setzte dann ein so selbstgefälliges Grinsen auf, daß Casey erstarrte und mit einem Satz aufsprang, um sich mit eigenen Augen davon zu überzeugen, ob er tatsächlich etwas getroffen hatte. Aber inzwischen waren die Zugräuber nur noch als dunkle Punkte am Horizont zu erkennen, und es lagen auch keine Leichen im Umkreis verstreut.

Casey biß wütend die Zähne zusammen, da sie annahm, daß er sie auf den Arm genommen hatte. Aber sie wollte seine Genugtuung nicht noch vertiefen, indem sie irgendeine Bemerkung machte.

Statt dessen sagte sie beiläufig: »Ich sehe mal nach, ob wir wirklich wegen eines Gleisschadens nicht weiterkommen und wie schlimm das Ganze ist«, dann eilte sie zur Tür.

Doch seine nächste Frage hielt sie auf. »Wie kommst du denn darauf, daß es einfache Cowboys waren, die uns überfallen haben?«

»Wegen der ledernen Überziehhosen, die sie trugen. Cowboys gewöhnen sich an, solche Lederlappen über ihren Hosen zu befestigen, sobald sie erst einmal längere Zeit draußen auf den Weiden gearbeitet haben. Außerdem war der Junge reichlich nervös. Man sah ihm an, daß er zum erstenmal an so einem Überfall teilnahm. Er war wohl vollkommen verzweifelt, oder – und das halte ich für wahrscheinlicher – er hat sich dazu überreden lassen, als er betrunken war.«

»Das sind doch alles bloße Vermutungen, Casey«, sagte Damian tadelnd.

Sie zuckte die Achseln. »Auch ich habe nicht immer recht.« Dann grinste sie. »Aber ich irre mich nur selten.«

Sie verließ den Wagen. Er folgte ihr und hielt sich an ihrer Seite, obwohl Caseys weitausgreifende Schritte ihn zwangen, schneller zu gehen, als er es sonst tat.

»Hast du es eigentlich immer so eilig?« erkundigte er sich völlig außer Atem.

Casey warf ihm von der Seite her einen verstohlenen Blick zu, ehe sie bedächtig erwiderte: »Hab' noch nie darüber nachgedacht, aber ich schätze, in bin wirklich immer in Eile. Vermutlich kann ich's nicht erwarten, endlich erwachsen zu werden.«

»Solltest du diesen Zustand jemals erreichen, laß es mich wissen.«

»Mann, Sie sprühen ja heute geradezu vor geistreichen Bemerkungen. Erinnern Sie mich gelegentlich daran, daß ich Sie in Zukunft aus Überfällen heraushalte. Sie scheinen Ihnen nicht gut zu bekommen.«

Diesmal war es an ihm, ärgerlich zu schnaufen, aber sie verhinderte weitere bissige Kommentare seinerseits, indem sie ihren Schritt noch eine Spur beschleunigte. Gerade als sie an der Lokomotive anlangten, um die sich die meisten Passagiere versammelt hatten, verkündete der Schaffner laut, daß sie in die Stadt, die sie zuletzt durchquert hatten, zurückkehren würden, um dort abzuwarten, bis die Gleise repariert worden waren. Damian sah aus, als würde er vor Wut über diese neuerliche Verzögerung gleich explodieren.

Um ihn abzulenken, fragte Casey rasch: »Wollen Sie die Reparaturarbeiten abwarten oder lieber zur nächsten Stadt auf der Strecke weiterreiten und dort einen anderen Zug nehmen? Wir müßten allerdings wieder zu zweit auf einem Pferd reiten.«

Als er sich daraufhin vorbeugte und vielsagend an ihr schnupperte, hätte sie ihm am liebsten einen kräftigen Tritt versetzt. Dann antwortete er entschlossen: »Laß uns lieber reiten.«

13. Kapitel

Die nächste an der Bahnstrecke gelegene Stadt verdiente diese Bezeichnung eigentlich gar nicht, aber es bestand Hoffnung, daß das Örtchen eines Tages in diese Kategorie aufrücken würde. Im Augenblick bestand es lediglich aus einigen um den Bahnhof herum angesiedelten Geschäften – einem Saloon, der auch ein Restaurant beherbergte, einem Gemischtwarenladen, einer Bäckerei, einem Telegrafenamt und einem Gebäude, das sich als Hotel bezeichnete, obwohl es nur über zwei Gästezimmer verfügte.

In Anbetracht der späten Stunde, zu der sie hier eingetroffen waren, schickte Casey Damian zum Hotel, um Zimmer für die Nacht zu reservieren, während sie selbst zum Bahnhof ging, um den Überfall und die Beschädigung der Gleise zu melden. Als sie ihn vor dem Hotel traf, hatte sie schlechte Nachrichten.

»Der nächste Zug geht erst in einer Woche«, teilte sie ihm ohne große Vorrede mit. »So lange wird es nach Aussage des Typen von der Eisenbahngesellschaft wohl dauern, bis die Schienen ausgebessert sind und die Strecke nach Süden wieder freigegeben werden kann.«

Damian seufzte. »Vermutlich verkehren hier auch keine Postkutschen, oder doch?«

»Nein, und es kommt noch schlimmer«, warnte sie. »In diesem Nest gibt es noch nicht einmal einen Stall, wo wir Ihnen ein Pferd kaufen können, und die nächste Ranch liegt einen guten Tagesritt von hier entfernt. Es ist allerdings nicht sicher, daß sie dort auch Pferde zu verkaufen haben; möglicherweise verschwenden wir nur unsere Zeit, wenn wir hinreiten.«

Damian warf den wenigen Häusern im Umkreis einen resignierten Blick zu. »Also hängen wir eine geschlagene Woche hier fest?«

»So sieht es aus, es sei denn, Sie wollen weiterhin mit mir zusammen auf Old Sam reiten. Ich hab' ja nichts dagegen, aber er wird sich sicher bald über das zusätzliche Gewicht beschweren.«

Die Andeutung eines Lächelns erschien auf Damians Gesicht. »Ich fürchte, ich habe auch schlechte Neuigkeiten – im Hotel war nur noch ein Zimmer frei, also werden wir es uns wohl oder übel teilen müssen.«

Casey straffte sich. Eine ganze Woche lang ein *Schlafzimmer* mit ihm teilen? Eine Nacht hätte sie ja noch verkraftet, aber eine Woche – nie im Leben!

»Wir werden schon ein Pferd für Sie auftreiben«, sagte sie in einem Ton, der keinen Widerspruch duldete, und tatsächlich nahm sie bereits einige Tiere in Augenschein, die genau gegenüber vor dem Saloon angebunden waren.

Damian folgte ihrem Blick. »Diebstahl kommt nicht in Frage«, warnte er vorsorglich.

Casey schnaubte, sagte aber nichts mehr, sondern überquerte rasch die Straße. Damian schloß sich ihr ohne große Begeisterung an. Leider gab es in diesem Nest auch keine Bank, sonst hätte es ihm keine Schwierigkeiten bereitet, jeden geforderten Preis, wie hoch er auch sein mochte, zu bezahlen. Vielleicht reichte ja auch das Bargeld aus, was er noch bei sich trug, aber da in dieser Gegend ein so offenkundiger Mangel an Reittieren herrschte, bezweifelte er, daß sich jemand bereit erklären würde, ihm sein Pferd zu verkaufen.

Nicht, daß er sich darum gerissen hätte, diese Reise auf einem Pferderücken fortzusetzen. Hinter Casey zu reiten machte ihm nicht viel aus, da nicht er es war, der Old Sam lenken mußte. Aber die Vorstellung, selbst so ein Tier unter Kontrolle halten zu müssen, behagte ihm nicht, und er hatte auf diesem Höllentrip schon so viel durchgemacht, daß er auf eine weitere unangenehme Erfahrung gut verzichten konnte.

Der Saloon war das erste Wirtshaus im Westen, das Damian je betreten hatte, und wenn es charakteristisch für diese Art von Etablissement war, würde es auch das letzte bleiben. Der Gastraum war relativ klein und zu dieser Stunde so gut wie leer, aber der übelkeitserregende Gestank von schalem Bier, Whisky, kaltem Rauch und Erbrochenem hing immer noch schwer in der Luft.

Der Fußboden bestand aus festgetretenen Sägespänen. Drei runde Tische, völlig verkratzt und schmierig, luden zum Sitzen ein. Nur einer davon war besetzt. Des weiteren gab es noch einen Nebenraum, über dessen weit geöffneter Tür ein Schild hing, auf dem zu lesen stand: »Dies ist zwar nicht das beste Restaurant der Stadt, aber dafür das einzige.« In dem Raum standen nur zwei Tische, offenbar wurden hier nur selten Gäste zum Essen erwartet.

Casey lehnte an dem langen Tresen und schien sich in dieser Umgebung auch noch wohl zu fühlen. Es sah ganz so aus, als würde er sich häufig an derartigen Orten herumtreiben. Damian schüttelte mißbilligend den Kopf. Seiner Meinung nach sollte der Ausschank von Spirituosen an Kinder und Jugendliche gesetzlich verboten werden.

Der Junge hatte sich bereits einen Drink bestellt und drehte sich nun mit dem Glas in der Hand um, um den einzigen besetzten Tisch zu beobachten. Drei Männer saßen daran und spielten Karten. Die Scheine und Münzen, die jeder vor sich hatte, verrieten, daß es sich um eine Pokerrunde handelte. Sie hatten den Jungen bereits abschätzend gemustert und als uninteressant abgetan, doch Damian wurde einer gründlichen Prüfung unterzogen, als er eintrat und zu Casey hinüberschlenderte.

Ohne den Blick von den drei Männern zu wenden, fragte Casey: »Wem von euch gehört denn der Schecke draußen vor der Tür?«

Ein junger Mann mit einem ungepflegten Vollbart antwortete prompt: »Wird wohl meiner sein, es sei denn, 's gibt hier noch einen von der Sorte.«

»Sind Sie 'n Spielertyp?«

»Je nach Lust und Laune«, entgegnete der Mann und

blickte leise kichernd auf das Blatt in seiner Hand. »Im Moment bin ich einem Spielchen nicht abgeneigt, wie du siehst.«

»Ich brauche dringend ein zweites Pferd«, teilte Casey ihm mit. »Wie wär's denn mit einer kleinen Wette? Ihr Pferd gegen meines.«

Als Damian das hörte, zischte er Casey zu: »Was zum Teufel hast du vor?«

»Ich besorge Ihnen ein Pferd, also mischen Sie sich bitte nicht ein, ja?« flüsterte Casey zurück.

Der Mann fragte weiter: »Wo steht denn deins?«

»Genau gegenüber, vor dem Hotel. Sehen Sie es sich ruhig an. Ein schöneres Tier werden Sie so bald nicht finden.«

Der Bärtige stand auf, um sich mit eigenen Augen davon zu überzeugen, blieb vor den Schwingtüren stehen und pfiff anerkennend durch die Zähne. »Das ist doch mal ein Prachtgaul.« Unverkennbar interessiert wandte er sich wieder an Casey. »Wie soll die Wette denn aussehen?«

»Der Grünschnabel hier hält eine Münze hoch, spreizt die Beine und läßt sie dann fallen. Ich schieße darauf, und ich wette, daß ich sie treffe, ehe sie den Boden berührt – ohne dabei einen empfindlichen Körperteil von ihm zu verletzen, versteht sich.«

Einige Männer kicherten, aber nur, weil Damian rot anlief. Doch der bärtige Bursche maulte: »Den Trick kenn' ich schon. Ist nicht allzu schwer.«

»Hatte ich schon erwähnt, daß ich die Waffe erst noch ziehe?« fügte Casey hinzu.

Der Mann hob eine buschige Braue. »So, ziehen willst du auch noch? Aber der Kerl hat lange Beine, da ist viel Spielraum. Und wenn du dein Ziel verfehlst, verlierst du bloß ein Pferd.«

»Ist das denn nicht schlimm genug?«

Offensichtlich nicht, denn der Bärtige schlug vor: »Wie wär's, wenn du ihm statt dessen die Münze aus der Hand schießt?«

Damian erstarrte, doch Casey flüsterte ihm zu: »Ich denke, eine schmerzende Hand ist ein geringer Preis dafür, daß wir schnell weiterkommen.«

»Na ja, solange die Finger alle dranbleiben«, knurrte er schließlich.

Der Junge grinste ihn an. »Normalerweise würde ich Ihnen als Vorsichtsmaßnahme raten, nicht die Hand zu benutzen, mit der Sie für gewöhnlich schießen, aber da Sie in dieser Hinsicht ohnehin zwei linke Hände haben, erübrigt sich das ja, nicht wahr?«

Damian konnte Caseys makaberem Humor zwar nicht viel abgewinnen, aber er war auch nicht übermäßig besorgt. Er hatte ja gesehen, wie gut der Junge mit einer Waffe umgehen konnte. Das Herz sank ihm erst in die Hose, als einer der Männer Casey mit der Aufforderung ›Versuch's mal damit‹ ein Zehncentstück zuwarf und Casey die Augen zusammenkniff, als könne er die Münze nicht genau erkennen – was eine weitere Lachsalve zur Folge hatte.

Aber Casey zerstreute seine Bedenken sofort, als er ihm die Münze reichte und ihm dabei zuzischte: »Ganz ruhig, Grünschnabel. Diesen Trick hab' ich schon öfter vorgeführt, als ich zählen kann.«

Er wandte sich ab und ging zum Ende des Raumes, ehe er die anderen Anwesenden fragte: »Sind drei Meter Entfernung genug? Hier drin ist nicht genug Platz für einen größeren Abstand.«

»Geht in Ordnung, also mach voran«, drängte der Bärtige grinsend. »Ich kann's kaum erwarten, mit meinem neuen Pferd einen Ausritt zu unternehmen.«

Casey nickte, hob seinen Poncho und wartete darauf, daß Damian die Münze hochhielt. Dieser konnte es immer noch nicht fassen, daß er sich tatsächlich auf diese Demonstration von Schießkunst eingelassen hatte, immerhin war er der Leidtragende, wenn die Sache schiefging. Aber Caseys Selbstvertrauen wirkte beruhigend. Der Junge wußte, daß er sein Ziel nicht verfehlen würde.

Doch dann drückte er ab, und der Schuß ging daneben. Damian hielt die Münze immer noch fest zwischen Daumen und Zeigefinger, und was Casey betraf ... noch nie zuvor hatte Damian einen Ausdruck so völliger Entgeisterung auf dem Gesicht eines Menschen gesehen.

Er hatte sich auf eine Wette eingelassen und dabei sein Pferd verloren, und es war ganz offensichtlich, daß er mit einem solchen Ausgang nicht im entferntesten gerechnet hatte. Und während der Gewinner die Glückwünsche seiner Freunde entgegennahm, rannte Casey in tödlicher Verlegenheit aus dem Saloon. Damian war sich nicht sicher, aber es hatte so ausgesehen, als hätten Tränen in seinen goldbraunen Augen geschimmert.

»Hey, der wird sich doch wohl nicht mit meinem neuen Pferd davonmachen?« erkundigte sich der Gewinner besorgt.

»Das glaube ich kaum«, entgegnete Damian, auf die Schwingtüren starrend. »Er ist zwar nicht der Meisterschütze, für den er sich gehalten hat, aber er steht zu seinem Wort.«

14. Kapitel

Damian unterließ es wohlweislich, seinem jungen Freund sofort nachzugehen. Wenn der Junge wirklich, wie er vermutete, in Tränen ausgebrochen war, dann wollte er sicher nicht, daß jemand Zeuge dieser Schwäche wurde. Also genehmigte er sich noch ein paar Gläser von dem widerlichen Fusel, der im Saloon ausgeschenkt wurde, und kehrte dann ins Hotel zurück.

Die ganze Aufregung hätte vermieden werden können, wenn Casey ihm, Damian, nicht wie üblich nur die Rolle des Handlangers zugewiesen und die ganze Angelegenheit alleine abgewickelt hätte – wie er es schon während des Zugüberfalls vorgehabt hatte.

Auch da hatte Casey es als selbstverständlich vorausgesetzt, daß Damian mit seinen Schüssen aus dem Fenster keinen Schaden angerichtet hatte, während er in Wirklichkeit jeden einzelnen der flüchtenden Räuber getroffen und verwundet hatte. Falls sich nicht zufällig ein Arzt unter den Bandenmitgliedern befand, würden sie einiges Aufsehen erregen, wenn sie in der nächsten Stadt einen Mediziner konsultierten. Zumindest würden die Verletzungen sie bei ihrer Flucht behindern, so daß Hoffnung bestand, daß sie doch noch gefaßt werden konnten.

Im Hotel fand er Casey am Fenster des kleinen Raumes stehend vor, den sie beide sich teilen mußten. Zweifellos starrte er auf Old Sam dort unten auf der Straße hinab, betrauerte den Verlust und haderte mit seinem Schicksal. Damian lag bereits eine Bemerkung über allzu große Selbstüberschätzung, die nur mit einer Katastrophe enden konnte, auf der Zunge, aber er schluckte sie hinunter. Der Junge war bereits genug gestraft.

Casey hatte nicht gehört, daß er ins Zimmer gekommen war. Damian mußte sich halblaut räuspern, um seine

Aufmerksamkeit auf sich zu lenken, ehe er sagte: »Du kannst jetzt aufhören, Trübsal zu blasen. Es ist mir gelungen ...«

Weiter kam er nicht, da der Junge wie elektrisiert herumfuhr und sofort auf ihn losging. »Warum haben Sie das zugelassen? *Warum?* Old Sam ist seit meinem zwölften Lebensjahr bei mir. Ich habe ihn als Fohlen bekommen und selber großgezogen. Er gehört quasi zur Familie!«

Einen Moment lang verschlug es Damian die Sprache. Dieser Gefühlsausbruch seitens eines Jungen, der sich normalerweise eisern unter Kontrolle hatte, traf ihn wie ein Schlag, und er ging sofort in Abwehrstellung.

»Jetzt ist es aber genug!« fauchte er. »Du kannst ja wohl kaum *mich* dafür verantwortlich machen ...«

»Ach nein?«

»Nein, kannst du nicht. Der Vorschlag, dein Pferd zu verwetten, kam nämlich nicht von mir, Casey. Ich war von dieser Idee ganz und gar nicht begeistert, falls du dich noch erinnern kannst, und ich habe noch versucht, dich davon abzuhalten.«

Mühsam versuchte er, seine eigene Wut zu zügeln, was ihm angesichts der ungerechtfertigten Vorwürfe, die auf ihn niederprasselten, nicht leichtfiel. Er hatte schon vermutet, daß Casey Old Sam nicht nur als Mittel zur Fortbewegung betrachtete, sondern mit ganzem Herzen an dem Tier hing. Offenbar hatte er sich nicht geirrt, sonst wäre der Junge nicht immer noch so aufgeregt gewesen.

Doch seine erzwungene Ruhe schien Caseys Zorn nur noch anzufachen, denn er ignorierte Damians vernünftigen Einwand und schrie: »All das hätte nie passieren können, wenn ich nicht hier gewesen wäre, und ich wäre nicht hier, wenn ich nicht ...«

Damian unterbrach ihn schroff: »Niemand hat dich gezwungen, den Job zu übernehmen.«

»Wunderbar! Ich kündige nämlich.«

Damit hatte Damian nicht gerechnet. Er war davon

überzeugt gewesen, daß der Junge über genug Ehrgefühl verfügen würde, um nicht gleich beim ersten oder zweiten Rückschlag wortbrüchig zu werden und ihn im Stich zu lassen.

Er schüttelte voller Abscheu den Kopf und meinte: »Ich hab' in meinem Leben ja schon so einige Wutausbrüche miterlebt, Freundchen, aber du hast bis jetzt den Vogel abgeschossen.«

»Wie können Sie es wagen …!«

»Halt einfach mal die Klappe, Casey. Wenn du mir nicht im selben Moment, in dem ich zur Tür hereingekommen bin, an die Gurgel gegangen wärst, hätte ich dir erzählen können, daß es mir gelungen ist, dein Pferd zurückzubekommen.«

Die Verblüffung, die sich auf Caseys Gesicht abmalte, wirkte schon fast komisch. »Sie haben *was*?«

Die Worte waren kaum heraus, da ging ihm auf, was er Damian soeben alles an den Kopf geworfen hatte. Er wurde aschfahl, taumelte einen Schritt zurück, als habe man ihm einen Schlag in die Magengrube versetzt, und geriet dabei gefährlich nah an das offene Fenster. Ein jämmerlicher Klagelaut entrang sich seiner Kehle.

»O Gott, es tut mir ja so leid«, stöhnte er.

»Zu spät …«

»Nein, es tut mir wirklich aufrichtig leid, Damian. Lassen Sie es mich Ihnen erklären. Ich war nicht böse auf Sie, sondern auf mich selbst. Dummheit ist etwas, was ich absolut nicht vertragen kann, und was ich mir da im Saloon geleistet habe, war mehr als töricht.«

Was Damian ganz aus dem Herzen gesprochen war. »Ich bin auch der Meinung, du hättest dich erst gar nicht auf diese Wette einlassen sollen …«

»Das habe ich nicht gemeint«, unterbrach Casey. »Die Wette war in Ordnung.«

Damian runzelte fragend die Stirn. »Worauf willst du eigentlich hinaus?«

»Ich wollte damit sagen, daß ich auf den Rand der

Münze gezielt habe, weil sie so klein war. Und als es dann wirklich hart auf hart kam, wollte ich plötzlich nicht mehr riskieren, Ihnen die Finger zu versengen.«

Damian blinzelte ihn verwirrt an. »Willst du mir weismachen, daß du absichtlich danebengeschossen hast?«

»Nein.« Casey schüttelte den Kopf. »Ich habe bloß nicht auf den richtigen Punkt gezielt, hab' mir zuwenig Spielraum gelassen, damit Ihnen nichts geschieht.«

Er sagte das so bedauernd, daß Damian beinahe laut aufgelacht hätte. Da schalt sich der Junge doch tatsächlich indirekt einen Narren, weil er Damian vor möglichen Verletzungen bewahrt hatte, und betrachtete *das* auch noch als Entschuldigung. Aber wenn er es nicht versucht hätte, hätte er auch sein Pferd nicht verloren, und Damian wäre eventuell trotzdem unverletzt geblieben. Also traf ihn wohl doch ein Großteil der Schuld.

»Und daß ich gesagt habe, ich würde den Job hinschmeißen, das war auch nicht ernst gemeint«, fügte Casey, dem die Verlegenheit erneut das Blut in die Wangen trieb, schüchtern hinzu. »Ich hätte die Kündigung sowieso zurückgenommen. Vor ein paar Minuten war ich so außer mir, daß ich nicht mehr klar denken konnte, aber so langsam komme ich wieder zur Besinnung. Ich will den Job um jeden Preis zu Ende bringen – das heißt, wenn Sie das überhaupt noch wollen.«

Damian ließ bewußt einige Sekunden verstreichen, ehe er nickte. »Ich halte es für das beste, wenn wir diese kleine ... Auseinandersetzung ein für allemal vergessen.«

Casey grinste. Die Erleichterung war ihm deutlich anzumerken. »Keine schlechte Idee. Da wäre nur noch eines: Wie haben Sie es geschafft, Old Sam zurückzubekommen?«

»Natürlich mit Hilfe von Geld. Gelegentlich erweisen sich ein paar Dollar als recht nützlich, und diese spezielle Gelegenheit schließt sogar den Schecken mit ein.«

»Sie haben es tatsächlich fertiggebracht, dem Kerl auch noch *sein* Pferd abzuluchsen?« rief Casey erstaunt. »Sie müssen ja ein ganz gerissener Geschäftsmann sein, Damian!«

»Wohl kaum«, gestand dieser. »Zufälligerweise beabsichtigte unser bärtiger Freund nicht, innerhalb der nächsten Zeit die Stadt zu verlassen. Es scheint, daß er der Tochter des Bäckers den Hof macht. Aber er hat eine Schwäche für das Glücksspiel, und da er in der letzten Zeit eine Pechsträhne hatte, ist er im Augenblick ziemlich knapp bei Kasse. Allerdings ließ er sich trotzdem nicht auf einen angemessenen Preis für die beiden Tiere herunterhandeln, sondern verlangte mir alles ab, was ich bei mir trug.«

»Wieviel war das?«

»Jedenfalls nicht meine gesamte Barschaft«, grinste Damian. »Nur das, was ich gerade in der Tasche hatte, ungefähr dreihundert Dollar. Aber *er* dachte, das wäre alles, was ich besitze.«

Casey kicherte leise. »Da sind Sie aber billig davongekommen.«

»Machst du Witze? Du willst doch nicht im Ernst behaupten, daß Pferde hier noch mehr kosten, als ich dafür bezahlt habe.«

»Nein, nur Rassetiere wie mein Old Sam sind so teuer. Aber Sie wären überrascht, zu welch gesalzenen Preisen man manche Dinge verkaufen kann, wenn mehr Bedarf besteht, als das gegenwärtige Angebot abdecken kann. Diese Regel hat sich hier im Westen schon oft bestätigt, besonders in den guten alten Tagen, wo die Versorgungszüge aufgrund von Indianerüberfällen nicht eingetroffen sind und praktisch über Nacht neue Goldgräberstädte aus dem Boden schossen. In kleineren Städten, die aus irgendeinem Grund nicht an das Eisenbahnnetz angeschlossen sind, kommen solche Versorgungsengpässe auch heute noch vor, und in Ansiedlungen wie dieser, die man noch gar nicht als Städte bezeichnen kann, leider auch.«

Für jemanden, der in Damians Art von Beruf tätig war, klangen diese Worte wie Musik in den Ohren. Import und

Export, Angebot und Nachfrage. Er fragte sich, ob sein Vater jemals diesen Teil des Landes für eine Expansion der Firma in Betracht gezogen hatte. Das war etwas, worüber es sich nachzudenken lohnte – solange seine ständige Anwesenheit dabei nicht erforderlich war. Ein neuerlicher Aufenthalt im Westen stand nach dieser Reise ganz unten auf seiner Wunschliste.

»Nun, da wir alle Streitfragen geklärt haben und morgen früh aufbrechen können, schlage ich vor, daß wir noch rasch einen Happen essen und dann zu Bett gehen«, sagte er dann.

»Wenn Sie nichts dagegen haben, würde ich das Abendessen lieber ausfallen lassen. Im Hotel werden keine Mahlzeiten serviert, und ich habe keine Lust, noch einmal in den Saloon zu gehen, nachdem ich mich dort so zum Narren gemacht habe. Außerdem muß ich noch einige Vorräte besorgen, ehe der Laden schließt, wenn wir morgen früh zu einer einigermaßen vernünftigen Uhrzeit losreiten wollen. Ich kümmere mich noch schnell darum und gehe dann auch schlafen.«

Damian wollte vermeiden, sich schon wieder auf eine Diskussion mit dem Jungen einzulassen, also meinte er nur: »Mach, was du willst. Aber ich werde dich in den Laden begleiten und die Rechnung begleichen.«

»Ich habe genug Geld bei mir, Damian ...«

»Und ich habe ausdrücklich klargestellt, daß *ich* die Reisekosten trage, oder nicht? Abgesehen davon bin ich neugierig, was man deiner Meinung nach zum Überleben in der Wildnis so alles benötigt.«

Casey gab nach und bediente sich unbewußt derselben Worte wie Damian zuvor. »Machen Sie, was Sie wollen. Dabei fällt mir etwas ein ... war denn der Sattel des Schecken im Handel mit inbegriffen?«

Nun errötete Damian leicht. Daran hatte er natürlich nicht gedacht, und wenn sie sich heute nicht um die Sache kümmerten, würde sich ihr Aufbruch am nächsten Morgen so lange verzögern, bis der Laden wieder öffnete.

»Den Sattel hat er leider behalten.«

»Das hab' ich mir schon gedacht. Es ist nämlich oft schwieriger, an einen neuen Sattel zu kommen als an ein neues Pferd. Na, dann können wir nur hoffen, daß dieser Laden welche vorrätig hat. Gut möglich, daß sie gar keine führen, weil hier in der Gegend auch keine Pferde verkauft werden. Aber andererseits haben sie vielleicht ein breit gefächertes Sortiment auf Lager, so wie die meisten Gemischtwarenläden dieser Art.«

Casey schien das Fehlen eines Sattels kein übermäßiges Kopfzerbrechen zu bereiten, aber Damian bohrte dennoch weiter: »Und wenn nicht?«

Der Junge grinste bloß. »Machen Sie sich doch um ungelegte Eier keine Sorgen, Damian. Dazu ist noch genug Zeit, wenn wir herausgefunden haben, was wir wissen wollen.«

15. Kapitel

Damian mochte ja nichts dabei finden, ein Bett mit ihr zu teilen, dennoch hatte Casey darauf bestanden, auf dem Fußboden zu schlafen. Geholfen hatte es ihr nicht.

Es war ihr einfach unangenehm, sich mit ihm zusammen in einem Zimmer aufzuhalten, das sogar für eine Person zu klein gewesen wäre, ganz zu schweigen von zweien. Da sie dieses Unbehagen nicht überwinden konnte, hatte sie sich schließlich gezwungen, so lange still liegenzubleiben, bis er eingeschlafen war, und hatte sich dann aus dem Zimmer geschlichen, um in der Hütte, die das Hotel für die Pferde der Gäste bereitstellte, zu übernachten. Dort hatte sie sich in der Ecke direkt neben Old Sam zusammengekuschelt und war sofort in einen tiefen Schlaf gefallen.

Als sie am nächsten Morgen über alles nachdachte, begann sie, sich über sich selbst zu ärgern. Es war ja nicht so, als ob sie noch nie neben diesem Mann geschlafen hätte. Aber draußen in der freien Natur, wo ein Lagerfeuer zwischen ihnen flackerte und sie in Gedanken mit tausend Dingen beschäftigt war, unter anderem damit, stets auf unerwartete Vorkommnisse gefaßt zu sein, sah alles ganz anders aus. In der Sicherheit dieses Hotelzimmers hatte sie an nichts anderes denken können als an ihn. Und einige dieser Gedanken, die sich um ihn gerankt hatten, trieben ihr die Schamröte ins Gesicht, als sie sich im hellen Tageslicht daran erinnerte.

Da hatte sie doch tatsächlich darüber nachgedacht, wie es wohl wäre, von Damian geküßt zu werden. Sie hatte sich gefragt, ob sich sein Haar so weich anfühlte, wie es aussah, und sich bei dem Wunsch ertappt, mit den Händen über seine breiten Schultern zu streichen. Zu guter Letzt hatte sie sich vorgestellt, wie er sie in die Arme nahm, und bei den Bildern, die ihr ihre Fantasie dabei vorgegaukelt hatte, war ihr der Schweiß ausgebrochen.

Als sie ihn am Morgen zu Gesicht bekam, geriet sie in tödliche Verlegenheit, da sie wie immer den Eindruck gewann, als könne er in ihr lesen wie in einem Buch. Wenn er gewußt hätte, was in ihr vorgegangen war, hätte sie ihm nie wieder ins Gesicht sehen können.

Aber er würdigte sie kaum eines Blickes, als er sie hinter dem Hotel traf. Casey hatte sich bereits die Entschuldigung zurechtgelegt, sie habe sich um die Pferde kümmern wollen, weil sie ja nur in einem behelfsmäßigen Stall untergebracht seien, aber jegliche Rechtfertigung erübrigte sich. Anscheinend hatte er gar nicht bemerkt, daß sie letzte Nacht nicht bei ihm im Zimmer geschlafen hatte, sondern nahm einfach an, daß sie vor ihm aufgestanden und heruntergegangen war.

Sie konnten jedoch nicht so früh aufbrechen, wie Casey gehofft hatte. Zwar hatte sie damit gerechnet, Damian die Grundbegriffe des Reitens erst beibringen zu müssen, damit er überhaupt in der Lage war, sich auf dem Rücken des Schecken zu halten. Sie hatte nur nicht erwartet, daß es gar so schwierig sein würde.

Er war zu verkrampft, um das Tier unter Kontrolle zu halten, und der Schecke, der das spürte, nutzte die mangelnde Erfahrung seines Reiters weidlich aus. Hier hatte er endlich ein Geschöpf unter sich, das er durch seine Einschüchterungsversuche daran hindern konnte, je wieder auf seinen Rücken zu klettern, und er gab sich alle Mühe, dieses Ziel zu erreichen.

Es war doch ein Jammer, daß zwischen ihr und Damian ein so großer Gewichtsunterschied bestand, sonst hätten sie den Schecken täuschen können, bis er sich wieder beruhigte. Sie hatte ihm ihren eigenen Sattel aufgelegt, da es ihnen nicht gelungen war, einen zweiten aufzutreiben, und die Idee, Damian auf einem ungesattelten Pferd reiten zu lassen, erschien ihr geradezu lächerlich. Also mußte er vorerst mit ihrem Sattel vorliebnehmen.

Casey hatte bereits einen Proberitt mit dem Schecken unternommen, und zwar einzig und allein deshalb, weil manche Pferde sich gegen alles sträubten, woran sie noch nicht gewöhnt waren, und ein neuer Sattel fiel auch unter diese Kategorie. Bei ihr hatte er auf den leisesten Schenkeldruck reagiert, also lag es wohl an Damians Gewicht, daß er bockte und nach allen Seiten auskeilte, als sei er noch nie zuvor geritten worden.

Insgeheim mußte sie Damian großes Lob zollen. Er gab nicht auf, obwohl er schon viermal im Schmutz gelandet war, sondern rappelte sich jedesmal wieder auf und versuchte es von neuem. Allerdings verschwendete er unverhältnismäßig viel Zeit darauf, sich nach jedem Sturz sorgfältig abzuklopfen, aber Casey biß die Zähne zusammen und verkniff sich den Hinweis, daß er noch sehr viel mehr Staub zu schlucken bekommen würde, bevor sie mit dem Unterricht fertig waren.

Ein Mann, der schon das kleinste bißchen Schmutz auf seiner Kleidung so verabscheute wie er, war für einen Ritt durch die Wildnis alles andere als geeignet, aber er würde sich daran gewöhnen müssen. Sie hatte gestern versucht, ihn dazu zu überreden, sich praktischere Kleider zu kaufen, wenigstens einen vernünftigen Reithut, aber er hatte mit der Bemerkung abgelehnt, seine piekfeinen New Yorker Anzüge seien für den Ritt allemal gut genug. Vielleicht waren sie das ja auch, wenn man sich nicht an Sonnenbrand, Kletten und Rissen in dem feinen Wollstoff störte, die er sich unweigerlich jedesmal zuziehen würde, wenn er zu nah an einem kleinen Dornbusch vorbeiritt. Nur hatte sie so ein Gefühl, als würde er sich sogar gewaltig daran stören. Wie er sich wohl aufführen würde, wenn ihm einmal richtig der Schweiß ausbrach? Die Situation könnte recht unterhaltsam werden.

Nachdem der Schecke endlich zu dem Schluß gekommen war, daß er den Kampf mit Damian verlieren würde, konnten sie sich auf den Weg machen. Aber es wurde ein langer Tag draußen im Gelände, zumindest kam er Casey, die in der vergangenen Nacht kaum Schlaf gefunden hatte, entsetzlich lang vor. Sie sah sich gezwungen, ein langsameres Tempo anzuschlagen als sonst, damit sich Damian im Sattel halten konnte. Ihr selbst bereitete es keine großen Schwierigkeiten, ohne Sattel zu reiten, sie hatte dies in ihrer Jugend oft getan, wenn sie zu ungeduldig gewesen war, um abzuwarten, bis ein Pferd für sie gesattelt wurde. Allerdings waren diese Ausritte meist nur von kurzer Dauer gewesen; ein so langer Ritt wie der, den sie vor sich hatte, würde zur Belastungsprobe für ihre Muskeln werden.

Damian zuliebe machte sie am frühen Nachmittag kurz Rast. Da sie einen Vorrat von Backwaren eingekauft hatten, ehe sie den kleinen Ort verlassen hatten, hätten sie ohne weiteres weiterreiten und im Sattel essen können, aber Casey nahm an, daß ihrem Begleiter eine Pause guttun würde, und tatsächlich gab er ein gequältes Stöhnen von sich, als sie zum Aufbruch mahnte.

Am Abend jedoch überraschte er sie mit dem Angebot, auf die Jagd nach etwas Eßbarem zu gehen, falls sie es sich erlauben konnten, Schüsse abzufeuern. Fast war sie versucht, ihm zu sagen, es dürfte nicht geschossen werden; sie hatte Appetit auf ein Stück Fleisch und wußte nur zu gut, daß er ohne ein einziges Beutetier zurückkommen würde, wenn sie ihn auf die Jagd gehen ließ. Aber er hatte bei seinen ersten Reitversuchen schon so viele Rückschläge einstecken müssen, daß sie es nicht übers Herz brachte, ihn darauf hinzuweisen, daß er vom Jagen nichts verstand und diese Tätigkeit daher lieber jemandem überlassen sollte, der mehr Ahnung davon hatte.

Resigniert fand sie sich damit ab, sich mit Bohnen und Brötchen begnügen zu müssen, und begann mit den Vorbereitungen. Als Damian jedoch eine halbe Stunde später mit einem riesigen wilden Truthahn zurückkam, von dem sie gut und gerne mehrere Tage satt wurden, blinzelte sie ihn erstaunt an. Da sie für seine Schießkünste nur Hohn und Spott übrig hatte, vermutete sie, daß er ganz einfach unverschämtes Glück gehabt haben mußte, zumal nur ein einziger Schuß gefallen war.

Sie ließ dann auch eine dementsprechende Bemerkung fallen, als sie ihm den Vogel abnahm, um ihn zu prüfen. »Da haben Sie ja einen richtigen Glückstreffer gelandet, Damian.«

»Übermäßiges Glück war dabei eigentlich nicht im Spiel«, entgegnete er trocken.

Casey hob die schwarzen Brauen. »Nein? Ist Ihnen der Truthahn direkt vor die Flinte gelaufen, so daß Sie ihn gar nicht verfehlen konnten?«

»Im Gegenteil, er war so weit weg, daß ich gar nicht erkennen konnte, um was für ein Tier es sich handelte.«

Casey, die sich an die Angebergeschichten erinnert fühlte, welche bei ihr zu Hause in den Unterkünften der Cowboys zu kursieren pflegten, meinte nur sarkastisch: »Aber sicher doch.«

Die Skepsis, die in ihrer Stimme mitschwang, war nicht zu überhören, deshalb schlug Damian ihr vor: »Kleine Demonstration gefällig?«

Im Augenblick war es ihr herzlich egal, ob sie ihn vielleicht in Verlegenheit brachte. »Nur zu«, ermunterte sie ihn und deutete auf ein etwa zwölf Meter entferntes Ziel.

Damian zielte, drückte ab – und traf. Casey zwinkerte verwirrt, zeigte aber direkt auf ein anderes Ziel. Auch das traf er mühelos. Nach dem dritten Schuß gab sie auf.

»Okay, ich bin beeindruckt.«

Diesmal hob Damian die Brauen. »Bloß beeindruckt?«

»Verdammt beeindruckt«, murmelte Casey.

Lachend gesellte er sich zu ihr ans Feuer. »Dein verblüffter Gesichtsausdruck war Gold wert, Casey. Vielleicht sollte ich erwähnen, daß ich während meiner Collegezeit Champion bei jedem Wettschießen war. Außerdem bin ich oft mit meinem Vater auf die Jagd gegangen.«

»Wo denn? In Ihrem Hinterhof? Soviel ich weiß, haben Sie heute zum erstenmal auf einem Pferd gesessen.«

»Wir sind für gewöhnlich mit dem Zug in den Norden, zu unserer Jagdhütte, gefahren und von da aus zu Fuß losgezogen.«

Casey schwieg verstimmt. Es gefiel ihr nicht, daß sie die Meinung, die sie sich über ihn gebildet hatte, so plötzlich und so gründlich revidieren mußte, aber sie mußte nun doch zugeben, daß er sich vermutlich auch in gefährlichen Situationen selbst zu helfen wußte. Sie fragte sich jetzt auch, wie viele Wunden die jungen Zugräuber bei ihrer Flucht davongetragen hatten. Es bestand kein Zweifel daran, daß Damian jeden einzelnen von ihnen hätte töten können, wenn er gewollt hätte, dennoch waren keine Leichen an der Überfallstelle zurückgeblieben. Daß die Räuber den Tod verdient hätten, war ihm wohl doch nur im Zorn entschlüpft.

Seine städtische Herkunft war ihm immer noch deutlich anzumerken, und daran würde sich so bald auch nichts ändern, aber wenigstens brauchte sie sich jetzt hinsichtlich seiner Überlebenschancen hier draußen keine Sorgen mehr zu machen. Wenn er mit einem Pferd und einem guten Gewehr ausgerüstet war, konnte er sich selbst helfen.

Casey fuhr fort, das Abendessen vorzubereiten, wobei sie sich nach Kräften bemühte, ihn nicht zu beachten. Doch sie spürte rasch, daß er jede ihrer Bewegungen beobachtete. Wenn er auf ein weiteres Lob für seine soeben zur Schau gestellten Schießkünste hoffte, konnte er warten, bis er schwarz wurde. Aber offenbar kreisten seine Gedanken um einen ganz anderen Punkt, und als sie erfuhr, was ihm im Kopf herumging, wurde sie kreidebleich.

»Ich sage es ja nur ungern, Casey, aber weißt du, daß du wie ein Mädchen aussiehst? Du solltest dir einen Bart oder wenigstens einen Schnäuzer stehenlassen.«

Nach einem lautlosen Stoßseufzer gestand sie leise: »Das dürfte mir schwerfallen.«

»Und warum?«

»Weil ich ein Mädchen *bin*.«

Als sie seinen entsetzten Blick wahrnahm, senkte sie peinlich berührt den Kopf. Sie hätte nicht mit der Wahrheit herausrücken müssen, und sie konnte beim besten Willen nicht sagen, was sie dazu veranlaßt hatte. Während der entgeisterten Stille, die auf ihr Geständnis folgte, wand sie sich innerlich vor Scham, bis sie es nicht länger ertrug, den Kopf hob und ihn ansah – nur um festzustellen, daß er so durchdringend auf ihre Brust starrte, als wolle er versuchen, durch den Poncho hindurchzusehen.

»Es ist zwar nicht viel da, aber zumindest etwas«, brachte Casey heraus, ohne rot zu werden, und fügte vorsichtshalber hinzu: »Und denken Sie erst gar nicht darüber nach, einen hieb- und stichfesten Beweis zu verlangen. Sie müssen sich schon auf mein Wort verlassen.«

Seine Augen wanderten langsam an ihrem Körper empor und glitten dann so forschend über ihr Gesicht, als ob er sie noch nie gesehen hätte – was ja in gewisser Weise auch der Fall war. Plötzlich verschwand die Entgeisterung aus seinem Gesicht und machte einem anderen Gefühl Platz. Was sie in seinen Augen las, flößte ihr Unbehagen ein.

Es war nackte Wut.

16. Kapitel

»Wie kannst du es wagen, dich ... dich als Mädchen zu entpuppen?«

Allein diese schwachsinnige Frage bewies, wie aufgebracht Damian war. Casey hatte mit ungläubigem Staunen gerechnet, aber nicht mit diesem mühsam beherrschten Zorn, der ihn am ganzen Körper zittern ließ.

»Ich fürchte, ich hatte in dieser Angelegenheit nicht viel mitzureden«, erwiderte sie sachlich.

»Du weißt ganz genau, was ich meine! Du hast mich absichtlich getäuscht!« grollte er anklagend.

»Genau das habe ich nicht getan. Ich habe es nur unterlassen, die Schlußfolgerungen zu korrigieren, die *Sie* ganz alleine gezogen haben. Aber machen Sie sich nichts daraus. Die meisten Leute, mit denen ich zu tun habe, unterliegen demselben Irrtum.«

»Ich gehöre nicht zu den meisten Leuten, ich bin zufällig der Mann, der mit dir zusammen unterwegs ist. Weißt du eigentlich, in was für eine peinliche Situation du mich gebracht hast? Wir haben sogar im selben Zimmer geschlafen!«

»Um ehrlich zu sein – ich habe die letzte Nacht im Pferdestall verbracht«, gestand Casey kleinlaut.

Beinahe wünschte sie, sie hätte ihm bereits am Morgen die Wahrheit gesagt, denn er erwiderte sarkastisch: »Aber natürlich.« Ganz offensichtlich glaubte er ihr nicht.

Stirnrunzelnd überlegte sie, was ihn eigentlich so auf die Palme brachte, und biß sich an dem Ausdruck ›Peinliche Situation‹ fest. Lag dort das Problem? Dachte er, ihre Verwandten würden auftauchen und ihn mit Waffengewalt vor den Altar treiben, nur weil sie sich eine Zeitlang im selben Schlafzimmer aufgehalten hatten? Nicht, daß das nicht im Bereich des Möglichen gelegen *hätte*, aber es *würde* nicht geschehen. Vielleicht sollte sie ihn in diesem Punkt beruhigen.

»Ich hoffe, Sie geben sich nicht der irrigen Meinung hin, daß wir gezwungen sind, etwas so Lächerliches zu tun wie zu heiraten, nur weil ich zufällig ohne Anstandsdame unterwegs bin. Wir schreiben in Kürze das zwanzigste Jahrhundert, Damian. Derartige Zwänge ...«

»Existieren immer noch, und das weißt du genau!«

Unwillkürlich krümmte sich Casey bei seinem Gebrüll. »In diesem Teil des Landes jedenfalls nicht ... zumindest dann nicht, wenn nur die beiden Beteiligten davon wissen. Wenn Sie sich beruhigen und erst einmal nachdenken würden, ehe Sie mich anschreien, dann würde Ihnen klarwerden, daß niemand, absolut niemand weiß, daß Sie mit einer Frau reisen.«

»Frau? Ich würde dich kaum als Frau bezeichnen, Kindchen«, höhnte er.

Der Hieb saß, schließlich betrachtete sich Casey bereits seit drei Jahren als erwachsene Frau. Außerdem wurde sie an den Streit mit ihrem Vater erinnert, was ihren eigenen Ärger anfachte. Sie unternahm einen letzten Versuch, vernünftig zu argumentieren, da sie befürchtete, sich nicht mehr lange beherrschen zu können.

»Ich will Ihnen ja nur begreiflich machen, daß überhaupt nichts Schlimmes passiert ist, Damian, also haben Sie keinen Grund, sich noch länger aufzuregen. Die Tatsache, daß ich eine ... Frau bin, hat nicht den geringsten Einfluß auf unsere geschäftliche Beziehung.«

»Natürlich ändert das alles!«

Sie hob fragend eine Augenbraue. »Ach ja? Und wieso, wenn ich fragen darf? Ändert es vielleicht irgend etwas an meinen Fähigkeiten oder an dem Grund, weshalb Sie mich engagiert haben? Ich bin immer noch einer der besten Spurensucher in der ganzen Umgebung, dank meinem Vater, der mir alles beigebracht hat, was ich heute weiß.«

»Vater? Also bist du auf einmal auf wundersame Weise

auch zu Eltern gekommen? Vermutlich hast du sogar einen richtigen Namen, nicht nur den, den du angeblich nicht kennst.«

Er mußte ja darauf herumreiten, dachte sie grollend, erklärte ihm aber nichtsdestotrotz: »Daß ich hinsichtlich meines Namens nicht die Wahrheit gesagt habe, hat doch nichts mit einer bewußten Täuschung zu tun.«

»Wie bitte? Was soll das Theater denn dann bedeuten.«

»Ich verrate *niemandem* meinen richtigen Namen, weil mein Vater vermutlich noch nach mir sucht und ich noch nicht gefunden werden will. Fragen Sie nicht, wieso, das hat persönliche Gründe. Aber der einfachste Weg, meinen Aufenthaltsort geheimzuhalten, ist der, niemanden wissen zu lassen, wer ich wirklich bin. Und da ich nicht gerne einen falschen Namen benutze, behaupte ich einfach, meinen richtigen nicht zu kennen.«

»Und gibst dich als Junge aus?«

»Nein, das tue ich *nicht*. Wenn mein kurzes Haar, meine Größe und meine Magerkeit bei den Leuten diesen Eindruck erwecken, ist das doch nicht meine Schuld.«

»Ganz zu schweigen von deiner Kleidung.«

»Die Kleidung, die ich trage, ist sowohl praktisch als auch bequem, wenn man wie ich viel im Freien und zu Pferde unterwegs ist«, gab sie zu bedenken. »Aber ich habe nicht ein einziges Mal behauptet, ein Junge zu sein. Wenn ich es darauf angelegt hätte, hätte ich gerade eben doch wohl kaum zugegeben, daß ich ein Mädchen bin, nicht wahr?«

»Warum zum Teufel hast du es dann getan?«

»Weil ich niemanden absichtlich über mein Geschlecht belüge.«

»Das hättest du aber besser getan.«

»Wozu? Es ändert doch nichts an der Art und Weise, wie ich mit Ihnen umgehe, und es sollte auch an Ihrer Verhaltensweise mir gegenüber nichts ändern. Also warum machen Sie aus einer Mücke einen Elefanten?«

»Du bist ein *Mädchen*.«

»Na und?«

Er fuhr sich entnervt mit der Hand durchs Haar, ehe er sagte: »Wenn du wirklich glaubst, daß das keinen Unterschied macht, dann hast du noch weniger Verstand, als man Frauen im allgemeinen zubilligt.«

Casey erstarrte. »Ich hoffe, diese Bemerkung war nicht so gemeint, wie sie sich anhört. Aber ich sollte Sie fairerweise warnen, daß es vielen Männern schon schlecht bekommen ist, wenn sie versucht haben, sich mit mir anzulegen.«

»Gewalt ist aber keine Lösung für dieses Problem.«

»Für welches Problem denn? Sie können doch unmöglich auf ... auf diese Weise an mir interessiert sein.«

»Ach nein?«

Casey sprang mit einem Satz auf, zog ihren Revolver und richtete ihn direkt auf seine Brust. »Dann richten Sie Ihr Interesse ganz schnell auf etwas anderes, Damian.«

»Du bist doch gar nicht fähig, mich zu erschießen.«

»Ich würde mich an Ihrer Stelle nicht darauf verlassen.«

Er starrte sie drohend an. Sie hielt dem Blick stand, ohne mit der Wimper zu zucken oder die Waffe zu senken.

Schließlich gab er nach. »Steck das Ding weg. Ich werde auf meiner Seite des Feuers bleiben – vorerst jedenfalls.«

Übermäßig beruhigend klang der letzte Satz zwar nicht, aber da sie ihn wirklich nicht gern erschießen wollte, ging sie auf seinen Vorschlag ein und setzte sich wieder hin, behielt aber ihre unergründliche Miene bei und wandte nicht einen Augenblick die Augen von ihm ab.

Nachdem eine qualvoll lange Minute verstrichen war, während der sie sich beide schweigend mit Blicken durchbohrt hatten, ergriff Damian endlich das Wort. »Der Truthahn brennt an.«

»Dann tun Sie etwas dagegen. Wo steht denn geschrieben, daß ich immer den Küchendienst übernehmen muß?«

»Vermutlich im selben Buch, in dem auch steht, daß ich nicht kochen kann.«

Casey zwinkerte ein paarmal, dann entspannte sie sich ein wenig. Diese Bemerkung ließ darauf schließen, daß der Streit vorerst beigelegt war.

Nur um ganz sicherzugehen sagte sie: »Ich will mich gleich nach dem Essen schlafen legen, und das sollten Sie auch tun. Wenn wir morgen noch vor Einbruch der Dunkelheit die nächste Stadt erreichen wollen, dann müssen wir früh aufbrechen und auch wesentlich schneller reiten als heute. Glauben Sie, daß sie das durchhalten?«

»Wenn es sein muß, ja.«

Die Worte klangen zwar recht umgänglich, doch in Damians Tonfall schwang immer noch ein Hauch von Gereiztheit mit. Casey verzichtete lieber darauf, ihr Glück herauszufordern, indem sie das Gespräch fortsetzte. Sie hoffte darauf, daß Damian nach ein paar Stunden Schlaf die Situation nicht mehr ganz so verbissen sah. Ob es ihr dagegen gelingen würde, zu vergessen, daß der Mann ein persönliches Interesse an ihr als Frau hatte durchblicken lassen, stand auf einem anderen Blatt. Wenn sie noch länger darüber nachdachte, würde *sie* in dieser Nacht bestimmt keinen Schlaf finden.

17. Kapitel

Auch Damian blieb der Schlaf verwehrt. Nachdem er sich lange ruhelos von einer Seite auf die andere gewälzt hatte, stand er auf, sammelte etwas Reisig, um das erlöschende Feuer wieder anzufachen, und ließ sich dann neben den aufzüngelnden Flammen nieder, um auf den Sonnenuntergang zu warten – und um Casey zu betrachten. Er konnte sich kaum von ihrem Anblick losreißen. Ihre Züge wirkten weicher und sanfter als in wachem Zustand, und ihr wahres Geschlecht trat deutlicher zutage.

Er hatte sie noch nie beim Schlafen beobachtet – glücklicherweise, mußte man wohl sagen. Es war verzeihlich, daß er oft gedacht hatte, sie sei für einen Jungen entschieden zu hübsch, immerhin war er ja fest davon überzeugt gewesen, es wirklich mit einem Jungen zu tun zu haben. Aber wenn ihm diese feminine Weichheit aufgefallen wäre, diese nahezu greifbare Sinnlichkeit, die sie nun ausstrahlte, dann hätte er entsetzt feststellen müssen, daß er sich zu ihr ... ihm ... stark hingezogen fühlte. Unwillkürlich stöhnte er leise auf.

Er kam einfach nicht darüber hinweg, daß er die Wahrheit nicht von selbst erkannt hatte, ehe er mit der Nase darauf gestoßen worden war. Aber er hatte sich von ihren Fähigkeiten und ihrer ganzen Art gründlich in die Irre führen lassen. Seiner Meinung nach war keine Frau imstande, das zu leisten, was Casey geleistet hatte ... doch letzte Nacht hatte sie sein ganzes bisheriges Weltbild erschüttert.

Sie war eine Frau – nein, eigentlich noch ein Mädchen. Damian bemühte sich, diesen feinen Unterschied nicht zu vergessen, aber es wollte ihm nicht recht gelingen, hauptsächlich wohl deshalb, weil sie ganz und gar nicht wie ein kleines Mädchen aussah, wie sie so dalag, sondern wie eine erwachsene junge Frau – eine, die mit Sicherheit alt genug war, um eine intime Beziehung einzugehen.

Erst jetzt fiel ihm auf, wie makellos glatt und samtig ihre Haut schimmerte, und daß ihre üppig geschwungene Unterlippe geradezu zum Küssen einlud. Er hatte sie mit frischgewaschenem Haar gesehen und wußte, daß die dunkle Mähne ihr dann sanft um die Schultern flutete – ein krasser Gegensatz zu dem verfilzten Wust, den sie sonst bevorzugte. Aber wenn ihr das Haar nicht ins Gesicht fiel, so wie jetzt, dann wurden die feinen Züge betont, die sie so anziehend erscheinen ließen – und so begehrenswert.

Der Junge Casey hatte sein Interesse geweckt. Das Mädchen Casey fand er entschieden zu attraktiv. Damian fielen auf Anhieb Hunderte von Fragen ein, die er ihr gern gestellt hätte, aber er wußte, daß er auf keine einzige eine Antwort bekommen würde. Sie war eine Meisterin darin, ihre Geheimnisse und ihre Gefühle für sich zu behalten, und nur weil sie ihm ihr größtes Geheimnis verraten hatte, hieß das noch lange nicht, daß weitere Enthüllungen folgen würden.

Sogar nachdem sie ihm den Schock seines Lebens versetzt hatte, indem sie die Bombe platzen ließ, hatte sie ihm gegenüber auch weiterhin diesen verdammt undurchdringlichen Gesichtsausdruck beibehalten, der nichts über ihre Gedanken verriet. Die Erinnerung an die unzähligen Male, wo diese spezielle Angewohnheit von ihr ihn nervös gemacht hatte, war auch die Hauptursache für seinen Ärger. Er hatte sich von einer *Frau* verunsichern lassen.

Inzwischen war seine Wut so weit abgeflaut, daß er über diese kleine Demütigung hinwegsehen konnte, zumal sie wahrscheinlich nie bewußt beabsichtigt hatte, ihn oder sonst jemanden nervös zu machen. Es war die Tatsache, daß sie eine so starke Anziehungskraft auf ihn ausübte, mit der er nicht fertig wurde.

Sein Problem bestand darin, daß er nicht wußte, wie er

es fertigbringen sollte, auch weiterhin mit ihr gemeinsam zu reisen und dabei die Finger von ihr zu lassen. Einerseits sah er nicht ein, warum er überhaupt den Versuch dazu unternehmen sollte, wo sie sich so offensichtlich über alle traditionellen Sitten hinwegsetzte, die Männer davon abhielten, sich in der Gegenwart von Frauen wie die Barbaren zu benehmen. Sie brach all die Anstandsregeln, mit denen er aufgewachsen war – schon weil sie sich allein mit ihm hier draußen aufhielt. Warum zum Teufel sollte er sich dann noch an irgendwelche Regeln halten?

Andererseits mußte er Prioritäten setzen, mußte sich stets vergegenwärtigen, welches Ziel ihn hierhergeführt hatte. Und als Casey sich zu regen begann und die Vögel auf den umliegenden Bäumen zwitschernd den neuen Tag begrüßten, hatte der Wunsch, seinem Vater Gerechtigkeit widerfahren zu lassen, sich gegen seine neuentdeckte Begierde durchgesetzt. Er hielt es für unklug, seine Beziehung zu Casey noch komplizierter zu gestalten; also war es wohl ratsam, Distanz zu wahren und sie den Job beenden zu lassen, für den er sie bezahlte.

Er konnte nur hoffen, daß es ihm auch weiterhin gelang, standhaft zu bleiben. Und zu diesem Zweck mußte er Caseys Bedenken mit einer oder zwei Lügen zerstreuen und es ihr so ermöglichen, ihn wie früher die meiste Zeit zu ignorieren. Vielleicht fiel es ihm dann auch leichter, keine Notiz von ihr zu nehmen. Also begann er, sein Vorhaben in die Tat umzusetzen, sowie Casey die Augen aufschlug.

»Ich möchte mich bei dir entschuldigen.«

Es dauerte einen Moment, bis sie in seine Richtung blickte, herzhaft gähnte und ein paarmal blinzelte, ehe sie mit schlaftrunkener Stimme sagte: »Ich bin gerade wach geworden, Damian. Bevor Sie etwas sagen, woran ich mich später gern erinnern würde, lassen Sie mich bitte zuerst einen Schluck Kaffee trinken.«

Damian lächelte ihr zu, was sie allerdings nicht bemerkte, da sie im Feuer herumstocherte, alles zusammensuchte, was sie zur Zubereitung des Kaffees benötigte, sich einmal räkelte – verdammt, er wünschte, sie würde das unterlassen – und dann im Gebüsch verschwand. Auch diese Gewohnheit hatte er bislang nicht zur Kenntnis genommen, und da er sich nicht genauso verhielt ... als sie zurückkam, war die glühende Röte schon fast wieder aus seinem Gesicht gewichen, und zum Glück war es noch so dunkel, daß sie seine Verlegenheit nicht bemerkte.

Sie sah ihn erst voll an, als sie ihre morgendliche Routine beendet und sich mit einem Becher dampfenden Kaffees im Schneidersitz neben dem Feuer niedergehockt hatte, und da hatte sie wieder ihre übliche undurchdringliche Miene aufgesetzt. Diesmal überraschte ihn das nicht.

»Also gut. Sagten Sie eben etwas von einer Entschuldigung, Damian?«

Damians Blick wurde wie magisch von ihr angezogen. Obwohl ihr Poncho wie immer das meiste verdeckte, konnte er die Augen kaum lange genug von ihren langen, schlanken Beinen abwenden, um ihre Frage zu beantworten.

Er räusperte sich halblaut und begann: »Letzte Nacht habe ich dir in meiner Wut einige Dinge an den Kopf geworfen, die nicht so gemeint waren.«

»Zum Beispiel?«

»Zum Beispiel habe ich angedeutet, daß ich ... nun ja, ein persönliches Interesse an dir hätte.«

Ihm schien, als wäre sie unmerklich zusammengezuckt, aber er war sich nicht sicher. »Das stimmt also nicht?«

»Nein, natürlich nicht«, log er, ohne eine Miene zu verziehen. »Ich war gestern abend so – außer mir, daß ich so ziemlich alles gesagt hätte, nur um dir genauso einen Schock zu versetzen wie du mir. Das war wirklich ein schäbiger Zug von mir, und es tut mir furchtbar leid.«

Sie nickte langsam, wandte den Blick von ihm ab und

sah zum Himmel empor, wo die Sonne gerade in voller Farbenpracht aufging. Ihr Gesicht war in einen goldenen Glanz getaucht und wirkte so überirdisch schön, daß er sich kaum auf ihre Antwort konzentrieren konnte.

»Ich bin selber dafür bekannt, daß mir ab und zu unüberlegte Bemerkungen herausrutschen, wenn mein Temperament mit mir durchgeht«, gab sie zu, wobei sie die Stirn runzelte, als ob sie sich dabei an eine ganz bestimmte Gelegenheit erinnern würde. »Vermutlich sind auch einige Entschuldigungen meinerseits angebracht.«

»Das ist doch nicht nötig ...«

»Es kann aber nichts schaden, da wir schon einmal dabei sind, reinen Tisch zu machen, also lassen Sie mich bitte ausreden. Ich habe gestern abend auch einige voreilige Schlüsse gezogen, als ich Sie verdächtigte, Angst vor einer Mußehe zu haben. Das war ausgesprochen albern von mir, ich weiß ja gar nicht, ob Sie nicht bereits verheiratet *sind*.«

Bereits verheiratet? Nun runzelte Damian die Stirn, da ihm seine letzte Begegnung mit Winifreds Vater wieder in den Sinn kam. Er war bei der Beerdigung an Damian herangetreten und hatte ihm eine Frage gestellt, die er so bald nicht vergessen würde. ›Ich weiß, daß dies nicht der beste Zeitpunkt ist, um das Thema zur Sprache zu bringen, aber die Hochzeit findet doch trotzdem statt, oder nicht?‹

Nicht der beste Zeitpunkt? Die Kaltschnäuzigkeit dieses Mannes hatte Damian bis ins Mark getroffen, und da der Apfel bekanntlich nicht weit vom Stamm fiel, hatte er weder Vater noch Tochter seitdem wiedergesehen und hegte auch nicht das geringste Verlangen danach.

»Es gibt keine Ehefrau«, erklärte er kategorisch.

»Ich habe nicht gefragt, sondern mich nur für ungerechtfertigte Vermutungen entschuldigt. Mir persönlich ist es vollkommen gleichgültig, ob Sie verheiratet sind oder nicht.«

Damian amüsierte sich über die Betonung, die sie auf

den letzten Satz legte, gerade so, als würde sie fürchten, er könne denken, *sie* sei an einer amourösen Affäre mit ihm interessiert. Offenbar traf dies nicht zu. Sie wirkte sogar ein wenig verlegen.

Um ihr darüber hinwegzuhelfen versicherte er ihr rasch: »Ich habe auch nichts anderes vermutet.«

Sie nickte nur knapp. Anscheinend wollte sie das Gespräch so schnell wie möglich beenden, denn sie bemerkte abschließend: »Es wundert mich immer wieder, daß ein paar Stunden Schlaf gewisse Dinge wieder ins rechte Licht rücken.«

Damian konnte sich dazu nicht äußern. Er spürte die Auswirkungen der schlaflosen Nacht zwar noch nicht, zweifelte aber nicht daran, daß dies der Fall sein würde, noch ehe der Tag zu Ende ging. In der Tat fühlte er sich, als sie gegen Abend die nächste Stadt erreichten, so erschöpft und zerschlagen, daß er Casey anwies, nicht nach ihm zu sehen, falls sie ihn am nächsten Tag nicht zu Gesicht bekam, er wolle einmal rund um die Uhr schlafen. Und genau das tat er auch.

18. Kapitel

Casey hatte Damians Bemerkung, den ganzen Tag verschlafen zu wollen, für einen Witz gehalten. Zu ihrem großen Verdruß stellte sich jedoch heraus, daß es ihm durchaus ernst damit gewesen war. Sechsmal an diesem Tag ging sie zu seinem Zimmer, und immer hing das ›Bitte nicht stören‹-Schild an der Tür, und von drinnen war kein Laut zu vernehmen.

Am späten Nachmittag hämmerte sie schließlich entschlossen gegen die Tür. Wenn sie am nächsten Morgen weiterreiten wollten, mußte er sich unbedingt einen Sattel kaufen, ehe die Geschäfte geschlossen wurden. Sie hätte ihm diese Besorgung ja abgenommen, aber die Stadt war ziemlich groß und bot eine breite Auswahl, und der Kauf eines Sattels war eine Frage persönlicher Vorlieben. Zwar hatte Damian, der Neuling auf dem Pferderücken, sowieso keine Ahnung, aber trotzdem wollte sie die Entscheidung lieber ihm selbst überlassen.

Unter viel Gemurre und Geknurre quälte er sich endlich aus dem Bett, und erst da ging es Casey auf, daß er in der vergangenen Nacht, der Nacht ihrer Beichte, wohl nicht allzuviel Schlaf bekommen hatte. Sie wußte nicht recht, was sie davon halten sollte. Anscheinend bereitete es ihm größere Schwierigkeiten, ihre wahre Identität zu akzeptieren, als es zunächst den Anschein gehabt hatte.

Sein angebliches Interesse an ihrer Person hatte sie ziemlich aus der Fassung gebracht, weil sie nicht im entferntesten damit gerechnet hatte. Aber zu ihrem eigenen Erstaunen fühlte sie sich noch schlechter, nachdem er ihr gestanden hatte, in diesem Punkt gelogen zu haben. Die Worte, die sie beruhigen sollten, hatten sie statt dessen ernüchtert.

Aber da er sich alle Mühe gab, so weiterzumachen

wie bisher und ihr Geschlecht zu ignorieren, würde sie sich ebenso verhalten. Es war das mindeste, was sie tun konnte.

Nachdem es ihr endlich gelungen war, Damian dazu zu bewegen, das Hotel zu verlassen und nach einem kurzen Abstecher zur Bank eines der beiden Sattelgeschäfte der Stadt aufzusuchen, wunderte Casey sich nicht, als er den auffälligsten und teuersten Sattel erstand, der im Laden zu haben war, und dazu noch ein glänzendes silbernes Zaumzeug. Der störrische Schecke würde meilenweit zu sehen sein, wenn all dieser Glitzerkram in der Sonne funkelte.

Dennoch verkniff sie sich jeglichen Kommentar. Der Sattel war zwar überteuert, aber brauchbar. Statt dessen wies sie ihn wieder einmal darauf hin, daß er gut daran täte, sich anständige Reitkleidung zuzulegen.

Sie war sich nicht sicher, ob er einfach nur in Opposition gehen wollte, weil er wußte, daß sie recht hatte, aber er beharrte immer noch darauf, daß seine städtische Garderobe vollauf genügte. Ferner erklärte er ihr, daß sie, wenn möglich, von der nächsten Stadt aus mit dem Zug weiterreisen würden, weshalb es völlig überflüssig sei, Geld für neue Kleider auszugeben. All seine Argumente änderten jedoch nichts daran, daß er überall, wo er hinkam, sofort als Greenhorn eingestuft wurde, und sie begann zu bedauern, daß sie sich hatte erweichen lassen, seine Reisetasche mitzunehmen.

Sie wünschte auch, die Ereignisse hätten ihr nicht so bald und auf so drastische Weise recht gegeben. Auf dem Weg zu dem Mietstall, wo sie ihre Pferde untergestellt hatten und wo sie den Sattel abladen wollten, mußten sie nämlich an einem Saloon vorbei, in dem es, dem Lärm nach zu urteilen, ziemlich hoch herging.

Damian, der sich mit dem schweren Sattel abschleppte, kam mit Caseys langen Schritten nicht mit und war ein Stück zurückgefallen, daher sah es, obwohl sie es nicht beabsichtigt hatte, so aus, als würden sie nicht zusammengehören, und wirklich richtete sich das Interesse der vier angetrunkenen Einheimischen, die soeben aus dem Saloon getaumelt kamen, einzig und allein auf Damian.

Casey hatte überhaupt nicht gemerkt, daß er zurückgeblieben war, bis sie Schüsse hörte, sich umdrehte und feststellte, daß vier Revolver genau auf Damians Füße gerichtet waren. Derartige Spielchen hatte sie in anderen Städten schon häufig miterlebt. Neuankömmlinge, denen man den Grünschnabel schon von weitem ansah, schienen etwas an sich zu haben, was ansonsten friedliche Bürger in aggressive Maulhelden verwandelte.

Es handelte sich im Grunde genommen um eine Machtdemonstration, vermutete Casey. Die Männer gingen davon aus, daß sie einen unerfahrenen Fremden, der überdies noch keine Waffe bei sich trug, leicht einschüchtern konnten. Wenn die Herausforderer zudem noch unter Alkoholeinfluß standen, der ihnen eine Art falschen Mutes verlieh, war es möglich, daß die Situation außer Kontrolle geriet. Sie hatte einmal gesehen, wie ein Oststaatler eine Kugel in den Fuß bekam, weil er sich weigerte, auf den groben Unfug seiner Peiniger einzugehen. Und Damian schien ihr nicht zu den Männern zu gehören, die brav mitspielten, nur um mit heiler Haut davonzukommen.

Was er auch nicht tat. Zwar hatte er den Sattel fallen lassen, aber er rührte sich nicht vom Fleck und ließ die Kugeln immer näher an seine Füße herankommen, was seine Gegner verärgerte, da er nicht zu ihrer Unterhaltung beitrug. Er mochte ja im Umgang mit dem Gewehr ungewöhnlich geschickt sein, aber im Gegensatz zu Handfeuerwaffen trug man ein Gewehr nicht ständig mit sich herum, und ein Einkaufsbummel gehörte zu den Gelegenheiten, wo man es für gewöhnlich nicht benötigte. Und ohne Waffe konnte er gegen seine Widersacher kaum etwas ausrichten.

Er schien da anderer Meinung zu sein, denn nachdem seine Aufforderung, ihn in Ruhe zu lassen, nichts gefruchtet hatte, trat er auf einen der Männer zu, um die Schießerei mit roher Gewalt zu beenden – woraufhin der Mann den Revolverlauf direkt auf seine Brust richtete. In diesem Moment zog Casey ihre Waffe und griff in das Geschehen ein, da sie befürchtete, Damian würde die mittlerweile ernstgemeinte Drohung ignorieren und trotzdem auf seinen Gegner losgehen – was ihm wahrscheinlich eine tödliche Verletzung eingetragen hätte.

Sie zertrümmerte den Stiefelabsatz eines der Männer und schoß einem anderen den Hut vom Kopf, was ausreichte, um die Aufmerksamkeit von Damian weg und auf sie zu lenken. Sie hätte auch noch weitere Schüsse abgegeben, aber das war nicht mehr nötig, den nun schritt Damian zur Tat und schmetterte zwei der Männer mit den Köpfen zusammen. Beide sanken bewußtlos zu Boden. Der dritte bekam einen so kräftigen Kinnhaken, daß er quer über die Straße flog, und der vierte schnappte nach einem Schlag in die Magengrube krampfhaft nach Luft und fragte sich vermutlich, ob er je wieder würde atmen können.

Damian wischte sich die Hände ab, als ob nichts weiter geschehen sei, strich sein Jackett glatt, hob den Sattel wieder auf und setzte seinen Weg fort. Casey behielt den einzigen der vier Männer, der noch bei Bewußtsein war, scharf im Auge, um sich zu vergewissern, daß er nicht auf dumme Gedanken kam, aber der rappelte sich nur keuchend hoch und torkelte wieder in den Saloon zurück.

Casey steckte ihren Revolver weg und richtete ihre Aufmerksamkeit auf Damian. »Alles in Ordnung?«

»Ein nettes, freundliches Städtchen ist das hier«, lautete die sarkastische Antwort.

»Vermutlich«, erwiderte Casey, ohne auf seine Bemerkung näher einzugehen. »Ich sage es Ihnen wirklich nur ungern«, fuhr sie grinsend fort, »aber all das wäre nicht passiert, wenn Sie nicht so aussehen würden, als wären Sie gerade eben erst aus dem Zug aus dem Osten gestiegen. Sie wirken wie ein Tourist, Damian, und mit Touristen treiben die Leute nun einmal gern derbe Späße, weil sie wissen, daß Fremde keine Ahnung vom Leben im Westen haben.«

»Dann klär mich doch darüber auf.«

Sie zwinkerte verwirrt. »Wie bitte?«

»Bring mir bei, wie man hier draußen zurechtkommt.«

Das mußte sie erst einmal verdauen. Aber da sie über das Ausmaß dieser Forderung in Ruhe nachdenken wollte, sagte sie nur: »Nun gut, als erstes sollten wir zu dem Laden zurückgehen, in dem wir eben waren, ehe er schließt. Es ist an der Zeit, daß Sie so aussehen, als wären Sie ein Einheimischer und nicht bloß auf der Durchreise.«

Er schob trotzig das Kinn vor. Casey seufzte innerlich und machte sich auf eine neuerliche Weigerung gefaßt. Langsam fragte sie sich, warum er es so standhaft ablehnte, sich von seinen Nobelklamotten zu trennen. Wollte er aus dem Rahmen fallen? Nicht in der Masse untergehen? War das der Grund?

Aber dann überraschte er sie mit einem knappen Nikken und einem schroffen »Geh du voraus«.

Später wünschte sie, sie hätte den Mund gehalten. Damian im schicken Anzug war ja schon attraktiv genug, aber in engen Jeans, blauem Flanellhemd mit schwarzem Halstuch und Weste, dazu einen breitkrempigen Hut, wirkte er geradezu unwiderstehlich. Auf einmal schien er nicht mehr aus einer anderen Welt zu kommen, sondern sah aus, als gehörte er hierher. Und plötzlich sah auch Casey ihn in einem ganz anderen Licht. Er erschien ihr – erreichbar.

19. Kapitel

Als sie am nächsten Tag zufällig auf ein Wasserloch stießen, schlug Casey das Lager etwas früher auf, um diesen Umstand auszunutzen. Und da Damian sich wieder anbot, auf die Jagd zu gehen, gelang es ihr, in der Zwischenzeit ein Bad zu nehmen und sich die Haare zu waschen, obwohl letzteres gar nicht nötig gewesen wäre. Sie wollte lieber nicht näher darüber nachdenken, warum sie das dringende Bedürfnis nach einer gründlichen Säuberung verspürte, sondern entschuldigte sich damit, daß sie nun, da Damian ihre wahre Identität kannte, keinen Grund mehr hatte, ihr Äußeres zu vernachlässigen.

Sie war gerade damit beschäftigt, ihr Haar zu trocknen, als Luella Miller auftauchte. Casey quollen fast die Augen aus dem Kopf, und sie starrte die Erscheinung ungläubig an, ohne es überhaupt zu merken. Aber sie hatte noch nie zuvor eine so auffallend schöne Frau zu Gesicht bekommen.

Hellblondes Haar unter einem modischen Hütchen. Große blaue Augen hinter dichten Wimpern. Elfenbeinfarbene Haut, die nahezu durchsichtig wirkte. Große Brüste. Eine schmale Taille. Klein und schlank gebaut. Große Brüste. Von Kopf bis Fuß in Spitze gehüllt, angefangen von dem Sonnenschirm bis hin zu den Einsätzen in ihren zierlichen Stiefelchen. Große Brüste. Wieso wiederholte sie sich eigentlich? Aber es stimmte, für eine so kleine Frau hatte die Unbekannte wirklich enorme Brüste. Erstaunlicherweise ging sie nicht vornübergebeugt, obwohl sie so vorderlastig war, sondern hielt sich kerzengerade.

»Gott sei Dank«, war das erste, was sie atemlos hervorstieß, obwohl sie nicht übermäßig schnell gelaufen war. »Sie können sich nicht vorstellen, wie froh ich bin, Sie zu sehen. Ich weiß nicht, was ich gemacht hätte, wenn ich alleine hier draußen hätte übernachten müssen.«

Casey war sich nicht sicher, was das Gerede zu bedeuten hatte, aber aus Höflichkeit – das ganze Benehmen der jungen Frau ließ darauf schließen, daß sie Höflichkeit seitens ihrer Mitmenschen als ihr gutes Recht betrachtete – sagte sie: »Setzen Sie sich ans Feuer und essen Sie einen Happen mit.«

»Das ist *wirklich* reizend von Ihnen«, flötete die Frau und kam mit ausgestreckter Hand auf Casey zu. »Ich bin Luella Miller aus Chicago. Und wie heißen Sie?«

Casey starrte auf die zarten Finger und sah dann schnell weg, da sie befürchtete, Luella könnte mehr als nur einen simplen Händedruck erwarten, und sie hatte nicht vor, der Frau die Hand zu küssen. »Casey«, sagte sie knapp. Die ihr entgegengestreckte Hand ignorierte sie absichtlich.

»Kann ich mich wohl darauf setzen?« fragte Luella lächelnd, wobei sie auf Old Sams Sattel zeigte, der direkt neben dem Feuer lag, und ließ sich darauf nieder, ohne Caseys Antwort abzuwarten. Wieder einmal setzte sie eine Zusage als selbstverständlich voraus. Mit einem tiefen Seufzer fügte sie hinzu: »Ach, ich hatte eine *schreckliche* Reise. Und dabei hat man mir versichert, es sei ganz einfach, nach Fort Worth in Texas zu gelangen.«

Da sie Casey dabei erwartungsvoll ansah, antwortete diese höflich: »Da wollen Sie also hin?«

»Ja, ich muß zur Beerdigung meines Großonkels. Aber in St. Louis ist mir meine Zofe davongelaufen. Können Sie sich das vorstellen? Und dann hatte auch noch der Zug Verspätung, weil irgendwelche Gleise ausgebessert oder ersetzt werden mußten, bevor er Richtung Süden weiterfahren konnte. Ich hatte gehofft, noch rechtzeitig zur Beerdigung zu kommen, aber ich muß auf jeden Fall vor der Testamentseröffnung dort sein, da ich vermutlich einer der Erben bin. Deswegen konnte ich auch nicht auf die Weiterfahrt des Zuges warten.«

»Also haben Sie sich entschlossen, zu Fuß nach Fort Worth zu gehen?«

Luella blinzelte verwirrt und lachte dann laut auf. »Nein, wie komisch. Das hatte ich natürlich nicht vor. Ich traf diesen netten Geistlichen und seine Frau, die mit einer Kutsche in Richtung Süden unterwegs waren, und sie waren so nett, mich mitfahren zu lassen – zumindest hielt ich es für eine freundliche Geste, bis sie mich einfach zurückließen.«

Casey hob eine Braue. »Was soll das heißen?«

»Sie sind ohne mich weitergefahren. Ich mochte es gar nicht glauben. Wir hatten mittags angehalten, um einen Bissen zu essen, und ich ging fort, um ... nun, um ein paar Minuten für mich zu haben, und als ich zurückkam, sah ich gerade noch, wie die Kutsche die Straße entlangraste und hinter einer Biegung verschwand. Ich habe stundenlang gewartet, weil ich dachte, na ja, hoffte, sie würden zurückkommen und mich abholen, aber weder sie noch irgend jemand sonst kam vorbei. Also machte ich mich auf den Weg Richtung Süden, aber auf einmal schien die Straße wie vom Erdboden verschluckt zu sein. Ich nehme an, sie wird kaum noch benutzt und ist deshalb nicht mehr zu erkennen. Heutzutage ist es ja auch viel bequemer, mit dem Zug zu reisen – vorausgesetzt, die Strecke ist befahrbar, versteht sich. Tja, und so kam es, daß ich mich ziemlich bald verlaufen habe.«

Für jemanden, der den ganzen Tag herumgeirrt war, sah sie bemerkenswert sauber und gepflegt aus. Sie gehörte wohl zu den Leuten, die auch nicht das kleinste Staubkörnchen auf ihrer Kleidung duldeten, deswegen hatte sie wahrscheinlich auch Old Sams Sattel für sich beschlagnahmt, anstatt sich einfach auf den Boden zu setzen.

»Ich nehme an, dieses Pärchen hat auch Ihre Habseligkeiten mitgenommen«, bemerkte Casey beiläufig.

»Nun, da Sie es schon erwähnen ... und ich hatte einige ziemlich wertvolle Schmuckstücke in meinem Koffer und all mein Bargeld in meiner Handtasche.« Ein neuerliches Seufzen erklang. »Glauben Sie, daß die beiden von vorneherein vorhatten, mich zu berauben, und mir nur deswegen angeboten haben, mich mitzunehmen?«

»So sieht es aus.«

»Aber das kann man doch mit *mir* nicht machen!«

Casey unterdrückte ein abfälliges Schnauben. Die Dame war offenbar der festen Überzeugung, daß allein aufgrund ihrer Schönheit jedermann verpflichtet war, ihr ganz uneigennützig seine Hilfe anzubieten.

»Die meisten Diebe sind in der Auswahl ihrer Opfer nicht eben wählerisch, Miss Miller.«

»Nun, dieser Geistliche, wenn er überhaupt einer war, muß blind gewesen sein«, beharrte Luella.

»Er hat sich vermutlich als Geistlicher ausgegeben, um Ihr Vertrauen zu gewinnen. Aber im Augenblick können Sie nicht viel gegen ihn unternehmen. Sie müssen den Vorfall bei der nächsten Gelegenheit den Behörden melden.«

Wieder seufzte Luella. »Ja, ich weiß. Und ich muß immer noch unbedingt in dieser Woche nach Fort Worth kommen. Sie reiten nicht zufällig in Richtung Süden?«

Casey wünschte von Herzen, diese Frage verneinen zu können, wußte aber nicht, wie sie die Wahrheit umgehen konnte. Sie verschwieg allerdings, daß sie auch auf dem Weg nach Fort Worth war. »Wir machen in der nächsten südlich gelegenen Stadt halt.«

»Wir? Dann nehmen Sie mich also mit?«

»Mit ›wir‹ meinte ich meinen Freund und mich. Er ist gerade unterwegs, um unser Abendessen zu erlegen. Aber wir nehmen Sie natürlich bis zur nächsten Stadt mit.«

Die folgende Unterhaltung bestritt Luella fast allein, indem sie von ihrem Leben in Chicago erzählte. Casey entnahm ihrem Geplapper, daß sie eine zweiundzwanzigjährige Debütantin aus bester Familie war, die mit ihrem gutmütigen Bruder zusammenwohnte. Achtmal war sie bereits verlobt gewesen, hatte aber jedesmal die Hochzeit im letzten Moment abgesagt, weil, wie sie seufzend zugab, sie sich nie sicher gewesen war, ob der jeweilige Bräutigam sie nur um ihrer Schönheit willen heiraten wollte, oder ob er sie wirklich liebte. Acht Anläufe, um das herauszufinden, dünkten Casey ein bißchen viel, aber das behielt sie für sich.

Dann kam Damian zurück, und Casey mußte mit ansehen, wie er einen kompletten Narren aus sich machte, indem er ihren hübschen Gast mit weit aufgerissenen Augen ungläubig anstarrte. Wahrscheinlich hörte er kein Wort von dem, was Casey sagte, als sie ihm erklärte, wer Luella war und wie sie zu ihnen gestoßen war. Er dachte noch nicht einmal daran, vom Pferd zu steigen, sondern blieb regungslos im Sattel sitzen und beäugte die Frau bewundernd.

Und Luella war keinesfalls entgangen, was für ein attraktiver Mann Damian war. Casey hatte noch nie zuvor soviel Wimpernklappern und ein solch affektiertes Getue bei einer Frau erlebt. Sie fand Luellas Benehmen abstoßend, aber Damian war ganz offensichtlich anderer Meinung.

»Ich habe Luella versprochen, daß wir sie bis zur nächsten Stadt mitnehmen«, beendete sie ihre Erklärungen.

»Aber sicher tun wir das. Sie kann bei mir mitreiten.«

Wie schnell er mit diesem Angebot zur Hand war! Und es war durchaus möglich, daß er dieses Kunststück fertigbrachte, immerhin kam er mit dem Schecken inzwischen ganz gut zurecht. Aber aus irgendeinem Grund brachte allein die bloße Vorstellung Casey zur Weißglut.

Deswegen gab sie rasch zu bedenken: »Das zusätzliche Gewicht könnte Ihren Schecken wieder zum Bocken bringen. Besser, sie reitet mit mir.«

Er nickte. Wenigstens widersprach er nicht. Aber Luella wirkte ausgesprochen enttäuscht.

Schließlich stieg Damian ab und ließ seine Beute beinahe in Caseys Schoß fallen – ohne sie dabei anzusehen. Er schien den Blick nicht von Luella losreißen zu können, und er stellte sich dann auch in aller Form vor. Casey verdrehte nur die Augen, als er ihr den Handkuß gab, vor dem sie sich gedrückt hatte.

Den Rest des Abends verbrachten die beiden in angeregter Unterhaltung, in deren Verlauf sie immer mehr Gemeinsamkeiten fanden, da sie aus derselben Gesellschaftsschicht stammten. Casey wurde kaum beachtet, nur einmal unternahm Luella den höflichen Versuch, sie in das Gespräch mit einzubeziehen, wenn man denn ein geziertes ›Ich hoffe, wir langweilen Sie nicht, Mister Casey‹ als höflich bezeichnen konnte.

Aber Damians gedankenlose Bemerkung: ›Sie ist eine Miss, kein Mister‹ brachte das Faß zum Überlaufen. Casey platzte beinahe vor Wut.

Sie konnte nicht glauben, daß er, ohne zu überlegen, ihr Geheimnis verraten hatte, obwohl er genau wußte, wie sie darüber dachte. Es half auch nichts, daß Luella kichernd dasaß und zwitscherte: »Machen Sie sich nicht lächerlich. Ich erkenne doch einen Mann, wenn ich einen sehe.« Als niemand in ihr Gelächter einstimmte, wurde sie rot, musterte Casey genauer und geriet dann wegen ihrer Bemerkung in tödliche Verlegenheit. All das hätte vermieden werden können.

Aber Casey achtete gar nicht auf Luella, sondern fixierte Damian mit einem Blick, welcher deutlich besagte, daß er mit seinem Leben spielte, dann stand sie auf, sagte zu ihm: »Ich muß unter vier Augen mit Ihnen sprechen« und marschierte in die Dunkelheit davon.

Er folgte ihr sofort – womit sie nicht unbedingt gerechnet hatte – und rief ihr kurz darauf zu: »Bleib stehen. Ich habe nicht solche Katzenaugen wie du.«

Casey gehorchte, aber nur, weil sie ohnehin weit genug vom Lager entfernt waren, um nicht mehr gesehen oder gar gehört zu werden. »Ich kann im Dunkeln keinen Deut besser sehen als Sie, ich mache mich nur mit meiner Umgebung vertraut, ehe die Sonne untergeht. Das sollten Sie in Zukunft auch tun.«

»Natürlich, wenn du das sagst.«

Casey überhörte die gereizte Antwort. Er hatte sie inzwischen eingeholt, und sie bohrte ihm mit aller Kraft ihren Zeigefinger in die Brust und fauchte ihn an: »Warum zum Teufel haben Sie ihr die Wahrheit gesagt? Glauben Sie, daß ich gerne damit hausieren gehe? Es geht sie verdammt noch mal nichts an, wer ich bin. Wenn ich gewollt hätte, daß sie es erfährt, hätte ich es ihr wohl selbst gesagt, nicht wahr?«

»Bist du böse auf mich, Casey?«

Seine Stimme klang belustigt, so, als sei er überzeugt, daß sie gar keinen Grund zur Aufregung hatte. Das war mehr, als Casey ertragen konnte. Mit einem wütenden Knurren holte sie aus und schlug nach ihm. Wie er den Schlag hatte kommen sehen und ihrer Faust ausgewichen war, konnte sie nicht sagen, doch im nächsten Moment zappelte sie hilflos in seinen Armen, und er preßte sie fest an sich, damit sie nicht noch einmal zuschlagen konnte.

Wahrscheinlich hatte er auch nichts anderes beabsichtigt, als sie davon abzuhalten. Doch Casey erstarrte unvermutet in seinen Armen, so sehr hatte der enge Körperkontakt sie erschüttert. Ihre plötzliche Nachgiebigkeit schien auch ihn auf andere Gedanken zu bringen, denn er bog ihren Kopf nach hinten und küßte sie.

20. Kapitel

Ein Unfall. So bezeichnete Damian jenen Kuß, der Casey bis ins Mark getroffen hatte. Er hatte in ihrem Inneren ein loderndes Feuer entfacht, ihren Puls zum Hämmern gebracht und ihr dann nur sacht über die Wange gestrichen, ehe er sie losließ.

»Entschuldige, das war ein ... Unfall. Es wird nicht wieder vorkommen«, versprach er, bevor er sich umdrehte und ging.

Casey blieb völlig benommen und voll widersprüchlicher Gefühle zurück. Und während er ins Lager zurückkehrte und seine unterbrochene Unterhaltung mit Luella wieder aufnahm, als sei nichts Weltbewegendes geschehen, ließ sie sich auf einen Felsblock sinken und hing ihren Gedanken nach.

Sie mußte sich mit einigen Tatsachen auseinandersetzen. Die Zuneigung, die sie Damian entgegenbrachte, hatte sich zu einem Gefühl ausgewachsen, mit dem sie nicht mehr umgehen konnte. Sie sehnte sich nach seinen Küssen, und sie sehnte sich auch nach etwas, was darüber hinausging, aber alles in ihr sträubte sich dagegen, diesen Gedankengang weiter zu verfolgen.

Außerdem spielte all das für sie keine Rolle, denn in ihrer Zukunft war für ihn kein Platz. Er war ein Fremder, der es kaum erwarten konnte, wieder in sein gewohntes Umfeld zurückzukehren. Sie wußte, daß er nie in ihre Welt passen würde, genausowenig wie sie in die seine. Aber unglücklicherweise löschten diese vernünftigen Überlegungen ihr neuerwachtes Verlangen nach ihm nicht aus.

Sie würde sich entscheiden müssen, ob sie dieses unbekannte Gebiet weiter erforschen wollte – wohl wissend, daß die Beziehung nicht von Dauer sein würde –, oder ob sie sich bemühen sollte, weiterhin Distanz zu diesem Mann zu wahren und darauf zu hoffen, daß sich ihre Wege möglichst bald trennten. Er hatte zwar kein ernsthaftes Interesse an ihr, aber es war möglich, daß sich weitere ›Unfälle‹ ereigneten – vorausgesetzt natürlich, sie schafften sich Luella Miller vom Hals, an der Damian zweifellos interessiert war.

Einerseits sollte sie für Luellas Gegenwart dankbar sein, da sie Damians Aufmerksamkeit so stark beanspruchte, daß dieser fast vergaß, daß auch Casey ein Teil ihrer kleinen Gruppe war. Aber andererseits ärgerte es sie, wie er andauernd um diese Dame herumscharwenzelte.

Und es sah nicht so aus, als würden sie Luella so schnell loswerden, wie Casey insgeheim hoffte, denn am nächsten Tag rauschte der Zug Richtung Süden in einiger Entfernung an ihnen vorbei und stand bereits am Bahnhof, als sie eine Stunde später in der Stadt eintrafen.

Zufälligerweise handelte es sich um denselben Zug, mit dem sie zuvor gereist waren, und Damians Salonwagen war immer noch daran gekoppelt.

Natürlich fühlte er sich daraufhin verpflichtet, Luella aufzufordern, sie zu begleiten, da sie ja alle dasselbe Ziel hatten. Und welchen Einwand hätte Casey schon erheben können, ohne gleichzeitig zuzugeben, daß sie auf die andere Frau eifersüchtig war?

Als der Zug wenige Tage später in den Bahnhof von Fort Worth einfuhr, sah alles danach aus, als hätte sich die Lady aus Chicago einen neunten Verlobten eingefangen, so eng hatten sich die beiden angefreundet.

Während der ganzen langen Reise hatte Casey nur einmal erlebt, daß Damian sich über Luella ärgerte, und das war, als sie erwähnte, daß sie seine Mutter kannte, die offenbar auch in Chicago lebte und sich in denselben gesellschaftlichen Kreisen wie Luella bewegte.

Casey gewann den Eindruck, daß Damian nicht über seine Mutter sprechen wollte, noch nicht einmal andeutungsweise. Aber Luella, unempfänglich für die Stimmungen ihrer Mitmenschen, schwatzte unaufhörlich weiter, erzählte, daß die Frau vor einigen Jahren ihren zweiten Ehemann verloren hatte, nun allein in ihrem großen Haus wohnte und sich dort ziemlich einsam fühlte, und daß Damian sie unbedingt einmal besuchen sollte.

Schließlich riß ihm der Geduldsfaden, und er sprang auf und ging zu der Plattform am Ende des Wagens. Casey, die sich in ihren weichen Sessel kuschelte, murmelte etwas über Leute, die nie wußten, wann sie den Mund zu halten hatten.

Luella hörte die Bemerkung zwar nicht, sah aber in Caseys Richtung und erkundigte sich erstaunt: »Was ist denn nur in ihn gefahren?«

Casey zuckte die Achseln. »Vielleicht ist es ihm hier drin zu schwül geworden«, entgegnete sie mit einem leisen Lächeln.

Luella schürzte schmollend die Lippen und fächelte sich Luft zu. »Vermutlich. Es ist ja auch gar zu heiß hier. Aber seine Gegenwart bringt mein Blut sowieso in Wallung, wenn Sie verstehen, was ich meine.«

Casey verstand nicht und wollte auch gar nicht verstehen, aber Luella, die in vieler Hinsicht schwer von Begriff war, achtete nicht auf ihre mißbilligend gerunzelte Stirn und fuhr ungerührt fort: »Nun, ich glaube, ich übe dieselbe Wirkung auf ihn aus. Wir geben ja auch ein schönes Paar ab, oder nicht?«

Erwartete die Frau tatsächlich eine Antwort auf diese Frage? Casey gab zu, daß Luella einen atemberaubenden Anblick bot – eigentlich sah sie schon zu gut aus –, aber Casey konnte nicht verstehen, wie irgendein Mann auf Dauer eine dermaßen von sich selbst eingenommene Person ertragen konnte. Nun, über Geschmack ließ sich bekanntlich streiten, obwohl sie Damian mehr gesunden Menschenverstand zugetraut hätte.

Außerdem gab es noch eine dunkle Seite in ihrem Wesen, die Damian aber kaum zu sehen bekommen würde, wenn Luella es verhindern konnte. Doch die Frau hatte keine Skrupel, Casey gegenüber ihr wahres Gesicht zu zeigen; ob absichtlich oder rein zufällig, konnte Casey nicht sagen.

An dem letzten Bahnhof, wo der Zug kurz gehalten hatte, damit die Fahrgäste eine warme Mahlzeit einnehmen konnten, hatte sie Casey beiseite genommen und ihr klipp und klar erklärt: »Ich war zuerst der Meinung, Sie wären ein bißchen eifersüchtig auf mich, aber Damian hat mir versichert, daß Sie nicht das geringste Interesse an ihm hätten. Nicht, daß mich das sonderlich stören würde. Sie müssen wohl selbst zugeben, daß Sie kaum eine geeignete Frau für ihn abgeben würden. Und außerdem – wenn ich etwas will, lasse ich nicht zu, daß sich mir jemand dabei in den Weg stellt. Das sollten Sie besser nicht vergessen, meine Liebe.«

Casey konnte sich nicht vorstellen, was Luella zu ihrer nicht mißzuverstehenden Warnung veranlaßt hatte, vermutete jedoch, daß die Frau sich ihrer Macht über Damian noch nicht so sicher war. Aber sie war durch diesen Angriff so aus der Fassung geraten, daß ihr keine passende Antwort eingefallen war, und dann hatte sie ihre Chance vertan, da Luella davonsegelte, um Damian beim Essen Gesellschaft zu leisten, und Casey wollte in seiner Gegenwart keine Szene machen.

Das war gestern gewesen. Aber nun, da sie die große Stadt Fort Worth erreicht hatten, die immer noch den Namen des Militärpostens trug, mit dem alles begonnen hatte, gedachte Casey dafür zu sorgen, daß sie Luella Miller nie wieder zu begegnen brauchte.

Die Dame hatte Damian dazu überredet, sie zum Haus ihres Onkels zu begleiten, und Casey hatte sich am Bahnhof verabschiedet und war losgegangen, um nach den Pferden zu sehen. Danach mietete sie sich in einem preisgünstigen Hotel ein, da sie nicht wußte, wie lange es dauern würde, in einer Stadt dieser Größe Informationen über Henry Curruthers zusammenzutragen.

Als Damian sie am Abend in dem kleinen Hotelrestaurant aufstöberte, wo sie eine einsame Mahlzeit verzehrte, konnte sie bereits mit guten Neuigkeiten aufwarten, die sie ihm am nächsten Morgen hatte mitteilen wollen. Sie hatte nicht erwartet, ihn an diesem Tag noch einmal zu sehen, da sie davon ausgegangen war, daß er mit seiner neuen Flamme zu Abend aß.

»Warum wohnst du denn hier?« war seine erste Frage, als er zu ihr an den Tisch trat.

»Weil es billig ist.«

Er schüttelte den Kopf. »Muß ich dich daran erinnern, daß *ich* alle Kosten übernehme?«

»Ein Bett ist so gut wie das andere, Damian«, gab sie zurück. »Ich bin hier gut aufgehoben.«

»Weiter unten in dieser Straße gibt es ein ausgezeichnetes Hotel, in dem ich bereits ein Zimmer für dich gemietet habe.«

»Dann lassen Sie sich Ihr Geld zurückerstatten«, erwiderte sie prompt, ohne sich beim Essen stören zu lassen. »Was haben Sie eigentlich hier verloren? Hat Luella sie nicht zum Essen eingeladen?«

Er seufzte und nahm an ihrem Tisch Platz. »Doch, aber ich habe abgelehnt. Offen gestanden hätte ich ihr pausenloses Geschnatter nicht noch einen Abend lang ertragen.«

Casey verschluckte sich beinahe an dem Steak, das sie gerade verspeiste. Damian klopfte ihr auf den Rücken, um ihr das Husten zu erleichtern, bis sie ihn mit puterrotem Gesicht anschnauzte: »Mann, Sie brechen mir ja die Rippen!«

»Entschuldigung«, sagte er, sie leicht verärgert musternd. Vermutlich hatte sie sich für seine Hilfe nicht dankbar genug gezeigt. Dann fragte er: »Ist das Essen hier gut?«

»Nein, aber billig.«

Er starrte sie einen Moment lang an, bevor er in schallendes Gelächter ausbrach. »Warum muß alles und jenes bei dir immer nur billig sein? Ich weiß, daß du in deinem

Job gutes Geld verdienst. Mußt du ja, so gefährlich wie diese Art von Arbeit ist.«

»Sicher verdiene ich gut, aber wenn ich mein Geld nach Herzenslust verschwenden würde, bliebe mir nicht genug, um mich zur Ruhe zu setzen.«

Er warf ihr einen neugierigen Blick zu. »Das klingt, als hättest du vor, deinen Job schon bald an den Nagel zu hängen.«

»Das stimmt auch.«

»Und was hast du dann vor?«

»Nach Hause zurückzugehen.«

»Um zu heiraten und kleine Cowboys in die Welt zu setzen, nehme ich an.«

Casey überhörte den verächtlichen Tonfall, den sie sich ohnehin nicht erklären konnte. »Nein, um die Ranch zu leiten, die ich geerbt habe.«

Sein Gesichtsausdruck besagte, daß sie ihn überrascht hatte. Dennoch erschien ihr seine nächste Frage zu persönlich.

»Wo liegt denn diese Ranch?«

»Das ist wohl kaum von Bedeutung, Damian.«

»Verrate es mir trotzdem.«

»Nein.«

Sein Stirnrunzeln verriet alles. Er war nicht gewillt, diese glatte Abfuhr hinzunehmen und das Thema fallenzulassen. Casey brachte ihn rasch auf andere Gedanken.

»Ihr Mister Curruthers ist von hier aus in südlicher Richtung weitergezogen«, bemerkte sie obenhin. »Der Name San Antonio fiel, aber das ist nicht sein endgültiges Ziel.«

Ungläubig starrte er sie an. »Wie hast du denn das so schnell herausgefunden?«

»Ich habe jeden einzelnen Stall der Stadt aufgesucht.«

»Warum?«

»Wenn er die Stadt nicht mit dem Zug verlassen hat, und Ihre Detektive haben dies ausdrücklich verneint, dann muß er sich ein Pferd gekauft haben. Und seine Beschreibung ist so auffällig, daß man sich leicht an ihn erinnert – was dann auch der Fall war.«

»Das hätten diese verdammten Detektive doch auch herausbekommen müssen«, knurrte Damian.

»Ich hatte einfach nur unverschämtes Glück. Der Mann, der ihm das Pferd verkauft hat, ist am nächsten Tag nach New Mexico gefahren, um seine Mutter zu besuchen. Er ist über einen Monat lang weggeblieben, deshalb sind Ihre Detektive mit leeren Händen zurückgekommen.«

Damian schüttelte lächelnd den Kopf. »Und ich habe schon befürchtet, wir würden mindestens eine Woche hier festhängen.«

Casey zuckte die Achseln. »Ich auch. Zu schade, daß Sie Ihre kleine Liebelei so jäh beenden müssen – es sei denn, Sie denken noch einmal darüber nach, mich alleine weitersuchen zu lassen.«

»Kommt nicht in Frage«, erwiderte Damian bestimmt. Es schien ihm keinen sonderlichen Kummer zu bereiten, seine Herzensdame zurückzulassen. »Ich habe dir doch schon gesagt, daß ich dabeisein muß, damit ich ihn einwandfrei identifizieren kann. Hast du sonst noch etwas herausgefunden.«

»Ja, er hat einen Schecken erworben, der genauso leicht zu erkennen sein dürfte wie er selbst«, meinte sie anzüglich.

Damian ignorierte die Spitze und fragte nur: »Redest du jetzt von seinem Pferd?«

»Genau. Er hat sich auch erkundigt, ob hier im Umkreis irgendwelche neuen Städte entstehen. Als Mr. Melton, der Pferdehändler, den Grund für diese Frage wissen wollte, hat Curruthers nur gelacht und gesagt, er wolle gern eine eigene Stadt besitzen. Melton empfand diese Äußerung aus dem Mund eines so mickrigen Zwerges – das waren seine eigenen Worte – als etwas größenwahnsinnig, aber er schickte ihn in Richtung Süden, wo die Southern Pacific Railroad überall entlang ihrer Strecke neue Städte und Niederlassungen gründet.«

»Wie also lautet dein Plan?«

»Wir werden die Suche von San Antonio aus fortsetzen. Der Osten dort unten ist schon ziemlich dicht besiedelt, daher nehme ich an, daß er seine Flucht in westlicher Richtung fortgesetzt hat, wenn er wirklich auf der Suche nach einer neugegründeten Stadt ist. Aber wir treiben in San Antonio bestimmt jemanden auf, der uns weiterhelfen kann.«

»Fährt unser Zug bis San Antonio weiter?«

»Ja – leider.«

Ihr mißmutiger Tonfall brachte ihn zum Lachen. »Gib es zu, Casey. In unserem Salonwagen reist man doch sehr bequem.«

Casey dachte gar nicht daran, ihm zuzustimmen. Statt dessen sagte sie schroff: »Der Zug hat so viel Verspätung, die es aufzuholen gilt, daß er morgen in aller Herrgottsfrühe abfährt. Also wenn Sie sich noch von einer gewissen Dame verabschieden wollen, dann sollten Sie sich beeilen ...«

»Mir knurrt aber ganz furchtbar der Magen«, warf Damian ein und winkte die Kellnerin herbei. »Bringen Sie mir dasselbe, was sss ...«, er unterbrach sich und hustete leise, ehe er sich berichtigte: »Dasselbe, was er bestellt hat.«

Casey bestrafte den Versprecher mit einem bitterbösen Blick und warnte: »Ihnen bleibt nicht mehr viel Zeit, um Luella Bescheid zu sagen, daß Sie die Stadt verlassen.«

Damian beugte sich vor und tätschelte ihr herablassend den Arm. »Spiel nicht die Kupplerin, Casey, diese Rolle paßt nicht zu dir. Über mein Liebesleben brauchst du dir nicht den Kopf zu zerbrechen.«

Kupplerin? Wenn sie versucht hätte, irgend etwas darauf zu sagen, hätte sie unter Garantie angefangen zu stottern, also hielt sie lieber den Mund. Dafür bedachte sie ihn mit einem Blick, der für seine nahe Zukunft nichts Gutes verhieß.

21. Kapitel

Am nächsten Morgen, auf dem Weg zum Bahnhof, hatte Casey ein sehr unangenehmes Erlebnis. Mitten auf der Straße ritt niemand anders als ihr Vater. Mit seiner staubbedeckten Kleidung und dem Stoppelbart sah er aus wie jemand, der gerade erst in die Zivilisation zurückgekehrt war, aber Casey hatte nicht die Absicht, ihn daraufhin anzusprechen.

Ohne eine Erklärung gegenüber Damian abzugeben, der sein Pferd neben dem ihren die Straße entlangführte, huschte sie rasch in die nächste Seitengasse, preßte sich gegen eine Hauswand und sandte Stoßgebete gen Himmel. Hoffentlich hatte er sie nicht gesehen, oder – schlimmer noch – Old Sam, den er sofort erkennen würde. Damian folgte ihr verwundert.

Mit fragend hochgezogenen Brauen erkundigte er sich: »Was machst du denn da?«

»Wonach sieht es denn aus?« lautete die unwillige Antwort.

»Als ob du dich versteckst, nur wüßte ich keinen Grund dafür.«

Casey spähte an ihm vorbei auf die Straße, aber Chandos hatte offensichtlich alle Zeit der Welt. Noch war er an der Seitengasse nicht vorbeigeritten, und sie zerrte hastig Old Sams Kopf nach unten, damit das Tier nicht so gut zu sehen war. Damian, der immer noch auf ihre Antwort wartete, seufzte ergeben.

»Sollten wir uns nicht ein bißchen beeilen, wenn wir den Zug kriegen wollen?«

»Wir kommen schon noch rechtzeitig zum Bahnhof.«

Damian ließ nun selbst den Blick über die Straße schweifen, konnte jedoch nichts Ungewöhnliches feststellen und funkelte daher Casey ungeduldig an. »Was hat das alles zu bedeuten?«

»Mein Vater reitet gerade durch die Stadt – nein, sehen Sie nicht hin, Sie könnten seine Aufmerksamkeit erregen.«

Keine Macht der Welt hätte Damian davon abhalten können, erneut um die Ecke zu blinzeln. Mehrere Männer ritten soeben die Straße entlang. Einer wirkte wie ein seriöser Geschäftsmann; einer sah aus wie ein Desperado auf der Hut vor einer Konfrontation mit dem Sheriff, und ein weiterer zog zwei Ochsen an einem Strick hinter sich her. Nur zwei kamen altersmäßig als Caseys Vater in Frage, also faßte Damian den Geschäftsmann genauer ins Auge.

»Mir kommt er nicht gerade furchteinflößend vor, zumindest nicht so bedrohlich, daß du vor ihm weglaufen müßtest«, fand Damian und erntete ein verächtliches Schnauben, was ihn zu der Frage veranlaßte: »Warum willst du unbedingt vermeiden, daß er dich findet, Casey?«

»Weil er mich auf der Stelle nach Hause schleifen würde, und ich bin noch nicht bereit, wieder nach Hause zu gehen, deswegen. Und begehen Sie ja nicht den Fehler, meinen Vater zu unterschätzen, Damian. Wer ihm in die Quere kommt, muß das ziemlich bald bereuen.«

Damian musterte den Geschäftsmann noch einmal prüfend und runzelte die Stirn, dann wanderte sein Blick wieder zu dem Desperado. Jetzt fielen ihm auch das schwarze Haar des Mannes, seine hohen Wangenknochen und so einiges mehr auf, was ihn an Casey erinnerte, und seine Augen weiteten sich erstaunt.

»Himmel, *das* ist dein Vater? Der Kerl, der aussieht wie ein Outlaw?«

»Er hat zwar nicht die geringste Ähnlichkeit mit einem Verbrecher«, murrte sie, »aber ja, das ist er. Und hören Sie bloß auf, ihn anzustarren! Er spürt es, wenn jemand ihn angafft.«

»Wie das denn?«

»Keine Ahnung, aber es ist so.«

»Glaubst du, er weiß, daß du dich in der Stadt aufhältst?«

»Nein, wie sollte er? Es sei denn, er hat herausbekommen, daß ich diesen Zug genommen habe, und ist mir gefolgt. Aber das ist ziemlich unwahrscheinlich, denn Sie haben ja die Fahrkarten gekauft.«

»Vielleicht sollte ich es lieber für mich behalten, aber die Fahrkarten sind auf deinen Namen ausgestellt worden, Casey.«

»Wie bitte?!«

Der schneidende Tonfall ließ ihn zusammenzucken. »Nun ja, nicht gerade auf deinen Namen, aber ich habe deine Initialen angegeben.«

»Hätten Sie sich nicht irgendeinen Namen ausdenken können?«

»Warum? Du hast mir selbst erzählt, daß du diese Initialen benutzt.«

»Nur wenn es unbedingt sein muß, und nur dann, wenn ich gesuchte Verbrecher an die Behörden auslieferte. Mein Vater wird nicht unbedingt jeden Sheriff ausfragen, dem er begegnet, aber er wird mit Sicherheit an jedem Bahnhof die Passagierlisten überprüfen.«

»Also sind das deine richtigen Initialen?«

»Nein, aber welche, die ihm sofort ins Auge springen würden«, erklärte Casey.

»Sind es seine?«

»Nein.«

»Wessen denn dann?«

»Sie stellen zu viele Fragen, Damian. Außerdem ist mein Vater an uns vorbeigeritten, und ich will so schnell wie möglich in diesen Zug einsteigen. Schaffen Sie es, die Pferde zu verladen, ohne allzuviel Aufmerksamkeit auf Old Sam zu lenken?«

»Dein Pferd würde er also auch erkennen?«

»Anzunehmen. Er hat es mir ja geschenkt.«

Casey setzte den Weg zum Bahnhof in einem wesentlich schnelleren Tempo fort als vorher. Sie hegte nicht viel Hoffnung, daß es ihr gelingen würde, Fort Worth zu verlassen, ohne sich vorher mit ihrem Vater auseinandersetzen zu müssen, aber der Zug fuhr pünktlich ab, und kein wutschnaubender Chandos kam in ihr Abteil gestürzt, um sie zur Rede zu stellen.

Sie war noch einmal knapp davongekommen, aber schließlich konnte es reiner Zufall gewesen sein, daß ihr Vater in derselben Stadt aufgetaucht war wie sie – das jedenfalls redete sie sich auf der gesamten Fahrt nach San Antonio immer wieder ein.

Um ein weiteres Zusammentreffen zu vermeiden, sandte sie ihrer Mutter vorsorglich ein Telegramm, in dem sie sie bat, die Jagd nach ihr, wenn möglich, abzublasen, sie würde bald nach Hause kommen.

Leider wurde ihr ihr Job dadurch erschwert, daß sich in San Antonio keine weiteren Hinweise auf den Verbleib von Curruthers fanden. Seine Spur endete hier. Wenn der Mann mit dem Zug weitergereist war, dann hatte er einen falschen Namen benutzt. Aber Casey hätte wetten mögen, daß er mit der Southern Pacific weiter nach Westen gefahren war – wenn er wirklich nach einer im Aufbau begriffenen Stadt suchte, um sich dort niederzulassen. Um das herauszufinden, mußten sie dieselbe Richtung einschlagen.

Natürlich bestand Damian darauf, daß sein geliebter Salonwagen auch an den neuen Zug angehängt wurde. Inzwischen hatte Casey den Komfort, den er bot, zu schätzen gelernt und beschwerte sich nur noch aus Prinzip darüber. Und da die meisten Aufenthalte in Bahnhöfen gerade für eine rasche Mahlzeit ausreichten, gewöhnten sie sich an, auch in dem Wagen zu schlafen. Alles ging recht gut – bis Casey eines Nachts aufwachte und Damian dicht über sich gebeugt vorfand.

22. Kapitel

Casey hatte auf einer der dick gepolsterten Bänke des Salonwagens geschlafen. Sie war zwar schmal, aber wesentlich weicher als einige der Betten, in denen sie in der letzten Zeit hatte nächtigen müssen. Außerdem hatte sie von Damian geträumt, weswegen sie es wohl auch mit dem Aufwachen nicht so eilig hatte.

Es war ein angenehmer Traum gewesen. Auf der K. C. fand eine Party statt, und sie tanzten miteinander. Sie hatte sich noch nicht einmal gefragt, was er in ihrem Elternhaus verloren hatte, sondern seine Anwesenheit als selbstverständlich hingenommen. Sogar ihre Eltern waren so ungezwungen mit ihm umgegangen, als wäre er ein häufiger Gast in ihrem Heim. Und dann küßte er sie plötzlich mitten auf der Tanzfläche, umgeben von Dutzenden anderer Paare, aber niemand schien daran Anstoß zu nehmen. Es war genau wie damals, nur nahm der Kuß diesmal überhaupt kein Ende mehr.

All die Gefühle, die er schon einmal in ihr entfacht hatte, stiegen erneut in ihr hoch, und in ihrem momentanen halbwachen Zustand kamen sie ihr sogar noch intensiver vor. Außerdem dauerte dieser Kuß nicht nur länger als jener erste, sondern war auch wesentlich leidenschaftlicher. Mit seiner Zunge erforschte er ausgiebig die Tiefen ihres Mundes und saugte dann an ihrer Unterlippe, als wolle er sie nie wieder freigeben. Dann spürte sie, wie seine Hände liebkosend über ihren Körper glitten, aber nicht über ihren Rücken, wo sie sich eigentlich befinden sollten. Merkwürdig.

Sie war sich nicht sicher, warum sie schließlich doch aufgewacht war und erkannt hatte, daß zumindest der Kuß kein Traum gewesen war. Vielleicht lag es an dem schockierenden Gefühl von Damians Hand, die sacht ihre

Brust knetete. Die Begierde, die diese Berührung in ihr aufflammen ließ, machte es Casey unmöglich, weiterzuschlafen oder auch nur zu dösen.

Doch dann kam ihr schlagartig zu Bewußtsein, daß Damian *tatsächlich* neben ihrer Bank kniete und sich mit Händen und Lippen an ihr zu schaffen machte, und ihr lief ein kalter Schauer über den Rücken. Krampfhaft suchte sie nach einem Grund für sein Verhalten, aber ihr Verstand war wie benebelt.

Alles, was sie herausbrachte, war: »Damian, was machen Sie denn da?«

Sie mußte die Frage dreimal wiederholen, ehe er sich schließlich aufrichtete und sie ansah. Sogar in dem schummrigen Licht der einzigen Wandlampe, die nachts brannte, konnte sie sehen, daß er leicht verwirrt wirkte.

Ihre eigene Verwirrung übertraf jedoch die seine bei weitem, als er mit einer Gegenfrage antwortete. »Wie kommst du denn in mein Bett?«

»Welches Bett? Hier drin gibt es keine Betten, nur diese Bänke, die gerade genug Platz für *eine* Person bieten«, betonte sie. »Und Sie befinden sich auf *meiner* Seite des Waggons, Damian.«

Er blickte sich nach allen Seiten um, konnte aber nicht leugnen, daß sie die Lage korrekt geschildert hatte, und stöhnte leise. »O Mann, das war vielleicht ein Traum!«

Casey blinzelte ihn an. Aber da sie sich selbst gerade erst aus einem mehr als anregenden Traum mit ihm in der Hauptrolle gelöst hatte, durfte sie die Möglichkeit, daß er etwas Ähnliches erlebt hatte, nicht sofort verwerfen. Nicht, daß *sie* in seinem Traum unbedingt vorgekommen sein mußte. Wahrscheinlich hatte der sich eher um Luella Miller gedreht.

Ihre Augen verengten sich, als sie fragte: »Werden Sie in Ihren Träumen immer so aktiv?«

»Nicht daß ich wüßte – bis jetzt jedenfalls nicht. Habe ich etwa ... ich meine, muß ich mich bei dir entschuldigen?«

Er wollte sich dafür entschuldigen, daß er ihr ein solch sinnliches Vergnügen bereitet hatte? Aber nein, er konnte ja nicht wissen, welche Gefühle er in ihr ausgelöst hatte. Oder doch? Sie hatte doch keine Bewegung gemacht, keine Geräusche von sich gegeben, die ihm verraten hätten, wie sehr sie das genoß, was er mit ihr anstellte – hoffentlich!

Casey hatte nämlich keine Ahnung, inwieweit sie sich an dem Geschehen beteiligt hatte, sie war so in ihren Empfindungen gefangen gewesen, daß die Welt um sie herum nicht mehr existiert hatte. Aber in seinem Halbschlaf hatte er bestimmt nicht gemerkt, ob sie seine Küsse erwidert hatte oder nicht.

»Es ist mir herzlich gleichgültig, ob Sie im Traum durch die Gegend geistern, solange sich Ihre Aktivitäten auf Ihre Seite des Abteils beschränken, Damian.«

»Natürlich«, stimmte er sofort zu, fuhr aber nach einer langen, nachdenklichen Pause fort: »Obwohl ich glaube, daß mir dieser spezielle Traum sehr gefallen hat.«

Casey lief hochrot an und hoffte inständig, daß man ihr ihre Verlegenheit in dem Dämmerlicht nicht ansah. Und seiner nächsten Bemerkung nach zu schließen, mußte es ihm wirklich gefallen haben, denn seine Gedanken schienen sich in eine ganz bestimmte Richtung zu bewegen.

»Soll ich dir zeigen, wie ich das meine?«

Sie konnte sich nur zu genau vorstellen, wie er das meinte. Er schlug vor, daß sie dort weitermachten, wo sie eben aufgehört hatten, überließ aber die Entscheidung allein ihr. Die Versuchung drohte übermächtig zu werden, denn diesmal würde er nicht davon träumen, Luella in den Armen zu halten. Diesmal wußte er, wessen Lippen die seinen berührten.

Sie wagte nicht, seine Frage zu bejahen. Wenn er sie einfach geküßt hätte, ohne vorher zu fragen, hätte sie vielleicht keine Einwände erhoben. Aber durch diese Frage zwang er sie, indirekt zuzugeben, daß sie von ihm geküßt werden wollte. Sie konnte ihm unmöglich nachgeben und gleichzeitig weiterhin so tun, als hätte sie kein Interesse an ihm. Diesen Eindruck wollte und mußte sie unbedingt aufrechterhalten.

Verdammt, warum hatte er bloß fragen müssen! Aber ihr sollte es recht sein. Bald würden sich ihre Wege ohnehin trennen, und sie wußte, daß es ihr jetzt schon schwerfallen würde, sich ein zweitesmal für immer von ihm zu verabschieden. Eine intime Beziehung würde alles nur noch schwerer machen.

Deshalb sagte sie rasch, ehe sie ihre Meinung ändern konnte: »Ich möchte eigentlich nur weiterschlafen, Damian, und ich schlage vor, Sie tun dasselbe – und behalten Sie bitte Ihre Träume für sich.«

Hatte sie da eben ein leises Seufzen vernommen? Vermutlich nicht.

Er nickte und erhob sich, schien jedoch zu zögern, ehe er ihr den Rücken zukehrte. Die Pause dauerte so lange, daß sich ihr vor Anspannung die Nackenhaare sträubten. Doch dann schlurfte er langsam zu dem Sessel zurück, in dem er zu schlafen pflegte – die Bänke waren für seine langen Beine ein gutes Stück zu kurz –, und machte es sich unter großem Aufwand darin bequem. Danach ertönte ein Laut, den sie diesmal als unverkennbares Seufzen identifizierte.

Casey drehte sich mit dem Gesicht zur Wand und fragte sich, wie sie je wieder Schlaf finden sollte.

23. Kapitel

Casey hatte sich angewöhnt, sich überall, wo der Zug kurz hielt, zu erkundigen, ob jemand einen Mann, auf den Curruthers' Beschreibung paßte, gesehen hatte. Bislang war die Suche erfolglos geblieben, doch gerade, als Damian zu der Überzeugung gelangte, daß sie nur ihre Zeit verschwendeten, wenn sie weiterhin der Southern-Pacific-Linie westlich quer durch die untere Hälfte von Texas folgten, hatten sie Glück.

Da Damian während eines zweistündigen Aufenthaltes nichts Besseres zu tun hatte, begleitete er Casey auf ihrer Runde durch das Städtchen. Als sie jedoch den hiesigen Friseur aufsuchte, dachte er bei sich, daß sie sich nun wirklich an den letzten Strohhalm klammerte, aber gerade dieser Mann erinnerte sich an Henry Curruthers.

Nach einiger Überlegung fiel Damian wieder ein, wieviel Wert Henry stets auf ein gepflegtes Erscheinungsbild gelegt hatte. Nur weil der Mann auf der Flucht war, hieß das noch lange nicht, daß er auf einmal sein Äußeres vernachlässigte, also war Caseys Idee gar nicht so weit hergeholt.

Dieser spezielle Friseur gehörte zu der Sorte, die während der Arbeit unaufhörlich Konversation betrieb, und es war ihm tatsächlich gelungen, Henry zum Reden zu bringen. Er erinnerte sich genau daran, daß Henry gefragt hatte, wann in dieser Gegend die nächsten Wahlen anstünden und ob die Einwohner mit ihrem derzeitigen Bürgermeister zufrieden waren oder nicht.

Die Frage an sich konnte als bloße Neugier von Henry oder als Versuch, das Gespräch in Gang zu halten, gewertet werden. Aber im Zusammenhang mit dem Ergebnis ihrer früheren Recherchen – Henrys Wunsch, eine Stadt zu ›besitzen‹ – warf sie ein ganz neues Licht auf die Angelegenheit. Möglich, daß sie bei ihrer Suche jetzt auch andere Gesichtspunkte berücksichtigen mußten.

Immerhin konnte man von einem Mann im Amte eines Bürgermeisters durchaus behaupten, daß er eine Stadt kontrollierte, was in vielen Fällen eine fast absolute Machtbefugnis mit sich brachte. Hatte Henry hinsichtlich der Art und Weise, wie er die von ihm angestrebte Macht erlangen wollte, seine Meinung geändert, oder hatte er von vorneherein vorgehabt, sich zu diesem Zweck der Politik zu bedienen?

Eine Stadt, die bereits über einen eigenen Bürgermeister verfügte, war für gewöhnlich größer und einflußreicher als eine, die noch in den Kinderschuhen steckte. Wenn auch Henry derartige Überlegungen angestellt hatte, erhöhte sich die Zahl möglicher Aufenthaltsorte beträchtlich.

Diese Schlußfolgerungen mißfielen Casey gewaltig. »Wir wissen, daß er bis hierher gekommen ist, aber von nun an müssen wir auch die an Nebenstrecken der Southern Pacific gelegenen Orte in unsere Suche mit einbeziehen«, meinte sie enttäuscht zu Damian.

Sie hatte zweifellos recht, und das bedeutete, daß ihre Jagd nach Curruthers länger dauern würde als erwartet. Es bedeutete ferner, daß Damian noch mehr Zeit in Caseys Gesellschaft verbringen konnte, und darüber war er alles andere als traurig.

Einerseits wollte er die ganze Geschichte möglichst bald zum Abschluß bringen, nach Hause fahren und in sein gewohntes Umfeld zurückkehren, andererseits mußte er zugeben, daß ihm der Gedanke, Rutledge Imports von nun an ohne seinen Vater zu leiten, nicht sonderlich verlockend erschien.

Selbstverständlich hatte er von frühester Jugend an gewußt, daß diese Aufgabe eines Tages auf ihn zukommen würde, schließlich war er sorgfältig darauf vorbereitet worden. Nur hätte er nie damit gerechnet, schon so bald in die Fußstapfen seines Vaters treten zu müssen.

Und dann war da noch Casey.

Er hatte schon geahnt, daß es ihm schwerfallen würde, die Finger von ihr zu lassen, aber er hatte beim besten Willen nicht erwartet, sich Tag und Nacht nach ihr zu sehnen. Luella Miller hatte ihn zwar eine Zeitlang ablenken können, aber bei weitem nicht genug. Sie mochte ja außergewöhnlich hübsch sein, doch ihr nicht enden wollendes hohlköpfiges Geschnatter war ihm schon nach kurzer Zeit entsetzlich auf die Nerven gegangen, bis er nur noch den Wunsch verspürt hatte, ihr zu sagen, sie möge doch bitte den Mund halten.

Seine verschwiegene Casey dagegen, die all ihre Geheimnisse so eisern für sich behielt, war nur schwer zum Reden zu bringen, und schon gar nicht über sich selbst. Trotzdem kreisten seine Gedanken ständig um sie; er fragte sich, welche Motive sie wohl zu ihrem Tun veranlaßt hatten, wie ihr sozialer Hintergrund aussehen mochte, warum sie sich vor ihrer Familie versteckte und ob sie abgesehen von diesem bedrohlich wirkenden Vater überhaupt noch Familie hatte.

Aber all diese Gedanken wurden wieder und wieder von seinem wachsenden Verlangen nach ihr verdrängt, und letzte Nacht im Zug hatte er sich nicht länger zurückhalten können.

Er konnte nicht schlafen, und er konnte erst recht nicht die Augen von ihr abwenden. Und als er sie wieder in jenem entspannten Zustand sah, der ihre Züge so weich und lieblich wirken ließ, wurde seine Begierde nahezu übermächtig. Leider war er kein begabter Lügner, und so sah er sich um des lieben Friedens willen gezwungen, rasch eine Ausrede zu erfinden, als sie erwachte und ihre Stimme sich so anklagend anhörte.

Schlafwandeln. Jedesmal, wenn er sich an diese lahme Entschuldigung erinnerte, krümmte er sich innerlich. Aber im Bann der Leidenschaft gefangen, hatte er nicht mehr klar denken können, und Casey hatte ihm seine Ausrede offenbar abgenommen. Aber auch jetzt noch wünschte er sich, sie hätte weitergeschlafen, denn ihre Reaktion auf seinen Kuß hatte seine kühnsten Erwartungen übertroffen – bis sie aufgewacht war.

Am nächsten Morgen erreichten sie die kleine Stadt Langtry, wo der Zug über Nacht stehenblieb, da die Passagiere im örtlichen Hotel bequem übernachten konnten. Damian mietete zwei Zimmer und ging früh zu Bett. Casey sagte, sie wolle noch einige Nachforschungen anstellen, da sie am nächsten Morgen sehr früh weiterfahren würden.

Damian schlief sofort ein.

Aber am nächsten Morgen fand er Casey weder in ihrem Zimmer vor, noch entdeckte er sie am Bahnhof oder im Pferdestall. Sie war wie vom Erdboden verschluckt – bis ihm jemand den guten Rat gab, es doch einmal im Gefängnis zu versuchen. Und dort saß sie hinter dicken Eisengittern und trug ihre übliche undurchdringliche Miene zur Schau. Aber bei näherer Betrachtung bemerkte er das wütende Feuer, das in ihren goldenen Augen loderte.

»Ist die Lage ernst?« fragte er, nachdem man ihm erlaubt hatte, sich ihrer Zelle zu nähern.

»Nein, bloß eine lächerliche Farce«, grollte Casey.

»Du hast doch hoffentlich niemanden erschossen?« erkundigt er sich besorgt.

»Ich hab' meinen Revolver überhaupt nicht angerührt.«

»Warum sitzt du denn dann hinter Schloß und Riegel?«

»Woher soll ich das wissen?« lautete die wenig zufriedenstellende Antwort. »Gestern abend habe ich im Jersey-Lilly-Saloon in aller Ruhe am Tresen gestanden und einen Whisky getrunken, als plötzlich eine Schlägerei ausbrach. Ich hab' mich wohlweislich rausgehalten, bis alles zu Ende war und die Hälfte aller Beteiligten am Boden lag oder sich die blutigen Nasen abtupfte.«

»Aber wenn du dir nichts hast zuschulden kommen ...«

»Lassen Sie mich doch ausreden«, unterbrach sie ihn schroff. »Dummerweise war auch der alte Richter Bean dabei, sternhagelvoll wie üblich, und der fing sofort an, über die Zerstörung seines Gerichtssaales zu schwadronieren.«

»Willst du mir etwa weismachen, daß der Saloon zugleich als Gericht dient?«

»Das ist gar nicht so ungewöhnlich, Damian. Viele der kleineren Städte haben kein eigenes Gerichtsgebäude, geschweige denn einen ortsansässigen Richter, und wenn der Bezirksrichter kommt, benutzt man eben den Saloon für die anstehenden Verhandlungen, weil der fast immer den meisten Platz bietet. Allerdings halten sich die meisten Richter nicht Tag und Nacht in ihrem provisorischen Gerichtssaal auf.«

»Wieso gewinne ich den Eindruck, daß du diesen Richter Bean persönlich kennst?«

»Ich hab' ihn noch nie gesehen, aber mein Zellengenosse hat mir so einiges über ihn berichtet, bis seine Frau ihn auslösen kam. Es scheint, daß der Richter die Gesetze des Staates Texas so auslegt, daß sie seinen eigenen Absichten dienen; das heißt, er verhängt über alles und jeden Bußgelder, wenn sein Alkoholbudget knapp wird. Außerdem hängt er jeden Pferdedieb oder Mörder ohne großes Federlesen auf – es sei denn, es handelt sich dabei um einen seiner Zechgenossen.«

»Was soll denn das nun wieder bedeuten?«

»Das bedeutet, daß er das Gesetz nach eigenem Gutdünken verdreht und auch damit durchkommt. Wenn einer seiner Kumpel jemanden erschießt, sucht er nach einem Weg, um ihn rauszuhauen. Einer seiner berüchtigten Richtersprüche lautete, daß das Opfer eben nicht vor den Gewehrlauf seines Freundes hätte geraten sollen.«

Damian schüttelte den Kopf. »Ich glaube, da hast du dich von deinem Zellengenossen gewaltig ins Bockshorn jagen lassen.«

»Schön wär's, aber ich habe da so meine Zweifel.«

»Wieso?«

»Weil ich mich dunkel daran erinnere, schon einmal von Richter Bean gehört zu haben; ein junger Cowboy, der vor einigen Jahren durch Langtry kam, hat mir die Geschichte erzählt. Er war dabei, als ein Mann mitten auf der Straße tot umfiel, direkt vor dem Saloon, wo der Richter auf der Veranda saß und die Zeit totschlug. Bean watschelte sofort herunter ...«

»Watschelte?«

»Seine Vorliebe für Schnaps macht es ihm oft schwer, einen Fuß korrekt vor den anderen zu setzen«, erklärte sie. »Wo war ich stehengeblieben? Ach ja, er watschelte zu dem Toten, um ihn in seiner Funktion als Leichenbeschauer zu untersuchen. Als er dann die Taschen des Mannes durchsuchte und einen Revolver sowie etwas Bargeld fand, berief er sich wieder auf seine richterliche Verfügungsgewalt und verhängte eine posthume Geldstrafe wegen unerlaubten Waffenbesitzes. Zufälligerweise entsprach die Höhe der Strafe genau der Summe, die der Mann bei sich getragen hatte.«

»Und er kommt immer ungeschoren davon?«

»Wieso nicht, er ist ja der einzige Gesetzesvertreter weit und breit. Aber wie ich schon sagte, er bekam gestern abend einen Wutanfall, weil sein Gerichtssaal angeblich dem Erdboden gleichgemacht worden war, und nahm alle Anwesenden sofort fest. Dann hat ihn irgend jemand darauf hingewiesen, daß im Gefängnis nicht genug Platz für so viele Häftlinge wäre, und daraufhin hat Bean dann nur mich in Gewahrsam genommen.«

Damian runzelte die Stirn. »Warum gerade dich?«

»Glauben Sie mir, diese Frage habe ich ihm auch gestellt und bekam zur Antwort, daß er jeden anderen an der Schlägerei beteiligten Mann kennen und daher wissen würde, wo er die Geldstrafen einzutreiben hätte. Himmel, die Hälfte von den Kerlen gehört sowieso zu seinen Saufkumpanen, denen wird er die Strafe wahrscheinlich ganz erlassen. Aber mich kennt er ja nicht, und so mußte ich die Nacht im Knast verbringen, weil er verhindern wollte, daß ich mich vor der für morgen früh anberaumten Verhandlung aus dem Staub mache.«

Damian seufzte. »Also geht es im Grunde genommen nur darum, daß du einen Teil des angerichteten Schadens wiedergutmachst, ehe du entlassen wirst, obwohl dich gar keine Schuld trifft?«

»Genau das ist der springende Punkt.«

»Da ich weiß, wie sparsam du mit Worten umgehst, möchte ich dich eines fragen: Hast du überhaupt erwähnt, daß du an dieser Prügelei keinen Anteil hattest?«

Casey starrte ihn finster an. »Glauben Sie, ich verbringe gerne eine Nacht hinter Gittern? Natürlich habe ich dem Richter das gesagt. Aber er hat die ›offizielle‹ Anordnung erlassen, daß sich jeder, der sich im Saloon aufgehalten hat, an den Reparaturkosten beteiligen muß. Jeder, ohne Ausnahme.«

»Er selber auch?«

Casey schnaufte empört. »Da all die Gelder in seine Tasche fließen und er davon die Ausgaben bestreitet, meint er wohl, damit seine Pflicht getan zu haben.«

»Hoffentlich verpassen wir wegen dieses unglückseligen Zwischenfalls nicht unseren Zug«, stöhnte Damian.

»Vielleicht haben wir Glück. Es ist bereits jemand unterwegs, um den Richter zu wecken. Man hat mir gesagt, es würde nicht mehr lange dauern.«

»Was du auch tust, Casey, bring den Mann bloß nicht gegen dich auf, sonst landest du am Ende wieder in einer Zelle.«

»Zu dem Entschluß bin ich auch schon gekommen«, murmelte sie säuerlich. »Aber es geht mir gegen den Strich, für etwas bestraft zu werden, was ich nicht getan habe.«

»Mach dir darüber keine Gedanken. Ich bezahle die Geldbuße.«

»Darum geht es doch gar nicht.«

Er lächelte. »Nein, aber so kommen wir wenigstens hier raus und können unsere Reise fortsetzen.«

Wie sich später herausstellte, hätte Damian gut daran getan, sich von dem Gerichtssaal-Saloon fernzuhalten. Aber zu diesem Zeitpunkt konnte keiner von ihnen wissen, daß Richter Roy Bean an diesem Morgen noch üblerer Laune sein würde als sonst.

24. Kapitel

Das Jersey Lilly, wo Richter Roy Bean zu Gericht saß, unterschied sich nur durch die eingebaute Geschworenenbank von anderen Saloons seiner Art. Bean jedoch entsprach ganz und gar nicht dem typischen Bild eines Richters. Er war so fett, daß er kaum den obersten Knopf seiner Weste schließen konnte, und die anderen Knöpfe kämpften ohnehin einen verlorenen Kampf.

Er mochte ungefähr siebzig Jahre alt sein. Seine blutunterlaufenen Augen zeugten von seiner Vorliebe für Hochprozentiges, und rote Narben an seinem Hals ließen darauf schließen, daß er irgendwann in seiner Vergangenheit einmal dem Mob in die Hände gefallen und beinahe gelyncht worden war. Gerüchten zufolge sollte er, ehe er zum Friedensrichter ernannt worden war, in mehrere äußerst zwielichtige Zweikämpfe verwickelt gewesen sein, die immer damit geendet hatten, daß er noch aufrecht dastand, sein Gegner dagegen einen Sarg benötigt hatte.

Am vergangenen Abend hatte Casey vor lauter Aufregung gar nicht bemerkt, daß im Saloon nur geringer Sachschaden entstanden war, jedenfalls lange nicht genug, um Beans Tobsuchtsanfall zu rechtfertigen. Aber es hätte sie nicht weiter gewundert, wenn der Richter seine Wut nur vorgetäuscht hätte, um sich einen Vorwand für weitere Geldbußen zu verschaffen.

Einem der Tische in dem großen Raum fehlte ein Bein, und ein Stuhl war zu Bruch gegangen. Sonst waren, abgesehen von zahlreichen zerbrochenen Flaschen, keine weiteren Beschädigungen zu erkennen, und Casey konnte sich auch nicht daran erinnern, gestern abend noch Schlimmeres wahrgenommen zu haben, Möbelstücke etwa, die man zwecks Reparatur bereits fortgeschafft haben könnte. Der ganze Saloon machte den Eindruck, als sei er noch nicht einmal gesäubert worden.

Sogar zu dieser frühen Stunde drängten sich bereits einige der Busenfreunde des Richters um die Bar, verleibten sich ihre morgendlichen Muntermacher ein und warteten darauf, daß er seine ›Amtsgeschäfte‹ erledigte und sich zu ihnen gesellte. Wenn man dem trauen durfte, was Casey so zu Ohren gekommen war, floß in diesem Gerichtssaal der Alkohol immer in Strömen, egal ob eine Verhandlung stattfand und die Geschworenenbank besetzt war oder nicht.

Bean selbst hatte ein großes Glas Rum neben seinem Hammer auf dem Tisch stehen, von dem aus er seine Urteilssprüche zu verkünden pflegte. Er brauchte kein eigenes Podium. Vermutlich war er der Meinung, daß die Geschworenenbank ausreiche, um seinem sogenannten Gerichtssaal einen ehrbaren Anstrich zu verleihen, und daß alles weitere nur eine sinnlose Verschwendung seines sauer verdienten Geldes gewesen wäre. Bei seinen Verhandlungen ging es so zwanglos zu, daß sogar sein Gerichtsdiener mit ihm am Tisch saß und Kaffee schlürfte, statt, wie sonst üblich, an der Tür zu stehen und ein waches Auge auf den Saal zu haben.

Casey wurde von einem Büttel in diese Karikatur eines Gerichtssaales geführt. Damian folgte ihr dicht auf dem Fuße und stellte sich neben ihr vor Beans Tisch auf, was die Aufmerksamkeit des Richters sofort auf seine Person lenkte.

»Suchen Sie sich einen Sitzplatz, junger Mann. Ich werde mich mit Ihnen befassen, sowie ich mit der kleinen Dame hier fertig bin.«

Casey erstarrte. Wie um alles in der Welt hatte der alte Trottel auf den ersten Blick herausgefunden, daß sie eine Frau war, wo sie doch alle anderen für einen Mann hielten? Der Richter, dem ihre Reaktion nicht entgangen war, gab einen kakelnden Laut von sich. Offenbar bereitete ihm ihr Erstaunen ein diebisches Vergnügen.

»Ich habe ausgezeichnete Augen, Missy«, prahlte er. »Konnte schon immer und werde auch immer eine hübsche Frau erkennen, wenn ich eine sehe, egal wie unmöglich sie sich ausstaffiert. Allerdings muß ich zugeben, daß sich nur wenige in meinen Gerichtssaal verirren«, fügte er mit einem mißbilligenden Stirnrunzeln hinzu, das Casey eine leichte Röte in die Wangen trieb.

Dann wandte sich der Richter an Damian und hob eine buschige graue Braue. »Was stehen Sie noch hier herum, mein Sohn? Sind Sie schwerhörig?«

»Ich bin ... ihr Begleiter«, erklärte Damian. »Ich werde ihre Geldstrafe bezahlen, damit wir uns so schnell wie möglich wieder auf den Weg machen können.«

»Sehr lobenswert«, bemerkte der Richter, in dessen Augen ein habgieriger Funke aufglomm. »Wie lautet doch gleich die Anklage? Mutwillige Beschädigung von Privateigentum in Tateinheit mit Ruhestörung – macht einhundert Dollar. Zahlbar an den Gerichtsdiener.«

»Einhundert Dollar!« Casey kreischte fast vor Wut.

»Gibt es da ein Problem, Missy?« fragte Roy Bean, wobei er ihr einen warnenden Blick zuwarf.

Casey lagen bereits einige unbedachte Worte auf der Zunge, aber ein Rippenstoß von Damian mahnte sie zur Vorsicht. Wahrscheinlich konnte sie noch von Glück sagen, daß sich der Gesamtwert des Bündels von Banknoten, von dem Damian jetzt die geforderte Summe abzählte, nur auf hundertsechzig Dollar belief, sonst wären Bean sicherlich noch weitere Vergehen eingefallen, die er mit Bußgeldern geahndet hätte. So aber gab Damian dem Gerichtsdiener das Geld, der es sofort an den Richter weiterreichte. Dieser ließ es ohne irgendwelche Anzeichen von Scham in seiner Tasche verschwinden.

»Also ist sie jetzt frei und kann gehen?« Damian wollte die Sache klarstellen.

»Ja doch, ja doch«, entgegnete Bean ungeduldig. Nun, da er die Taschen voller Geld hatte, wollte er seine Richterrolle so schnell wie möglich wieder ablegen. »Aber warum haben Sie ihre Strafe bezahlt? Sind Sie ihr Mann?«

»Nein.«

»Ihr Anwalt?«

»Auch nicht.«

»Aber Sie reisen zusammen?«

Damians Blick besagte deutlich, daß ihm diese allzu persönlichen Fragen mißfielen, also ergriff Casey das Wort. »Wir suchen einen Mann, der im Osten des Landes einen Mord begangen hat und den wir dafür vor Gericht bringen wollen.«

»Ausgezeichnet.« Bean nickte. »Wenn Sie diesen Killer gefunden haben, bringen Sie ihn nur zu mir. Es wird mir eine Freude sein, dafür zu sorgen, daß er am Galgen endet. Aber sie beide sind ganz alleine unterwegs, und das spricht ja wohl für sich, nicht wahr, Missy?« fügte er stirnrunzelnd hinzu.

Casey hielt seinem Blick stand. »Inwiefern spricht das für sich? Was wollen Sie damit andeuten, Euer Ehren?«

»Es ist wohl kaum zu leugnen, daß Sie beide gegen Sitte und Anstand verstoßen, indem Sie ohne weitere Begleitpersonen auf Reisen gehen, und ein derart unmoralisches Verhalten kann und will ich nicht dulden, o nein. Aber zum Glück kann ich Abhilfe schaffen. Kraft meines Amtes erkläre ich Sie hiermit für Mann und Frau. Möge Gott Ihren Seelen gnädig sein.« Zur Bekräftigung ließ er seinen Hammer niedersausen, ehe er hinzufügte: »Das macht dann noch einmal fünf Dollar Gebühr für die Heiratszeremonie. Zahlbar an den Gerichtsdiener.«

Casey hatte es die Sprache verschlagen. Damian stammelte fassungslos: »Nun warten Sie mal ...«, bevor Roy Bean ihn aus schmalen, blutunterlaufenen Augen unheilverkündend musterte und ihn anzischte: »Sie wollen sich doch wohl nicht mit mir über moralische Fragen streiten, junger Mann?«

An diesem Punkt langte Casey in ihre eigene Tasche, zog eine Fünfdollarnote hervor und warf sie dem Gerichtsdiener auf den Tisch, dann packte sie Damian am Arm und zerrte ihn unter Aufbietung all ihrer Kräfte aus dem Saloon, ehe sie sich beide in dieser muffigen Zelle wiederfanden.

Draußen auf der Veranda angelangt, war sie in Schweiß gebadet, da Damian erheblichen Widerstand geleistet hatte. Außerdem war sie aufgrund der jüngsten Ereignisse noch so benommen, daß sie vergaß, ihn zur Eile anzutreiben, wenn sie den Zug noch erreichen wollten.

»Habe ich da eben richtig gehört?« fragte Damian schließlich.

»Wenn Sie damit meinen, daß Bean uns gerade getraut hat – ich fürchte, da haben Sie ganz richtig gehört.«

»Dann sag mir wenigstens, daß das Ganze nicht legal ist.«

»Tut mir leid. Ich wünschte, ich könnte es, aber Roy Bean ist ein offiziell ernannter Richter des Staates Texas und als solcher mit allen dazugehörigen Vollmachten ausgestattet.«

»Casey, derartige Dinge *gibt* es einfach nicht.« Damians Stimme verriet seinen ganzen Frust. »Bei einer Hochzeit ist es normalerweise üblich, daß Braut und Bräutigam auch noch ein Wörtchen mitzureden haben. Sie könnten sich zum Beispiel mit der Eheschließung einverstanden erklären.«

Casey konnte ihm seinen Sarkasmus nicht verübeln. »Nicht in allen Fällen«, erklärte sie ihm. »Und schon gar nicht, wenn Sie es mit der Willkür eines Roy Bean zu tun haben. Der alte Widerling hat aus reiner Gehässigkeit und Geldgier so gehandelt, und es gibt nichts, was wir dagegen tun können – zumindest nicht hier und jetzt.«

»Was soll das heißen?«

»Mir ist eben klargeworden, daß wir uns wegen nichts und wieder nichts aufregen.«

»Ich vermag die Tatsache, gegen meinen Wunsch verheiratet worden zu sein, beim besten Willen nicht auf die leichte Schulter zu nehmen.«

»Das sollen Sie auch gar nicht. Aber wir können diese Ehe ebenso schnell annullieren, wie sie uns aufgezwungen wurde. Wir müssen nur einen anderen Richter finden und ihm erklärten, was geschehen ist. Vermutlich werden wir sogar noch auf einen stoßen, ehe wir Curruthers schnappen können, also lassen Sie uns machen, daß wir aus Langtry wegkommen, ehe noch etwas schiefgeht, okay?«

Damit erklärte sich Damian sofort einverstanden. Es gelang ihnen gerade noch, die Pferde zu holen und den Zug zu besteigen, ehe dieser das Signal zur Abfahrt erhielt. Doch Roy Beans Gerichtsdiener erreichte den Zug ebenfalls noch rechtzeitig und verzögerte die Abfahrt um weitere wertvolle Minuten. Er gab Casey ihren Revolver zurück, den diese verblüfft entgegennahm. Sie konnte sich nur wundern, daß sie sich ohne ihre Waffe nicht halb nackt vorgekommen war. Außerdem legte er ihnen eine Reihe von Dokumenten vor, die ihre Heirat betrafen und die sie für die Gerichtsakten zu unterzeichnen hatten.

Diese Forderung weckte Caseys Widerstand. »Was passiert denn, wenn wir nicht unterschreiben?«

»In diesem Fall habe ich Befehl, Sie beide wieder in den Gerichtssaal zurückzuschaffen«, erhielt sie zur Antwort.

Sie hatte ihre Waffe wieder. Nun lag die Entscheidung, der Aufforderung entweder Folge zu leisten oder den Gerichtsdiener einfach aus dem Zug zu jagen, allein bei ihr.

Eigentlich tendierte sie mehr zu der zweiten Möglichkeit, aber Damian fauchte ungeduldig: »Wir sind doch zu dem Schluß gekommen, daß diese sogenannte Ehe keinerlei Bedeutung hat, also unterschreib endlich den verdammten Wisch, Casey.«

Er hatte recht. Und da er ohnehin ihren Namen laut ausgesprochen hatte, unterzeichnete sie mit Casey Smith. Als er das sah, schrieb er ›Damian Jones‹ daneben.

Zumindest hatten sie etwas zu lachen, als der Zug endlich den Bahnhof dieser gräßlichen Stadt verließ.

25. Kapitel

Obwohl Casey sich durchaus darüber im klaren war, daß man ihre Heirat mit Damian nur als vorübergehende Farce bezeichnen konnte, empfand sie allein den Gedanken daran als belastend. Damian schien sich auch nicht damit abfinden zu können, denn er fragte in jeder Stadt, in der sie einen kurzen Aufenthalt hatten, ob es dort einen Richter gab oder wo er einen finden konnte.

Casey mißfiel vor allem, daß ein solch bedeutendes Ereignis innerhalb von wenigen Sekunden vollzogen worden war, ohne vorherige Werbung, ohne Heiratsantrag – und ohne darauf folgende Hochzeitsnacht. Und aus irgendeinem unerfindlichen Grund kehrten ihre Gedanken immer wieder zu besagter Hochzeitsnacht zurück.

Es war und blieb eine Tatsache, daß sie nun an eine intime Beziehung mit Damian denken konnte, ohne sich deswegen schuldig fühlen zu müssen. Sie hatte es so nicht gewollt, ein trunksüchtiger Richter trug die Verantwortung dafür, aber es *war* so. Und mit diesem Wissen wurde sie nicht fertig, denn nun, da sie gewissermaßen die Erlaubnis dazu hatte, war ihr Verlangen nach körperlicher Liebe mit Damian ins Unermeßliche gewachsen.

In der kleinen Stadt Sanderson erlebte sie dann etwas, was sie eine Weile von ihrer ›Heirat‹ ablenkte. Sie hätte schwören können, daß sie erneut ihren Vater gesehen hatte, als er gerade eine Pension betrat. Allerdings hatte sie sein Gesicht nicht deutlich erkannt, und schließlich konnten auch noch andere Männer die Art von Kleidung tragen, die Chandos bevorzugte. Außerdem hielt sie es für unmöglich, daß er zu Pferd so schnell von Fort Worth bis hierher gekommen sein konnte – es sei denn, er reiste mit demselben Zug wie sie. Im Viehwagen waren zeitweise auch andere Pferde untergebracht gewesen, aber keines davon hatte Chandos gehört.

Später an diesem Tag kamen ihnen wichtige Informationen zu Ohren. Zwei Tagesritte nördlich von der Gleisstrecke der Southern Pacific entfernt, an einer alten Handelsroute gelegen, war vor einem knappen Jahr eine Stadt aus dem Boden gestampft worden. Bislang existierte noch keine Nebenstrecke dorthin, aber die Eisenbahngesellschaft plante bereits eine, da Culthers so schnell wuchs. Die Stadt verfügte bereits über eine Schule und mehrere Kirchen, hatte einen Stadtrat, und es standen Bürgermeisterwahlen an.

Letzteres war auch der Grund, warum sich Casey und Damian auf den Weg dorthin machten, obwohl das hieß, zu Pferd weiterzureisen. Außerdem mochte alleine der Name der Stadt, der sich so ähnlich wie Curruthers anhörte, ihr Wild angelockt haben. Aber Casey befürchtete immer noch, daß sich ihr Vater vielleicht in der Stadt aufhielt, und sie wollte, was Chandos betraf, kein Risiko eingehen. Daher warf sie Damian ohne Vorwarnung aus dem Bett, und sie verließen Sanderson mehr oder weniger klammheimlich noch vor dem Morgengrauen.

Unerwarteterweise beschwerte sich Damian heftig über den frühen Aufbruch. Und als sie ihm den Grund dafür nannte, wies er sie auf etwas hin, was ihr bis dato noch gar nicht in den Sinn gekommen war.

Das eher gemächliche Tempo, das sie bis zum Sonnenaufgang anschlugen, ermöglichte es ihnen, sich leise zu unterhalten – oder zu jammern, je nachdem –, und so konnte Casey Damians gemurmelte Bemerkung mühelos verstehen. »Ich selbst profitiere zwar nicht im geringsten von dieser zeitlich begrenzten ›Ehe‹, aber *dir* hat sie einen ganz entscheidenden Vorteil verschafft.«

Die Betonung und der mürrische Tonfall ließen Casey aufhorchen. »Und der wäre?«

»Ist dir klar, daß dich dein Vater jetzt, wo du eine verheiratete Frau bist, nicht mehr ohne weiteres nach Hause holen kann – jedenfalls nicht ohne meine Zustimmung? Die Rechte des Ehemannes haben Vorrang vor denen der Eltern.«

Casey mußte grinsen. »Da haben Sie ausnahmsweise einmal recht. Ich würde zwar nicht im Traum daran denken, mich so offen gegen meinen Vater aufzulehnen, zumal unsere Heirat ja genaugenommen nicht rechtskräftig ist, so daß diese Regeln in unserem Fall nicht zutreffen – aber das kann *er* ja nicht wissen, oder?«

»Es sei denn, du erzählst ihm die ganze Geschichte.«

»Nun, ich möchte es lieber nicht darauf ankommen lassen, wenn Sie nichts dagegen haben. Und ich wäre Ihnen dankbar, wenn Sie endlich aufhören würden, sich über Ihre gestörte Nachtruhe zu beklagen. Wenn Sie wollen, machen wir heute ein bißchen früher Rast, dann können Sie den versäumten Schlaf nachholen.«

Er ignorierte den Vorschlag und ritt weiterhin beharrlich auf dem Thema herum, womit Casey insgeheim gerechnet hatte. Vermutlich war er heute einfach in der Stimmung, an allem und jenem herumzunörgeln. Aber sie hielt Wort und schlug früh das Nachtlager auf, als sie auf einen kleinen, sanft dahinplätschernden Fluß stießen.

Casey hatte eigentlich vorschlagen wollen, aus Sicherheitsgründen auf ein Lagerfeuer zu verzichten, da sie genug Vorräte mit sich führten, die nicht aufgewärmt zu werden brauchten. Aber sie änderte ihre Meinung, weil Damian den ganzen Tag lang extrem schlechter Laune gewesen war – und weil sie Fische im Fluß entdeckt hatte. Die Aussicht auf frischen, gebratenen Fisch war zu verlockend, als daß sie hätte widerstehen können.

So trug sie Damian auf, die Pferde zu versorgen, und zog los, um sich einen provisorischen Speer zu basteln. Sie stand knietief im Wasser und hatte bereits den ersten Fisch erlegt, als Damian ihr Gesellschaft leistete.

»Es gibt eine wesentlich einfachere und angenehmere Methode, um die lieben Tierchen zu fangen«, spottete er, sie vom Ufer aus beobachtend.

Casey machte sich nicht die Mühe, sich umzudrehen, sondern behielt einen Fisch im Auge, der ihr immer wieder zu entwischen drohte. »Leider habe ich gerade keine Angelschnur dabei. Aber vielleicht haben Sie ja Lust, eines Ihrer schicken Hemden aufzuribbeln.«

»Ich habe vor allem Lust, mir den ganzen Staub des Tages von der Haut zu waschen. Versprich mir, daß du nicht hinschaust.«

Casey zwinkerte. »Wie bitte?« Sie fuhr herum und stellte fest, daß er schon dabei war, sich seiner Weste zu entledigen. »He, was soll denn das? Sie werden ja wohl noch warten können, bis ich unser Abendessen zusammengefangen habe!«

»Ich fühle mich zu schmutzig, um noch länger zu warten.«

»Sie werden mir alle Fische verscheuchen!« schrie sie zu ihm hinüber.

»Ach wo, ich werde kaum eine Welle verursachen«, versicherte er ihr, während er sein Hemd aufknöpfte.

»Sie sind ja verrückt!«

»Nein, schmutzig!«

Der Mann war so stur wie ein Maulesel, aber was er konnte, konnte sie schon lange. Grollend gab sie zurück: »Machen Sie doch, was Sie wollen. Aber Sie sind derjenige, der heute abend auf frischen Fisch verzichten muß, wenn ich Ihretwegen nichts mehr fange, nicht ich.«

Sie hatte keinesfalls die Absicht, sich vom Fleck zu rühren, nur weil der verrückte Kerl da drüben sich auszog und ausgerechnet jetzt baden wollte. Ihr konnte sein unmögliches Benehmen doch egal sein. Sie würde ihm einfach den Rücken zukehren und sich nicht weiter um ihn kümmern. Doch das war leichter gesagt als getan.

Die Vorstellung, daß er sich nur wenige Meter von ihr entfernt splitternackt im Wasser tummelte, kreiste wie ein lähmendes Gift durch ihre Adern. Sie hörte ihn hinter sich planschen und spritzen. Keine Wellen, daß sie nicht lachte! Allerdings spielte es jetzt auch keine Rolle mehr, denn sie war gar nicht mehr in der Lage, eine eventuelle Beute wahrzunehmen. Körperlich und geistig konzentrierte sie sich nur noch auf Damian und das, was er gerade tat.

Unauffällig versuchte sie, sich ein Stück flußaufwärts zu schleichen. Dort hatte sich das Wasser gestaut und war demzufolge tiefer und kühler, aber nicht unerträglich kalt. Außerdem hätte sie selbst Eiseskälte nicht gespürt, da ihr ganzer Körper in Flammen zu stehen schien.

Plötzlich hörte sie direkt hinter sich eine Stimme. »Du läufst doch nicht etwa vor mir weg, Casey?«

Erschrocken fuhr sie herum. Das war ein Fehler, wie sich herausstellte, und einer, der nicht mehr zu korrigieren war.

Damian war leise hinter sie geschwommen und richtete sich nun langsam auf. Kleine Wassertröpfchen, die im Licht der sinkenden Sonne wie Diamanten funkelten, perlten von seinen Armen und seiner Brust. Casey war von seinem Anblick wie verzaubert. Er war muskulöser gebaut, als sie bislang angenommen hatte, und seine behaarte Brust wirkte im Gegensatz zu der schmalen Taille besonders breit und kräftig.

Sie hatte ihm keine Antwort gegeben, da die Frage nicht bis in ihr Bewußtsein gedrungen war, also fuhr er fort: »Oder hast du dich entschlossen, selbst ein Bad zu nehmen, weil das Wasser hier tiefer ist?«

Immer noch hörte sie ihn nur wie aus weiter Ferne, aber dafür sah sie ihn um so deutlicher und spürte, wie er mit den Fingern sacht über ihre Wange streichelte und kalte Wassertropfen ihren Hals entlangrannen. Erst der Schauer, der sie daraufhin überlief, riß sie aus ihrer Benommenheit, obwohl sie wahrlich nicht behaupten konnte, wieder klar denken zu können.

Als nächstes vernahm sie: »Aber mir scheint, daß du beim Auskleiden etwas Hilfe brauchst.«

Der Poncho wurde ihr über den Kopf gezogen, und aus den Augenwinkeln heraus sah sie ihn durch die Luft segeln und in einem unordentlichen Haufen am Ufer landen. Ihr Revolver folgte und fiel mit einem dumpfen Aufprall direkt auf dem Kleidungsstück nieder. Es war das Wissen um die Tatsache, daß sich ihre Waffe nun außerhalb ihrer Reichweite befand, die Casey vollends zur Besinnung brachte.

»Was zum Teufel machen Sie denn ...«, setzte sie an.

Den Rest der Frage brachte sie zwar auch noch heraus, aber wer sollte sie unter Wasser schon hören? Er hatte es doch tatsächlich gewagt, sie unterzutauchen!

Prustend und schnaufend kam sie wieder an die Oberfläche, starrte Damian durch eine Masse nasses Haares hindurch böse an, und als sie das Grinsen bemerkte, welches er sich nicht hatte verkneifen können, spritzte sie eine Handvoll Wasser in seine Richtung. Er schnappte nach Luft, als das kühle Naß seine Brust traf, dann hob er spöttisch eine Braue, warf sich der Länge nach ins Wasser, tauchte unter und griff nach ihr.

Quietschend sprang Casey zur Seite, konnte aber nicht vermeiden, daß der Wasserschwall, den Damian verursacht hatte, sie wieder bis auf die Haut durchnäßte. Als sie sich das Wasser aus den Augen gerieben hatte und wieder klar sehen konnte, war er nirgends zu entdecken. Und plötzlich wurden ihre Beine unter ihr weggerissen.

Es war zwar schon lange her, seit Casey zuletzt mit ihren Brüdern im Wasser herumgetobt hatte, aber sie hatte noch nicht vergessen, wie man mit einem Angreifer abrechnete. Ungefähr zwanzig Minuten später bat Damian japsend um Waffenstillstand. Casey selbst war völlig außer Atem, hauptsächlich vor Lachen. Sie hätte sich nicht träumen lassen, daß man mit einem Oststaatler so viel Spaß haben konnte.

Sie krabbelte ans Ufer zurück, während Damian im Wasser sitzenblieb und ihr zusah. Casey lächelte in sich hinein. Er hatte den Kampf also endgültig aufgegeben. Doch dann ging ihr auf, warum er sie so anstarrte. Ihre nassen Kleider klebten ihr so eng am Körper, daß sie ebenso gut hätte nackt herumlaufen können.

Die verlegene Röte schwand sofort, als sie seine Augen sah. Normalerweise schimmerten sie in einem hellen, weichen Grau, aber nun hatten sie sich verdunkelt; bei ihm stets das Anzeichen einer starken Gefühlsbewegung. Und er schickte sich an, auf sie zuzuwaten. Er wollte doch nicht etwa aus dem Wasser steigen, während sie ihn wie gebannt ansah, oder doch? Er tat es tatsächlich, und zwar noch ehe sie genug Willenskraft aufbieten konnte, um den Blick abzuwenden.

Das Bild, das sich ihr unauslöschlich in ihr Gedächtnis einbrannte, würde sie vermutlich mit ins Grab nehmen. Er erinnerte sie an eine perfekt gemeißelte Statue, deren Schöpfer zu stolz gewesen war, sein Werk auch nur durch den kleinsten Makel zu verunzieren. Allein der flüchtige Anblick löste in ihrem Inneren ein seltsames Prickeln aus.

Sie spürte mehr, daß er neben ihr am Ufer niederkniete, als daß sie ihn hörte. Sie wollte keinesfalls noch einmal zu ihm hinsehen, um sich zu vergewissern, aber sie begann unwillkürlich, schwerer zu atmen. Es war wohl angebracht, jetzt aufzustehen und zu gehen, aber aus irgendeinem Grund gehorchten ihr ihre Beine nicht mehr. Und dann umfaßte er mit beiden Händen ihr Gesicht und zwang sie, seinem Blick zu begegnen.

Der Ausdruck seiner Augen ließ sich am besten mit einem lodernden, schon beinahe aus der Kontrolle geratenen Feuer vergleichen. Die warmen Strahlen der versinkenden Sonne tauchten sie beide in einen goldenen Glanz und verstärkten das intensive Leuchten in Damians Augen noch.

»Es funktioniert nicht mehr, Casey«, flüsterte er rauh.

Erwartete er jetzt eine Antwort von ihr? Sie konnte doch keinen klaren Gedanken fassen. »Was ... funktioniert nicht?«

»Daß ich mir noch länger einrede, wir wären gar nicht richtig verheiratet.«

»Das sind wir ja auch nicht.«

»Genau in diesem Moment erscheint mir unsere Ehe sehr, sehr real.«

Offenbar rechnete er mit keinem weiteren Kommentar von ihrer Seite, denn er verschloß unmittelbar nach diesen Worten ihren Mund mit seinen Lippen. Ein loderndes Feuer? Sein Kuß glich eher einem Vulkanausbruch und schürte Caseys Leidenschaft, bis sie der seinen in nichts nachstand.

Das war es, wonach sie sich gesehnt hatte, seit jener übellaunige alte Richter sie gegen ihren Willen an Damian gebunden hatte, daher neigte sie dazu, ihm in einem Punkt voll und ganz zuzustimmen. In diesem Moment, dieser Minute war ihre Ehe Wirklichkeit – und Casey war es leid, noch länger gegen das Verlangen anzukämpfen, das ihr *Ehemann* in ihr erweckte.

Die Gefühle, die sie in diesem Augenblick durchströmten, ließen sich ohnehin nicht unterdrücken, selbst wenn sie es gewollt hätte. Sie schlugen wie eine alles mitreißende Woge über ihr zusammen, als sie sich aufrichtete, die Arme um Damians Hals schlang und seinen Kuß voller Inbrunst erwiderte. Enger und enger preßte er sie an sich, bis sie meinte, mit ihm zu verschmelzen, während er gleichzeitig fortfuhr, sie wie ein Verdurstender zu küssen.

Casey war so in seinen Kuß versunken, daß sie nicht bemerkte, wie er behutsam ihre Arme von seinem Hals löste, um ihr Hemd aufknöpfen zu können. Verwundert stellte er fest, daß sie darunter ein seidenes Unterhemd und ein spitzenbesetztes Höschen trug. Diese zarte, so feminine Wäsche ließ sich mit dem Rest ihrer Erscheinung nur schwer vereinbaren. Casey selbst bekam nur am Rande mit, wie er ihren Poncho auf dem Boden ausbreitete, sie dann hochhob und behutsam darauf niedersinken ließ. Erst als er sich neben sie legte und begann, mit seinen Händen ihren Körper zu erforschen, setzte ihr Bewußtsein wieder ein.

Seinen Liebkosungen haftete nichts Zauderndes an. Er streichelte über ihren Hals, über ihre Arme, dann verweilte seine Hand bei ihren Brüsten, um deren Form und Beschaffenheit zu ertasten, ehe sie langsam über ihren Bauch nach unten glitt. All das geschah mit einer Art besitzergreifender Kühnheit, die Casey nicht erwartet hatte, jedoch mit allen Sinnen auskostete.

Und dann stachelte er ihre Begierde über das Maß des Erträglichen hinaus an, indem er sich über sie beugte und mit der Zunge über ihre aufgerichteten Brustwarzen strich, was ihr einen wimmernden Laut des Entzückens entlockte. Sie versuchte, ihn zu sich herunterzuziehen, doch er gab ihrem Drängen nicht nach, sondern fuhr fort, ihre ohnehin schon überempfindlichen Brüste noch weiter zu reizen. Als sich schließlich sein heißer Mund um die weiche Fülle schloß, war es Casey, als würde ihr ganzer Körper in Flammen stehen.

Endlich wanderte seine Hand weiter nach unten, und seine kundigen Finger fanden die feuchte Höhle zwischen ihren Schenkeln. Casey reagierte sofort auf seine Berührung. Ihr ganzer Körper begann konvulsivisch zu zucken, als sie von einer Welle der Lust geschüttelt wurde, und die Spannung, die sich in ihrem Inneren aufgebaut hatte, langsam abflaute.

Sie gelangte erst wieder zur Besinnung, als sie Damians Gewicht auf sich spürte und sich daran erinnerte, daß sie nicht allein war. Vorsichtig öffnete sie die Augen, sah, wie er sie liebevoll anlächelte, und erwiderte sein Lächeln zaghaft. Sie fühlte plötzlich eine tiefe Nähe zu ihm, die nichts mit dem engen Kontakt ihrer Körper zu tun hatte. Es war ein herrliches Gefühl, in seiner Intensität schon fast erschreckend, aber darüber wollte sie jetzt nicht nachdenken.

Wieder küßte er sie, während gleichzeitig ein anderer Teil von ihm zwischen ihren Beinen Einlaß begehrte; ein Teil, der sich dicker und heißer anfühlte als zuvor seine Finger. Sie spürte einen kurzen, scharfen Schmerz, der jedoch rasch nachließ und jener pulsierenden Spannung Platz machte, die sie schon einmal empfunden hatte. Jede

Faser ihres Seins schien sich auf den Fremdkörper in ihrem Inneren zu konzentrieren, der in sie eingedrungen war und sie nun völlig ausfüllte.

Casey stockte fast der Atem, so überwältigend waren diese neuen Erfahrungen, und dann schnappte sie überrascht nach Luft, weil er sich in ihr zu bewegen begann. Wie von selbst paßte sie sich dem Rhythmus an, den er vorgab, und wieder spürte sie die nahende Erfüllung, aber diesmal war sie darauf vorbereitet und überließ sich ganz der Wonne, die sie auf den Gipfel der Lust trug.

Später, als sie sich an seine breite Brust schmiegte, seine Lippen sacht ihre Stirn berührten und er mit einer Hand zärtlich über ihren Rücken streichelte, wurde sie von einem tiefen Frieden erfüllt. Sie hätte bis in alle Ewigkeit so liegenbleiben mögen – wenn Damians Magen nicht laut und vernehmlich zu knurren angefangen hätte. Und so ließ sie sich schließlich doch erweichen, den einen Fisch, den sie gefangen hatte, mit ihm zu teilen.

26. Kapitel

Anfangs amüsierte sich Damian noch über Caseys ständiges Erröten. Jedesmal, wenn sie ihn ansah, färbten sich ihre Wangen zartrosa. Erst als er über mögliche Gründe dafür nachzudenken begann, stieg leises Unbehagen in ihm auf.

Natürlich hegte sie hinsichtlich dessen, was gestern geschehen war, eher gemischte Gefühle. Ihm jedenfalls erging es so. Aber er hoffte, daß sie es nicht bedauerte. *Er sollte es eigentlich bereuen, aber das tat er nicht.*

Früher waren seine intimen Beziehungen stets nach demselben Schema verlaufen. Er hatte ein paar vergnügliche Stunden mit einer Frau verbracht und war dann in sein Junggesellenbett zurückgekehrt. Ob er seine jeweilige Partnerin wiedersah oder nicht, war für ihn nie von großer Bedeutung gewesen. Casey war die erste Frau, mit der er die ganze Nacht verbracht und auch noch am nächsten Morgen Kaffee getrunken hatte. Es war eine völlig neue Erfahrung für ihn, und er wußte nicht, wie er die Situation meistern sollte, ohne sie noch mehr in Verlegenheit zu bringen.

Er hätte sie am nächsten Morgen noch einmal lieben sollen, um die erotische Spannung zu mildern, unter der sie anscheinend beide litten. Aber sie hatte sich wieder von ihrer üblichen energischen ›Laß uns voranmachen‹-Seite gezeigt, also hatte er gar nicht erst versucht, sie anzurühren. Außerdem war sie noch unberührt gewesen, und zu dem wenigen, was er über Jungfrauen wußte, gehörte, daß sie noch einige Tage nach dem ersten Geschlechtsverkehr Wundschmerzen verspüren konnten. Und er wollte Casey keinesfalls weh tun, nachdem sie letzte Nacht glücklicherweise so gut wie gar keine Schmerzen gehabt zu haben schien.

Insgeheim machte er sich schwere Vorwürfe, weil er

der Versuchung so schnell erlegen war. Er hatte gehofft, möglichst bald auf einen Richter zu stoßen, denn seine vorübergehende ›Ehe‹ mit Casey hatte ihn fast zum Wahnsinn getrieben. Da war ihm das Recht, mit ihr zu schlafen, mehr oder weniger in den Schoß gefallen, und er hatte den edlen Ritter spielen und die Situation nicht ausnutzen wollen.

Nur gestern hatte er sich beileibe nicht von edlen Motiven leiten lassen; im Gegenteil, er hatte sich eine Entschuldigung nach der anderen ausgedacht, um sich vor sich selbst zu rechtfertigen, daß es lächerlich war, noch länger unter seinem unerfüllten Verlangen nach ihr zu leiden, obwohl gar kein Anlaß dazu bestand. Aber es waren und blieben bloße Ausflüchte. Er wußte, er hätte sich zwingen müssen, sie auch weiterhin nicht anzurühren.

Dennoch bedauerte er nicht, daß er sich von seinen Gefühlen hatte überwältigen lassen. Sie hatte sich als eine so leidenschaftliche und hingebungsvolle Geliebte erwiesen, wie ein Mann sie sich nur wünschen konnte. Eigentlich erstaunlich, wenn man bedachte, wieviel Wert sie sonst darauf legte, vor Freund und Feind gleichermaßen jegliche Emotion zu verbergen.

Sie sprachen immer noch nur das Nötigste miteinander, als sie am späten Nachmittag Culthers erreichten. Die Stadt entsprach genau dem, was man ihnen darüber berichtet hatte: Sie war zwar klein, schien aber rasch zu wachsen. Sie bestand aus zwei großzügig angelegten Wohnvierteln mit zahlreichen Geschäften dazwischen, und ein drittes war offenbar im Entstehen begriffen. Culthers wirkte außerdem wesentlich ruhiger und friedlicher als viele andere Städte, durch die sie gekommen waren. Kinder tobten mit ihren Haustieren unbekümmert durch die Straßen; ein sicheres Indiz dafür, daß der Frieden nur selten durch Schießereien getrübt wurde. Zwar verfügte die Stadt über mehrere Saloons, aber zum Ausgleich entdeckten sie auch mehrere Kirchen, als sie die Straßen entlangritten.

Casey fragte nach einer preisgünstigen Pension und ließ sich den Weg dorthin genau beschreiben. Damian traf ihr Vorgehen wie ein Schlag ins Gesicht; wußte sie doch, daß er stets im besten Hotel der Stadt zu übernachten pflegte, und in Culthers *gab* es ein Hotel, wenngleich es auch ziemlich klein war. Sie gab ihm praktisch durch die Blume zu verstehen, daß er sich auf der einen Seite der Stadt halten sollte und sie auf der anderen bleiben würde. Mit anderen Worten: Sie wünschte keine weiteren Intimitäten mit ihm.

Sie hätte sich nicht deutlicher ausdrücken können, wenn sie ihm die Worte ins Gesicht geschleudert hätte. Wie Damian allerdings darüber dachte, stand auf einem anderen Blatt. Ihm sagte dieses Arrangement überhaupt nicht zu, da er am liebsten ein gemeinsames Zimmer für sie beide genommen hätte, wenn er gefragt worden wäre. Aber er mußte ihre Wünsche respektieren. Ganz offensichtlich bereute sie, was zwischen ihnen geschehen war, und wollte ihr Gewissen nicht noch mehr belasten.

Nachdem sie die Pferde in einem Mietstall untergebracht hatten, verabredeten sie sich zum Abendessen in einem Restaurant, das sie im Vorbeireiten entdeckt hatten, um dort ihre weitere Vorgehensweise für den Fall, daß sich Henry tatsächlich in Culthers aufhielt, zu besprechen. Und tatsächlich fand Damian kurz darauf heraus, daß seine Jagd zu Ende war – zumindest ging er davon aus, als ihm vom Titelblatt der Zeitung, die an der Hotelrezeption auslag, Henrys Gesicht entgegenstarrte. Curruthers kandidierte für das Amt des Bürgermeisters, und die Wahlen sollten in einigen Wochen stattfinden.

Ein flüchtiges Überfliegen des Artikels ergab, daß hier wohl eine typische Wahlkampfkampagne vorlag, in deren Verlauf ein Kandidat den anderen mit Dreck bewarf. In diesem Fall gingen die Verleumdungen allein von Henry aus. Der Artikel war rein politischer Natur und erwähnte keine persönlichen Details aus Curruthers' Leben, etwa wie lange er schon in Culthers lebte oder wo er hergekommen war. Noch nicht einmal sein Vorname wurde genannt, aber das fiel in einer so kleinen Stadt, wo jeder jeden kannte, wohl kaum ins Gewicht. Damian benötigte keine weiteren Beweise mehr, ein Blick auf das Gesicht des Mannes hatte ihm genügt.

Jetzt hatte er zwei Möglichkeiten. Entweder stöberte er Henry auf und rechnete mit ihm ab, oder er machte sich auf die Suche nach Casey, damit sie an dieser lang ersehnten Konfrontation teilhaben konnte. Obwohl er es kaum erwarten konnte, die leidige Angelegenheit zu Ende zu bringen, fühlte er sich verpflichtet, Casey sozusagen einen Platz in der ersten Reihe zu verschaffen. Immerhin hatte sie viel Zeit und Mühe aufgewendet, um ihn zu Henry zu führen.

Die Stadt war so klein, daß er ohne große Mühe die Pension fand, die man Casey empfohlen hatte. Diese Unterkunft war zumindest sauber und machte einen heimeligen Eindruck. Zufälligerweise wurde sie von der hiesigen Schulmeisterin geführt, einer feschen jungen Frau, die Damian vermutlich den Zutritt verwehrt hätte, wenn sie gewußt hätte, daß Casey eine Frau war. Aber da sie keine Ahnung von deren wahrem Geschlecht hatte, schickte sie ihn in die obere Etage, zur zweiten Tür auf der linken Seite. Diese stand weit offen, aber der Raum war leer.

Wasserplätschern lockte Damian zu der einzigen verschlossenen Tür auf diesem Flur. Ungeduldig klopfte er an. »Bist du da drin, Casey?«

Sofort brüllte sie zurück: »Was hast du denn hier zu suchen?«

Da er es haßte, sich durch geschlossene Türen hindurch unterhalten zu müssen, beantwortete er die Frage nicht, sondern erkundigte sich statt dessen: »Bist du anständig angezogen?«

»Wohl kaum, ich bin gerade im Begriff, ein Bad zu nehmen.«

Es war nicht weiter verwunderlich, daß die Vorstellung einer im Badewasser planschenden Casey Damians Gedanken in ganz andere Bahnen lenkte. Ob die Tür wohl abgeschlossen war? Er wollte gerade die Klinke niederdrücken, als er erneut ihre Stimme vernahm.

»Bist du noch da?«

»Ja.« Seufzend erinnerte er sich wieder an den Grund seiner Anwesenheit.

»Was hat dich denn hierhergeführt?«

»Henry ist in der Stadt.«

»Ja, ich weiß.«

Damian runzelte die Stirn. »Was soll das heißen? Woher weißt du das?«

»Wahrscheinlich habe ich dieselbe Zeitung gesehen wie du; mit seinem Foto auf der Titelseite.«

Die Furchen auf seiner Stirn wurden tiefer. »Und da gehst du hin und nimmst in aller Seelenruhe ein Bad, anstatt mir sofort Bescheid zu sagen?«

»Henry läuft uns nicht weg, Damian. Er ist auch noch da, wenn ich gebadet habe.«

»Ich werde keine Sekunde länger warten.«

Ein verärgertes Knurren ertönte, dann flog die Tür auf. Enttäuscht nahm Damian zur Kenntnis, daß Casey vollständig bekleidet war. Nur ihr Poncho und ihr Revolverhalfter fehlten.

»Warum hast du es denn so eilig?« fragte sie ungehalten.

»Wenn man bedenkt, wie lange ich schon hinter Henry her bin, erübrigt sich diese Frage.«

Ihr Unmut schwand sichtlich dahin, und sie seufzte leise. »Vermutlich hast du recht.« Sie drehte sich um, langte nach dem Halfter und schnallte es um, ehe sie inzufügte: »Hast du dir wenigstens die Zeit genommen, dich zu erkundigen, wo Henry zu dieser Tageszeit gewöhnlich anzutreffen ist?«

»In Barnet's Saloon. Anscheinend benutzt er die Bar als Wahlkampfzentrale.«

»Sag das doch nicht in einem so angewiderten Tonfall.« Casey grinste ihn an. »Du hast doch selbst schon festgestellt, daß ein Saloon ein ausgezeichneter Ort ist, um seinen Geschäften nachzugehen. Man kann dort auch andere Dinge tun als saufen, spielen und ...«, sie hüstelte leise, »... na, du weißt schon, was ich meine.«

Er wußte es nur zu gut, gab sich aber verständnislos. »Und?«

Casey weigerte sich störrisch, sich eine Anspielung auf fleischliche Freuden entlocken zu lassen. »Und sich einen schönen Abend machen«, improvisierte sie rasch.

Damian beugte sich vor und raubte ihr einen flüchtigen Kuß, dann nutzte er den Umstand, daß ihr die Überraschung die Sprache verschlagen hatte, um ihr zuzuflüstern: »In dieser Art etwa?«

Casey schnaubte ergrimmt und schnappte sich ihren Poncho, aber ihre Wangen hatten sich rosa gefärbt, und sie wich Damians belustigtem Blick aus. Ein letztes Mal schaute sie sich bedauernd nach dem heißen Wasser um, das sie zurücklassen mußte, dann wandte sie sich zur Tür und sagte schroff: »Na dann komm, damit wir die Sache hinter uns bringen.«

27. Kapitel

Das erste, was Casey an Barnet's Saloon auffiel, war die extreme Sauberkeit, die dort herrschte. Er ähnelte keinem der Saloons, in denen sie bislang verkehrt hatte. Auf den Tischen lagen Decken aus rotem Leder, die gepolsterten Stühle sahen äußerst bequem aus, und die mit kunstvollen Schnitzereien verzierte, auf Hochglanz polierte Bar mit der Marmorauflage war ein wahres Kunstwerk. Ein dünner Teppich bedeckte den Fußboden, und Gott sei Dank war nirgendwo ein Spucknapf zu entdecken. Wenn die Theke nicht gewesen wäre, hätte der Saloon an das Foyer eines Nobelhotels oder an einen exklusiven Club erinnert.

Casey war beeindruckt. Sie trat sogar wieder ins Freie, um das Schild noch einmal anzuschauen und sich zu vergewissern, daß sie sich wirklich im richtigen Haus befanden. Dies traf zu, aber Barnet's Saloon wirkte irgendwie fremdartig, so, als wäre er von einem europäischen Architekten – oder einem aus dem Osten – entworfen und eingerichtet worden. Sofort mußte sie an Henry Curruthers denken.

Er war leicht zu erkennen, da er mit seiner dicken Brille und dem Muttermal auf der Wange genau Damians Beschreibung entsprach. Er saß mit drei anderen Männern an einem der Tische. Zwei weitere Gäste standen ganz in der Nähe und hörten dem angeregten Gespräch zu. Alle trugen Straßenanzüge, doch nur Henry schien sich in diesem Aufzug wohl zu fühlen. Die anderen sahen eher so aus, als sollten sie eigentlich in irgendeinem Versteck hocken und ihren nächsten Raubüberfall planen, statt in diesem feinen Saloon zu sitzen und über politische Schachzüge zu diskutieren.

Casey schüttelte den Gedanken rasch ab. Sie war wie

immer viel zu mißtrauisch. Nur weil von diesen fünf Männern eine bedrohliche Ausstrahlung ausging, die sie normalerweise mit Revolverhelden in Verbindung brachte, hieß das noch lange nicht, daß sie tatsächlich welche waren. Daß sie keine Waffen trugen, sprach für sie, also tat sie wohl gut daran, sich in diesem Fall nicht auf ihren Instinkt zu verlassen.

Damian schien die Ausstattung weder wahrzunehmen noch für besonders ungewöhnlich zu halten; allerdings ruhte sein Blick von dem Moment an, als er den Saloon betreten hatte, einzig und allein auf Henry. Er wartete darauf, daß Henry ihn bemerkte. Auch Casey wartete auf diesen Moment, auf die Bestätigung von Curruthers' Identität. Nicht, daß sie noch Zweifel gehegt hätte, aber Henry *würde* Damian wiedererkennen und sich in seiner Überraschung vielleicht verraten.

Leider war dies dann nicht der Fall. Als Henry endlich zur Tür blickte und sie beide dort stehen sah, hob er lediglich erstaunt die Brauen. Aber vielleicht lag das ja daran, daß in diesem Lokal bestimmte Kleidervorschriften bestanden, die Damian und sie sicherlich nicht erfüllten. Wenn dem so sein sollte, wunderte sich wahrscheinlich jeder im Raum über ihre Anwesenheit, nicht nur Henry.

Dies traf dann auch zu. Inzwischen musterten sie sämtliche Gäste leicht befremdet. Einige zeigten sogar deutliche Anzeichen von Entrüstung.

Schließlich ergriff einer der Männer das Wort. »Wenn es Ihnen nichts ausmacht, dies ist ein Privatsaloon. Zutritt nur für Mitglieder. Falls Sie einen Drink nehmen wollen, gehen Sie lieber auf die gegenüberliegende Straßenseite ins ›Adlernest‹.«

Natürlich dachten sie gar nicht daran, dieser Aufforderung Folge zu leisten. Casey rechnete schon damit, sich den Aufenthalt in diesem Raum mit Waffengewalt erzwingen zu müssen, zumindest so lange, bis sie ihr Vorhaben durchgeführt hatten, aber es stellte sich heraus, daß sie keinen Anlaß dazu hatte. Damians erste Worte schlugen ein wie eine Bombe.

»Henry, du bist verhaftet. Kommst du freiwillig mit, oder verschaffst du mir das Vergnügen, ein wenig nachzuhelfen?«

Casey mußte seine Unverfrorenheit im stillen bewundern; er hatte ja gar keine offizielle Vollmacht, um eine Verhaftung vorzunehmen. Die anderen im Raum schienen seine Bemerkung dagegen äußerst erheiternd zu finden, denn alle, Henry eingeschlossen, brachen in schallendes Gelächter aus.

»Was hast du denn ausgefressen, Jack? Wieder mal nach Mrs. Arwicks Hund getreten?« kicherte einer der Männer.

»Nein, warte«, unterbrach ein anderer grinsend. »Bestimmt hat der alte Henning Jack verhaften lassen, wegen übler Nachrede in dem Zeitungsartikel, als ob nicht jedes Wort davon wahr wäre.«

Henning hieß der andere Bewerber um den Posten des Bürgermeisters; der, dem Henry in dem lokalen Zwei-Seiten-Blättchen so übel mitgespielt hatte, aber wer mochte dieser Jack sein, von dem da noch die Rede war? Auch einer der Männer wirkte verwirrt, allerdings aus einem anderen Grund.

»Ich hab' ja schon gehört, wie die Leute Sie mit den verschiedensten Namen belegt haben, Mr. Curruthers, aber noch nie hat jemand Sie Henry genannt.«

Ein Lächeln trat auf Curruthers' Gesicht, als er antwortete: »Doch, ich bin schon früher manchmal Henry gerufen worden, aber du lieber Himmel, es muß über zwanzig Jahre her sein, daß mich jemand mit meinem Zwillingsbruder verwechselt hat.« Er blickte zu Damian hinüber und fragte barsch: »Ist Ihnen dasselbe passiert, Mister? Halten sie mich etwa für meinen Bruder Henry? Wer sind Sie überhaupt?«

Damian runzelte drohend die Stirn. Offenbar gefiel ihm die Richtung nicht, in die diese Fragen führten.

»Mein Name ist Damian Rutledge – und lassen Sie mich eines klarstellen. Sie behaupten, Sie und Henry wären eineiige Zwillinge?«

»Ja, leider.«

»Leider?«

Curruthers hob die Schultern. »Im Grunde genommen habe ich nichts gegen meinen Bruder, obwohl er in meinen Augen ein Duckmäuser ist, wenn Sie verstehen, was ich meine. Aber es hat mir noch nie gepaßt, daß sich jemand einfach so für mich ausgeben konnte und damit durchkam, nur weil er genauso aussieht wie ich. Deswegen habe ich auch New York und meine Familie verlassen, sowie ich alt genug war, um mich alleine durchzuschlagen. Und ich bin weder zurückgegangen, noch habe ich meinen Entschluß je bereut. Ich habe die Verbindung zwar nie ganz abreißen lassen, und ab und an höre ich auch mal von Henry, aber es würde mich auch nicht sonderlich stören, wenn ich meinen Bruder nie wiedersehen würde.«

»Wann haben Sie denn das letztemal von ihm gehört?«

»Dieses Jahr schon mehrmals. Aber ich war baff erstaunt, als er mir letztes Frühjahr schrieb, daß er daran denken würde, mir einen Besuch abzustatten. Ich hätte nie geglaubt, daß Henry je New York und seinen angenehmen Job im Stich lassen würde. Er ist Buchhalter, müssen Sie wissen.«

»Ja, das ist mir bekannt.«

»Aber er ist ein so ängstlicher Mensch, und dieses Land ist für Leute seines Schlages nicht gemacht.« Seine Freunde kicherten beifällig, ehe er fortfuhr: »Trotzdem muß er seine Meinung geändert haben, denn vor ein paar Monaten schrieb er mir von San Antonio aus – so weit war er schon gekommen –, aber hier ist er nie aufgetaucht.«

»Und Sie rechnen nicht mehr mit ihm?«

»Nach dieser langen Zeit? Man benötigt keine drei Monate, um von San Antonio bis hierher zu reisen. Ich vermute, daß Henry es mit der Angst zu tun bekommen hat. Auf jemanden, der sein ganzes Leben in einer Großstadt wie New York verbracht hat, kann Texas einen recht primitiven Eindruck machen. Hier läßt sich nur eine ganz bestimmte Sorte von Menschen nieder, und zu der gehört Henry nicht, wenn Sie verstehen, was ich meine?«

»Aber Sie schon, nicht wahr?«

»Nun, ich habe die letzten fünfzehn Jahre in Texas gelebt, und das spricht ja wohl für sich.«

»So lange existiert diese Stadt noch gar nicht«, gab Damian zu bedenken.

»Ich sagte, ich habe in Texas gelebt. Von dieser Stadt war nicht die Rede«, erwiderte Jack in einem etwas gönnerhaften Ton. »Nein, in Culthers wohne ich erst seit ungefähr acht Monaten – stimmt's, Jungs?«

»Stimmt, vor acht Monaten bist du hier aufgekreuzt, Jack«, bestätigte der Mann an Curruthers' Seite.

»War kurz vor der Jahreswende, wenn ich mich recht erinnere«, mischte sich ein anderer ein.

Jack nickte und wandte sich mit einem herablassenden Lächeln wieder an Damian. »Ach übrigens – was hat Henry eigentlich verbrochen, daß Sie ihn verhaften wollen.«

»Er hat einen Mord begangen.«

»Henry?« Curruthers brach in Gelächter aus. Es dauerte eine Weile, bis er sich so weit gefaßt hatte, daß er weitersprechen konnte. »Da irren Sie sich schon wieder, Mister. Henry könnte niemals einen Menschen töten, höchstens einen gedungenen Mörder bezahlen. Er hat gar nicht genug Schneid, um jemanden umzubringen.«

»Ihnen dagegen würde ein Mord nicht schwerfallen, oder – Jack?«

Der kleine Mann straffte sich. Ihm war die kurze Pause nicht entgangen, die Damian eingelegt hatte, ehe er seinen Namen aussprach, um auf diese Weise anzudeuten, daß er längst nicht alles glaubte, was er zu hören bekam. Casey konnte es ihm nicht verdenken, auch sie war mehr als skeptisch. Aber Jack ging nicht näher auf die Provokation ein, sondern beantwortete lediglich Damians Frage.

»Ich wäre sicherlich fähig, einen Menschen in Notwehr zu töten. Aber ich habe ja auch nie behauptet, meinem Bruder zu ähneln. Tatsächlich sind wir so verschieden wie Tag und Nacht. Ich kann mit Schwächlingen nichts anfangen, und wenn diese Bezeichnung auf jemanden zutrifft, dann auf meinen Bruder – wenn Sie verstehen, was ich meine.«

Diesen Eindruck hatte auch Casey bereits nach Jacks ersten Worten gewonnen. Der kleine Knirps strahlte eine fast greifbare Arroganz aus, die nicht zu dem paßte, was Damian ihr über Henrys Charakter erzählt hatte. Für sie stand fest, daß der eine Bruder eher ein Feigling, der andere dagegen ein prahlerisches Großmaul war. Jetzt hätte sie nur gar zu gern gewußt, ob Jacks Gehabe nur dazu bestimmt war, ihnen zu imponieren, oder ob sich der Mann immer so gab.

Aber sie hielt sich aus diesem Verhör heraus, da Damian seine Sache recht gut machte. Erstaunlich eigentlich, daß er sich so eisern unter Kontrolle hatte, denn sie spürte, welche Wut diese unerwartete Wendung in ihm angefacht hatte. Er hatte fest damit gerechnet, am Ende seiner Suche angekommen zu sein, und es mußte ihn schwer getroffen haben, daß es nun so aussah, als sei er statt dessen in eine Sackgasse geraten.

Damians Schweigen, vielleicht auch die zweifelnde Miene, die er immer noch zur Schau trug, schienen Jack bewogen zu haben, seine unnachgiebige Haltung aufzugeben. Seufzend lenkte er ein: »Hören Sie, Mr. Rutledge, wenn Sie mir nicht glauben – was vermutlich der Fall ist, schließlich kennen Sie mich ja gar nicht –, dann schlage ich vor, Sie setzen sich mit meiner Tante in New York in Verbindung. Soviel ich weiß, ist sie noch gesund und munter, und sie kann bezeugen, daß Henry und ich Zwillinge sind.«

»Wo ist das Telegrafenamt?«

Die Frage entlockte Jack ein Kichern. Die Erklärung dafür folgte auf dem Fuße, als er entgegnete: »Hier in Culthers gibt es noch keines. Wir hoffen, daß noch vor Jahresende eines eingerichtet wird, aber im Augenblick liegt das nächst gelegene Amt in Sanderson, ein oder zwei Tagesritte südlich von hier. Natürlich erwarte ich von Ihnen, daß Sie anschließend zurückkommen und sich bei mir entschuldigen. Schließlich kann ich nicht zulassen, daß mein guter Name während eines Wahlkampfes in den Schmutz gezogen wird, wenn Sie verstehen, was ich meine.«

Der kleine Kerl konnte sich wahrlich nicht über mangelndes Selbstbewußtsein beklagen, aber Casey fand, daß er ein wenig zu dick auftrug.

28. Kapitel

»Zwei Brüder, die es beide auf ein Bürgermeisteramt abgesehen haben? Kaufst du ihm seine Geschichte ab, Casey?«

Bis jetzt hatte Damian bewußt vermieden, über ihr Zusammentreffen mit Jack Curruthers zu sprechen. Casey und er waren, wie zuvor besprochen, in das Restaurant gegangen und hatten sich halbrohe Steaks zu Gemüte geführt, die zumindest ihr zu schmecken schienen. Enttäuschung und Wut darüber, daß der Mann im Saloon nicht Henry gewesen war, hatten ihm schwer zugesetzt. Er wollte sich erst dazu äußern, wenn er sich etwas beruhigt hatte, und zu diesem Zweck hatte er gemeinsam mit Casey eine Flasche Rotwein geleert und sofort eine zweite bestellt.

Casey kaute nachdenklich an ihren Bratkartoffeln, ehe sie bemerkte: »Vielleicht hat Henry beschlossen, in die Fußstapfen seines Bruders zu treten? Weißt du, so wie viele Söhne dem Vorbild ihrer Väter folgen«, fügte sie hinzu, als ihr einfiel, daß Damian zu dieser Gruppe zählte. »Henry könnte sich überall, wo er hinkam, nach seinem Bruder erkundigt haben. Vielleicht ist ihm der Name dieser Stadt entfallen, und er hat sich nur noch daran erinnert, daß sie erst kürzlich gegründet wurde. In diesem Fall wäre es nur logisch, wenn er sich nach neuen Städten umhört, findest du nicht?«

»Klingt ein bißchen weit hergeholt, Casey.«

»Vielleicht. Aber es wäre doch möglich. Versetz dich einmal in Henrys Lage. Er muß unbedingt untertauchen und beschließt, seinen Bruder um Hilfe zu bitten. Als er schon halb am Ziel ist, verlegt er den Brief, in dem der Name der Stadt steht, wo Jack sich niedergelassen hat, und da er sich zum Verrecken nicht mehr daran erinnern kann, fängt er an, sich nach allen neuen Städten zu erkundigen. Da er weiß, daß Jack unbedingt Bürgermeister werden will, beschränkt er seine Suche auf kleinere Städte, in denen Wahlen anstehen. Aber letztendlich muß er einsehen, daß Texas eine Nummer zu groß für ihn ist und daß er seinen Bruder nicht finden kann, also gibt er auf und kehrt in den Osten zurück.«

»Ich kann nur hoffen, daß du dich irrst, denn wenn wir von einer eiskalten Spur wie dieser ausgehen müssen ...«

»Ich würde die Flinte nicht so schnell ins Korn werfen, Damian«, erwiderte Casey geheimnisvoll.

»Glaubst du, Henry ist hier, und Jack setzt alles daran, ihn zu decken?«

»Durchaus möglich. Aber wenn dem so wäre, warum sollte Jack dann zugeben, daß Henry vorhatte, ihn hier zu besuchen?«

»Weil wir seine Spur bis hierher verfolgt haben.«

Casey nickte langsam. »Kann gut sein. Aber wir sollten uns mal mit Bruder Jack befassen. Er gibt sich zwar hart wie Stahl, aber jeder Feigling kann den Eindruck erwecken, ein rauher Bursche zu sein, wenn fünf bedrohlich aussehende angeheuerte Helfer ihm Rückendeckung geben; genau das haben sie nämlich getan. Eine Art bezahlter Arroganz sozusagen – wenn du verstehst, was ich meine.«

Damian grinste, als sie sich so selbstverständlich Jacks bevorzugter Floskel bediente, ehe er auf ihre Ausführungen einging. »Ja, daran habe ich auch schon gedacht. Leider kenne ich nur Henry; von diesem seltsamen Bruder habe ich noch nie gehört. Aber ich halte es für wahrscheinlicher, daß sie vom selben Schlag sind, nicht so grundverschieden, wie Jack uns weismachen wollte.«

»Ach, ich weiß nicht so recht. Ich habe selbst zwei Brüder, deren Charakter nicht gegensätzlicher sein könnte. Einer steckt seine Nase ständig in irgendwelche Bücher, haßt das Leben auf einer Ranch und wird in Kürze als Rechtsanwalt praktizieren, und der andere ist ein kaum zu bändigender Wildfang, der sich am liebsten Tag und Nacht draußen in der freien Natur herumtreiben würde, wenn man ihn ...«

»Du hast noch *Brüder*?«

Die Frage trieb Casey das Blut in die Wangen. Offenbar war ihr dieses Eingeständnis in einem unbedachten Moment herausgerutscht, aber sie hatte immerhin dem Wein reichlich zugesprochen, und Alkohol kann nicht nur stimulierend wirken, sondern lockert einem manchmal auch die Zunge, und man plaudert Geheimnisse aus, die man unter anderen Umständen lieber für sich behalten hätte.

»Nun – ja«, gab sie zögernd zu.

»Hast du noch mehr Verwandte?«

Casey nahm einen großen Schluck von ihrem Wein, bevor sie Damian herausfordernd ansah. »Vielleicht hab' ich auch noch eine Mutter – so wie du.«

Sie hatte seine Mutter mit voller Absicht erwähnt, da sie wußte, daß er nicht gerne über sie sprach. Es war ihre Art, ihm zu verstehen zu geben, er möge keine persönlichen Fragen in das Gespräch mit einfließen lassen. Vermutlich hätte er den Wink auch verstanden, wenn er nicht so darauf erpicht gewesen wäre, mehr Einzelheiten aus ihrem Leben zu erfahren.

»Schwestern? Oder Onkel und Tanten?«

Schmale goldene Augen funkelten ihn an, und sie verpaßte ihm einen direkten Tiefschlag, indem sie, statt seine Frage zu beantworten, weiterbohrte: »Wie kommt es, daß du deine Mutter so haßt, Damian?«

Er wünschte sich, sie würde nicht mit so unfairen Mitteln kämpfen. Ihre Frage löste denselben Ärger in ihm aus, der ihn immer überfiel, wenn die Sprache auf seine Mutter kam. Er richtete sich nicht gegen Casey.

»Wenn ich dir darauf eine Antwort gebe, beantwortest du mir dann als Gegenleistung auch ein paar Fragen?«

Es überraschte sie ein wenig, daß er ihre Frage nicht einfach überging, aber sie zuckte lässig die Achseln. »Schon möglich.«

Keine sehr zufriedenstellende Antwort, aber weitere Zugeständnisse würde er ihr kaum entlocken können. »Na schön. Zu allererst sollte ich wohl klarstellen, daß ich meine Eltern – beide – sehr geliebt habe, wie Kinder ihre Eltern eben lieben. Aber meine Mutter erwiderte diese Liebe nicht, oder vielmehr war ihre Liebe zu einem anderen Mann stärker als die Liebe zu ihrer Familie. Sie ließ sich vor vielen Jahren von meinem Vater scheiden und hat ihm dadurch sowohl persönlichen Schmerz bereitet als auch seinem Ansehen in der Öffentlichkeit geschadet. Im Grunde genommen hat sie sich gleichzeitig auch von mir scheiden lassen, denn nachdem sie New York verlassen hatte, habe ich sie nie wiedergesehen.«

»Nie mehr? War das ihre Entscheidung oder deine?«

»Wie bitte?«

»Was ich fragen wollte, ist folgendes: Ist sie jemals wieder nach New York gekommen, um dich zu besuchen? Und wenn nicht, hast du je den Versuch unternommen, sie zu finden und den Grund für ihr Verhalten zu erfahren?«

»In beiden Fällen lautet die Antwort nein. Warum sollte ich mir auch die Mühe machen, wenn ich den Grund bereits kenne? Ihr lag eben nichts mehr an mir. Sie ist fortgegangen, um sich ein neues Leben aufzubauen, und was sie zurückließ, war ihr egal.«

Er verabscheute die Bitterkeit, die sich in seine Stimme geschlichen hatte. Warum nur schmerzte die Wunde nach so vielen Jahren immer noch?

»Das kann ich nicht beurteilen«, sagte Casey, deren mitfühlender Blick ihm Unbehagen verursachte. »Wenn ich an deiner Stelle gewesen wäre, hätte ich sie aufgespürt und ein paar Erklärungen von ihr gefordert. Und wenn mir diese Erklärungen nicht zugesagt hätten, dann hätte ich zumindest dafür gesorgt, daß sie sich schuldig fühlt, weil sie mich im Stich gelassen hat. Leider ist es oft schwierig, gefühllosen, egoistischen Menschen Schuldgefühle einzuflößen. Aber ich hätte mein Bestes getan, um ihr einen Schuß vor den Bug zu verpassen.«

Wollte sie ihn zum Lachen bringen? »Verbal – oder mit deinem heißgeliebten Revolver?«

Sie bestrafte diese Bemerkung mit einem bösen Blick. Scheinbar hatte sie ihre Worte doch ernst gemeint.

»Du hast dein ganzes Leben unter den Stern bloßer Vermutungen gestellt, Damian. Stört dich das denn überhaupt nicht? Ich würde unbedingt Gewißheit haben wollen, wenn ich du wäre, so oder so.«

»Sie war nicht da, als ich sie gebraucht hätte. Jetzt brauche ich sie nicht mehr. Warum soll ich dann vernarbte Wunden aufreißen?«

»Vielleicht um deines eigenen Seelenfriedens willen. Oder vielleicht, weil sie die einzige ist, die dir von deiner Familie noch geblieben ist. Vielleicht auch, weil du erst kürzlich erfahren hast, daß sie verwitwet ist – und einsam. Aber so würde ich denken, wenn ich in deiner Haut stecken würde. Meine Eltern sind immer für mich dagewesen, daher fällt es mir schwer, mich in deine Lage zu versetzen.«

Sie klang in einem Atemzug sowohl vorwurfsvoll als auch zerknirscht. Wie sie das fertigbrachte, war ihm ein Rätsel. Aber vielleicht hatte sie ja recht. Vielleicht hätte er seine Mutter schon vor Jahren zur Rede stellen sollen, um zu hören, was sie zu ihrer Verteidigung zu sagen hatte. Für ihn hätte sich die Situation gar nicht mehr verschlimmern können, er hatte ja bereits eine denkbar schlechte Meinung von ihr.

»Ich werde darüber nachdenken«, räumte er grollend ein.

Ihre Antwort bestand aus einem Lächeln und einem raschen Themawechsel. »Was nun Jack Curruthers betrifft ...«

»Nicht so hastig«, unterbrach er. »Hast du dein ›schon möglich‹ vergessen? Eine Hand wäscht die andere, Casey. Erzähl mir ein bißchen mehr von deiner Familie.«

Casey stieß einen gottergebenen Seufzer aus und griff nach der Weinflasche, um ihr Glas neu zu füllen. »Wenn es denn sein muß. Du weißt ja schon, daß meine Eltern beide noch am Leben sind.«

»Sind sie auch noch zusammen?«

»Die beiden verbindet eine tiefe, dauerhafte Liebe. Manchmal wirkt es schon fast peinlich, wenn sie die Hände nicht bei sich behalten können.«

Es gelang ihr, bei diesen Worten ein Erröten zu unterdrücken. Damian fand trotzdem, daß er nicht hätte fragen dürfen. Die meisten Ehepaare, besonders solche mit Kindern, blieben zusammen, auch wenn sie sich nicht mehr verstanden, denn eine Scheidung rief vor allem in der gehobenen Gesellschaft oft saftige Skandale hervor.

»Ich habe noch zwei Brüder, aber keine Schwestern«, fuhr sie fort. »Tyler ist ein knappes Jahr älter als ich. Er ist derjenige, der Anwalt werden will. Dillon ist mit seinen vierzehn Jahren schon ein richtiger Draufgänger. Vor kurzem ist mein Großvater väterlicherseits gestorben, ein streitsüchtiger alter Querkopf, an dem ich sehr gehangen habe. Mein anderer Großvater, der Vater meiner Mutter, ist Arzt und praktiziert auch heute noch, aber er behandelt nur noch einige ausgesuchte Patienten. Sonst gibt es keine weiteren Verwandten, denn weder mein Vater noch meine Mutter haben Geschwister.«

»Und warum bist du von zu Hause fortgegangen?«

Casey runzelte die Stirn und schwieg fast eine Minute lang, ehe sie sich schließlich zu einer Antwort durchrang. »Ich hatte eine kleine Auseinandersetzung mit meinem Vater.«

»Es muß schon etwas Ernsteres gewesen sein, Casey, sonst würdest du dich jetzt ja nicht mutterseelenallein in der Wildnis herumtreiben.«

»Für mich ging es dabei um elementare Dinge. Er hielt mich für unfähig, einige Aufgaben zu bewältigen, weil ich ›nur‹ eine Frau bin. In diesem Punkt konnte man einfach nicht mit ihm reden.«

»Also bist du ausgezogen, um ihm das Gegenteil zu beweisen – indem du dich als Kopfgeldjäger betätigst und einen Job ausübst, den eine Frau nie übernehmen würde?«

»So ähnlich«, murmelte sie.

»Wenn man bedenkt, wie gefährlich diese Art von Arbeit ist, frage ich mich, wer wohl starrsinniger ist, du oder dein Vater.«

»Ich habe dich nicht gebeten, meine Handlungsweise zu billigen, Damian«, gab sie giftig zurück.

»Nein, das hast du nicht. Aber hör bitte auf, mich so böse anzuschauen. Ich weiß, daß ich dich dazu gedrängt habe, mehr von dir preiszugeben, als du eigentlich wolltest. Ich habe allerdings nicht vor, mich deswegen bei dir zu entschuldigen. Du bist eine faszinierende Frau, Casey, und ich möchte unbedingt soviel wie möglich über dich wissen.«

Casey errötete, senkte den Kopf und attackierte die Reste ihres Steaks mit kaum verhohlener Wut.

Wahrscheinlich hätte er gut daran getan, den Mund zu halten. Sie wollte allem Anschein nach vermeiden, daß sich die Konversation noch länger auf dieser persönlichen Ebene bewegte. Aber nachdem er ihr den ganzen Abend gegenübergesessen und sie unverwandt beobachtet hatte – schließlich war es ja verständlich, daß man seinen Gesprächspartner während der Unterhaltung aufmerksam anblickte –, wurde er noch von ganz anderen Wünschen geplagt.

Obwohl er genau wußte, mit welcher Antwort er zu rechnen hatte, stellte er die Frage trotzdem, die ihm so am Herzen lag. »Kommst du heute nacht mit auf mein Zimmer, Mrs. Rutledge?«

Sie hob ruckartig den Kopf und starrte ihn finster an. »Willst du mir auf diese Weise zu verstehen geben, daß du noch nicht herausgefunden hast, ob es in dieser Stadt einen Richter gibt oder nicht?«

»Es gibt keinen.«

Ihre Lippen verzogen sich zu einem bitteren Lächeln. »Hab ich's mir doch gedacht, daß du dich als erstes danach erkundigt hast.« Sie sprang auf und wandte sich zur Tür. »Ich habe ein eigenes Zimmer, vielen Dank. Und da wir morgen früh aufbrechen wollen, werde ich mich jetzt dorthin zurückziehen, denke ich.«

»Casey ...«

Sie ließ ihn nicht ausreden. »Konzentriere dich lieber wieder auf die wirklich wichtigen Dinge, und hör auf, dich aufzuführen, als wäre ich die einzige Frau weit und breit. Das bin ich nämlich nicht, und vielleicht möchtest du diesen Umstand ja ausnutzen, ehe wir uns wieder auf den Weg machen.«

Hocherhobenen Hauptes stolzierte sie aus dem Restaurant. Nun, eine solche oder ähnliche Antwort hatte er erwartet, so kratzbürstig, wie sie sich schon den ganzen Tag lang ihm gegenüber gezeigt hatte. Nur daß sie ihm mehr oder weniger ans Herz gelegt hatte, sich eine willige Prostituierte zu suchen, empfand er als grotesk. Er wollte nicht irgendeine Frau, sondern die, mit der er verheiratet war.

29. Kapitel

Am nächsten Morgen fühlte sich Casey nicht gerade in Hochform, was sie auf die Flasche Wein zurückführte, die sie sich, nachdem sie das Restaurant verlassen hatte, in einem Saloon besorgt, mit aufs Zimmer genommen und dort geleert hatte. Sie gab selbst zu, daß sie nicht sonderlich klug gehandelt hatte, aber sie war innerlich so aufgewühlt gewesen, daß sie ohne Alkohol nicht hätte schlafen können.

Gestern hatte für sie kein Zweifel daran bestanden, daß sich Henry in Culthers aufhielt und sie sich demzufolge von Damian verabschieden würde, noch ehe der Tag zu Ende ging. Auch jetzt noch spürte sie instinktiv, daß Henry hier war. Entweder versteckte er sich, oder er spielte mit viel Geschick die Rolle seines Bruders Jack. Die Suche war also noch nicht zu Ende, und diese Tatsache trug nicht gerade dazu bei, Caseys Gefühlsaufruhr zu dämpfen.

Sie hätte nie mit Damian schlafen, hätte nie zulassen dürfen, daß ihr Körper die Oberhand über ihren Verstand gewann. Zwar hatte sie ihre Neugier in einem bestimmten Punkt gestillt, aber damit nur eines erreicht: Nun wußte sie, was sie sonst noch vermissen würde, wenn er fort war. Schlimm genug, daß er ihr überhaupt fehlen würde, aber irgendwie hatte sie sich gefühlsmäßig an ihn gebunden, und zwar in einer Weise, die mit ihrer sogenannten Heirat nicht das geringste zu tun hatte. Sie wußte, sie benahm sich töricht, aber sie konnte nichts dagegen tun.

Außerdem litt sie bereits jetzt unter der bevorstehenden Trennung, was sie zusätzlich verunsicherte. Allein das Wissen um den baldigen Abschied bewirkte, daß sie sich miserabel fühlte, doch wie sollte sie nur damit fertig werden?

Trotzdem hätte sie gestern ihren Frust nicht an ihm auslassen dürfen. Es war ja nicht seine Schuld, daß sie nicht zusammenpaßten und auch nie zusammenpassen würden. Sie waren eben beide zu verschieden; entstammten zwei vollkommen gegensätzlichen Welten. Er würde sich nicht an ihre Lebensweise gewöhnen, sie sich nicht an die seine, und vor dieser Tatsache durften sie beide nicht die Augen verschließen.

Ihren Job hatte sie gestern auch nicht mehr erledigt, aber das holte sie heute nach, indem sie sich auf ein Schwätzchen bei Miss Larissa einfand, der einzigen Lehrerin der Stadt, ehe sie ihre Pension verließ. Auf dem Weg zum Stall hielt sie auch einige Leute an, die ihr entgegenkamen, und stellte ihnen ein paar Fragen. Alle äußerten sich übereinstimmend zum Thema Jack Curruthers, und sie gab ihre Informationen an Damian weiter, als sie ihn im Stall traf.

»Curruthers lebt längst nicht so lange hier, wie er behauptet. Das war eine glatte Lüge, die seine Kumpane noch untermauert haben.«

»Ist das eine bloße Vermutung, oder hast du auch Beweise dafür?« wollte Damian wissen.

»Anfangs hatte ich nur einen unbestimmten Verdacht. Doch dann habe ich mir überlegt, daß unmöglich alle Einwohner der Stadt auf seiner Lohnliste stehen können, und habe ein bißchen nachgebohrt, bis die Wahrheit herauskam. Die hiesige Schulmeisterin sagt, er sei ungefähr zum gleichen Zeitpunkt hierhergekommen wie sie, nämlich vor weniger als fünf Monaten. Zwei andere Männer haben diese Angaben bestätigt.«

»Was wissen sie über Henry? Ist er hier gesehen worden?«

»Kein Mensch kann sich an einen Zwillingsbruder erinnern; im Gegenteil, alle waren überrascht, als sie hörten, daß Curruthers angeblich einen hat. Aber einer der Burschen erzählte mir auch noch, Jacks Wahlkommittee habe ihm dringend geraten, auf jeden Fall für Jack zu stimmen.«

Damian hob die Brauen. »Man hat ihm mit Gewalt gedroht?«

»Aus dem Mund seiner bezahlten Helfershelfer war das wohl eher ein Versprechen, würde ich sagen.«

»Also will er sich um jeden Preis den Weg ins Bürgermeisteramt bahnen?«

»Es wäre ja nicht das erste Mal, daß sich ein Politiker unsauberer Methoden bedient, um sein Ziel zu erreichen.«

»In einer Großstadt halte ich das durchaus für möglich, aber hier draußen? Ich denke, die Leute wollen sich alle ein sauberes, ehrliches Leben aufbauen.«

»Sicher, aber Curruthers stammt ja nicht von hier, sondern kommt aus einer Großstadt. Abgesehen davon existiert Korruption überall, Damian, man muß nur genau hinschauen. Bloß ist sie in den kleinen Städten des Westens, wo jeder jeden kennt, nicht ganz so verbreitet. Aber was Jack angeht, so frage ich mich, welchen Grund er hat, uns anzulügen, wenn er wirklich Henrys Zwillingsbruder ist – und nicht Henry selbst, der sich für Jack ausgibt.«

»Glaubst du, er wollte uns in die Irre führen, um Zeit für eine neuerliche Flucht zu gewinnen?«

»Nein, ich halte es für unwahrscheinlich, daß er alles, was er sich hier aufgebaut hat, im Stich läßt. Ich denke eher, er betrachtet uns als eine Laus in seinem Pelz, die es zu zerquetschen gilt.«

»Du rechnest also mit Ärger?«

»Worauf du dich verlassen kannst.« In ihrer momentanen Verfassung freute sich Casey sogar darauf.

»Warum machen wir uns denn dann die Mühe, nach Sanderson zurückzureiten, um dieses Telegramm aufzugeben?«

»Weil du soviel Fakten zusammentragen mußt wie möglich, ehe du ihm wieder gegenübertrittst. Wobei mir gerade etwas einfällt. Ich nehme an, du kennst den Namen seiner Tante in New York bereits, da du gestern nicht danach gefragt hast.«

»Ja. Sie wurde nach Henrys Verschwinden verhört. Sie war von seiner Unschuld überzeugt und schwor, daß er unfähig sei, eine so heimtückische Tat zu begehen – ihre eigenen Worte. Aber da er sie die meiste Zeit seines Lebens finanziell unterstützt hat, wäre ich auch sehr erstaunt gewesen, wenn sie sich nicht auf seine Seite gestellt hätte.«

»Aber sie hat diesen mysteriösen Zwillingsbruder nie erwähnt?«

»Nein, aber sie verhielt sich damals auch nicht sehr kooperativ, was du sicher verstehen kannst. Sie hat lediglich die Fragen beantwortet, die ihr gestellt wurden, und darüber hinaus keine weiteren Angaben gemacht, die uns hätten weiterhelfen können.«

Casey nickte. »Gut, dann laß uns losreiten. Je eher du dieses Telegramm aufgibst, desto eher können wir auch wieder in Culthers sein und diese Sache zu Ende bringen.«

»Du hältst Jack für Henry, nicht wahr?«

»Nein, das tue ich nicht. Aber ich bin fest davon überzeugt, daß Jack weiß, wo Henry ist. Ob nun hier oder anderswo, er weiß es, und es könnte recht interessant werden, den Aufenthaltsort seines Bruders aus ihm herauszukitzeln.«

Damian runzelte die Stirn. »Soll das eine indirekte Aufforderung sein, es aus ihm herauszuprügeln?«

Casey grinste. »Nur, wenn es gar nicht anders geht.«

30. Kapitel

Da sie beide Schwierigkeiten erwarteten, fanden weder Casey noch Damian während der ersten Nacht auf ihrem Weg nach Sanderson viel Schlaf. Vorsichtshalber hielten sie rund um die Uhr abwechselnd Wache, aber kein finsterer Bursche behelligte sie und legte ihnen nahe, aus der Gegend zu verschwinden und den Bürgermeister in spe Curruthers in Ruhe zu lassen.

Damian gab sein Telegramm auf und nahm sich dann ein Hotelzimmer, um dort die Antwort abzuwarten und ein bißchen Schlaf nachzuholen. Casey hingegen war immer noch zu aufgedreht, um früh ins Bett zu gehen. Es gab zwei Saloons auf der Hauptstraße und sie schlenderte in den, in dem es lebhafter zuging, trank zunächst an der Bar einen Whisky und fragte dann, ob sie in eine der drei Pokerrunden, die gerade in Gang waren, einsteigen dürfte.

Sie hatte sich mit Bedacht den Tisch ausgesucht, an dem offenbar mehr Wert auf Spaß als auf verbissenes Spiel gelegt wurde. Die drei jungen Burschen machten Witze und unterhielten sich angeregt, während sie pokerten, was genau in Caseys Sinn war – zumindest die Unterhaltung interessierte sie. Und die drei nahmen sie in ihren Kreis auf, als würden sie sie schon seit Jahren kennen, neckten sie wegen ihres jugendlichen Alters und fragten sie sogar, ob sie das Spiel überhaupt schon beherrschen würde.

Casey ließ eine gute halbe Stunde verstreichen, in der sie kontinuierlich verlor, bevor sie beiläufig ihre erste Frage in das Gespräch einfließen ließ. »Hat einer von euch vielleicht schon mal von Jack Curruthers gehört, dem Mann, der sich drüben in Culthers für den Posten des Bürgermeisters bewirbt?«

»Den kenn' ich nur flüchtig, wieso?« fragte John Westcott.

John hatte sich als der einzige Zahnarzt des Ortes vorgestellt und Casey eine absolut schmerzfreie Behandlung zugesichert, falls sie einmal seine Dienste in Anspruch nehmen mußte. Sie hatte ein abfälliges Schnauben unterdrückt und dankend abgelehnt.

»Ich hab' gehört, er wär' ein krummbeiniger kleiner Gockel, dem seine Schuhe eine Nummer zu groß sind«, mischte sich Bucky Alcott ein.

Bucky war seit vielen Jahren Koch auf einer der hiesigen Ranches. Erst als er seinen Beruf erwähnte, ging Casey auf, daß es Samstagabend war – deswegen quoll der Saloon auch vor Gästen über. Sämtliche Cowboys und Arbeiter der umliegenden Farmen waren in die Stadt geströmt, um dort ein vergnügliches Wochenende zu verbringen.

»Ich war zufällig dabei«, bemerkte Casey obenhin, während sie ihre Karten studierte, »als einige Leute behaupteten, seine Männer würden sie unter Druck setzen, damit sie bei der Wahl für ihn stimmten.«

»Wie kommt es nur, daß mich das nicht im geringsten überrascht«, meinte Pete Drummond kopfschüttelnd.

Pete war selbst noch fast ein Grünschnabel, da er erst vor zwei Jahren in den Westen gekommen war. Aber er hatte sich schon recht gut angepaßt und sprach inzwischen sogar das in dieser Gegend übliche Kauderwelsch; eine Verballhornung des Englischen, welches er zweifellos perfekt beherrschte, wenn er wollte – nur wollte er nicht. Er verdiente seinen Lebensunterhalt mit dem Verkauf von Schußwaffen und hatte erst kürzlich in Sanderson ein Geschäft eröffnet.

»Du kennst Jack also?« fragte Casey ihn.

»Nein, aber ich hab' ihn mal gesehen, als er auf dem Weg nach Culthers hier durchkam. Der mickrige Zwerg hat sich aufgeführt, als würde ihm die ganze Stadt gehören – oder der ganze verdammte Staat, wenn du so willst.

Hab' noch nie einen so durch und durch arroganten Kerl getroffen.«

»Weißt du, wer die Männer sind, die in Culthers für ihn arbeiten?«

»Das könnten Jed Paisley und seine Jungs sein«, antwortete der Zahnarzt mit nachdenklichem Gesichtsausdruck. »Sie haben früher auf dem Besitz vom alten Hastings gejobbt, der liegt auf halber Höhe zwischen hier und Culthers, aber es hieß, es wäre ihnen dort zu langweilig geworden, deshalb sind sie weitergezogen.«

»Da könntest du recht haben, John. Meine Schwester war vor ein paar Wochen oben in Culthers, und da hat sie Jed und einen seiner Jungs gesehen. Sie trugen Straßenanzüge, kannst du dir das vorstellen? Diese Typen im Anzug?«

»Wer *ist* denn dieser Jed Paisley?«

»Nun, es sind alles bloß Gerüchte, verstehst du, man konnte nie etwas beweisen, aber es wird erzählt, er wäre unten in Mexiko mit der Ortega-Bande herumgezogen, hätte die Bauern terrorisiert und jeden abgeknallt, der ihm in die Quere kam. Das war vor'n paar Jahren, ehe er beschloß, sein Brot auf ehrliche Weise zu verdienen, und sich auf den umliegenden Ranches als Cowboy verdungen hat. Letztes Jahr hat er genau hier, in diesem Saloon, einen Mann umgelegt, und wenn du mich fragst, hat er 'nen verdammt dämlichen Grund dafür angegeben, aber er ist trotzdem damit durchgekommen.«

Casey konnte ihre Neugier nicht zügeln. »Und was soll das für ein Grund gewesen sein?«

»Nun, soviel ich weiß, wollte das Opfer Jed eine peinliche Situation ersparen und hat ihm zugeflüstert, daß er vergessen hätte, seine Hose zuzuknöpfen, als er vom Abtritt zurückkam. Jed fühlte sich allerdings schon dadurch beleidigt, daß diese Unterlassung überhaupt aufgefallen war, und so hat er den armen Kerl kurzerhand erschossen.«

Casey schüttelte den Kopf. »Ein bißchen empfindlich, der Gute.«

»Ein reizbarer Hundesohn, das ist er! Jed gehört nicht unbedingt zu der verträglichen Sorte, und keiner von uns hat ihm eine Träne nachgeweint, als er aufgehört hat, uns mit seinen Besuchen zu beehren.«

»Einmal mußte ich ihm einen Zahn ziehen«, fügte John hinzu. »Der kalte Angstschweiß stand mir dabei auf der Stirn, das könnt ihr mir glauben. Er hat während der gesamten Behandlung mit seinem Revolver herumgespielt.«

»Ich nehme an, seine ›Jungs‹ sind aus demselben Holz geschnitzt«, bohrte Casey weiter.

»O ja«, stimmte Pete eifrig zu. »Insgesamt sind sie zu fünft. Wenn sie einzeln oder zu zweit auftreten, sind sie relativ harmlos; sie gehen zwar keinem Streit aus dem Weg, legen es aber auch nicht direkt darauf an. Aber sobald sie alle fünf beieinander sind und ein bißchen zu tief ins Glas geguckt haben, fließt gewöhnlich Blut. Und der Sheriff hat viel zuviel Angst vor ihnen, um ihnen das Handwerk zu legen.«

»Also sind sie alle sehr schnell mit der Waffe zur Hand?« Casey wollte ganz sichergehen.

John zuckte die Achseln. »Kann ich nicht sagen. Aber alle sind zielsichere Schützen.«

»Mason zieht schnell«, meldete sich Bucky Alcott zu Wort. »Ich hab' ihn einmal beobachtet, wie er seine Schießkünste unter Beweis gestellt hat; da wollte er wohl Miss Annie beeindrucken, der hat er damals nämlich den Hof gemacht. Aber wie John schon sagte, Jed kann einer Fliege das Auge ausschießen. Ich erinnere mich da noch an einen Sonntag, da haben ein paar Kinder mit Stöcken in einem Wespennest herumgestochert, gerade als Jed vorbeikam, und der hat doch tatsächlich auf die armen Viecher geschossen, statt ihnen einfach aus dem Weg zu gehen. Hat sogar nachgeladen, um ja jede einzelne Wespe zu erledigen. Einige Leute meinten, die Kinder hätten Glück gehabt, daß er nicht auf *sie* geschossen hat, und die meisten schlossen sich ihrer Meinung an. Vielleicht hätte er es ja tatsächlich getan, wenn die Burschen nicht davongerannt wären, als sei der Teufel hinter ihnen her.«

»Weißt du irgend etwas über die anderen drei?«

»Der jüngste heißt Jethro, das ist Jeds kleiner Bruder. Er kam vor ein paar Jahren hierher, um sich Jeds Bande anzuschließen; ein kleiner Aufschneider, der vom Ruf seines Bruders profitiert und sich in dessen zweifelhaftem Ruhm sonnt. Alleine wäre er ein Nichts.«

John mischte sich wieder in die Unterhaltung ein. »Elroy Bencher verläßt sich mehr auf seine Körperkraft als auf sein Geschick im Umgang mit Waffen. Er hält sich für den Größten, wenn es um Schlägereien geht, und er versucht dauernd, die Leute dazu anzustacheln, ihre Fäuste an ihm zu erproben, aber hier in der Gegend ziehen die Mütter keine Schwachköpfe groß. Der einzige, der dumm genug war, sich mit Elroy anzulegen, erlitt während des Kampfes einen Rückgratbruch und ist seitdem gelähmt.«

»Und der letztere?«

Pete schüttelte den Kopf. »Keiner weiß viel über Candiman, was ihn nur um so gefährlicher macht, wenn du mich fragst. Er ist ein ruhiger Typ, für meinen Geschmack schon zu ruhig, aber ihm entgeht nichts.«

»Merkwürdiger Name«, wunderte sich Casey.

»So nennt er sich selbst. Seine Freunde rufen ihn einfach Candy, und wenn sie alle zusammen sind, kannst du Gift darauf nehmen, daß ihm wenigstens einer seiner Kumpel Süßigkeiten zusteckt. Ich kann mich nicht erinnern, ihn jemals ohne etwas Süßes im Mund gesehen zu haben.«

»Den würde ich zu gerne mal in meinem Behandlungsstuhl begrüßen«, gluckste John. »Aber natürlich nur, wenn er seinen Revolver zu Hause läßt.«

Bei diesen Worten erhob sich beifälliges Gelächter, und dann stellte Pete die Frage, auf die Casey schon gewartet hatte. »Warum erkundigst du dich eigentlich so eingehend nach diesen Kerlen, Kid?«

Casey antwortete mit einer simplen Erklärung, die sie

sich vorsorglich zurechtgelegt hatte. »Als ich kürzlich in Culthers war, hatte ich einen kleinen Zusammenstoß mit Curruthers und dieser Horde. Leider führen mich wichtige Geschäfte noch einmal dorthin zurück, und ich wollte nur wissen, ob Anlaß zur Besorgnis besteht.«

»An deiner Stelle würde ich mich von der Bande fernhalten«, warnte John.

»Ich würde überhaupt nicht nach Culthers zurückgehen, wenn ich du wäre«, fügte Bucky hinzu.

»Sei froh, daß du beim erstenmal mit heiler Haut davongekommen bist, Kid, und fordere dein Glück lieber nicht heraus.« Das kam von Pete.

Wohlgemeinte gute Ratschläge seitens netter, umgänglicher Menschen. Casey bedankte sich und versprach, sie zu beherzigen, ehe sie sich verabschiedete. Zu schade, daß sie ihr Versprechen nicht halten konnte. Aber ihre Furcht vor Jacks bezahlten Revolverhelden hielt sich ohnehin in Grenzen. Schließlich hatten sie noch nicht einmal ihre Waffen bei sich gehabt, vermutlich, weil es Jacks Image geschadet hätte. Und unbewaffnete Männer konnten so gefährlich ja nicht sein.

31. Kapitel

Am nächsten Morgen gerieten sie eine Stunde von Sanderson entfernt in einen Hinterhalt. Der erste Schuß kam aus einer Gruppe von Bäumen, die eine steile Schlucht säumten, der zweite hinter einigen Felsbrocken hervor, die einen natürlichen Engpaß bildeten, durch den nur ein schmaler Pfad führte. Es war nicht der einzige Weg nach Culthers, aber der kürzeste – und der war im Augenblick blockiert.

Aber sie wurden beileibe nicht aufgefordert, umzukehren und einen anderen Weg zu nehmen, sondern die Kugeln, die ihnen um die Ohren pfiffen, stellten eine ernstgemeinte Bedrohung dar, die Casey veranlaßte, rasch in Deckung zu gehen und Damian zuzurufen, er solle dasselbe tun. Unglücklicherweise wandten sich beide nach verschiedenen Seiten; Casey duckte sich hinter einen mächtigen Felsen zu ihrer Rechten, während Damian sich nach links ins Gebüsch schlug und hinter einem Baumstamm Deckung suchte.

Dieser Umstand verhinderte jegliche Diskussion über etwaige Strategien, da sie hätten brüllen müssen, um sich verständlich zu machen, und somit von ihren Gegnern gehört worden wären. Aber Damian schien gar keine Anweisungen zu benötigen; er erwiderte bereits das Feuer. Casey griff nach ihrer Flinte und folgte seinem Beispiel. Sie hatte sich darauf eingestellt, aus fünf verschiedenen Richtungen unter Beschuß genommen zu werden, konnte aber nur zwei ausmachen – was nicht viel zu bedeuten hatte, da sie nicht das gesamte Gelände überblicken konnte.

Mit einem Überfall am hellichten Tag hatte sie nicht im entferntesten gerechnet. Ein nächtlicher Angriff lag immer im Bereich des Möglichen, aber am Tag bestand eine reelle Chance, den Gegner zu erkennen und zu identifizieren, daher scheuten die meisten Ganoven davor zurück. Wenn die Schützen allerdings nicht beabsichtigten, irgendwelche Zeugen zurückzulassen, dann spielte es keine Rolle, ob sie bei Tag oder bei Nacht zuschlugen.

Aber nach allem, was sie gestern abend über Jed Paisley und seine Kumpane in Erfahrung gebracht hatte, hätte sie auf diesen Hinterhalt gefaßt sein müssen. Und da der Überfall leicht hätte stattfinden können, bevor sie Sanderson überhaupt erreicht hatten – an Zeit und Gelegenheit hatte es nicht gemangelt –, hatte Jed offenbar abgewartet, ob Casey und Damian sich nicht vielleicht entschlossen, weiterzureiten, statt nach Culthers zurückzukehren, ehe er etwas unternahm. Jack mußte ihn angewiesen haben, sie nur dann aufzuhalten, wenn sie sich wirklich auf den Rückweg machten, um ihm noch mehr Schwierigkeiten zu bereiten.

Casey schickte ein paar Kugeln in die Baumgruppe, ungefähr sechs Meter von der Stelle entfernt, wo Damian Deckung gesucht hatte. Dort lauerte der Schütze, der ihm am nächsten war, und sie befürchtete, er könne sich an ihn heranschleichen und ihn überwältigen. Wie sich herausstellte, hätte sie sich besser weniger Sorgen um ihn gemacht, denn dann hätte sie vielleicht rechtzeitig bemerkt, daß sich jemand an sie heranpirschte ...

»Grüß dich, Kid. Hättest besser unseren Rat befolgt und wärst dorthin zurückgegangen, wo du hergekommen bist. Nun ist's zu spät.«

Sie erkannte die Stimme hinter ihr sofort. John Westcott, der Zahnarzt von Sanderson. Ihr leuchtete nur nicht ein, warum er hinter ihr stand und ein Gewehr auf ihren Rücken gerichtet hatte – ehe er zu sprechen begonnen hatte, hatte sie ihn ganz deutlich den Hahn spannen hören.

Doch als sie sich umdrehen wollte, um sich mit eigenen Augen davon zu überzeugen, daß sie keinem Trugschluß aufgesessen war, wurde sie scharf daran gehindert. »Keine falsche Bewegung! Laß nur ganz langsam dein Gewehr sinken.«

Casey gehorchte. Die sperrige Waffe war ihr ohnehin im Weg, und er hatte ihr nicht befohlen, auch ihren sechsschüssigen Revolver wegzuwerfen. Vermutlich hatte er ihn gar nicht bemerkt, da ihr Poncho ihn verdeckte, und nicht jeder trug eine Waffe um den Oberschenkel geschnallt – zumindest keine halbwüchsigen Jungen, und für einen solchen hielt er sie ja.

»Kannst wirklich von Glück sagen, daß du's nur mit uns zu tun hast und nicht mit dem alten Jed«, fuhr er in seinem unbekümmerten Tonfall fort. »Der is' nämlich 'ne ganze Ecke schlimmer wie wir. Foltert seine Opfer gerne, ehe er sie kaltmacht, das findet der richtig Klasse. Aber ich, ich werd' fürs Töten bezahlt, also erledige ich den Job schnell und sauber. Ich seh' keinen Grund für unnötige Qualen. Ist halt nur 'n Job wie jeder andere, verstehst du? Also wie hättest du's denn gerne? Eine Kugel in den Kopf oder lieber eine ins Herz? Meiner Erfahrung nach geht beides ziemlich schnell, dürfte also nicht allzu schmerzhaft sein.«

Casey traute ihren Augen nicht. Er sprach vom Tod wie von etwas ganz Alltäglichem, so, als sei es ihm nur ein wenig lästig, sie aus dem Weg räumen zu müssen. Und woher zum Teufel wollte *er* eigentlich wissen, ob sie dabei leiden mußte oder nicht?

»Sei so nett und beantworte mir eine Frage«, sagte sie, bemüht, einen ebenso lässigen Ton anzuschlagen. »Seid ihr für diesen Job angeworben worden, bevor ich gestern abend zu euch gestoßen bin oder danach?«

»Erst nachdem du gegangen bist. Wir haben deine Gesellschaft sehr genossen, Kid. Immerhin haben wir nicht oft Gelegenheit, mit unseren Freunden anzugeben«, fügte er kichernd hinzu. »War wirklich 'n netter Abend. Und falls es dich tröstet, Bucky hier hat 'n schlechtes Gewissen bei der Sache, weil wir dich doch kennen und du noch so 'n junges Bürschchen bist. Aber 'n Job ist nun mal 'n Job. Geht nicht gegen dich persönlich, verstehst du?«

Casey verstand nur zu gut. Profikiller vertraten oft diesen Standpunkt, um etwaige Gewissensbisse besser unterdrücken zu können. Allerdings hatten die meisten von ihnen überhaupt kein Gewissen. Sie waren so abgestumpft, daß Schuldgefühle erst gar nicht in ihre Spatzenhirne vordrangen.

Sie stellte sofort die nächste Frage; mehr, um Zeit zu schinden als aus echter Neugier. »Du bist überhaupt kein Zahnarzt, nicht wahr?«

»Himmel, nein«, prustete er. »Warum sollte ich meine Zeit damit verschwenden, anderen Leuten im Mund rumzustochern, wenn mir diese Art von Arbeit viel mehr einbringt? Aber jetzt gib mir endlich 'ne Antwort. Wo willst du die Kugel hinhaben?«

»Zwischen die Augen ist okay – wenn du den Mumm hast, vorher hineinzusehen.«

»Ganz schön freches Mundwerk für so 'n junges Kerlchen, das muß ich schon sagen. Na gut, dreh dich um, aber ganz, ganz langsam, Kid. Ich will hier keine Schweinerei veranstalten.«

Entweder hatte der Mann Nerven wie Drahtseile, oder er glaubte wirklich, ein leichtes Spiel mit ihr zu haben. Casey vermutete eher letzteres. Sie drehte sich um und sah sich tatsächlich John Westcott gegenüber. Noch immer konnte sie ihre eigene Leichtgläubigkeit nicht begreifen. Die drei hatten sie gründlich zum Narren gehalten. Sie hatte tatsächlich angenommen, es handele sich bei ihnen lediglich um harmlose Bürger, die sich samstags abends ein bißchen amüsieren wollten.

»Zufrieden?« fragte John und richtete sein Gewehr auf ihre Stirn. »Dann wollen wir mal ...«

In diesem Moment ließ Casey sich fallen und zog gleichzeitig ihren Revolver. Doch trotz all ihrer Gewandtheit konnte sie gegen ein bereits auf sie angelegtes Gewehr nicht viel ausrichten. Es gelang ihr nur, sich aus der direkten Schußlinie zu werfen und selbst eine Kugel abzufeuern, aber dann explodierte etwas in ihrem Kopf, und sie bekam nicht mehr mit, ob sie ihn wenigstens mit sich ins Grab nahm.

32. Kapitel

Damian konnte zwar nicht hinter den Felsen schauen, hinter dem Casey sich verschanzt hatte, aber er konnte darüber hinwegspähen. Und als er hörte, wie fast gleichzeitig zwei Schüsse abgegeben wurden, und zwei Rauchwölkchen über just jenem Felsen aufsteigen sah, schlug ihm auf einmal das Herz bis zum Hals.

Ungefähr zwölf Meter freies Gelände trennten ihn von dem bewußten Felsen, aber das hielt ihn nicht davon ab, blindlings darauf zuzurennen. Kugeln schwirrten ihm um den Kopf oder schlugen dicht neben seinen Füßen ein, doch er kümmerte sich weder darum, daß er eine prächtige Zielscheibe abgab, noch waren die Schüsse daran schuld, daß er so schnell rannte wie noch nie zuvor in seinem Leben.

Heil am Ziel angekommen, fand er dort zwei leblose Körper vor. Einer lag am Boden, der andere lehnte an einem anderen Felsen und war zweifellos tot. Überall klebte Blut.

Casey war diejenige, die regungslos am Boden lag. Damian konnte den Anblick kaum ertragen. Sie lag auf dem Rücken, die Arme weit ausgebreitet, die rechte Hand immer noch um ihren Revolver gekrallt. Er konnte nicht sehen, ob sie überhaupt noch atmete. Und sie war über und über mit Blut bedeckt, was es ihm unmöglich machte, sofort festzustellen, wo sie verwundet war.

Um Damians Seelenfrieden wäre es wesentlich besser bestellt gewesen, wenn er erkannt hätte, daß das meiste Blut nicht von ihr stammte, sondern von dem Mann, den sie aus nächster Nähe in die Brust geschossen hatte. Aber das fiel ihm nicht auf, als er sich neben ihr auf die Knie sinken ließ und sie sanft in die Arme nahm.

Seine Gegner hätten ihn in diesem Moment mühelos

überwältigen können, denn er hatte die Welt um sich herum völlig vergessen. Während er Casey in seinen Armen wiegte und seinen quälenden Gedanken nachhing. Aber sie konnten ja nicht sehen, was hinter dem Felsen vor sich ging, und fuhren daher fort, nur in diese Richtung zu feuern. Die Kugeln prallten vom Gestein ab, und einmal lösten sich scharfe, gefährliche Splitter und landeten neben ihm auf dem Boden.

Es war alles seine Schuld. Er hatte sie in diese Situation gebracht. Er hatte sie mit mehr Geld geködert, als sie je mit einem Schlag verdient hätte. Hätte er ihr ein angemesseneres Angebot gemacht, hätte sie abgelehnt und wäre ihrer Wege gegangen, aber dieses Risiko hatte er nicht eingehen wollen. Und nun ...

Ihre Körperwärme hätte ihm schon verraten müssen, daß sie noch lebte, aber er war viel zu aufgeregt, um daran zu denken. Schuldgefühle und Selbstvorwürfe schnürten ihm die Kehle zu, bis er kaum mehr atmen konnte, und so bemerkte er auch nicht, daß sie noch atmete.

Erst ein gequältes Stöhnen riß ihn aus seinem Kummer, aber nicht ihre Wunde bereitete ihr Schmerzen, sondern er hatte sie zu fest an sich gedrückt. Er stieß einen leisen Freudenschrei aus und ließ sie behutsam wieder auf den Boden sinken. Ihre Lider flatterten leicht, doch sie schlug die Augen nicht auf. Trotzdem – sie lebte! Sie lebte noch und stand vermutlich im Begriff, zu verbluten.

Der Gedanke daran versetzte Damian erneut in Panik. Fieberhaft suchte er nach der Wunde, um die Blutung so schnell wie möglich zu stillen. Sie rührte sich nicht, während er ihren Körper abtastete, aber als er sie am Kopf berührte, stöhnte sie erneut und riß die Augen auf – gerade rechtzeitig, um den Mann zu erschießen, der in diesem Moment hinter Damian auftauchte.

Damian wirbelte herum und sah, wie der Kerl mit dem Gesicht nach unten zu Boden fiel. Als sein Blick wieder zu Casey zurückwanderte, hatte sie wieder das Bewußtsein verloren, und ihre immer noch rauchende Waffe war ihrer schlaffen Hand entglitten. Rasch schob er sie in seinen eigenen Gürtel, ehe er sich daranmachte, ihren Kopf genauer zu untersuchen.

Direkt über ihrer rechten Schläfe verlief eine schmale Blutspur dort, wo die Kugel sie gestreift hatte. An dieser Stelle fehlte auch ihr Haar, es sah so aus, als sei sie dort skalpiert worden, und die Hitze hatte ihr auch die Ohrspitze versengt.

Immer noch rann ein leichter Blutstrom aus der Wunde, aber ihre langandauernde Bewußtlosigkeit beunruhigte ihn weit mehr. Kopfwunden konnten die verschiedensten Auswirkungen auf einen Menschen haben. Er selbst hatte Glück gehabt, daß er bei seiner kürzlich erlittenen Verletzung mit bloßen Kopfschmerzen davongekommen war.

Er mußte sie unbedingt zu einem Arzt schaffen, aber gleichzeitig dafür Sorge tragen, daß sie auf dem Weg dorthin nicht erneut beschossen wurden. Und das bedeutete, daß er sich zunächst um die restlichen Gegner kümmern mußte – oder um den letzten noch lebenden, denn er hörte nur noch Schüsse aus einer einzigen Waffe. Das wollte allerdings nicht viel heißen, es konnten sich ja noch weitere in der Gegend aufhalten. Es würde ihm bedeutend weiterhelfen, wenn er herausfand, wo sie ihre Pferde zurückgelassen hatten, und so machte er sich auf die Suche, nachdem er mit seinem Halstuch Caseys Kopf verbunden hatte.

Er kroch auf allen vieren, teilweise auch auf dem Bauch vorwärts und arbeitete sich so Richtung Norden bis zu dem Engpaß vor. Er hatte angenommen, die Pferde wären dahinter versteckt, aber als er dort anlangte, sah er weder die Tiere, noch fand er irgendwelche Anzeichen dafür, daß hier welche angepflockt gewesen waren, also trat er schleunigst den Rückzug an.

Das Gewehrfeuer war die ganze Zeit auf die Stelle gerichtet gewesen, wo er sich zuletzt verborgen gehalten hatte, aber seitdem er den Engpaß erreicht hatte, war es völlig eingestellt worden. Auch dafür konnte es mehrere Gründe geben, dennoch eilte er so schnell wie möglich zu Casey zurück – nur um festzustellen, daß sie verschwunden war.

Die zwei Leichen lagen noch am selben Fleck, aber Casey und ihre Waffen waren fort, ihr Pferd desgleichen. Damian wußte, daß sie ihn nie allein zurücklassen würde. Sie hatte gar keinen Grund dazu, außer sie hielt ihn für tot. In diesem Fall hätte sie sich jedoch zuvor vergewissert, ob ihre Vermutung wirklich zutraf – es sei denn, sie erinnerte sich überhaupt nicht mehr an seine Existenz. Genau das war nämlich eine dieser besonderen Folgen einer Kopfverletzung und Hauptgrund seiner Sorge.

Er hatte gehört, daß manche Menschen sich nach einer solchen Verletzung nicht mehr an ihre Freunde, ihre Familie, ja, sogar nicht mehr an ihr ganzes früheres Leben erinnern konnten. Wenn sie das Bewußtsein wiedererlangt hatte und einfach davongeritten war, ließ das eigentlich keinen anderen Schluß zu. Im Augenblick hatte sie vielleicht vergessen, je einen Damian Rutledge gekannt zu haben.

33. Kapitel

Als Casey erwachte, fand sie sich bäuchlings quer über dem Sattel eines Pferdes hängend wieder, und jeder Hufschlag schickte einen stechenden Schmerz durch ihre Schläfen. Ihr erster Gedanke galt Damian. Er hätte sie wenigstens aufrichten und vor sich in den Sattel setzen können, statt sie wie einen nassen Sack auf das Pferd zu werfen. Sie setzte gerade zu einem heftigen Protest an, als ihr auffiel, daß das Bein vor ihren Augen nicht das seine war – zumindest der Stiefel gehörte nicht Damian.

Sie hatte John Westcott erschossen und, wenn sie nicht alles trog, auch Pete Drummond. Hieß das, daß Bucky, der letzte des Kleeblattes, sie gerade fortschaffte? Wenn er sie gefunden hatte, warum hatte er dann nicht den Job zu Ende gebracht, für den er angeworben worden war?

Und falls es dich tröstet, Bucky hier hat 'n schlechtes Gewissen bei der Sache, weil wir dich doch kennen und du noch so 'n junges Bürschchen bist.

Jetzt kamen ihr diese Worte wieder in den Sinn, und sie schöpfte sofort neue Hoffnung. Bucky hatte sie nicht töten wollen. Er brachte sie von hier fort, damit er es nicht tun müßte – vorausgesetzt, es war Bucky und nicht Jed Paisley oder einer seiner Freunde, der sie in seiner Gewalt hatte.

Aber was wäre seine Alternative? Sie einfach gehen zu lassen? Das bezweifelte sie stark. Er hatte den Job übernommen, auch wenn er nicht sehr angetan davon gewesen war. Aber sie konnte sich nicht vorstellen, was er mit ihr vorhatte. Und was sie selbst anging, so hatte sie nicht die geringste Ahnung, wie sie sich ihm gegenüber verhalten sollte. Ihm die Hölle heiß machen, weil er versucht hatte, sie umzubringen? Nein. Vorwürfe konnten sich allzu leicht als Bumerang erweisen.

Ein stechender Kopfschmerz erinnerte sie daran, in welch ernster Lage sie sich noch immer befand, aber sie unterdrückte das Bedürfnis, die Wunde zu betasten, da sie nicht wollte, daß Bucky merkte, daß sie das Bewußtsein wiedererlangt hatte. So schlimm konnte es eigentlich nicht um sie stehen, sie war immerhin imstande, klar und logisch zu denken ...

Das war überhaupt die Lösung! Sie konnte sich dumm stellen, konnte so tun, als ob sie aufgrund ihrer Kopfverletzung das Gedächtnis verloren hatte. Wenn sie sich weder an ihn noch an Culthers oder an sonst irgend etwas erinnerte, konnte er sie unbesorgt laufenlassen, sie konnte ihm ja nicht gefährlich werden. Sie würde ihn aus seiner Zwickmühle befreien – natürlich nur, wenn er von selbst auf die richtige Idee kam. Sie konnte ihn ja schlecht mit der Nase darauf stoßen und gleichzeitig behaupten, nicht zu wissen, was ihr zugestoßen war.

Hoffentlich waren sie bald am Ziel, ehe sich ihr Mageninhalt über seinen Stiefel ergoß.

Nach dem zu urteilen, was sie von ihrer ungünstigen Position aus erkennen konnte, handelte es sich bei dem Gebäude, auf das sie zuritten, um eine Farm, die nicht mehr bewirtschaftet wurde. Wahrscheinlich hatte er sie für wenig Geld einem Farmer abgekauft, der der harten Arbeit überdrüssig geworden und weitergezogen war. Für jemanden wie Bucky bildete sie ein gemütliches Heim – allerdings nur, wenn er nicht steckbrieflich gesucht wurde. Vielleicht hatte er es sogar mit seinen beiden kürzlich verstorbenen Freunden geteilt. Das Haus bot ausreichend Platz für alle drei.

Ohne sich davon zu überzeugen, daß sie noch immer ohnmächtig war, stieg er ab, warf sie sich über die Schulter und trug sie ins Haus. Casey unterdrückte ein schmerzliches Grunzen, als sich seine knochige Schulter unsanft in ihre Magengrube bohrte. Und dann ließ er sie wie ein Bündel Lumpen einfach zu Boden fallen. Dieser Mangel an Rücksichtnahme ging ihr entschieden zu weit, gab ihr aber wenigstens einen Grund, aus ihrer vorgetäuschten Bewußtlosigkeit zu erwachen – nicht ohne dabei ein gequältes Stöhnen auszustoßen.

Als sie die Augen aufschlug, sah sie ihn neben sich auf dem Boden hocken und auf das Blut starren, das immer noch durch ihren provisorischen Kopfverband sickerte. »Wer sind Sie?«

»Versuch nicht, mich hinters Licht zu führen, Kid. Du weißt verdammt genau, wer ich bin.«

»Da irren Sie sich, Mister. Ich habe Sie noch nie zuvor gesehen.«

»Jetzt hör mal gut zu, mein Junge. Wenn du meinst, du kannst mich für dumm verkaufen, dann ...«

»Junge?« unterbrach sie ihn, wobei sie ihrer Stimme einen indignierten Klang verlieh. »Was soll das heißen, *Junge*? Sind Sie blind? Ich bin eine Frau, falls Ihnen das nicht aufgefallen ist.«

Er musterte sie aus zusammengekniffenen Augen mißtrauisch, dann sprang er wie von der Tarantel gestochen auf. »Das gibt's doch gar nicht! Eine Frau! Warum zum Teufel tragen Sie dann Männerkleidung? Sie sehen ja aus wie ein Farmarbeiter!«

Casey blickte forschend an sich herunter und stellte fest, daß ihre Kleider blutgetränkt waren. Vor Überraschung vergaß sie einen Moment lang sogar ihre Rolle und sah Bucky entsetzt an. »Ich liege im Sterben, nicht wahr? So viel Blut ...«

Mit einem Schnauben schnitt er ihr das Wort ab. »Glauben Sie nur nicht, daß all dieses Blut von Ihnen stammt.«

»Von wem denn dann?« erkundigte sie sich, wieder in ihre Rolle fallend.

»Keine Ahnung«, log er. »Diese Sachen hatten Sie an, als ich Sie fand.«

Machte er Witze? Wohl kaum. Besser, sie gab für das, was sie am Leibe trug, eine plausible Erklärung ab. Stirnrunzelnd sagte sie: »Was diese männlich wirkenden Kleidungsstücke betrifft, so muß ich gestehen, daß ich nicht genau weiß, warum ich sie trage. Vermutlich bin ich in der letzten Zeit viel geritten, und wenn ich mich draußen im Gelände aufhalte, ziehe ich meistens Jeans an.«

»Sie sagen das so, als ob Sie sich nicht sicher wären.«

Die Sorgenfalten auf ihrer Stirn wurden tiefer. »Ehrlich gesagt bin ich das auch nicht. Ich fürchte, ich kann mich an viele Dinge nur sehr verschwommen erinnern. Hat man mir irgendwelche Medikamente verabreicht? Geht darum in meinem Kopf alles durcheinander? Und warum zum Teufel komme ich mir so vor, als wäre ich unter die Hufe einer ganzen Pferdeherde geraten?«

Bucky hüstelte leise. »Nun, äh – ich glaube, Sie haben sich einen Streifschuß am Kopf zugezogen, Missy.«

»Wie bitte? Wer würde wohl wagen, auch mich zu schießen?«

»Nun regen Sie sich doch nicht gleich auf. Tatsache ist, daß Sie eigentlich gar nicht mehr am Leben sein dürften. Und ich bin derjenige, der Sie hätt' umlegen sollen. Aber da sowohl John als auch Pete ...«

Casey war von diesem Geständnis bitter enttäuscht. Offenbar hatte er über etwaige Vorteile ihres Gedächnisverlustes noch gar nicht nachgedacht. Dennoch gab sie sich weiterhin nichtsahnend. »*Sie* haben auf mich geschossen?«

»Nein, hab' ich nicht«, gab er unwillig zu. »Aber wie ich schon sagte, ich hätt's tun sollen.«

»Aber warum? Was habe ich Ihnen denn getan?«

»Sie haben mir überhaupt nichts getan. 'swar nur 'n Job, für den ich bezahlt wurde. Ging nicht gegen Sie persönlich, verstehen Sie?«

Warum neigten Freunde bloß dazu, sich der gleichen Lebensphilosophie zu bedienen, wenn sie ihr Gewissen beschwichtigen wollten? »Also haben Sie immer noch die Absicht, mich umzubringen?«

»Wenn ich das vorgehabt hätte, wären Sie schon längst tot. Ich hab' Sie hierhergebracht, um Sie zu überreden, sich in Zukunft von Culthers fernzuhalten, damit ich Sie nicht erschießen muß.«

»Wer ist dieser Culthers?«

»Wer? Es ist eine ... na, machen Sie sich nichts daraus. Wenn Sie's nicht mehr wissen, um so besser.«

Endlich ging ihm ein Licht auf! Sie hatte sich schon gefragt ...

»Können *Sie* mir sagen, wer ich eigentlich bin?« fuhr sie fort. »Ich weiß noch nicht einmal, wo ich herkomme. Ach, es ist einfach zum Verzweifeln!«

Bucky machte kein sonderlich mitfühlendes Gesicht, im Gegenteil, er schien sich über ihre Worte zu freuen. »Mir ist das Brandzeichen Ihres Pferdes aufgefallen, K. C. So heißt eine Ranch im Osten von Texas. Sie sollten sich dort erkundigen, ob jemand Sie kennt.«

Es erstaunte sie nicht wenig, daß die K. C. Ranch noch so weit im Westen bekannt war. Recht scharfsinnig von ihm, an das Brandzeichen zu denken. Und da er von selbst darauf zu sprechen kam, hieß das wohl, daß er sie laufenlassen wollte.

»Eine ausgezeichnete Idee. Auf diesen Gedanken wäre ich nie von selbst gekommen. Aber wo liegt denn diese Ranch genau?«

»In der Nähe von Waco, glaube ich. Ich war noch nie da, hab' nur davon gehört. Muß 'ne ziemlich große Ranch sein. Am besten nehmen Sie einfach den Zug in Richtung Osten.«

»Hier in der Gegend verkehrt ein Zug?«

»O ja, und es wird mir ein Vergnügen sein, Sie zum nächst gelegenen Bahnhof zu bringen«, versicherte er ihr.

»Das ist wirklich sehr nett von Ihnen«, erwiderte sie. »Aber sollte ich nicht lieber vorher einen Arzt aufsuchen?«

»Ich weiß nicht so recht. Lassen Sie mich mal einen Blick auf Ihren Kopf werfen.«

Ohne ihre Zustimmung abzuwarten, riß er das Tuch ab und strich ihr Haar zurück, unter anderem auch einige

Strähnen, die an der Wunde geklebt hatten. Der jähe Schmerz trieb ihr die Tränen in die Augen, doch sie biß die Zähne zusammen und ließ ihn kommentarlos gewähren.

»Müßte wohl mit 'n paar Stichen genäht werden«, meinte er dann. »Soll ich mal eben 'ne Nadel holen?«

»Ist die Wunde denn so tief?«

»Nee, eigentlich nicht, aber's kann nicht schaden, sie zu nähen.«

Von wegen! »Nein danke, es geht auch so. Aber hätten Sie vielleicht etwas Wasser, um die Stelle zu säubern? Und meine Satteltaschen – ich habe doch bestimmt Kleider zum Wechseln dabei, meinen Sie nicht auch?«

Alles in allem zeigte sich Bucky Alcott sehr hilfsbereit. Er brachte sie nach Sanderson zum Bahnhof und kaufte höchstpersönlich eine Fahrkarte für sie. Casey hatte gehofft, auf den Zug warten zu müssen. So hätte sie Zeit gehabt, ihre nächsten Schritte zu planen, aber es erwies sich, daß sie gerade noch rechtzeitig kamen. Bucky geleitete sie noch bis zu ihrem Sitz. Wieso wurde sie das Gefühl nicht los, aus der Stadt abgeschoben zu werden?

Zu guter Letzt verabschiedete er sich mit dem Rat: »Falls Ihr Gedächtnis zurückkehren sollte, Missy, tun Sie uns beiden einen Gefallen, und vergessen Sie, was Sie in diesen Teil des Staates geführt hat. Wär' jammerschade, wenn ich Sie doch noch zum Schweigen bringen müßte.«

Casey hegte bezüglich seiner Person ähnliche Gedanken, immerhin hatte er ihr das Leben gerettet. Aber sie würde wiederkommen, ihre Arbeit war noch nicht beendet. Sie mußte nur darauf achten, Bucky in Zukunft aus dem Weg zu gehen.

34. Kapitel

Tage waren vergangen, seit er Casey zum letztenmal gesehen hatte. Damian hatte ziemlich rasch einen Gemütszustand erreicht, wo er jedem, der ihn nur schräg von der Seite anschaute, am liebsten den Kopf abgerissen hätte, so sehr belastete es ihn, daß er unfähig war, etwas über Caseys Verbleib in Erfahrung zu bringen. Einen geschlagenen Tag lang hatte er Sanderson gründlich durchkämmt, nur um endlich einsehen zu müssen, daß sie den Ort des Überfalls eventuell doch nicht aus eigener Kraft verlassen hatte. Der letzte überlebende Gegner konnte sie gefunden und verschleppt haben.

Aber warum? Diese quälende Frage raubte ihm in der nächsten und auch in der darauffolgenden Nacht den Schlaf. Entweder hatte es sich so abgespielt, oder aber sie hatte den Mann entdeckt und versucht, ihm zu folgen – oder umgekehrt, was das betraf. Jede Version würde erklären, warum alle beide verschwunden waren, denn als er das Gebiet abgesucht hatte, hatte er abgesehen von den Spuren seines eigenen Pferdes keine Hinweise auf andere Tiere entdeckt.

Gemeinsam mit dem Sheriff von Sanderson, dem er den Überfall geschildert hatte, war er später am Tag noch einmal zu der Stelle zurückgegangen, um den Fährten zu folgen, aber es dauerte nicht lange, bis sie sich mit zahlreichen anderen Spuren kreuzten und nicht weiter zu verfolgen waren.

Der Sheriff behauptete, keinen der beiden getöteten Männer zu kennen, und leugnete glattweg, irgend etwas über die Identität des dritten zu wissen. Damian konnte sich nicht entscheiden, ob er ihm Glauben schenken sollte oder nicht, obwohl er aufgrund der ständigen Ausflüchte des Mannes eher zu letzterem neigte. Doch im Augenblick gab es nicht viel, was er unternehmen konnte, da sich sein Verdacht nicht auf handfeste Beweise stützte.

Nun blieb ihm nur noch eine Alternative. Er mußte sich mit denjenigen befassen, die für seinen Tod bezahlt hatten. Und für ihn bestand kein Zweifel daran, daß der Hinterhalt von gedungenen Mördern gelegt worden war. Er war zu gut durchdacht gewesen, als daß es sich um eine spontane Aktion gehandelt haben konnte.

Damian legte die gesamte Strecke nach Culthers in eineinhalb Tagen zurück, da er sich nicht mit Ruhepausen aufhielt. Sein Schecke war nicht sonderlich begeistert von der Hetzjagd, und die körperliche Anstrengung setzte ihm schwer zu, aber er machte sich zuviel Sorgen um Casey, um auf derartige Kleinigkeiten zu achten.

Mitten in der Nacht kam er in der Stadt an und ritt geradewegs zu der Pension, in der Casey übernachtet hatte; nicht, weil er hoffte, sie dort vorzufinden, sondern weil er davon ausging, daß die Schulmeisterin nicht auf Jacks Lohnliste stand – was sich von einem Hotelangestellten, der vielleicht bestochen worden war, um sofort Meldung zu erstatten, sobald Damian wieder auftauchte, nicht unbedingt sagen ließ.

Es dauerte eine ganze Weile, bis er die Pensionsbesitzerin aufgeweckt und überredet hatte, ihn einzulassen, und die Dame zeigte sich zu dieser nächtlichen Stunde auch nicht übermäßig hilfsbereit. Erst nachdem er ihr eine kurze Zusammenfassung der Ereignisse gegeben hatte, willigte sie ein, ihm ein Zimmer zu vermieten. Offenbar konnte sie Jack Curruthers nicht ausstehen.

Sosehr Damian auch darauf brannte, Curruthers oder einen seiner Kumpane ausfindig zu machen, seine abgrundtiefe Erschöpfung erforderte zunächst ein paar Stunden Schlaf. Aber er bat darum, im Morgengrauen geweckt zu werden, was ihm die Vermieterin auch fest versprach. Einige weitere Fragen lieferten ihm die Namen aller Männer, die für Jack arbeiteten, und die Adresse von einem von ihnen, dem er später einen Besuch abstattete.

Er fand Elroy Bencher noch im Bett vor. Er schlief tief und fest, was Damian den Zugang zum Haus beträchtlich erleichterte. Der Mann hatte doch tatsächlich weder seine Tür verriegelt noch seine Fenster geschlossen. Und zum Glück war er allein. Damian legte keinen Wert darauf, etwa anwesende Frauen durch sein Tun zur Hysterie zu treiben, denn er beabsichtigte, notfalls einige Antworten aus dem Mann herauszuprügeln, falls er nicht freiwillig redete.

Die Vermieterin hatte jedoch vergessen, Elroys Statur zu erwähnen, und Damian waren die Muskelpakete des Mannes nicht aufgefallen, als er ihn zuletzt gesehen hatte, da seine Aufmerksamkeit damals einzig und allein auf Jack gerichtet gewesen war. Aber jetzt nahm er sie zur Kenntnis, als er den kalten Lauf seines Gewehres in Elroys Wange bohrte, um ihn aufzuwecken, und der Mann sich knurrend mit bloßer Brust im Bett aufrichtete.

»Keine voreilige Bewegung, Elroy«, warnte Damian, »wenn du nicht mit ansehen möchtest, wie dein Kopf ohne dich durch das Zimmer rollt.«

Elroy blinzelte zu ihm empor. Die Sonne ging gerade erst auf, und der zur Westseite hin gelegene Schlafraum war nur in diffuses Licht getaucht, was seine verwunderte Frage erklärte.

»Wer zum Teufel sind Sie?«

»Sagt dir der Name Damian Rutledge etwas? Ich hab' versucht, deinen Boß zu verhaften, weißt du noch?«

»Ach, Sie sind das«, grunzte Elroy. »Hätte nicht gedacht, daß Sie dumm genug sind, noch einmal zurückzukommen.«

»Und ich hätte nicht gedacht, daß du und deine Freunde dumm genug seid, mich davon abhalten zu wollen. Fast schon ein Schuldeingeständnis, nicht wahr?«

»Ich hab' keine Ahnung, wovon Sie reden«, behauptete Elroy kampfeslustig.

»O doch«, widersprach Damian. »Aber ich kann es dir gerne noch einmal ganz ausführlich erklären. Ich rede von den drei Männern, die du losgeschickt hast, um mich und den Jungen auf dem Weg hierher zu überfallen. Zwei von ihnen haben es übrigens nicht überlebt.«

Damian entging nicht, daß sich Elroys Halsmuskelstränge bei dieser beiläufigen Bemerkung anspannten. Für ihn reichte diese Reaktion als Beweis seiner Schuld. Aber Elroy war offenbar entschlossen, weiterhin das Unschuldslamm zu spielen.

»Sie sind ja verrückt. Irgendwelche dahergelaufenen Wegelagerer greifen Sie an, und Sie wollen das Mr. Curruthers in die Schuhe schieben? Als ob es ihn interessieren würde, was Sie tun oder wohin Sie gehen. Er hat von Ihnen nichts zu befürchten, Rutledge, er ist nämlich nicht der Mann, den Sie suchen.«

»Ach nein? Darüber kann man streiten, nicht wahr, Elroy? Aber im Augenblick will ich nur eines von dir, und zwar die Namen dieser Männer und ihre Adressen. Ich bin hinter demjenigen her, der noch am Leben ist.«

Elroy schnaubte. »Da kann ich Ihnen nicht helfen, und selbst wenn, würde ich's nicht tun. Sie haben vielleicht Nerven, einfach in mein Haus einzubrechen! Wir haben in dieser Stadt bestimmte Gesetze, müssen Sie wissen.«

»Tatsächlich? Läßt sich der Sheriff auch von Jack bestechen?«

»Machen Sie bloß, daß Sie rauskommen, ehe ich ernsthaft wütend werde!« brüllte Elroy. »Von mir bekommen Sie keine Antworten, und wenn Sie sich auf den Kopf stellen!«

»Da bin ich anderer Ansicht«, erwiderte Damian gelassen. »Du *wirst* mir erzählen, was ich wissen will – sonst muß ich leider ein bißchen nachhelfen.«

»So?« Jetzt feixte Elroy. »Und wie wollen Sie das anstellen? Wenn Sie wirklich abdrücken, steckt Sie der Sheriff ins Gefängnis, ob Sie nun ein U.S. Marshall sind oder nicht. Sie können gar nichts ausrichten, Sie großmäuliger Angeber.«

Damian wußte, wann er absichtlich provoziert wurde.

Elroy brannte darauf, sich mit ihm zu prügeln, es stand ihm förmlich auf der Stirn geschrieben. Und obwohl es schon lange her war, seit er sich zum letztenmal eine Schlägerei geliefert hatte, ohne aufpassen zu müssen, seinem Gegner die Nase zu brechen, bestand diesmal doch die Möglichkeit, daß er den kürzeren zog. Aber zum Teufel mit solchen Bedenken. Auch er hegte den dringenden Wunsch, all seinen Frust an irgend jemandem auszulassen, und Elroy Bencher war wenigstens ein ihm ebenbürtiger Gegner, der nicht nach dem ersten Schlag zu Boden gehen würde.

Damian lehnte sein Gewehr gegen den Tisch neben dem Bett, rieb sich die Hände und sagte betont freundlich: »Vielleicht überzeugt dich ja ein kleiner Vorgeschmack dessen, was dir blüht, wenn du dich weiterhin störrisch zeigst, um dich eines Besseren zu belehren.«

Erstaunlich, wie seine Faust immer von selbst ihr Ziel fand. Allerdings war auch Elroys Nase nicht stabiler als die der meisten anderen Menschen und brach direkt beim ersten Schlag. Der große Mann jaulte auf, Blut tropfte auf seine bloße Brust, doch im nächsten Moment versuchte er, Damian zu Fall zu bringen, indem er sich gegen ihn warf, was aus seiner sitzenden Position heraus nicht gerade das Klügste war, was er tun konnte. Damian wich leichtfüßig aus, und Elroy landete der Länge nach auf dem Boden, direkt vor seinen Füßen.

Er hätte besser daran getan, den Mann ein paarmal kräftig in die Seite zu treten, während er noch am Boden lag, aber Damian hielt nichts von solchen Straßenschlägermethoden. Zuzulassen, daß Elroy wieder auf die Beine kam, erwies sich jedoch als schwerwiegender Fehler. Die Fäuste des Mannes glichen Dampfhämmern, und hinter den Schlägen, die auf Damian niederprasselten, steckte eine enorme Kraft.

Mittels purer Willenskraft gelang es ihm, sich trotz der massiven Gegenwehr seines Widersachers aufrecht zu halten und sogar hier und da einige Treffer zu landen, die auf Elroy jedoch keine erkennbare Wirkung zu haben schienen. Ein langer Kampf? Allmählich befürchtete Damian, er würde nie enden. Doch dann wendete sich plötzlich das Blatt ...

Es gelang ihm, Elroy mit einem einzigen mächtigen Hieb nicht nur eine, sondern gleich zwei Rippen auf der rechten Seite zu brechen, die ihm fortan solche Schmerzen bereiteten, daß er diese Seite mit seinem rechten Arm zu schützen versuchte, und entweder beeinträchtigten die Schmerzen auch die Schlagkraft seiner linkshändigen Haken, oder aber seine Linke war einfach zu schwach, als daß er sich allein damit hätte behaupten können.

Binnen weniger Minuten lag Elroy erneut am Boden, und diesmal hätte Damian keine Sekunde gezögert, ihn mittels Fußtritten in dieser Position zu halten, aber da es ihm schwerfiel, seinen Prinzipien untreu zu werden, warnte er vorher: »Wenn du nicht möchtest, daß noch ein paar Rippen zu Bruch gehen, dann solltest du mir jetzt lieber die Namen nennen, die ich wissen will.«

Elroy tat, wie ihm geheißen.

35. Kapitel

Am Spätnachmittag des darauffolgenden Tages erreichte Damian Bucky Alcotts Farm. Wieder hatte er auf ausreichenden Schlaf verzichtet, um so schnell wie möglich nach Sanderson zurückzukommen. Das Haus lag ungefähr eine Meile außerhalb der Stadt, genau wie Bencher es ihm beschrieben hatte.

Er mußte natürlich damit rechnen, daß Alcott ihn trotz seines lädierten Gesichtes und des halb zugeschwollenen Auges sofort wiederkannte, aber darauf wollte er es ankommen lassen.

Der aus dem Schornstein aufsteigende Rauch verriet ihm, daß Alcott daheim war, also ritt Damian bis zu der schmalen Vorderveranda, stieg ab und hämmerte gegen die Tür. Falls Bucky ihn bemerkt und ein Gewehr geholt hatte, würde es vermutlich zu einer Schießerei kommen. In diesem Fall mußte Damian nur darauf achten, den Mann nicht zu töten, ehe dieser seine Fragen beantwortet hatte.

Die Tür öffnete sich, und der Mann, der auf der Schwelle stand, war unbewaffnet. Er mochte um die Vierzig sein, war nicht sehr groß und extrem hager, hatte braunes, schütteres Haar, braune Augen und ein wettergegerbtes Gesicht. Seine krummen Beine ließen darauf schließen, daß er zu den Menschen gehörte, die den größten Teil ihres Lebens im Sattel verbracht hatten.

Er erkannte Damian nicht, zumindest nicht auf den ersten Blick. Damian hatte ihn anscheinend beim Kochen gestört, denn er trug eine bodenlange, mit Flecken übersäte Schürze, hatte Mehlspuren auf einer Wange und wischte sich gerade seine mehlbestäubten Hände an der Schürze ab.

Bucky stach jedoch sofort die drohend auf ihn gerichtete Waffe ins Auge, deshalb bemerkte er stirnrunzelnd:

»Es zeugt von schlechten Manieren, mit einer Waffe in der Hand bei fremden Leuten anzuklopfen, Mister. Da kommt man leicht auf dumme Gedanken.«

»Nicht in diesem Fall«, gab Damian zurück, dann fragte er sicherheitshalber noch einmal nach: »Sie sind doch Bucky Alcott?«

Bucky nickte, doch seine Miene verfinsterte sich, als er eine Gegenfrage stellte: »Sollte ich Sie kennen, Mister?«

»Da du vor ein paar Tagen versucht hast, mich umzubringen, kannst du diese Frage getrost bejahen. Und jetzt sag mir, was mit Kid passiert ist, sonst ...«

»He, Moment mal!« protestierte Bucky. »Da hat Ihnen wohl jemand einen Bären aufgefunden. Ich habe keine Ahnung, worauf Sie ...«

Damian verpaßte dem Mann eine so schallende Ohrfeige, daß er zur Seite taumelte und über eine Kiste voller Abfall stolperte, die neben der Tür stand, dann drang er ins Haus ein und stellte sich breitbeinig über den am Boden liegenden Bucky. Er war nicht in der Stimmung, sich weitere Lügen und Ausflüchte anzuhören, er wollte endlich die Wahrheit wissen.

»Mir tun noch die Knöchel weh, weil ich deinen Namen und deine Adresse aus Elroy Bencher herausprügeln mußte«, sagte er, wobei er sich die verletzten Hände trieb. »Ich würde nur sehr ungern dasselbe mit dir machen, aber wenn es nicht anders geht ...«

»Warten Sie doch mal, Mister«, flehte Bucky und hob abwehrend die Hände. »Ich kenne überhaupt keinen Elroy Bencher. Wer immer das auch sein mag, er hat Sie ganz offensichtlich angelogen, als er meinen Namen erwähnte. Er hat Ihnen erzählt, was Sie hören wollten, damit Sie ihn in Ruhe lassen. Denken Sie nach, Mann! Wenn er wirklich etwas auf dem Kerbholz hat, warum sollte er es Ihnen denn verraten? Glauben Sie, so ein Kerl sagt Ihnen die Wahrheit, nur weil Sie ihm ein blaues Auge geschlagen haben?«

Die Worte klangen einleuchtend, zu einleuchtend sogar,

und leider auch zu aufrichtig. Damian beschlichen erste Zweifel. Ein harmlos wirkender Mann mittleren Alters wie dieser sollte ein bezahlter Killer sein? Konnte ein Mann, der anscheinend mit dem Kochlöffel besser umgehen konnte als mit einer Schußwaffe, wirklich ein Mörder sein?

Der Bursche war ein ehrbarer Farmer, nichts anderes. Er hatte die Scheune bemerkt, als er auf das Haus zugeritten war, hatte den daneben errichteten Hühnerstall und den Schweinekoben gesehen. Die Felder wurden zwar nicht bestellt, aber bei diesem Anwesen handelte es sich nichtsdestotrotz zweifellos um eine Farm. Und Bencher, dieser Stier von einem Mann, konnte durchaus falsche Angaben gemacht haben, hätte vielleicht das Blaue vom Himmel heruntergelogen, nur damit Damian ihn – und seine gebrochenen Rippen – in Frieden ließ.

Von Zweifeln geplagt trat Damian einen Schritt zurück. Wenn er in die Irre geführt worden war, und dafür sprach einiges, dann war er hier zu weit gegangen, dann hatte er einen Unschuldigen bedroht.

Ihm lag schon eine aufrichtig gemeinte Entschuldigung auf der Zunge, als sein Blick zufällig auf die Abfallkiste neben Bucky fiel – und auf das blutbespritzte Hosenbein, das über den Rand hing. Caseys Jeans ...

Sofort riß er das Gewehr wieder hoch und richtete es auf Buckys Kopf. Es kostete ihn eine enorme Willenskraft, nicht auf der Stelle abzudrücken, so sehr ärgerte er sich darüber, erneut hinters Licht geführt worden zu sein.

»Das sind *ihre* Sachen da in der Abfallkiste, über die du eben gestolpert bist«, schrie er den Mann an, der sich nun ängstlich duckte. »Ich gebe dir fünf Sekunden, um mir zu erklären, was du mit ihr gemacht hast und warum du ihr die Kleider ausgezogen hast. Und dann will ich wissen, wo sie jetzt ist. Solltest du auf den Gedanken kommen, mich noch einmal anzulügen, dann schieße ich dir eine Kugel in den Kopf und lasse dich hier verfaulen. Eins ...«

»Warten Sie! Warten Sie! Okay, Mister, ich geb's auf. Wär' nicht das erste Mal, daß ich einen Job nicht zu Ende bringe, für den ich bezahlt worden bin. Und wenn ich bedenke, daß ich bei diesem zwei gute Freunde verloren habe, dann fühle ich mich noch nicht einmal verpflichtet, das Blutgeld zurückzugeben.«

»Zwei ...«

»Ich hab' sie nicht ausgezogen! Himmel, ich gehöre doch nicht zu *dieser* Sorte Mann!«

»Drei ...«

»Verdammt, hören Sie doch endlich mit der Zählerei auf! Ich werde Ihnen alles erzählen, was ich weiß. Ich habe ihr *geholfen*, das schwöre ich bei allem, was mir heilig ist! Ich bring' doch keine halben Kinder um, und ich töte schon gar keine Frauen.«

Ohne seine Waffe zu senken, fragte Damian mißtrauisch: »Und wie hast du herausgefunden, daß der Junge eigentlich eine Frau ist? Diese Tatsache reibt sie nämlich nicht jedem unter die Nase.«

»Von wegen! Sie hat es mir direkt ins Gesicht gesagt, und sie war darüber hinaus reichlich beleidigt, weil ich sie für einen Jungen gehalten habe. Richtig wild ist sie deswegen geworden.«

»Du lügst ja schon wieder ...«

»Nein, so glauben Sie mir doch! Genauso war es. Sie hat einen Streifschuß am Kopf abbekommen. Die Wunde an sich war gar nicht so schlimm, aber ihr Gedächtnis hat gelitten. Sie konnte sich an nichts mehr erinnern, wußte weder, wie sie hieß, noch, wo sie herkam, und ich vermute, sie hat auch vergessen, warum sie sich als Junge ausgegeben hat.«

Damian seufzte vernehmlich, da er seinen schlimmsten Verdacht bestätigt fand, und senkte das Gewehr, ehe er sagte: »Hat sie wirklich ihr Gedächtnis verloren?«

Bucky nickte und fügte hinzu: »Sie war deshalb furchtbar aufgeregt. Ist ja auch verständlich, finde ich. Ich glaube, ich würde verrückt werden, wenn ich mich nicht an meinen eigenen Namen erinnern könnte.«

»Du hast gesagt, du hast ihr geholfen. Wie?«

»Ich hab' versucht, sie zu überreden, die Gegend zu verlassen, deswegen brachte ich sie hierher. Aber als ich herausbekam, daß sie noch nicht einmal wußte, warum sie angeschossen worden war, nun, da hab' ich ihr ein paar saubere Sachen besorgt, ihre Wunde behandelt und sie dann in den Zug nach Osten gesetzt.«

»Wie bitte?!« stieß Damian ungläubig hervor. »Warum zum Teufel hast du das denn getan?«

»Weil's für sie hier in der Umgebung nicht mehr sicher ist, und weil sie herausfinden wollte, wer sie ist.«

Damian war schon wieder nahe daran, den Mann über den Haufen zu schießen, diesmal wegen seiner Dummheit. »Kannst du mir mal erklären, wie sie das anstellen soll, wenn sie nicht weiß, wo sie hingehen oder mit wem sie überhaupt sprechen muß?«

»Nicht so voreilig, Mister. Ich hab' sie natürlich nicht auf bloßen Verdacht hin in den Zug gesetzt«, widersprach Bucky gekränkt. »Sie fährt Richtung Waco, zu der K. C. Ranch. Von da stammt nämlich ihr Pferd, zumindest trägt es das Brandzeichen dieser Ranch, und da dachte ich mir, vielleicht erinnert sich dort jemand an sie oder an das Tier und kann ihr sagen, wer sie ist.«

Nun gut, der Mann war also kein kompletter Narr, aber dennoch ...

»Ist dir nicht in den Sinn gekommen, daß *ich* mich um sie kümmern könnte? Immerhin waren wir gemeinsam unterwegs.«

»Mister, da ich wußte, welche Kerle es da auf Ihren Kopf abgesehen hatten, bin ich nicht davon ausgegangen, daß Sie lange genug leben, um irgendwem zu helfen. Sie haben da in ein Wespennest gestochen, und ich wollte vermeiden, daß die kleine Dame auch noch in die Sache verwickelt wird. Also hab' ich sie dorthin geschickt, wo sie Antworten auf ihre Fragen bekommen kann, ohne dabei erschossen zu werden. Ich hoffe nur, sie ist schlau genug, nicht hierher zurückzukommen, wenn sie je ihr Gedächtnis wiederfindet.«

Damian seufzte. Es hatte keinen Sinn, den Mann noch weiter in die Zange zu nehmen; er hatte wirklich nur helfen wollen. Er hatte ja nicht wissen können, daß Casey das Pferd von ihrem Vater bekommen hatte, und da ihr jegliche Erinnerung fehlte, hatte sie ihn natürlich auch nicht darauf hingewiesen. Außerdem wußte niemand, von wem ihr Vater das Tier gekauft oder wie viele Vorbesitzer es schon gehabt hatte. Casey war dabei, eine Nadel im Heuhaufen zu suchen.

Und er konnte nichts anderes tun, als ihr zu folgen ...

36. Kapitel

Damian steckte in einem Dilemma. Sollte er sich sofort an Caseys Verfolgung machen oder zuerst mit Curruthers abrechnen? Die Konfrontation mit Jack würde ihn nur einen Tagesritt kosten, aber wann er Casey einholen würde, stand in den Sternen.

Wohin würde sie sich wohl wenden, wenn sie in Waco nichts erreichte? Würde sie sich überhaupt noch an das Städtchen Sanderson erinnern und dorthin zurückkehren, um Antworten auf ihre Fragen zu finden, oder hatte sie zusammen mit ihrem Gedächtnis auch ihre erstaunliche Fähigkeit, logische Schlußfolgerungen zu ziehen, verloren?

Der erste Blick auf den Fahrplan am Bahnhof nahm ihm die Entscheidung ab. Der nächste Zug Richtung Osten fuhr erst in vier Tagen von Sanderson ab, und in dieser Zeit konnte Damian alles erledigen, was er sich vorgenommen hatte. Er konnte sogar noch ein wenig dringend benötigten Schlaf nachholen, ehe er sich am nächsten Morgen auf den Rückweg nach Culthers machte ...

Er hätte besser auf den Schlaf verzichten sollen, da sich der Zeitfaktor später als wichtiger erwies, als er zunächst angenommen hatte. Wenn er nämlich ein paar Stunden früher in Culthers eingetroffen wäre, hätte er vielleicht die Schießerei, deren Zeuge er dort wurde, verhindern können – und das darauffolgende Chaos auch ...

Casey hielt es für keine gute Idee, in ihrem augenblicklichen Aufzug Barnet's Saloon zu betreten. Also wartete sie ab, bis Jack und seine Anhänger gegen Mittag aus der Bar strömten und auf das gegenüber gelegene Restaurant zusteuerten.

Einige Minuten später folgte sie ihnen und nahm am Nachbartisch Platz. Nur zwei der Männer blickten in ihre Richtung; der eine wandte sich sofort wieder ab, der andere beäugte sie mit unverhohlenem männlichem Interesse. Aber insgesamt war die Gruppe zu sehr damit beschäftigt, den größten Mann in ihrer Mitte wegen seiner arg angeschlagenen körperlichen Verfassung zu hänseln und zu verspotten, um ihrer Person große Aufmerksamkeit zu schenken.

Der Riese mußte demnach Elroy Bencher sein; der, der sich so viel auf seine Körperkraft einbildete. Kein Wunder, daß er zur Zielscheibe des allgemeinen Spottes geworden war, er sah aus, als sei eine ganze Rinderherde über ihn hinweggetrampelt. Casey konnte sich nicht vorstellen, daß ein anderer Mann diesen Koloß so übel zugerichtet hatte, doch eine seiner mißmutigen Bemerkungen belehrte sie eines Besseren.

»Jedenfalls hab' ich's ihm ordentlich heimgezahlt. Der Kerl gewinnt auch keinen Schönheitswettbewerb mehr. Und wenn ich nicht gestolpert wäre und mir die Rippen gebrochen hätte, hätten wir jetzt keine Probleme mehr mit ihm.«

Woraufhin Casey sich fragte, ob er vielleicht von Damian sprach ...

Nachdem sie zum großen Ärger des Zugführers den Zug angehalten hatte, in den Bucky sie gesetzt hatte, war sie in der Hoffnung, Damian hier vorzufinden, auf direktem Weg nach Culthers zurückgeritten. Laut Larissa war er auch hier gewesen, was Casey einer ihrer größten Sorgen enthob – der Angst, daß er an jenem Tag getötet worden war. Allerdings hatte er die Stadt bereits wieder verlassen, weil er nach ihr suchen wollte. Es sah so aus, als hätten sie sich nur um wenige Stunden verpaßt.

Aber Casey war sicher, daß er zurückkommen würde, und in der Zwischenzeit wollte sie versuchen, soviel wie möglich über Jack Curruthers in Erfahrung zu bringen. Ihr hastig zurechtgelegter, nicht besonders sorgfältig durchdachter Plan sah vor, den Möchtegern-Bürgermeister auf einer persönlichen Ebene kennenzulernen. Dieses Ziel ließ sich am besten erreichen, wenn sie sich ihm als Frau präsentierte.

Ihre veränderte Erscheinung hatte sie Larissa zu verdanken. Die Lehrerin hatte ihr ihr letztes Kleid geborgt, das noch aus dem Osten stammte, und behauptet, es sei ohnehin viel zu elegant für diese Gegend. Die Fülle von Rüschen und Spitzen entsprach nicht gerade Caseys Geschmack, kam aber ihren Absichten zupaß, sich so stark wie möglich von ›Kid‹ zu unterscheiden.

Nach einigen Minuten gelang es ihr, Jacks Blick aufzufangen und ihm zuzulächeln. Mehr bedurfte es nicht, um seine Aufmerksamkeit zu erregen. Curruthers war nicht der Typ Mann, der auf Frauen wirkte, er war klein, unscheinbar und doppelt so alt wie sie, also war es nicht weiter verwunderlich, daß ihn schon ein schüchternes Lächeln seitens einer jungen Frau veranlaßte, an ihren Tisch zu treten und sich vorzustellen.

»Sie sind neu in unserer schönen Stadt«, strahlte er, nachdem er seinen Namen genannt und sich einen Stuhl herangezogen hatte, ohne ihre Aufforderung abzuwarten. »Sind Sie nur zu Besuch?«

Casey nickte und stellte verdrossen fest, daß das Interesse der restlichen Männer ebenfalls geweckt worden war, was sie nicht unbedingt beabsichtigt hatte. Zu viele Augenpaare ruhten auf ihr, und vermutlich würde über kurz oder lang wenigstens einem davon ihre Ähnlichkeit mit Damians Begleiter auffallen.

»Sie kommen mir irgendwie bekannt vor«, meinte Jack nachdenklich. Casey stöhnte innerlich. Diesen Scharfblick hätte sie dem Mann gar nicht zugetraut. »Sind wir uns vielleicht irgendwo schon einmal begegnet?«

»Nun, ich bin schon viel herumgekommen, vor allem hier in Texas. Und Sie?«

»Desgleichen.«

»Erst kürzlich habe ich mich eine Zeitlang in San Antonio und in Fort Worth aufgehalten«, erklärte sie leichthin.

Als diese beiden Namen fielen, runzelte er die Stirn. Da sie ihn nicht mißtrauisch machen wollte, indem sie noch weitere Städte erwähnte, in denen Henry – oder Jack selber – erwiesenermaßen gewesen war, fügte sie rasch hinzu: »Und in Waco. Das ist eine ganz entzückende Stadt.«

»Nun, es ist im Grunde genommen auch nicht so wichtig, ob ich Sie schon einmal gesehen habe, auf jeden Fall wurden wir einander noch nicht vorgestellt, daran würde ich mich erinnern. Wie war doch gleich Ihr Name, Ma'am?«

»Jane«, war der erste Name, der ihr in den Sinn kam, und den Nachnamen leitete sie von dem Gewürzsortiment vor ihr auf dem Tisch ab. »Peppers.«

»Und wem wird während Ihres Aufenthaltes hier das Vergnügen Ihrer Gesellschaft zuteil?«

»Wie bitte?«

»Wen genau besuchen Sie hier?«

»Oh, Larissa Amery. Sie kennen sie bestimmt, sie ist die einzige Lehrerin in der ganzen Stadt. Wir sind zusammen zur Schule gegangen und haben uns eine halbe Ewigkeit nicht mehr gesehen, und da dachte ich, ich sollte sie einmal besuchen.«

»Also stammen Sie ebenfalls aus dem Osten?« Wieder runzelte Jack die Stirn. »Merkwürdig, denn Sie haben einen ausgeprägten westlichen Akzent – einen texanischen, um genau zu sein.«

»Das will ich doch sehr hoffen. Immerhin bin ich hier geboren und aufgewachsen. Aber da wir gerade beim Thema sind: Sie klingen selbst wie ein Oststaatler. Demnach sind Sie also neu in Texas?«

»Lassen Sie uns nicht von mir sprechen, Miss Peppers. Ich bin viel mehr an Ihnen interessiert.«

Die Bemerkung sollte ihr schmeicheln, bewirkte aber nur, daß sich ihr Magen zusammenkrampfte. Die Sache entwickelte sich nicht so, wie sie gehofft hatte. Er war nicht so dumm, sich zu verplappern, noch nicht einmal einer neuen Bekanntschaft gegenüber, und zwei seiner Männer am Nebentisch beobachteten sie mit Argusaugen. Sie suchte gerade fieberhaft nach einem Vorwand, um sich unauffällig verabschieden zu können, als Jed sich erhob, zu ihnen hinüberkam und Jack etwas ins Ohr flüsterte.

Unmittelbar darauf sprang der kleine Mann auf und überschüttete sie mit einem Schwall von Obszönitäten. Sein Gesicht war wutverzerrt, als er sie anschaute. Casey stand auf und griff automatisch nach ihrem Revolver. Er war nicht da.

Sie hatte natürlich eine Waffe bei sich, aber die befand sich in ihrer großen Handtasche. Sie hatte sie gekauft, nachdem sie festgestellt hatte, daß sie ihre alte verloren haben mußte, als Bucky sie nach dem Überfall fortbrachte. Auch ihr Halfter steckte in der Tasche. Die Frage war nur, wie sie beides unauffällig herausholen sollte.

Allerdings trug auch keiner der sechs Männer eine Waffe, und sie befanden sich in einem öffentlichen Lokal, in dem sich auch noch weitere Gäste sowie einige Angestellte aufhielten – potentielle Zeugen. Und da sich Jack für ein hohes Amt bewarb und sich seine Chancen nicht verderben wollte, würde er nie die Dummheit begehen, sie an Ort und Stelle zu töten. Es entsprach mehr seinem Stil, Lakaien auszuschicken, die ihm die Schmutzarbeit abnahmen – so hatte ja auch Henry den Mord an Damians Vater gehandhabt.

Casey beschloß, einer Auseinandersetzung aus dem Weg zu gehen. Schließlich hatte Jack ihr nichts Wissenswertes verraten, also war auch kein großer Schaden angerichtet worden. Nur weil die sechs Männer sie allesamt so finster anstarrten, als wollten sie sie am liebsten erwürgen, hieß das noch lange nicht, daß sie wirklich in Gefahr schwebte.

»Ich fürchte, mir ist der Appetit vergangen«, sagte sie,

als sie nach ihrer Tasche griff, die neben ihr auf dem Boden stand.

Sofort schloß sich eine Hand mit eisernem Griff um ihren Arm und hinderte sie daran, die Tasche aufzuheben. »Sie haben vielleicht Nerven, Lady«, knurrte Jed. Es war seine Hand, und er sah nicht so aus, als wollte er sie so schnell wieder loslassen.

»Tatsächlich?« erwiderte Casey. »Eigentlich war ich bloß hungrig und dachte mir, dies sei ein angenehmer Ort, um eine kleine Mahlzeit einzunehmen. Oder gibt es in dieser Stadt etwa ein Gesetz, das es unter Strafe stellt, zu Mittag zu essen? Wenn ja, so habe ich es leider ohne böse Absicht übertreten.«

»Ganz schön freches Mundwerk ...«

»Ist doch merkwürdig, daß ...«

Mit einem scharfen Zischlaut gebot Jack seinen Leuten Schweigen. »Ich weiß genau, was Sie vorhatten, Kleine, und in meiner Stadt *ist* das ein Verbrechen.«

Bei diesen Worten blickte er Jed auffordernd an. Man mußte nicht mit übermäßiger Intelligenz gesegnet sein, um diesen Blick richtig zu deuten. Er besagte klipp und klar: Kümmere dich um sie, und erledige sie diesmal eigenhändig. Gleichzeitig verstärkte sich der Druck auf ihren Arm, so, als würde sie jeden Moment Gefahr laufen, aus dem Raum gezerrt zu werden. Casey beschloß, die Situation lieber doch ernst zu nehmen – und ihre Taktik zu ändern.

»Okay, wer von euch traut sich denn zu, es mit mir aufzunehmen?« sprudelte sie hervor.

»Es mit dir aufzunehmen?« Jed starrte sie verständnislos an.

»In einem fairen Zweikampf«, erklärte sie.

»Ich zum Beispiel«, grinste Elroy höhnisch.

»Mit Revolvern«, fügte Casey hinzu. »Oder seid ihr alle zu feige dazu?«

Die Männer kicherten einhellig, dann sagte einer: »Ich glaube nicht, daß sie weiß, mit wem sie es zu tun hat.«

»O doch«, versetzte Casey geringschätzig. »Angriffe aus dem Hinterhalt liegen eher auf eurer Linie.«

Nun liefen einige Gesichter puterrot an, bevor einer der Männer, der an einer Zuckerstange knabberte, leise sagte: »Ich werd's machen.«

»Nein, ich will die Sache übernehmen«, mischte sich der Jüngste eifrig ein. »Laß mich doch, Jed. Ich hab' nichts dagegen, 'ne Frau umzulegen – wenn sie überhaupt eine ist«, spottete er, wobei sein Blick abschätzig an ihrem Körper herunterwanderte. Doch dann fuhr er kichernd fort: »Aber der Totengräber wird das hinterher schon rauskriegen, meint ihr nicht?«

»Tragt das bitte draußen auf der Straße aus.« Jack rümpfte angewidert die Nase. »Nach einer Schießerei hängt immer so ein beißender Qualm in der Luft, und das stört mich beim Essen.«

37. Kapitel

Die Männer führten Casey wieder zum Saloon hinüber, wo sich der Barkeeper nach einem knappen Befehl bückte und eine Anzahl Waffen auf der Theke aufstapelte. Ihre Revolver! Also waren sie nie im eigentlichen Sinne unbewaffnet gewesen, sondern trugen ihre Waffen nur nicht griffbereit bei sich, wahrscheinlich aus politischen Gründen.

Letztendlich war Mason zu ihrem Gegner auserkoren worden. Jeds jüngerer Bruder hatte diese Entscheidung nicht hinnehmen wollen und unablässig gejammert, bis Jed ihm Ohrfeigen androhte. Er wollte kein Risiko eingehen, deswegen brachte er lieber gleich seinen besten Schützen zum Einsatz.

Casey hegte ernste Zweifel an einem ›fairen Kampf‹, als sie sah, wie sämtliche Männer ihre Halfter umschnallten. Sie boten ihr sogar eine Waffe an. Sie hätte sich nicht gewundert, wenn die Trommel keine einzige Kugel enthalten hätte. Selbstverständlich schlug sie das Angebot aus und zog ihren eigenen Revolver hervor.

Gerne hätte sie ja auch ihre Kleider gewechselt, ahnte aber, daß man ihr dies nicht gestatten würde, daher verkniff sie sich die Bitte. Dennoch fühlte sie sich nicht wohl in ihrer Haut, als sie ihr Revolverhalfter über das elegante Kleid streifte. Das abfällige Gelächter, welches diese Aktion begleitete, erstaunte sie nicht. Keiner dieser Männer nahm an, daß sie etwas von Waffen verstand. Sie erwarteten ein Schlachtfest – mit ihr in der Rolle des Opfers.

Wieder im Freien, trat Casey in die Mitte der Straße und wartete ab. Mason verließ den Saloon als letzter. Er war ein großer, schlanker Mann mit kohlschwarzem Haar, das ihm bis auf die schmalen Schultern fiel, und einem sorgfältig gestutzten Bart. Trotz des kühlen Oktobertages hatte er sich seines Mantels entledigt, trug aber immer noch die bestickte Seidenweste, die zu seinem Anzug paßte. Er wirkte in diesem Aufzug so fehl am Platze wie sie selbst.

Die Straße war wie leer gefegt, dafür hatte allein der Anblick von Jacks bewaffneter Horde gesorgt. Das gab Casey zu denken. Wieviel Blut mochte seit Jacks Ankunft in Culthers vor Barnet's Saloon schon vergossen worden sein, wenn die Einwohner bereits wußten, was sie erwartete.

Ihr Vater würde ihr die Hölle heiß machen, wenn er je erfuhr, worauf sie sich eingelassen hatte. Outlaws zu jagen war eine Sache; Chandos hatte ihr immer wieder gepredigt, wie wichtig der Überraschungseffekt war, und dieses Wissen war ihr während ihrer kurzen Karriere als Kopfgeldjäger sehr zugute gekommen. Sie hatte den Outlaws erst gar nicht die Gelegenheit gegeben, sich zur Wehr zu setzen, sondern stets dafür gesorgt, daß sie von Anfang an die Lage beherrschte.

Ihre augenblickliche Situation war wesentlich heikler. Sie stand einem Gegner gegenüber, der dasselbe Ziel verfolgte wie sie. Zwar konnte sie sehr schnell ziehen und war überdies ein treffsicherer Schütze, aber dennoch hing in diesem Fall alles vom richtigen Timing ab, was sie zusehends bedrückte. Außerdem hatte sie von Bucky und seinen Freunden erfahren, daß auch Mason schnell zog ...

Caseys Handflächen wurden feucht. Es war pure Dummheit von ihr gewesen, diesen lächerlichen Vorschlag zu machen. Sie hätte auch auf andere Weise mit heiler Haut aus diesem Restaurant herauskommen können – wenn sie mehr Zeit zum Nachdenken gehabt hätte. Sie hätte schreien, hätte das überzeugende Bild einer bedrohten Frau abgeben können, dann wäre ihr vielleicht jemand zu Hilfe geeilt – und wäre zum Dank dafür ebenfalls erschossen worden. Nein ... aber sie konnte es nicht leugnen, sie hatte das Gefühl, diesmal nicht mit dem Leben davonzukommen.

Mason zeigte die kühle, unbeteiligte Miene eines Mannes, der an derartige Zwischenfälle gewöhnt ist. Auch Casey wirkte gelassen, mußte aber all ihre Willenskraft aufbieten, um diesen Eindruck zu erwecken. In Wahrheit war sie so nervös wie noch nie zuvor in ihrem Leben.

Sie blickte in Masons kalte Augen. Ihm machte es nichts aus, einen Menschen zu töten, und es bereitete ihm auch keine Gewissensbisse, eine Frau zu erschießen. Nur ein ganz bestimmter Menschenschlag brachte so etwas fertig; Menschen, auf deren Bekanntschaft sie gerne verzichtet hätte. Doch auf einmal blieb ihr keine Zeit mehr zum Grübeln, denn der Moment der Entscheidung war gekommen, und sie reagierte instinktiv und blitzschnell, so, wie sie es gelernt hatte.

Und sie hatte einen guten Lehrer gehabt, wie sich nun zeigte, denn sie stand noch aufrecht da, wohingegen Mason zu Boden sank. Casey war so erstaunt, daß sie nicht bemerkte, wie Jethro seinen Revolver zog und auf sie anlegte. Links neben ihr krachte ein Gewehr. Die Kugel traf Jethro in die Hand, und er ließ aufheulend seine Waffe fallen, woraufhin seine Freunde unverzüglich ihrerseits das Feuer eröffneten.

Casey warf sich zu Boden und rollte sich über die Schulter ab, ehe sie einen weiteren Schuß abgab. Und nun zischten zusätzlich zu denen aus dem Gewehr noch weitere Kugeln durch die Luft und zwangen die Männer, schleunigst in Deckung zu gehen. Sie waren hauptsächlich auf die Straße und die Vorderseite des Saloons gerichtet, keine schlug in der Nähe der Stelle ein, wo Casey lag. Sie konnte nicht sehen, wo der Schütze steckte, aber anscheinend nahm es irgend jemand in dieser Stadt Jack und seinen Leuten sehr übel, daß sie eine Frau umbringen wollten.

Sie beabsichtigte jedoch nicht, sich noch länger als lebende Zielscheibe im Freien aufzuhalten, und Gott sei Dank gab ihr der unbekannte Gewehrschütze ausreichend Rückendeckung, so daß sie aufspringen und sich in das Restaurant flüchten konnte. Sie bezog neben der Tür Posten und begann, das Feuer zu erwidern, doch im nächsten Moment stand plötzlich Damian neben ihr und starrte sie finster an.

»Nicht jetzt«, bat sie, da sie ihm ansah, daß ihm eine geharnischte Strafpredigt auf der Zunge lag.

Das Fenster, das neben ihm zerbarst, schien ihn zur Einsicht zu bringen, denn er schlich hinüber und gab erneut einige Schüsse ab. Casey nutzte die Gelegenheit, vorsichtig nach draußen zu spähen, und sah, daß es Elroy Bencher nicht gelungen war, sich rechtzeitig in Sicherheit zu bringen, vermutlich hatten ihn seine gebrochenen Rippen daran gehindert. Eine Kugel hatte ihn ins Knie getroffen, und nun kauerte er zusammengekrümmt auf der Veranda vor dem Saloon und stieß entsetzliche Verwünschungen aus.

Candiman lag quer über den Stufen, offenbar in den letzten Zügen. Auch Mason regte sich nicht mehr, doch ob er nun tot war oder noch lebte, interessierte Casey im Moment herzlich wenig. Die anderen drei hatten sich im Saloon verschanzt, und wenigstens einer von ihnen feuerte von der Tür aus in ihre Richtung.

»Ich nehme an, dein Gedächtnis ist zurückgekehrt?« fragte Damian zwischen den einzelnen Schüssen.

»Ich hatte es nie verloren.«

Er schnaubte nur. »Was hast du dir eigentlich dabei gedacht, dich auf einen Zweikampf mit diesem Ganoven einzulassen?«

Er konnte wohl nicht früh genug Streit bekommen. »Ich hab' ihn nicht unbedingt herausgefordert, falls du das meinst. Ich hatte mir nur gedacht, ich könnte versuchen, Jack zum Reden zu bringen, wenn ich hier schon warten mußte, bis du wieder auftauchst. Schließlich ist ja allgemein bekannt, daß die meisten Männer es nicht lassen können, in Gegenwart von Frauen ein bißchen anzugeben, und ich sehe in diesem Aufzug ja ziemlich verändert aus.«

»Hast du tatsächlich geglaubt, sie würden dich nicht wiedererkennen?« Er warf ihr einen ungläubigen Blick zu.

Casey zuckte zusammen und begann sofort, sich zu rechtfertigen. »Nun, an dem Tag, an dem du zum erstenmal mit Jack aneinandergeraten bist, hat mir niemand besondere Aufmerksamkeit geschenkt. Als du erklärt hast, du würdest ihren Brötchengeber verhaften, klebten alle Augen in diesem Saloon an dir. Ich war nur ein unbedeutendes Bürschchen, das sich zufällig an deiner Seite befand. Daher bin ich davon ausgegangen, daß mich niemand wiedererkennt, was zunächst ja auch der Fall war. Den Rest kannst du dir vorstellen. Jack hat die Falle gewittert und dementsprechend reagiert.«

Damian sagte nichts weiter dazu – jedenfalls im Moment nicht, doch nachdem er noch ein paarmal zum Fenster hinausgeschossen hatte, blickte er wieder in ihre Richtung und bemerkte: »Du ... äh, du siehst übrigens in diesem Kleid sehr hübsch aus.«

Casey verzog angewidert das Gesicht. »Rüschen! Ich hätte mir denken können, daß dir solches Zeug gefällt!«

»Bitte? Ich mache dir ein Kompliment, und du reißt mir zum Dank dafür fast den Kopf ab?«

»Nein, ich fühle mich nur wie der größte Idiot auf Gottes Erdboden, deswegen habe ich dich so angeschnauzt. Und du hast nicht zufällig etwas Munition übrig?« fragte sie, nachdem sie ihre Waffe nachgeladen hatte.

Vom rückwärtigen Teil des Restaurants kam eine Munitionsschachtel auf sie zugerutscht; der völlig verängstigte Koch hatte sie in ihre Richtung geschoben. Und Damian warf ihr ihren verlorengeglaubten Revolver zu. Mit beidem hatte sie nicht im entferntesten gerechnet, ja, sie hatte sogar Damian kurz zuvor angewiesen, sparsam mit seiner Munition umzugehen, falls sie knapp wurde. Doch nun, wo sie wieder bestens ausgerüstet waren, begann sie darüber nachzudenken, wie sie der ganzen Sache ein Ende setzen konnte.

»Vielleicht sollte einer von uns beiden versuchen, von hinten in den Saloon zu kommen?« schlug sie Damian vor, während sie die zusätzliche Waffe nebst Munition in ihrer Tasche verstaute, die sie sich über die Schulter geworfen hatte, damit sie sie nicht behinderte und trotzdem in Reichweite war. »Und zwar ehe sie versuchen, von dort zu verschwinden.«

»Einer von uns beiden? Also du. Vergiß es. Und denk daran, daß ich dich von nun an nicht mehr aus den Augen lasse. Wo zum Teufel steckt eigentlich der Sheriff, wenn man ihn schon einmal braucht?«

»Wahrscheinlich ist er bequemerweise zum Fischen gegangen. Aber da sich diese Verbrecher hier so sicher fühlten, daß sie mich sogar auf offener Straße getötet hätten, gehe ich davon aus, daß er sich auf ihre Seite schlagen würde, wenn er hier wäre; also ist mir seine Abwesenheit ganz recht.«

»Die Frage hat sich ohnehin erledigt.«

»Wieso?«

»Weil ich eben einen von den Kerlen über die Seitenstraße neben dem Saloon habe huschen sehen. Sieht so aus, als wollten sie sich aus dem Staub machen.«

Casey spähte wieder nach draußen. Sie feuerte einen Schuß ab und wartete einen Augenblick, aber diesmal wurde das Feuer nicht erwidert.

»Nur einen?« erkundigte sie sich stirnrunzelnd.

»Ich habe jedenfalls nur einen gesehen, aber die anderen beiden könnten sich vorher schon davongestohlen haben.«

Casey nickte. »Ich habe nicht vor, hinauszugehen und mich selbst davon zu überzeugen. Aber wir könnten uns durch den Hintereingang davonschleichen und versuchen, sie im Mietstall zu erwischen.«

»Damit bin ich einverstanden. Komm.«

Der Stall lag zwei Häuserblocks entfernt. Da es keine Seitenstraße gab, mußten sie den Weg über die Hinterhöfe nehmen und dabei wohl oder übel auch über einige Zäune springen. Zumindest Damian sprang, Casey hingegen wurde über jegliche Hindernisse, die ihnen den Weg versperrten, hinweggehoben. Beim erstenmal beschwerte sie sich noch über die ungebetene Hilfestellung, schwieg dann aber, als sie zu hören bekam, daß sie, wenn sie schon einmal ein Kleid trug, auch wie eine Dame behandelt werden würde.

Und das aus dem Munde eines Mannes, der immer noch vor Zorn kochte, weil er sie mitten in einem Zweikampf angetroffen hatte, als er in die Stadt gekommen war. Sie war klug genug, im Augenblick nicht näher darauf einzugehen, aber sie würde ihn später darauf hinweisen, daß das Tragen eines Kleides eine Person nicht automatisch all ihrer Fähigkeiten beraubte. War sie nicht von zu Hause weggegangen, um eben das zu beweisen?

Glücklicherweise befand sich der Stall auf ihrer Seite der Straße. An die Rückseite schloß sich ein abgezäunter Pferch an; der beste Weg, in den Stall zu gelangen, ohne direkt erschossen zu werden – vorausgesetzt natürlich, Jack und die beiden Paisleys lauerten nicht schon auf sie, falls der Stall überhaupt ihr Ziel gewesen war. Es sah nicht so aus, denn als Damian und Casey eintraten, bot sich ihnen ein ganz alltägliches Bild. Der Stallbesitzer war gerade dabei, Heu in die Boxen zu schaufeln.

Auf den zweiten Blick fiel Casey auf, wie nervös der Mann war, zu nervös, wenn man bedachte, daß er nicht wissen konnte, warum sie hier waren. Sie hielten zwar Waffen in der Hand, aber keine war auf ihn gerichtet ...

Casey versuchte, Damian am Arm zu packen, um ihn zurückzuhalten, aber der Abstand zwischen ihnen war zu groß. Und statt ihn zu warnen und wertvolle Zeit zu vergeuden, warf sie sich gegen ihn und riß sie beide zu Boden – gerade als der Schuß fiel.

Der Stallbesitzer rannte schreiend zu der weit offenstehenden Vordertür hinaus. Damian rollte sich nach links und feuerte in die Luft, da er kein erkennbares Ziel ausmachen konnte. Unseligerweise warf sich Casey gleichzeitig zur anderen Seite, Jack Curruthers buchstäblich in die Arme.

Ein Revolverlauf bohrte sich in ihren Nacken, und eine Stimme zischte ihr ins Ohr: »Waffe fallen lassen!«

Es lief all ihren Instinkten zuwider, ihren Revolver aus der Hand zu geben, aber sie wußte, wenn sie sich weigerte, war das ihr Ende. Also ließ sie ihn fallen und wurde recht unsanft auf die Füße gezerrt. Für einen so kleinen Mann verfügte Jack über erstaunliche Körperkräfte.

»Bleiben Sie, wo Sie sind, Rutledge, oder die kleine Lady bekommt eine Kugel in den Kopf«, warnte er Damian. »Wir nehmen sie als Rückversicherung mit. Wenn Sie uns folgen, stirbt sie, so einfach ist das.«

Damian starrte sie an und suchte offenbar fieberhaft nach einem Weg, Jack auszuschalten, ohne sie dabei zu treffen. Dies erwies sich als unmöglich, da sie ein gutes Stück größer war als ihr Gegner und er sich erfolgreich hinter ihr verbarg. Sie dachte schon daran, sich zu Boden fallen zu lassen, damit Damian freie Bahn hatte, aber in diesem Moment gesellten sich die Paisley-Brüder zu ihnen, und da Jeds Waffe genau auf Damian gerichtet war, wollte *sie* kein Risiko eingehen.

Damian konnte ihnen nicht mehr schaden, denn er mußte sich zurückhalten, wenn er Caseys Leben retten wollte, das wußten ihre Widersacher genau. Er wurde noch nicht einmal aufgefordert, seine Waffen abzuliefern, so sicher waren sie, daß er sich ihnen nicht in den Weg stellen würde – was er dann auch nicht tat.

Jack setzte Casey vor sich auf sein Pferd und ritt aus der Stadt hinaus, hielt aber weiterhin den Revolver an ihren Hinterkopf. Die Lage sah im Moment alles andere als rosig aus – besonders für sie. Sie fragte sich, wie lange es wohl dauern mochte, bis er entschied, daß ihm seine Geisel nicht mehr von Nutzen war, und abdrückte.

38. Kapitel

Sie mußten die kleine Hütte schon früher für bestimmte Zwecke benutzt haben, denn sie ritten ohne Umwege darauf zu. Das wenigstens war Caseys erster Gedanke, als man sie hineinbrachte und in eine Ecke stieß, denn die Hütte sah unbewohnt aus. Eine dicke Staubschicht hatte sich über das spärliche Mobiliar gelegt. Außerdem bemerkte sie, daß unter einem losen Bodenbrett ein großer Vorrat an Dosenkonserven gelagert war. Auch einige Decken und eine kleine Kiste mit Waffen und Munition fehlten nicht.

Ein Unterschlupf, dazu gedacht, sich dort, falls nötig, für längere Zeit zu verschanzen? Ein Mann wie Jed mochte dafür Verwendung haben, wenn man seinen ›Beruf‹ bedachte, aber Jack? Jacks Lob beim Anblick der Vorräte gab ihr recht.

Casey, die in ihrer Ecke saß und vorerst lieber den Mund hielt, fühlte sich lange nicht mehr so niedergeschlagen wie noch einige Zeit zuvor. Der Ritt zu der Hütte hatte vier Stunden in Anspruch genommen, und als ihr endlich wieder eingefallen war, daß die geliehene Handtasche noch immer von ihrer Schulter baumelte, hatte sich ihre Stimmung beträchtlich gebessert.

Sie hatten ihr die Tasche offenbar nicht abgenommen, weil sie sie bereits durchsucht und nur eine Waffe darin gefunden hatten – die sie auf Jacks Befehl hin fallen gelassen und im Stall zurückgelassen hatte. Sie konnten ja nicht wissen, daß sie sich in der Zwischenzeit eine andere Waffe besorgt hatte, die sich immer noch in ihrem Besitz befand.

Sie mußte nur abwarten, bis sie ihr nicht mehr ihre ungeteilte Aufmerksamkeit schenkten, und das konnte nicht mehr lange dauern, denn die Essenszeit nahte heran.

Deswegen verstimmte es sie gewaltig, als Jed seinem Bruder befahl: »Laß sie ja nicht aus den Augen.«

Jethro war eifrig damit beschäftigt, seine immer noch blutende Hand neu zu verbinden, und warf seinem Bruder daher verständlicherweise einen mißmutigen Blick zu. »Ich verstehe immer noch nicht, warum du diesen Marshall nicht abgeknallt hast, als du die Gelegenheit dazu hattest, dann müßtest du dir jetzt keine Gedanken machen, ob er uns verfolgt, und könntest die da endlich loswerden.«

»Idiot! Man bringt nicht so einfach einen U. S. Marshall um, schon gar nicht vor einer ganzen Stadt voll Zeugen, sonst hat man danach dreißig weitere auf der Matte stehen«, erwiderte Jed scharf. »Die nehmen es ziemlich persönlich, wenn du einen der Ihren umlegst. Genausogut könntest du gleich dein eigenes Todesurteil unterschreiben.«

»Ich bin mir gar nicht so sicher, daß er wirklich ein Marshall ist«, warf Jack mit müder Stimme ein. Der kleine Mann war an die Strapazen solcher Ritte, wie sie soeben einen hinter sich gebracht hatten, nicht gewöhnt. »Er kommt aus der New Yorker Oberklasse und hat Geld wie Heu. Warum sollte so einer Marshall werden?«

»Das haben wir doch alles schon einmal durchgekaut, Jack. Er könnte sich das Abzeichen einzig und allein zu dem Zweck besorgt haben, dich zur Strecke zu bringen. Aber ob es nun eine Lüge war oder nicht, ich will auf keinen Fall ein unnötiges Risiko eingehen. Wenn du seinen Tod willst, dann erledige ihn doch selber, aber möglichst nicht vor Zeugen. Ich hoffe ja, er taucht noch hier auf, damit wir die leidige Angelegenheit endlich zu Ende bringen können.«

Casey vermerkte befriedigt, daß sie als mögliche Zeugin gar nicht in Betracht gezogen wurde, obwohl das nichts anderes bedeutete, als daß man sie bedenkenlos töten würde, sobald sie ihren Zweck als Waffe gegen Damian erfüllt hatte. Sie beabsichtigte allerdings nicht, es überhaupt erst so weit kommen zu lassen. Interessant, daß Damian nur aufgrund seiner Behauptung, ein U. S. Marshall zu sein, dort im Stall mit dem Leben davongekommen war, aber Casey gedachte nicht, ihre Gegner davon in Kenntnis zu setzen, daß er in diesem Punkt gelogen hatte.

Auch war ihr die Bedeutung dessen, was Jack soeben von sich gegeben hatte, nicht entgangen. Er hatte gewußt, woher Damian stammte und welcher Gesellschaftsschicht er angehörte; das hieß, daß entweder Jack eigentlich Henry war und daher Damian persönlich kannte, oder daß Henry erst kürzlich seinem Bruder alles gebeichtet hatte. Casey neigte eher zu der ersten Annahme, wenn sie da nicht eine Kleinigkeit gestört hätte. Jack entsprach absolut nicht dem Bild, das Damian von Henry gezeichnet hatte. Natürlich konnten Menschen sich ändern, aber konnten sie sich wirklich in eine vollkommen konträre Persönlichkeit verwandeln?

Sie beschloß, der Sache auf den Grund zu gehen. Schließlich bestand für Jack kein Anlaß mehr, sein so sorgfältig gesponnenes Lügengewebe aufrechtzuerhalten. Er war erneut auf der Flucht, und es würde ihm schwerfallen, für das, was heute auf offener Straße geschehen war, eine plausible Erklärung zu finden, also gab es für ihn wenig Hoffnung, doch noch Bürgermeister von Culthers zu werden. Außerdem beabsichtigte er ohnehin, sie für immer zum Schweigen zu bringen, warum sollte er sich da noch die Mühe machen, seine wahre Identität vor ihr geheimzuhalten?

Also fragte sie ihn geradeheraus, ohne um den heißen Brei herumzureden: »Wer sind Sie nun wirklich, Curruthers? Jack oder Henry?«

Er wandte sich zu ihr um, fixierte sie mit seinen Eulenaugen und meinte höhnisch: »Ich hatte angenommen, Sie wären viel zu verängstigt, um noch große Töne zu spukken, junge Dame. Was hat jemand wie Sie eigentlich mit diesem Oststaatler zu schaffen?«

»Ich werde Ihnen mit Freuden all Ihre Fragen beantworten, aber geben Sie mir bitte erst eine Antwort auf meine.«

Jack schnaubte abfällig, dann zuckte er die Achseln. »Na gut, ich werde Ihre morbide Neugier stillen. Henry ist tot. Er starb vor über einem Jahr.«

Mit dieser Erklärung hatte Casey nicht gerechnet. Meinte er das nun wörtlich oder im übertragenen Sinne? Sie setzte gerade zu einer entsprechenden Bemerkung an, als ihr eine weitaus größere Unverschämtheit in den Sinn kam.

»Und Sie haben ihn umgebracht, nehme ich an.«

Ein neuerliches Achselzucken. »In gewisser Weise schon. Ich war zu Besuch nach New York gefahren, da ich dachte, nach so vielen Jahren wäre es einmal an der Zeit. Henry und ich bekamen Streit, er stolperte und schlug unglücklich mit dem Kopf auf. Es war ein Unfall, allerdings einer, den ich nicht weiter tragisch nahm.«

»Sie haben niemandem davon erzählt?«

»Wozu? Man hätte vermutlich mir die Schuld daran gegeben. Nein, ich habe den Vorfall wohlweislich für mich behalten. Und außerdem hat niemand den alten Henry vermißt«, fügte er mit einem spöttischen Grinsen dazu.

Es war sein selbstgefälliger Gesichtsausdruck, welcher bewirkte, daß sich das Puzzle plötzlich in Caseys Kopf zusammenfügte. »Demnach haben Sie sich für Henry ausgegeben, haben sogar seinen Job übernommen, nicht wahr?«

Jack kicherte. »Warum auch nicht? Ich verstehe nicht viel von Zahlen, weiß aber, wie ich sie zu meinem Vorteil verändern kann. Ich war bereits an Ort und Stelle und sah eine gute Möglichkeit, Profit aus meiner Reise zu schlagen. Und diese Firma konnte finanzielle Einbußen durchaus verkraften. Der alte Rutledge hatte ja schon ein Vermögen damit verdient. Er hätte seine Nase eben nicht in die Geschäftsbücher stecken sollen. Ich war schon dabei, Vorbereitungen zu treffen, um die Stadt zu verlassen, als er anfing, mir hinterherzuschnüffeln und Erklärungen zu verlangen.«

»Warum sind Sie nicht einfach wie geplant abgereist? Warum mußten Sie ihn unbedingt umbringen?«

»Weil er Fragen stellte, die meine Person betrafen. Es ist mir nicht allzu schwer gefallen, den Schwächling zu spielen, der mein Bruder nun einmal war. Umgekehrt wäre es entschieden problematischer gewesen. Aber ich fürchte, man hat mir die Rolle doch nicht ganz abgenommen«, schloß er lächelnd.

»Was soll das heißen?«

»Das soll heißen, daß Rutledge Verdacht schöpfte, vermutlich, weil ich vor ihm nicht so gekuscht habe, wie mein Bruder das getan hätte«, erläuterte Jack. »Er hegte hinsichtlich meiner Person bereits gewissen Zweifel, und es wäre für ihn ein leichtes gewesen, meine Tante auszufragen und zu erfahren, daß Henrys Zwillingsbruder vor kurzem in die Stadt gekommen war.«

»Das wäre für jeden anderen auch nicht weiter schwer gewesen«, gab Casey zu bedenken.

»Sicher, aber der Alte war der einzige, der gemerkt hatte, daß mit Henry etwas nicht stimmte. Außer ihm hätte ja niemand einen Grund gehabt, sich nach einem Zwillingsbruder zu erkundigen. Nein, mein Plan sah vor, alle Schuld auf Henry abzuwälzen. Man hätte nach *ihm* gesucht und nicht nach mir. Und zu diesem Zweck mußte der alte Rutledge sterben. Es wäre ja auch alles glattgegangen, wenn sein Sohn nicht nach Rache gelechzt hätte.«

»Rache?« Caseys Augen blitzten. »Ich würde es eher als Wunsch nach Gerechtigkeit bezeichnen. Immerhin haben Sie seinen Vater umgebracht. Es mag ja Menschen geben, die eine solche Tat mit einem Achselzucken abgetan und behauptet hätten, sie könnten ja doch nichts mehr ändern, aber manche Leute denken eben anders.«

»Es sollte doch so aussehen, als hätte er Selbstmord begangen!« widersprach Jack hitzig. »Damit wäre die Sache ein für allemal erledigt gewesen.«

»Es sei denn, jemand kennt das Opfer gut genug, um zu wissen, daß es sich niemals das Leben genommen hätte. Aber diesen Punkt haben Sie in Ihre Überlegungen nicht mit einbezogen, nicht wahr? Ach übrigens, warum haben Sie den Mord denn nicht selbst ausgeführt, statt dafür zu bezahlen? Nur weil Henry nicht dazu fähig gewesen wäre?«

»Das war einer der Gründe«, erwiderte Jack. »Außerdem war der alte Rutledge genauso ein großer, schwerer Bursche wie sein Sohn. Um einen Selbstmord vorzutäuschen, hätte ich über Bärenkräfte verfügen müssen. Allein hätte ich es nie geschafft. Jetzt zu Ihnen. Was haben Sie mit Rutledge zu tun, abgesehen davon, daß Sie sein Bett warm halten?«

Es verdroß Casey immer wieder, daß die Mehrheit der Männer sich schlichtweg weigerte, Frauen Fähigkeiten zuzubilligen, die über die der Köchin, Gebärmaschine und Bettgenossin hinausgingen. Sie wollten einfach nicht einsehen, daß manche Frauen den Männern in vieler Hinsicht ebenbürtig, wenn nicht gar überlegen waren, und sie gestanden ihnen erst gar nicht das Recht zu, ihr Können unter Beweis zu stellen.

Ärgerlich fauchte sie ihn an: »Ich habe Ihren besten Schützen besiegt, das sollte Ihnen eigentlich zu denken geben. Ich bin diejenige, die Sie aufgespürt hat, Jack. Dafür hat man mir die hübsche Summe von zehntausend Dollar geboten, und jeder, der nur die Hälfte meiner Kenntnisse besitzt, hätte Sie ebenso leicht gefunden. Sie verwischen Ihre Spuren nicht besonders gut, mein Lieber.«

Ihr Versuch, ihn vor seinen Männern zu erniedrigen, brachte den gewünschten Erfolg, und ihre Worte entsprachen überdies noch der Wahrheit, was Jack nur zu gut wußte. »Vielleicht lasse ich Sie noch eine Weile am Leben, junge Dame, und benutze Sie dazu, wozu Frauen geschaffen worden sind!«

»Wenn Sie mir zu nahe kommen, dann zeige ich Ihnen,

wie die Komantschen mit Abschaum wie Ihnen umgehen«, schoß sie zurück. »Leider haben Sie kaum noch Haare übrig, also dürfte die Angelegenheit ziemlich schmerzhaft werden.«

Bei diesen Worten färbte sich Jacks Gesicht ziegelrot, und seine Miene verfinsterte sich bedrohlich. Jeds schallendes Gelächter trug auch nicht gerade dazu bei, seinen Zorn zu mildern.

»Was zum Teufel meint sie eigentlich damit?« herrschte Jack ihn an.

»Ich habe den Eindruck, als hätte sie so einiges von den Indianern gelernt, Jack. Die sind erwiesenermaßen die besten Fährtenleser weit und breit. Wahrscheinlich würde sie dich skalpieren, ohne mit der Wimper zu zukken«, fügte Jed kichernd hinzu. »Würde mich nicht wundern, wenn sie genau wüßte, wie man einem Menschen kunstgerecht das Fell über die Ohren zieht.«

»Ich brauch' einen Arzt, Jed«, unterbrach Jethro seinen Bruder winselnd. »Die Hand hört nicht auf zu bluten, und ich fühl' mich schon hundeelend.«

»Leg dich hin und ruh dich ein bißchen aus, Jeth«, riet Jed ihm ohne großes Mitgefühl. »Ich wecke dich dann, wenn du mit der Wache dran bist.«

»Macht Feuer, dann versuche ich, die Blutung zu stoppen«, erbot sich Casey.

Jethro erbleichte, doch Jed lachte nur. »Klar, deine medizinischen Kenntnisse hast du vermutlich auch bei den Indianern erworben.«

Casey zuckte gleichmütig die Achseln. Sie hatte dieses Angebot nur gemacht, weil das Ausbrennen der Wunde äußerst schmerzhaft sein würde und der Junge nicht so aussah, als ob er große Schmerzen aushalten könnte. Wenn er bei der Behandlung in Ohnmacht gefallen wäre, hätte ein Augenpaar weniger ihre Bewegungen verfolgt, was ihr sehr gelegen gekommen wäre. Schließlich wollte sie heil hier herauskommen.

39. Kapitel

Es wurde schnell dunkel, zu schnell für Caseys Geschmack. Jethro hatte den Rat seines Bruders befolgt und sich auf einer der Matratzen ausgestreckt, die überall in der Hütte verteilt lagen. Sie bezweifelte jedoch, daß ihn seine schmerzende Hand zur Ruhe kommen lassen würde, obwohl er sichtlich versuchte, ein wenig Schlaf zu finden.

Jack saß an dem einzigen Tisch im Raum und hatte Caseys Bewachung übernommen, während Jed in der Hütte herumhantierte, ein Feuer entfachte und einige Konservendosen öffnete. Offenbar wollte er sich die Mühe ersparen, den Inhalt warm zu machen, denn er schob Jack ohne weitere Umstände eine Dose zu, die dieser jedoch nicht anrührte.

Casey wurde übergangen, doch sie war so angespannt, daß sie ohnehin keinen Bissen heruntergebracht hätte, und so entging ihr die Bedeutung dieser Unterlassung. Wozu gutes Essen an jemanden verschwenden, den man sowieso umzubringen gedachte?

Sie wartete immer noch den geeigneten Moment zum Handeln ab, obwohl ihr nicht mehr allzuviel Zeit blieb. Sie hatte bereits erwogen, ihr Revolverhalfter abzunehmen und in ihrer Handtasche zu verstauen, so hätte sie einen Vorwand gehabt, die Tasche zu öffnen und an ihre Waffe zu gelangen. Das Problem war nur, daß alles blitzschnell gehen mußte, und das hieß nichts anderes, als daß sie gezwungen war, den Revolver mit einer einzigen raschen Bewegung herauszureißen und zu benutzen.

Ihre Gegner wußten oder nahmen zumindest an, daß sich nichts Wichtiges mehr in ihrer Tasche befand, also hatte sie auch keinen Grund, ein wenig darin herumzukramen. Aber sie benötigte wenigstens ein paar Sekunden, um nachzusehen, wie viele Patronen noch in der Waffe waren. Dummerweise hatte sie sie eingesteckt, ohne sie vorher zu überprüfen, und sie konnte sich beim besten Willen nicht mehr daran erinnern, wie viele Kugeln nach den letzten Schüssen übriggeblieben waren.

Sollte der Revolver leer sein, standen ihre Chancen schlecht, egal, was sie unternehmen mochte. Waren nur noch eine oder zwei Kugeln darin, dann würde sie eine überzeugende Vorstellung abliefern müssen, um ihre Gegner einzuschüchtern und sie davon abzuhalten, selbst zur Waffe zu greifen. Aber wenn sie, wie sie insgeheim hoffte, noch drei Kugeln übrig hatte, dann bestand kein Anlaß zur Sorge, falls Jack und Konsorten sich auf einen Schußwechsel einließen, statt sich zu ergeben.

Aber sie mußte rasch handeln, denn sie fürchtete, daß Damian in Kürze hier auftauchen würde, worauf ihre Gegner ja hofften. Und wenn sie vermuteten, daß er sich dort draußen in Hörweite aufhielt, dann konnten und würden sie Casey dazu benutzen, um ihn aus seinem Versteck zu locken und zu töten. Sie hielt es durchaus für möglich, daß er bereits in der Nähe war.

Sogar wenn er nicht gesehen hatte, in welche Richtung sie aus der Stadt herausgeritten waren, sollte er doch nach all dem, was sie ihm auf seinen Wunsch hin beigebracht hatte, imstande sein, die Hütte vor Einbruch der Dunkelheit ausfindig zu machen. Falls er schon hier war, dann wartete er vorsichtshalber ab, bis es völlig finster war, was nicht mehr lange dauern konnte.

Am meisten bereitete ihr der Plan Sorge, den er vielleicht gerade ausheckte. Viele Möglichkeiten standen ihm nicht offen, und die denkbar ungünstigste wäre der Versuch, mit diesen Kerlen zu verhandeln.

Die Hütte hatte zwar Fenster, aber die waren irgendwann einmal mit Brettern vernagelt worden, und die Tür war mit einem alten, stabilen Holzbalken verriegelt, so daß es mehrere Anläufe erfordern würde, um sie aufzubrechen. Es gab keinen Weg, in die Hütte einzudringen, und auch keine Möglichkeit, zuvor hineinzuspähen. Die Last, einen Ausweg aus dieser Situation zu finden, ruhte allein auf Caseys Schultern.

Jed war der einzige, der ihr wirklich gefährlich werden konnte. Jack besaß zwar eine Waffe, doch sie bezweifelte, daß er auch damit umgehen konnte, und der junge Jethro würde seine rechte Hand längere Zeit nicht gebrauchen können. Sie hielt es für ausgeschlossen, daß er imstande war, mit links zu schießen, also brauchte sie sich seinetwegen keine Sorgen zu machen.

Im Grunde genommen benötigte sie nur eine einzige Kugel. Wenn sie Jed erst einmal ausgeschaltet hatte, konnte sie die anderen beiden Männer lange genug in Schach halten, um sich Jeds Waffe zu bemächtigen, die er, was ihr nicht entgangen war, bereits nachgeladen hatte.

Eine Kugel war bestimmt noch in der Trommel. Damian hätte ihr doch niemals eine leere Waffe zugeworfen; immerhin hatte sie ihn um Munition gebeten. Es gab also keinen Grund, noch länger zu warten.

In gewisser Weise unterstützte Jack ihre Absichten noch. Er starrte sie zwar unverwandt an, schien sie jedoch gar nicht bewußt wahrzunehmen. In Gedanken war er meilenweit weg, grübelte vermutlich über seine momentane mißliche Lage nach; also bestand eine reelle Chance, daß er ihr Vorhaben erst bemerkte, wenn es zu spät war.

Casey schritt zur Tat. Den Plan, den sie sich zuvor zurechtgelegt hatte, hatte sie als untauglich verworfen, daher machte sie sich gar nicht erst die Mühe, ihr Revolverhalfter abzunehmen. Ihre Tasche stand rechts neben ihr auf dem Boden. Sie brauchte nur die Knie leicht anzuheben, so daß ihr Rock die Tasche zum Teil verdeckte, und dann vorsichtig die Hand danach auszustrecken. Im nächsten Moment hatte sie die Waffe in den Fingern und sprang auf.

Sie richtete den Revolver direkt auf Jed, der sofort in ihre Richtung geblickt und eine böse Verwünschung ausgestoßen hatte, doch leider hielt ihn das nicht davon ab, nach seiner eigenen Waffe zu greifen. Diesmal blieb ihr keine Zeit für überflüssige Skrupel. Er war entschlossen, sie zu töten, also mußte sie ihm zuvorkommen. Sie zielte auf seine Herzgegend und drückte ab – und *ihr* Herzschlag setzte einen Moment aus, als ein leises Klicken ihr verkündete, daß die Kammer leer war.

Wieder einmal sah sie dem Tod ins Auge. Und dann vernahm sie den ohrenbetäubenden Knall von Jeds Revolver ... doch nein, es war gar kein Schuß gewesen, der sie vor Schreck hatte erstarren lassen, sondern das Krachen, mit dem die Tür aufflog, und zwar nicht erst nach mehreren Versuchen, sondern direkt nach der ersten Attacke. Schon wieder hatte sie vergessen, Damians Körpergröße und seine außergewöhnliche Kraft in ihre Überlegungen mit einzubeziehen. Er stürmte jetzt in die Hütte, das Gewehr im Anschlag, einen Finger bereits am Abzug.

Jed hatte sich kaum zu ihm umgedreht, als Damian auch schon abdrückte. Der Schuß, aus so geringer Entfernung abgegeben, riß Jed von den Füßen und schleuderte ihn hintenüber gegen die Wand. Jethro setzte sich voller Entsetzen auf, als er den Leichnam seines Bruders langsam in sich zusammensacken sah, aber er hatte seine Waffe nicht griffbereit, da er zu dumm gewesen war, sie neben sich auf die Matratze zu legen. Casey, die in seiner Nähe stand, bewies ihm, daß sich auch ein leerer Revolver als nützlich erweisen konnte, indem sie ihm den Griff gegen den Hinterkopf schmetterte.

Auch Jack fingerte nach seiner Waffe. Ihm blieb keine andere Wahl. Entweder verbrachte er den Rest seines Lebens hinter Gittern, oder er versuchte, Damian unschädlich zu machen.

Casey vermutete, daß ein offener Angriff Damian lieber gewesen wäre, dennoch hielt er Jack davon ab, indem er den Gewehrlauf auf dessen Kopf richtete und freundlich erklärte: »Eine Kugel aus dieser Waffe kann das Gesicht eines Menschen ziemlich übel zurichten. Aber Tote stören sich natürlich nicht mehr an solchen Entstellungen ...«

Jack beschloß, das Gefängnis diesem Schicksal vorzuziehen, und rührte sich nicht mehr. Casey ging zu ihm hinüber und nahm ihm die Waffe aus der Manteltasche, einen kleinen Derringer, der einem Gegner aus kurzer Distanz durchaus tödliche Verletzungen zufügen konnte.

Sie hatten es geschafft, oder eigentlich hatte Damian es geschafft. Es war ihm gelungen, sie beide aus dieser Zwickmühle zu befreien, ohne daß Blut geflossen war – zumindest nicht das ihre. Ihr erster Gedanke war, sich auf Damian zu stürzen und ihn bis zur Besinnungslosigkeit zu küssen, aber das kam aus verschiedenen Gründen nicht in Frage, hauptsächlich deshalb nicht, weil er im Moment noch Jack und Jethro im Auge behalten mußte. Daher griff sie auf die nächstbeste Möglichkeit zurück, was ihr auch nicht sonderlich schwer fiel.

»Warum hat das denn so lange gedauert?« fauchte sie in dem übellaunigsten Tonfall, den sie zustande brachte.

Er warf ihr einen flüchtigen Blick zu, ehe er sarkastisch erwiderte: »Ich freue mich auch, dich zu sehen, Kid. Gibt es hier irgendwo ein paar Stricke, um diese beiden Galgenvögel zu fesseln?«

»Wahrscheinlich nicht, aber ich trage einen Haufen nutzloser Unterröcke unter diesem Kleid, die denselben Zweck erfüllen werden.«

Sie sagte dies in demselben ätzenden Ton, dessen er sich zuvor bedient hatte, erreichte damit aber nur, daß er sie anlächelte. Vermutlich wußte er, daß sie sich in ihren Jeans entschieden wohler gefühlt hätte als in dem unbequemen Kleid, sich aber im Moment mit der Situation abfinden mußte.

Sie nahm ihm seine Belustigung nicht übel – nun ja, eigentlich doch –, aber sie ging nicht darauf ein. Statt dessen durchsuchte sie die Hütte nach Seilen oder Stricken, fand jedoch nichts Brauchbares, auch nicht in dem kleinen Schuppen hinter der Hütte, der nur alten Krempel enthielt, also zückte sie ihr Messer und machte kurzen Prozeß mit ihren Unterröcken. Der feste Baumwollstoff war ein vorzüglicher Ersatz für einen Strick.

Inzwischen war es stockfinster geworden, doch Casey verspürte nicht den geringsten Wunsch, in der Hütte zu übernachten, und sie war auch noch nicht müde, im Gegenteil, ihr Körper pumpte immer noch unablässig Adrenalin durch ihre Adern, obwohl sie jetzt in Sicherheit war. Also schlug sie vor, auf schnellstem Weg nach Culthers zurückzukehren, und Damian willigte ein.

Jed wurde in eine Decke gewickelt und auf sein Pferd gebunden, die beiden anderen Männer nach draußen geschafft und gefesselt und geknebelt, damit sie sich nicht unterhalten und Pläne schmieden konnten, sobald sie allein waren. Dann betrat Damian ein letztes Mal die Hütte, um das Feuer zu löschen.

Casey wußte selbst nicht genau, warum sie ihm folgte. Aber im Inneren der Hütte ahnte sie plötzlich den Grund für ihre unerklärliche Unruhe.

»Ich habe geglaubt, du würdest den heutigen Tag nicht überleben«, sagte Damian, als er sich umdrehte und sie hinter sich stehen sah.

»Ich auch«, entgegnete Casey kleinlaut.

Und dann riß er sie plötzlich an sich und küßte sie so, wie sie es sich schon seit langem erträumt hatte. Also empfand er ähnlich wie sie, brauchte die greifbare Bestätigung, noch am Leben zu sein, nachdem sie beide mehrmals befürchtet hatten, den nächsten Sonnenaufgang nicht mehr zu erleben. Es war ein überwältigendes, alles verschlingendes Bedürfnis, das sie zueinander hinzog, und so störte es sie nicht, daß Blut auf dem Boden klebte, keine Decke auf der schmuddeligen Matratze lag, auf die er sie niedersinken ließ, oder daß Jack und Jethro draußen vor der Tür saßen. Das einzige, was für Casey zählte, war die Nähe des einen Menschen, für den sie mehr als bloße Zuneigung fühlte – und das sengende Verlangen, das er in ihr erweckte und das all ihre Widerstandskraft auslöschte.

Er entkleidete sie nicht, dazu ließ ihm seine drängende Begierde keine Zeit, sondern schlug ihre Röcke hoch und riß ihr die Unterwäsche herunter; unabsichtlich vermutlich, der dünne Stoff hatte seinem ungeduldigen Zerren einfach nicht standgehalten. Aber das bemerkte sie erst viel später. Im Augenblick gab es für sie nichts anderes als seinen Mund, der sich auf den ihren preßte, und die nahezu unerträgliche Wonne, als er in sie eindrang.

Ihr war, als sei sie erst jetzt, im Zusammensein mit ihm, wieder eine vollständige Persönlichkeit; als habe ihr vorher ein Teil ihres Selbst gefehlt, und diese Erkenntnis schürte ihre Leidenschaft noch. Dennoch war es zu schnell vorüber, die rasante Steigerung bis hin zum Gipfel der Ekstase, doch Casey empfand ihr Liebesspiel als intensiver und befriedigender als beim ersten Mal, und hinterher wurde sie von einem tiefen, alles erfüllenden Frieden durchdrungen.

Offenbar hatte sie diese Vereinigung dringender gebraucht, als ihr bewußt gewesen war. Doch der Gedanke, daß Damian der einzige bleiben würde, mit dem sie ein solches Glück erleben durfte, saß wie ein Stachel in ihrem Fleisch. Hatte sie ihm gestanden, wieviel ihr an ihm lag? Das entsprach nicht ganz der Wahrheit. Sie hatte sich nämlich in ihn verliebt.

40. Kapitel

Ein heller, fast voller Mond sorgte dafür, daß sie den Ritt nach Culthers in der Hälfte der Zeit zurücklegen konnten, die er im Dunkeln in Anspruch genommen hätte. Trotzdem war es bereits spät in der Nacht, als sie dort ankamen. Die Stadt lag in tiefer Stille, nur ein paar Hunde kläfften sie an, als sie vorbeiritten. Inzwischen machten sich die Strapazen bei Casey doch bemerkbar, und so schlug sie vor, sofort die Pension aufzusuchen, wo sie die Gefangenen bis zum nächsten Morgen einsperren konnten, um dann zu entscheiden, was mit ihnen geschehen sollte.

Damian nickte zustimmend, fügte dann jedoch hinzu: »Es geht nur darum, was wir mit dem jungen Paisley machen. Jack nehme ich mit nach New York und stelle ihn dort vor Gericht.«

Damit hatte Casey gerechnet, obwohl sie seit ihrem Aufbruch kein Wort mehr miteinander gewechselt, sondern sich lediglich darauf konzentriert hatten, die Pferde in die Stadt zurückzubringen, ohne daß eines dabei zu lahmen begann. Über das, was in der Hütte vorgefallen war, war nicht gesprochen worden, aber was gab es dazu auch groß zu sagen? Sicher, es hätte nicht passieren dürfen. Sie hatten es beide genossen, auch richtig. Es würde natürlich nicht wieder vorkommen. Nichts davon konnte zur Sprache gebracht werden, ohne sie beide in Verlegenheit zu bringen.

Also war es ratsam, auf andere Themen auszuweichen. Casey wartete ab, bis sie Jack und den Jungen sicher in Larissas abschließbarem Lagerraum untergebracht hatten. Sie hatten der Lehrerin versprechen müssen, ihr am nächsten Morgen alles haarklein zu berichten, ehe sie sich wieder in ihr Bett zurückzog.

Auf der Treppe zu ihren Zimmern sagte Casey schließlich: »Ich bin noch nicht dazu gekommen, es dir zu erzählen, aber Jack ist definitiv *nicht* Henry.«

Die Worte trafen Damian wie ein Schlag. »Soll das heißen, daß die Sache immer noch nicht ausgestanden ist?«

»Entschuldige, so habe ich das nicht gemeint. Du hast den richtigen Mann gefaßt, nur – der Schuldige war von Anfang an nicht Henry. So, wie Jack es dargestellt hat, ist Henry während einer Auseinandersetzung mit seinem Bruder gestorben. Anscheinend war es ein Unfall, obwohl Jack kein großes Bedauern zeigte. Jack war zu Besuch bei seiner Familie, und nach Henrys Tod beschloß er, Profit aus der Reise zu schlagen, indem er Henrys Identität und seinen Job übernahm – lange genug, um deine Firma um ein hübsches Sümmchen zu erleichtern.«

»Aber wenn er nur ein Dieb war, warum hat er dann meinen Vater umgebracht?« wollte Damian wissen.

»Ich nehme an, dein Vater kannte Henry besser als viele andere. Jack merkte, daß ihm Henrys – nun ja, seltsames Verhalten auffiel. Vermutlich konnte sich Jack nicht gut genug verstellen, und dein Vater fing an, unliebsame Fragen zu stellen. Jack erkannte, daß sich sein Verdacht auf seine Person richtete, na, und den Rest kannst du dir wohl denken.«

»Also wäre mein Vater noch am Leben, wenn er nicht bemerkt hätte, daß mit Jack etwas nicht stimmt?«

»Darauf läuft es hinaus. Jack wollte die Schuld für den Diebstahl auf Henry abwälzen, der natürlich nie gefunden werden würde, da er bereits tot und beiseite geschafft worden war. Und nach Jack, den außer seiner Tante niemand kannte, würde kein Mensch suchen. Ein abscheulicher, aber durchaus logischer Plan, wenn man es recht bedenkt. Aber Jack bekam es gegen Ende doch mit der Angst zu tun. Er fürchtete, daß dein ohnehin schon mißtrauisch gewordener Vater seine Tante befragen und herausfinden könnte, daß Henry tatsächlich einen Zwillingsbruder hatte, der zudem noch vor kurzem in der Stadt gewesen war. Das hätte schon gereicht, um auf den wahren Täter hinzudeuten.«

Damian seufzte. »Dann wäre es wohl besser gewesen, wenn sich mein Vater weniger scharfsinnig gezeigt hätte, nicht wahr?«

»Sicher, aber was bringt das schon? Was geschehen ist, ist geschehen, und du hast den Schuldigen ja erwischt. Der Gerechtigkeit wird somit doch noch Genüge getan.«

»Das ist ein schwacher Trost, aber besser als gar nichts«, entgegnete Damian leise.

Casey nickte und ging weiter. Doch vor ihrer Zimmertür blieb sie stehen und bemerkte in einem etwas verärgerten Ton: »Übrigens, wenn du mir das nächste Mal eine ungeladene Waffe zusteckst, klär mich doch bitte darüber auf, daß sie nicht zu gebrauchen ist. Ich wäre beinahe erschossen worden, weil ich Jed mit einem Revolver bedroht habe, der nicht eine einzige Kugel enthielt.«

»Tut mir leid«, entschuldigte er sich errötend. »Du weißt ja, daß Handfeuerwaffen nicht gerade mein Spezialgebiet sind. Ich hab' gar nicht daran gedacht, nachzusehen, ob der Revolver geladen war. Du wolltest Munition haben, und die habe ich dir ja auch gegeben. Ich bin nur davon ausgegangen, daß du vielleicht gerne eine zusätzliche Waffe hättest, das war alles.«

Nach dieser Erklärung lief Casey rot an, da sie sich von einer Mitschuld nicht freisprechen konnte. Sie hätte sich im Restaurant wenigstens so viel Zeit nehmen müssen, um das verdammte Ding nachzuladen.

»Ist ja auch egal.« Dann gab sie zu: »Aber dein Timing war perfekt, falls du das nicht gemerkt haben solltest. Dort oben in der Hütte hast du mir das Leben gerettet, dafür möchte ich mich bei dir bedanken.«

»Das ist nun wirklich das letzte, wofür du dich bei mir bedanken müßtest«, erwiderte er mit einem leisen Lächeln.

Doch dann starrte er sie plötzlich mit diesem durchdringenden Blick an, der in ihrem Magen immer ein Kribbeln auslöste. Vielleicht war es langsam an der Zeit, daß sie ihm gestand, was sie für ihn empfand – wenn er es nicht schon längst gemerkt hatte. Sie wußte nur nicht, was ihr Geständnis ändern sollte. Er würde trotzdem die Ehe mit ihr nicht aufrechterhalten wollen. Eine Frau wie sie würde er niemals als Ehefrau akzeptieren, und es schnürte ihr die Kehle zu, noch länger darüber nachzudenken.

Also betrat sie mit einem gemurmelten ›Gute Nacht‹ ihr Zimmer und schloß die Tür hinter sich, dann stolperte sie im Dunkeln auf ihr Bett zu und ließ sich darauf fallen. Ihre Augen schwammen bereits in Tränen.

Ihr blieb kaum noch etwas zu tun; der Job, für den sie angeheuert worden war, war so gut wie erledigt. Sie hatte ihren Teil der Abmachung erfüllt, und sowie Damian sie bezahlt hatte, gab es für sie keinen Grund mehr, sich nicht von ihm zu trennen. Der bloße Gedanke daran zerriß ihr das Herz.

Draußen auf dem Korridor starrte Damian die verschlossene Tür lange an und überlegte, ob er anklopfen und Casey noch einmal herauslocken sollte. Er hob sogar schon die Hand, ließ sie dann jedoch langsam wieder sinken.

Wieder benahm sie sich so, als hätten sie sich nie geliebt, als hätte es jenen Moment höchster Intimität nie gegeben. Sie wich auch seinem Blick ständig aus. Schämte sie sich dessen, was zwischen ihnen vorgefallen war? Oder war es eher so, daß sie sich schämte, weil sie besagten intimen Moment ausgerechnet mit ihm geteilt hatte?

Darüber hatte er noch nie näher nachgedacht, aber ihm war durchaus klar, daß es ihm ihrer Meinung nach an all den Eigenschaften fehlte, die sie an einem Mann bewunderte. Hatte sie ihn nicht oft genug als Grünschnabel bezeichnet und dieses Wort genauso abfällig gemeint, wie es klang? Aber Casey war in einem Land aufgewachsen, wo man noch in der Vergangenheit lebte. Die kleinen Städte des Westens hatten sich im Verlauf der letzten fünfzig Jahre kaum verändert; der Fortschritt war nahezu spurlos an ihnen vorübergegangen, wohingegen sich die Städte im Osten weiterentwickelt und mit den Anforderungen des nächsten Jahrhunderts, das sozusagen vor der Tür stand, Schritt gehalten hatten. Sollte er etwa auf all die Annehmlichkeiten verzichten, die die fortschreitende Technisierung mit sich brachte, nur weil sie sich nicht vom Althergebrachten lösen wollte?

Warum quälte er sich eigentlich mit solch fruchtlosen Grübeleien herum? In Kürze würden sich ihre Wege ohnehin trennen, denn sie wartete ungeduldig darauf, nach Hause zurückzukehren und ihrem Vater berichten zu können, was sie alles erreicht hatte. Außerdem hatte sie ihm auf jede nur erdenkliche Art und Weise zu verstehen gegeben, daß sie das, was zwischen ihnen geschehen war, bereute. Nicht ein einziges Mal hatte sie ihn zu mehr ermutigt.

Seufzend ging Damian in sein eigenes Zimmer hinüber. Vermutlich war es auch besser, wenn er sie nicht mehr wiedersah. Er konnte sich beim besten Willen nicht vorstellen, daß Casey als Gastgeberin bei einem Essen für seine Geschäftsfreunde fungierte – wozu sie als seine Frau verpflichtet wäre –, ohne daß ihr geliebter Revolver neben ihrem Teller lag. Er glaubte auch nicht, daß sie in der Lage war, seinen Haushalt so zu organisieren, daß alles wie gehabt reibungslos funktionierte. Hingegen konnte er sich sehr gut vorstellen, für den Rest seines Lebens das Bett mit ihr zu teilen. Die Frage war nur, wo dieses Bett stehen würde. In irgendeinem schäbigen Westernstädtchen? So unabhängig, wie sie war, würde sie am Ende *ihn* unterhalten wollen.

Nein, er hielt es für besser, wenn sie sich trennten. Er wünschte nur, er würde sich bei dieser Vorstellung nicht so furchtbar elend fühlen.

41. Kapitel

Als sie Jed am nächsten Morgen beim Totengräber ablieferten, hatte sich bereits eine beträchtliche Menschenmenge auf der Straße versammelt, was nicht weiter verwunderlich war, wenn man bedachte, daß Jack und Jethro in gefesseltem und geknebeltem Zustand nach Culthers zurückkehrten. Gefangene erregten immer Aufsehen, und das erwies sich oft als vorteilhaft. Auch der heutige Tag bildete keine Ausnahme.

Der Sheriff erwartete sie bereits auf der Veranda vor seinem Büro, da ihm nicht entgangen war, daß sich eine Meute aufgebrachter Bürger auf ihn zubewegte. Im Augenblick spielte es keine Rolle mehr, ob er auf Jacks Lohnliste gestanden hatte oder nicht; wenn er seinen Job behalten wollte, mußte er sich in diesem Fall streng an die Vorschriften des Gesetzes halten, zumal viele aus der Menge ihm nun, da Jack gewissermaßen entthront war, böse Anschuldigungen entgegenschleuderten. Vorher waren sie zu eingeschüchtert gewesen, um sich über den massiven Terror, den Jack und sein ›Wahlkampfkommitee‹ ausübten, zu beschweren, aber jetzt hatte sich das Blatt gewendet.

Damian erleichterte dem Sheriff seinen Entschluß, das Lager zu wechseln, indem er ihm klipp und klar mitteilte, daß Jack nach New York überführt und dort vor Gericht gestellt werden würde. Der Sheriff mußte also nur Jethro in Gewahrsam nehmen und den immer noch auf freiem Fuß befindlichen Elroy verhaften. Letzteres ließ sich leicht bewerkstelligen, da Bencher aufgrund seiner zahlreichen Verwundungen zu Bett liegen mußte.

Dann zog Damian ein amtlich aussehendes Dokument aus der Tasche und hielt es dem Sheriff unter die Nase. Casey blieb fast der Mund offenstehen, als sie sah, worum es sich handelte – seine Ernennung zum U. S. Deputy Marshall. Er hätte sie ja wenigstens darüber aufklären können, daß er diesen Titel zu Recht trug, statt sie ihre eigenen Schlußfolgerungen ziehen zu lassen. Natürlich hatte er nicht wissen können, daß sie mit ihren Vermutungen falschgelegen hatte, und so auch keine Veranlassung gesehen, den Beweis für die Richtigkeit seiner Behauptungen anzutreten.

Für Casey war es eine Überraschung, aber eine angenehme. Und sie mußte zugeben, daß er so, wie er sich augenblicklich kleidete, nachdem er sich vorübergehend von seinen modischen Anzügen getrennt hatte, einen wirklich schmucken Marshall abgab, auch wenn er dieses Amt einzig und allein zu dem Zweck übernommen hatte, Curruthers zu finden und dingfest zu machen.

Später an diesem Morgen verließen sie Culthers mit Jack im Schlepptau endgültig und ritten nach Sanderson, um dort den Zug Richtung Osten zu nehmen. Wieder wartete Damians Salonwagen am Bahnhof auf sie, so daß sie ihre Reise auf sehr angenehme Weise fortsetzen konnten.

Damian mußte erst noch eine Bank ausfindig machen, die in der Lage war, ihm genug Geld zu beschaffen, damit er Casey auszahlen konnte, daher begleitete sie ihn noch so lange. Sie war von diesem Arrangement nicht allzu begeistert, denn je länger sie sich in seiner Gesellschaft befand, desto stärker bedauerte sie, daß dieser Zustand nicht von Dauer sein konnte. Also griff sie auf die zweitbeste Möglichkeit zurück, die ihr blieb, und versuchte ihn zu ignorieren, so gut es eben ging. Und wenn er sie dabei ertappte, wie sie ihn anschaute, nun, dann gab sie eben vor, tief in Gedanken versunken zu sein und blicklos ins Leere zu starren.

Wieder mußten sie die Stadt Langtry durchqueren, aber diesmal hatten sie nur wenige Stunden Aufenthalt, daher beschlossen Casey und Damian, während dieser Zeit lieber im Zug zu bleiben. Keiner von beiden wollte es aus einleuchtenden Gründen auf ein neuerliches Zusammentreffen mit dem unberechenbaren Richter Bean ankommen lassen.

Unglücklicherweise schien sich jemand in dieser Stadt noch an den Salonwagen zu erinnern, und der Richter war anscheinend schon wieder knapp bei Kasse, denn ungefähr zwanzig Minuten nach der Ankunft des Zuges klopfte bereits sein Gerichtsdiener an der Tür des Waggons. Casey erwog ernsthaft, die fragwürdige Einladung in Beans Gerichtssaal zu ignorieren. Sie konnte Old Sam aus dem Viehwagen holen und über alle Berge sein, ehe der Gerichtsdiener genug Leute zusammengetrommelt hatte, um sie zu zwingen, seiner Aufforderung Folge zu leisten. Aber das hieße, Damian im Stich zu lassen, denn dieser hatte sich bereits sowohl von seinem eigenen als auch von Jacks Pferd getrennt, weil er davon ausgegangen war, die Tiere nicht länger zu benötigen. Und drei Menschen fanden beim besten Willen nicht auf Old Sam Platz.

Da ihr letztendlich nichts anderes übrigblieb, gab sie nach und betrat ein weiteres Mal mit Damian an ihrer Seite Roy Beans provisorischen Gerichtssaal. Die Zechkumpane des Richters waren vollzählig versammelt, und Bean selbst begrüßte sie mit einem breiten Grinsen, das sofort Caseys Mißtrauen erweckte.

Der Gerichtsdiener, der sie hergebracht hatte, flüsterte dem Richter rasch etwas ins Ohr, woraufhin Bean ein überraschtes Gesicht zog. Aus welchen Gründen auch immer er sie zu sich zitiert haben mochte, jetzt hatte er etwas erfahren, was ihm offenbar große Genugtuung bereitete.

Er ließ sie darüber auch nicht lange im unklaren. »Wie mir mein Gerichtsdiener mitteilte, haben Sie einen Gefangenen bei sich. Ist das der Bursche, hinter dem Sie her waren?«

»Ja, Euer Ehren«, antwortete Damian.

»Da soll mich doch der Teufel holen«, meinte Bean und

wandte sich dann grinsend an seine Kumpane, die sich an der Bar aufgestellt hatten und so unbeweglich dastanden, als gehörten sie zum Inventar. »Sieht aus, als würde bald 'ne Hinrichtung stattfinden, Jungs.«

Damian schüttelte abwehrend den Kopf und legte seine Ernennungsurkunde vor Bean auf den Tisch, damit der Richter sie studieren konnte. »Ich fürchte, daraus wird nichts. Als U. S. Marshall ist es meine Pflicht, diesen Mann der Gerichtsbarkeit desjenigen Staates zu überantworten, in dem er sein Verbrechen begangen hat.«

Bean wirkte eindeutig enttäuscht und seufzte sogar einmal tief, ehe er zugab: »Das ist richtig. Wirklich schade, mein Sohn. Ich hätte ihn mit Freuden an den Galgen gebracht.«

Damian verstaute die Urkunde wieder in seiner Tasche. »Danke, Euer Ehren. Und wenn das alles ist...«

»Nicht so eilig«, unterbrach der Richter. »Ich bin noch nicht fertig. Sind Sie beide eigentlich immer noch miteinander verheiratet?«

Unwillkürlich erinnerte sich Casey daran, wie eifrig Damian nach einem Richter gesucht hatte, der ihre Ehe wieder annulieren konnte, und erwiderte mürrisch: »Leider, aber nur, weil wir zwischen Langtry und Sanderson keinen anderen Richter auftreiben konnten – Euer Ehren.«

Bean grinste spöttisch. »Man nennt mich nicht umsonst den einzigen Gesetzesvertreter westlich des Rio Pecos, Missy. Nun muß ich Ihnen gestehen, daß ich ein wenig nachgedacht habe, nachdem Sie beide die Stadt verlassen hatten, und zu dem Schluß gekommen bin, in Ihrem Fall zu nachlässig gehandelt zu haben. Zwar habe ich, und darauf bestehe ich noch heute, nur meine Pflicht getan, da Sie eindeutig in Sünde lebten. Aber ich vergaß zu erwähnen, was ich normalerweise allen Paaren erkläre, die ich traue, nämlich daß ich gegen eine Gebühr von fünf Dollar die Ehe jederzeit wieder aufhebe, wenn die Partner es wünschen. Und da Sie eben selbst gestanden haben, nach einer solchen Möglichkeit zu suchen, wüßte ich nicht, warum ich Ihnen das Recht verweigern sollte, das ich anderen zugestehe. Also erkläre ich hiermit kraft meines Amtes die Ehe für ungültig.« Er ließ seinen Hammer auf den Tisch niederkrachen. »Das macht dann fünf Dollar. Zahlbar an den Gerichtsdiener.«

42. Kapitel

Der Zug hielt über Nacht in der nächsten Stadt, wo es eine Filiale einer renommierten Bank gab, die den Transfer einer so großen Geldsumme übernehmen konnte. Sie kamen früh genug dort an, und Damian ließ sich einen Wechsel ausstellen, den er Casey beim Abendessen in einem kleinen Restaurant in der Nähe des Hotels überreichte.

Das war dann wohl das Ende. Zwar reisten sie beide noch in dieselbe Richtung, mußten dies aber nicht notwendigerweise gemeinsam tun. Casey konnte ebensogut auf den nächsten Zug warten oder den Heimweg zu Pferd antreten. Sie sah keinen Grund, ihr Leid noch zu verlängern, wenn es nicht notwendig war, und inzwischen litt sie wirklich.

Sie sah Damian an, der ihr gegenübersaß und die Speisekarte studierte, ohne zu merken, welchen Aufruhr er in ihrem Inneren auslöste, und meinte, ihr Herz müsse zerspringen. Seit ihrer ›Scheidung‹ hatte er sich ziemlich schlechtgelaunt gezeigt, doch sie brachte vollstes Verständnis für ihn auf. Er hatte die Auflösung ihrer Ehe gewollt, gewiß, aber es ging ihm gegen den Strich, daß sie ihm genauso aufgezwungen worden war wie zuvor die Heirat.

Herz- und gefühllose Menschen wie Richter Roy Bean, die um des eigenen pekuniären Vorteils willen mit ihren Mitmenschen spielten wie mit Schachfiguren, müßten von Rechts wegen aus der Gesellschaft ausgestoßen werden, aber Gott sei Dank gehörten sie ohnehin einer aussterbenden Gattung an. Leider blieb ihren Opfern meist nichts anderes übrig, als sich in ihr Schicksal zu fügen, das Beste daraus zu machen und ihr Leben weiterzuleben, so gut es eben ging.

Genau das beabsichtigte auch Casey. Sie wollte sich noch nicht einmal mehr von Damian verabschieden, denn sie fürchtete, vor seinen Augen in Tränen auszubrechen, wenn sie tatsächlich jene Worte aussprechen mußte, die ihre Beziehung für immer beendeten. Er rechnete damit, sie am nächsten Morgen im Zug wiederzutreffen. Sie wollte ihn nach dem heutigen Abend nicht mehr wiedersehen.

Sie wohnten im selben Hotel – Casey hatte sich gar nicht erst die Mühe gemacht, sich nach einer Pension umzusehen, und der Rückweg wurde für sie zu einer Qual. Damian plauderte von unverfänglichen Dingen. Sie dagegen brachte kein Wort heraus, da sie an dem Kloß, der sich in ihrer Kehle bildete, zu ersticken drohte.

Doch nachdem sie ihre Zimmertür geöffnet hatte, drehte sie sich um, um ihn ein letztes Mal anzusehen und sich all die kleinen Einzelheiten seiner Erscheinung einzuprägen; die feinen Bartstoppeln auf seinen Wangen, die festen Lippen, die bisweilen so weich wirken konnten, die Haare, die er jetzt länger trug, als ihm eigentlich lieb war, und die grauen Augen, die auf den Grund ihrer Seele blicken konnten.

Die Versuchung, ihn ein allerletztes Mal zu berühren, wurde so übermächtig, daß sie nicht widerstehen konnte. Es hätte ein Abschiedskuß sein sollen, weiter nichts, doch dann geriet er plötzlich außer Kontrolle.

Damian mußte in diesen Kuß mehr hineingelesen haben, als sie beabsichtigt hatte. Er schien ihn als Aufforderung ihrerseits zu betrachten, denn er zog sie eng an sich und gab sie nicht mehr frei, und auch dieser Versuchung vermochte sie nicht zu widerstehen. Was schadete es schon, sich auf diese Weise von ihm zu verabschieden? Und das Wissen darum, daß es unwiderruflich das letzte Mal war, würde diese Vereinigung zu etwas ganz Besonderem machen.

Anscheinend hegte er ähnlich geartete Gefühle. Obwohl er ja davon ausging, sie am nächsten Tag noch einmal zu sehen, mußte er doch begriffen haben, daß dies ihre letzte intime Begegnung sein würde, denn er ging zärtlicher und behutsamer mit ihr um als je zuvor.

Er hob sie hoch, trug sie zum Bett und begann, sie langsam zu entkleiden, wobei er mit den Lippen über jedes Fleckchen Haut strich, das er entblößte, und dann sacht an ihrem Hals, ihren Schultern und sogar an ihren Fingerspitzen knabberte. Diesmal drückten seine Liebkosungen keine ungezügelte Begierde, sondern eine unendliche Zärtlichkeit aus, die Casey tief berührte.

Sie zögerte denn auch nicht, sie voller Hingabe zu erwidern. Die Laute, die sie ihm dabei entlockte, ermunterten sie zu einer ausgedehnteren Erforschung seines Körpers, und es gab so viel zu entdecken ... sie ertastete das Spiel der Muskeln unter seiner Haut, fand weiche Stellen und staunte über verblüffend harte. Von seiner Reaktion ermutigt, wurde sie kühner; ließ keinen Teil von ihm aus, bis ihre Finger schließlich auf seine harte Männlichkeit trafen und sich ihre Hand fest darum schloß.

Die offenkundigen und doch so erstaunlichen Gegensätze ihrer Körper schlugen Casey in ihren Bann, und doch schienen ihnen beiden dieselben Dinge Lust zu bereiten. In diesem Punkt gab es keinen Unterschied zwischen ihnen; ein Wunder, das sie kaum zu fassen vermochte.

Es faszinierte sie über alle Maßen, seinen Körper zu erkunden, und der herbe männliche Geruch, der ihn umgab, berauschte ihre Sinne. Er ließ sie gewähren; gab ihr Zeit, genüßlich all das zu tun, was sie sich bislang nur in ihrer Fantasie ausgemalt hatte.

Und doch erreichte diese Wonne schon bald die Grenze des Erträglichen. Ihr Blut geriet in Wallung, ihre Haut reagierte überempfindlich auf weitere Zärtlichkeiten, und ihre Körper wurden von sengendem Verlangen durchströmt, bis jeder Nerv zu vibrieren schien. Gerade als Casey meinte, es nicht mehr länger aushalten zu können, zog er sie an sich und drang in sie ein, bis seine samtige Härte sie ausfüllte.

Sein Blick verschmolz mit dem ihren, was auf sie eine ebenso erotisierende Wirkung ausübte wie das Gefühl, ihn tief in sich zu spüren. Dann begann er, sich langsam in ihr zu bewegen, zog sich zurück, stieß in sie hinein und küßte sie zwischendurch leidenschaftlich, nur um danach wieder von vorne anzufangen. Noch nie war ihr sein Liebesspiel so intensiv, so verzehrend erschienen.

Doch schon bald spürte sie die Erfüllung herannahen, jene Woge purer Lust, die sie zum Gipfel der Ekstase schwemmte und sie am ganzen Leib erbeben ließ. Daß er gemeinsam mit ihr zum Höhepunkt kam, erfüllte sie mit einer unbeschreiblichen Wonne.

Hinterher hielt Casey ihn eng an sich gepreßt und versuchte, die aufsteigenden Tränen zu unterdrücken. In diesem Moment, für diese kurze Zeit gehörte er ihr allein. Von morgen an würden sie getrennte Wege gehen, aber sie würde ihn nie vergessen – noch würde sie je aufhören, ihn zu lieben. Aber sie würde alles daransetzen, den Schmerz zu verdrängen und darauf zu hoffen, irgendwann einmal imstande zu sein, ohne Bedauern auf diese Zeit zurückzublicken und sie einfach nur als einen schönen Abschnitt ihres Lebens zu betrachten.

43. Kapitel

Courtney ritt gerade über eine der westlichen Weiden, als sie in der Ferne Chandos auf sich zusprengen sah. Sofort stieß sie ihrem Pferd die Fersen in die Flanken und galoppierte los, insgeheim betend, daß er diesmal endgültig zu Hause bleiben möge.

Die letzten sieben Monate waren nicht leicht für sie gewesen; nicht allein deswegen, weil sie während seiner Abwesenheit die Hauptverantwortung für die K. C. übernommen hatte, sondern weil sie es haßte, so lange von ihrem Mann getrennt zu sein.

Sowie sie ihn erreicht hatte, stieß sie nur hervor: »Das wurde auch verdammt noch mal Zeit!«, ehe sie aus dem Sattel sprang und sich in seine ausgebreiteten Arme warf.

Sie hörte ihn leise kichern, dann verschloß er ihren Mund mit seinen Lippen und küßte sie ausgiebig, bis sie sich völlig außer Atem von ihm löste, sich zurücklehnte und ihn aufmerksam musterte. Ein breites Grinsen lag auf seinem Gesicht. Dieses Grinsen fiel ihr zuallererst auf, nicht der Stoppelbart oder die Tatsache, daß sein Haar so lang geworden war, daß er es zu einem Zopf geflochten trug. Dieses Grinsen ... und das Funkeln in seinen hellblauen Augen.

Er hatte sich verändert, glich wieder mehr dem alten Chandos. Diese Verwandlung war ihr schon bei den wenigen vorhergegangenen Besuchen nicht entgangen, die er ihr im Lauf der letzten sieben Monate abgestattet hatte, und der Eindruck verstärkte sich noch, als sie ihn jetzt anschaute. Der Zorn, der ihn bislang beherrscht hatte, war verschwunden, das Leben in seine Augen zurückgekehrt. Und sosehr sie es auch verabscheut hatte, sowohl ihren Mann als auch ihre Tochter so lange entbehren zu müssen, wußte sie doch, daß sie Chandos' Wandel Casey verdankte.

Für ihn war es eine gute und heilsame Zeit gewesen. Er hatte die Möglichkeit gehabt, etwas zu tun, was ihm das Gefühl gab, gebraucht zu werden; etwas, was seinen Fähigkeiten und Vorlieben entsprach, denn seit Fletchers Tod hatte ihn der monotone Alltag auf der Ranch zusehends gelangweilt. Zu Lebzeiten seines Vaters hatte er sich noch, angespornt von dem glühenden Wunsch, es Fletcher gleichzutun oder ihn zu übertreffen, bemüht, sich als Rancher auszuzeichnen, doch mit Fletchers Tod war auch jeglicher Ehrgeiz in ihm erstorben.

»Besteht Hoffnung, daß du diesmal länger bleibst, oder ist dieser Besuch wieder eine deiner üblichen Stippvisiten?« erkundigte sich Courtney.

Es hatte Chandos nicht viel Zeit gekostet, Casey ausfindig zu machen, nachdem sie ihr Elternhaus verlassen hatte. Für Courtney war dies das Ende der Angelegenheit gewesen; sie hatte fest damit gerechnet, daß er seine Tochter unverzüglich nach Hause bringen würde, doch er hatte das nicht getan. Das Gefühl, einen nicht unerheblichen Teil der Schuld an ihrem Verschwinden zu tragen, hatte ihn dazu veranlaßt, abzuwarten, bis sie bewiesen hatte, was immer sie ihm beweisen wollte. Während dieser Zeit hatte er lediglich ›über sie gewacht‹, wie er es nannte, und sie ansonsten gewähren lassen.

»Die Sache ist ausgestanden, Katzenauge«, erwiderte er mit einem tiefen Seufzer. »Casey ist heute mit dem Mittagszug hier eingetroffen. Ich weiß nur nicht, ob sie es schaffen wird, noch vor Einbruch der Dunkelheit auf der Ranch zu sein. Sie schlurft durch die Gegend, als ob sie auf dem Weg zu ihrer Hinrichtung wäre.«

»Kann ich gut verstehen. Sie fürchtet sich wahrscheinlich davor, dir gegenüberzutreten.«

Chandos schüttelte den Kopf. »Ich glaube nicht, daß es daran liegt. Wenn überhaupt, dann sollte sie sich darauf freuen, mit dem zu prahlen, was sie alles erreicht hat. Aber bei den wenigen Gelegenheiten, bei denen ich sie mir genauer ansehen konnte, seit sie den Heimweg angetreten hat, kam sie mir vor – wie soll ich es ausdrücken? Sie sah so aus, als würde sie eine schwere seelische Last mit sich herumschleppen.«

»Ist kürzlich etwas vorgefallen, was du in deinen Telegrammen und Briefen zu erwähnen vergessen hast?«

»Ja, einiges, aber nichts davon ist meiner Meinung nach die Ursache für ihr seltsames Verhalten. Sie hat den letzten Job, den sie übernommen hat, erfolgreich zu Ende gebracht und sich dann von dem Grünschnabel, der sie angeheuert hatte, getrennt. Vielleicht ist ihr ja, als sie in Lebensgefahr schwebte, klargeworden, daß sie sich doch ein bißchen übernommen hat.«

»Lebensgefahr? *Lebensgefahr!* Wie zum Teufel konnte *das* denn passieren? Du hast mir doch versprochen, dafür zu sorgen, daß ihr nichts zustößt!«

Chandos lächelte schief. »Ich konnte leider nicht jedesmal zur Stelle sein, wenn sie es sich einfallen ließ, ihren Revolver zu ziehen. Ab und an ist es ihr gelungen, mich abzuhängen, und dann hatte ich meine liebe Not, sie wieder einzuholen.«

»Wann genau war sie denn ernstlich in Gefahr?« wollte Courtney wissen. »Und inwiefern?«

»Ihr letzter Job erwies sich als etwas gefährlicher, als ich zunächst angenommen hatte. Dieser Oststaatler engagierte sie, um einen Mann namens Curruthers zu finden, das habe ich herausbekommen, indem ich dieselben Leute befragte wie sie. Curruthers stammte auch aus dem Osten, und davon habe ich mich täuschen lassen.«

»Du meinst, *er* war gefährlicher, als du gedacht hattest?«

»Nein, er selbst war eher harmlos. Die eigentliche Gefahr ging von den Revolverhelden aus, die er sich als Leibwächter zugelegt hatte. Casey spürte den Kerl auf, und als ich sie wieder eingeholt hatte – in Sanderson hat sie mich an der Nase herumgeführt, sie hat sich einfach mitten in der Nacht davongemacht, ohne Spuren zu hinterlassen –, steckte sie gerade mitten in einem verdammten Zweikampf.«

»Wie bitte?«

Er grinste. »Beruhige dich, Katzenauge. Sie hat ihn spielend gewonnen, und wenn ich so im nachhinein darüber nachdenke, war es schon verdammt komisch. Damals, als überall Kugeln durch die Luft pfiffen, dachte ich natürlich ganz anders und schwor mir, der Sache ein Ende zu machen. Ich war fest entschlossen, sie auf der Stelle nach Hause zu schleifen.«

»Und was war bitte schön so komisch daran, daß unsere Tochter sich auf einen Zweikampf eingelassen hat?« fauchte Courtney, weit davon entfernt, sich zu beruhigen.

»Du hättest sie sehen sollen, wie sie dastand, mitten auf der Hauptstraße eines allem Anschein nach friedlichen kleinen Städtchens, in einem der aufwendigsten Kleider, das sie je getragen hat, den Revolvergurt um die Hüften geschnallt, und das zu all dem Rüschenfummel ...«

»Und *das* findest du komisch?«

»Hör auf, mich so finster anzustarren, und denk lieber daran, daß sie in Sicherheit und auf dem Weg nach Hause ist, dann kannst du auch darüber lachen.«

Courtney schnüffelte beleidigt, machte aber ein etwas freundlicheres Gesicht. »Sicher, vermutlich werde ich irgendwann einmal darüber lachen können – wenn ich hundert Jahre alt bin. Und jetzt erklär mir doch bitte, warum du sie danach nicht unverzüglich nach Hause gebracht hast.«

Bei der Erinnerung zog er die Brauen zusammen. »Weil mein verflixtes Pferd plötzlich gelahmt hat.«

»Aber du hast dich doch in derselben Stadt aufgehalten wie sie«, gab Courtney zu bedenken. »Wozu brauchtest du denn dann ein Pferd?«

»Weil diese Hundesöhne, mit denen sie sich angelegt hatte, niemals die Absicht hatten, fair zu kämpfen. In dem Moment griff ich ein und gab ihr genug Deckung, daß sie sich in Sicherheit bringen konnte, was sie dann auch getan hat. Auf einmal erschien auch der Grünschnabel auf der Bildfläche – sie müssen wohl irgendwie getrennt worden sein, nachdem sie Sanderson verlassen hatten. Na ja, dann kamen von beiden Straßenseiten her Kugeln angeschwirrt, und als das Feuer eingestellt wurde, habe ich nicht schnell genug begriffen, daß sich beide Parteien durch den Hinterausgang der Gebäude, in denen sie Schutz gesucht hatten, davongemacht hatten. Im Mietstall der Stadt trafen sie dann wieder aufeinander, und was immer dort geschehen sein mag, es endete damit, daß die Kerle mit Casey als Geisel aus der Stadt geritten sind.«

Courtney seufzte. »Gut, ich sehe ein, daß dein lahmes Pferd dich stark behindert hat. Und weiter?«

»Nicht nur das, es kam noch schlimmer«, fuhr Chandos fort. »Ich habe natürlich sofort die Verfolgung aufgenommen, genau wie Rutledge, der noch ein Stück vor mir war.«

»Der Oststaatler?«

Chandos nickte. »Die Fährte verlief auf der Straße nach Sanderson in Richtung Süden, aber das war nur eine Finte, um etwaige Verfolger abzuschütteln. Ich entdeckte ziemlich bald die Stelle, wo sie die Straße verlassen und sich nach Westen gewandt hatten, und kam ihnen schließlich so nah, daß ich sie schon sehen konnte. Rutledge war ihnen noch nicht auf die Schliche gekommen und befand sich demnach hinter mir.«

»Und dann fing dein Pferd an zu lahmen?«

Seufzend nickte er wieder. »Ich wollte Rutledge auflauern und ihm seinen Gaul abnehmen. Dachte mir, der Grünschnabel könnte Casey sowieso nicht helfen. Aber der verdammte Bursche jagte an mir vorbei, als ob der Teufel hinter ihm her wäre, und er war zu weit entfernt, als daß ich ihn hätte aufhalten können. Ich glaube, er hat mich noch nicht einmal gesehen, so sehr brannte er darauf, Curruthers zu schnappen. Zu diesem Zeitpunkt hatte ich mich aber schon gut fünf Meilen von der Stadt entfernt, und als ich endlich ein anderes Pferd bekam und ihnen nachsetzen konnte, da waren die beiden schon auf dem Rückweg. Sie hatten ihre Gegner überwältigt und gefangengenommen.«

»Also hat er Casey gerettet?«

Chandos schnaubte. »Das wage ich zu bezweifeln. Wahrscheinlich hatte sie die Lage bereits unter Kontrolle, als er dazukam, obwohl ich gar zu gerne wissen würde, wie sie das geschafft hat. Einer der Halunken war tot, die beiden anderen verschnürt wie Truthähne, die zum Braten vorbereitet wurden.«

»Frag sie doch einfach, was passiert ist, wenn sie nach Hause kommt«, schlug Courtney vor. »Oder willst du sie wirklich in dem Glauben lassen, sie hätte dich überlistet und du hättest sie nie gefunden?«

Chandos zuckte die Achseln. »Weiß ich noch nicht. Warten wir erst einmal ab, was sie zu sagen hat. Aber jetzt ist wirklich alles überstanden, Katzenauge, dessen bin ich sicher. Und vielleicht bekommst du ja aus ihr heraus, was sie so bedrückt, wo sie doch froh sein sollte, wieder nach Hause zu kommen.«

44. Kapitel

Auf dem Hügel, der einen herrlichen Ausblick über die gesamte Bar M Ranch gewährte, zügelte Casey ihr Pferd und fragte sich, ob sie für das, was sie erreicht hatte, nicht einen zu hohen Preis hatte zahlen müssen. Sie fürchtete, doch zu viele Charakterzüge ihres Vaters und Großvaters geerbt zu haben, denn nun sah sie ein, daß sie halsstarrig, unbesonnen und zu sehr von der Richtigkeit ihres Tuns durchdrungen gewesen war.

Sie hatte den noblen Versuch unternehmen wollen, Fletchers Vermächtnis vor dem Ruin zu bewahren, das zumindest hatte sie sich anfangs eingeredet. Aber wäre die Ranch wirklich zugrunde gegangen, selbst wenn sie nie wieder einen Fuß darauf gesetzt hätte? Hätte Chandos das zugelassen? Die Antwort lautete wahrscheinlich in beiden Fällen nein. Sie war ganz einfach zu sehr von sich selbst eingenommen gewesen, hatte gedacht, nur sie allein könne die Bar M retten. Was für eine Närrin sie doch gewesen war!

Und ausgerechnet jetzt, wo ihr ihre Beweggründe selbst nicht mehr stichhaltig erschienen, mußte sie sich vor ihren Eltern rechtfertigen. Sie hatte eine Torheit begangen und sah sich nun gezwungen, es zuzugeben.

Casey wendete Old Sam, stieß ihm die Fersen in die Flanken und legte das letzte Stück im Galopp zurück. Sie kam gerade rechtzeitig zum Abendessen, also bestand gute Aussicht, beide Elternteile im Eßzimmer anzutreffen. Doch als sie auf der Schwelle des elegant eingerichteten Raumes stand, fühlte sie sich in ihren Jeans und dem schmutzigen Poncho so furchtbar fehl am Platz, daß sie die Worte, die sie sich zurechtgelegt hatte, nicht über die Lippen brachte. Zwar war sie froh, endlich wieder zu Hause zu sein, und sie hatte ihre Mutter und ihren Vater entsetzlich vermißt, aber dennoch überkam sie plötzlich aus irgendeinem unerklärlichen Grund das Gefühl, nicht mehr hierherzugehören, und diese Erkenntnis schmerzte sie mehr als all die anderen Dinge, die ihr sonst noch auf der Seele lagen.

Sie hoffte nur, daß ihre allgemeine Unzufriedenheit für ihren augenblicklichen Gemütszustand verantwortlich war. Schließlich war dies ihr Zuhause; sie wußte, hier würde sie jederzeit willkommen sein. Sie war sich aber auch darüber im klaren, daß sie dieses Heim einmal verlassen würde, eines Tages, wenn sie den richtigen Mann gefunden hatte ...

»Mußtest du dir unbedingt dein schönes Haar abschneiden?« erkundigte sich Courtney mißbilligend.

Casey starrte ihre Mutter fassungslos an. Nach ihrer siebenmonatigen Abwesenheit hatte sie eine solche Frage zuallerletzt erwartet. War das der einzige Vorwurf, den sie zu hören bekam? Sie wagte nicht, zu ihrem Vater hinüberzublicken, sie fürchtete sich vor dem Wutausbruch, der sich dann über ihrem Haupt entladen würde. Bis jetzt hatte er noch keinen Ton gesagt, aber das konnte sich jeden Moment ändern.

»Es wächst doch wieder nach«, erwiderte sie lahm.

Courtney lächelte, erhob sich und breitete die Arme aus. »Das denke ich auch. Und nun komm her.«

Auf diese Aufforderung hatte Casey gewartet, darauf hatte sie gehofft, und sie warf sich ohne zu zögern in die Arme ihrer Mutter – und brach prompt in Tränen aus. Courtneys tröstende Worte drangen sogar durch ihr wildes Schluchzen, doch die Tränenflut ließ sich nicht eindämmen, sondern wurde eher noch stärker.

Casey hatte so viel auf dem Herzen, wofür sie ihre Eltern um Verzeihung bitten mußte. Es gab so viel, was sie belastete und sich trotzdem nicht mehr ändern ließ. Eltern waren für gewöhnlich in der Lage, all das wieder einzurenken, was in der Welt ihrer Kinder schiefging, aber sie war über das Alter hinaus, in dem sich Probleme so leicht aus der Welt schaffen ließen.

Das einzige, was sie in kläglichem Tonfall hervorbrachte, war: »Es tut mir ja so leid! Ich hätte nie fortgehen dürfen, das weiß ich jetzt!«

»Casey, Liebling, ganz ruhig«, sprach Courtney ihr zu. »Du bist wieder zu Hause, dir ist nichts passiert, und nur das zählt. Alles andere regelt sich schon von alleine.«

Casey bezweifelte das, wollte aber jetzt mit ihrer Mutter nicht streiten. Ihr wurde eine Gnadenfrist gewährt. Sie mußte noch nicht einmal Erklärungen abgeben ...

»Möchtest du mir nicht sagen, warum du das Bedürfnis verspürt hast, einfach so, ohne ein Wort des Abschieds davonzulaufen?«

Beinahe hätte Casey gekichert. Sie wischte sich die Tränen von den Wangen, lehnte sich zurück und schenkte ihrer Mutter ein zaghaftes Lächeln. Zumindest mit *dieser* Frage hatte sie gerechnet.

»Nun, es liegt doch auf der Hand, warum ich mich bei Nacht und Nebel fortgeschlichen habe. Wenn ich euch nämlich in meine Pläne eingeweiht hätte, hättet ihr mich wahrscheinlich in meinem Zimmer eingesperrt und den Schlüssel in den nächstbesten Brunnen geworfen.«

»Schon möglich.« Courtney erwiderte das Lächeln. »Und warum bist du überhaupt fortgegangen?«

Jetzt sah sie doch zu ihrem Vater hinüber, der immer noch ruhig auf seinem Platz saß und seine Tochter beobachtete. Von seinem Gesicht war nicht abzulesen, was er dachte. Sie wunderte sich schon, daß er sie noch nicht angebrüllt hatte, aber noch mehr verwirrte es sie, daß er noch nicht einmal so *aussah*, als sei er wütend auf sie.

»Aus einem recht törichten Grund, und heute wünsche ich, ich wäre nie auf diese Idee gekommen. Ich wollte nur beweisen, daß ich sehr wohl imstande bin, die Bar M alleine, ohne Hilfe zu leiten. Daddy meinte, nur ein Mann könnte eine Ranch richtig betreiben, also nahm ich mir vor, etwas anderes zu tun, wozu seiner Meinung nach nur ein Mann in der Lage wäre. Er deutete an, ich würde einen Mann brauchen, der mich unterstützt und ernährt.

Ich habe in sieben Monaten mehr Geld verdient als mancher Mann in seinem ganzen Leben.«

»Mußtest du dir denn unbedingt einen so gefährlichen Job aussuchen?« fragte Chandos ruhig.

Casey zuckte zusammen. »Du warst also in meiner Nähe, nicht wahr? Du bist mir gefolgt und hast herausgefunden, womit ich mir mein Brot verdient habe.«

»Nicht nur das, Kleines.«

Casey erstarrte, und nicht nur, weil er sie wieder ›Kleines‹ genannt hatte. »Was willst du damit sagen?«

»Hast du wirklich gedacht, du könntest mich monatelang in die Irre führen?«

Casey seufzte innerlich. Sie hatte nie damit gerechnet, im Gegenteil, sie hatte jeden Tag erwartet, daß ihr Vater plötzlich auftauchen würde, und schon begonnen, sich ein wenig Sorgen zu machen, als dieser Fall nicht eintrat.

»Wann hast du mich gefunden?« wollte sie wissen.

»Ein paar Wochen, nachdem du fortgegangen bist.«

Sie runzelte die Stirn. »Das verstehe ich nicht. Warum hast du mich denn nicht gleich zur Rede gestellt?«

»Weil es hauptsächlich meine Schuld war, daß du überhaupt weggelaufen bist, und ich wollte einem Fehler nicht noch einen weiteren folgen lassen. Ich dachte mir, wenn du dein Ziel erreichen würdest, wäre damit alles zu Ende und ich müßte nicht mehr ein so verdammt schlechtes Gewissen haben. Ich wünschte nur, es hätte nicht so lange gedauert – und wäre weniger gefährlich gewesen.«

»Aber es war ja gar nicht gefährlich – meistens jedenfalls nicht. Als ich Outlaws gejagt habe, fiel es mir sogar ziemlich leicht, meine Opfer unerwartet zu überraschen und zu überwältigen.«

»Ich weiß.«

Diese beiden Worte gaben ihr zu denken. »Das weißt du? Willst du damit sagen, daß du mich nicht nur aufgespürt hast, sondern die ganze Zeit in meiner Nähe geblieben bist?« Im gleichen Atemzug beantwortete sie ihre eigene Frage. »Natürlich bist du das. Das sieht dir ähnlich! Du hast nur darauf gewartet, daß ich in Schwierigkeiten gerate, nicht wahr? Du warst fest davon überzeugt, daß ich irgendwann Hilfe brauchen würde!«

»Nein, da bist du völlig auf dem Holzweg, Kleines. Ich wußte ganz genau, daß du durchaus imstande warst, den Job, den du dir da ausgesucht hattest, allein zu bewältigen. Aber du bist meine *Tochter*. Wenn du glaubst, ich hätte dich da draußen deinem Schicksal überlassen können, wo ich doch genau wußte, mit was für Halunken du es zu tun bekommen würdest, dann irrst du dich gewaltig. Ich mußte in deiner Nähe bleiben, um notfalls eingreifen zu können. Die Alternative wäre gewesen, dich sofort nach Hause zu holen.«

Casey nickte. Warum war sie eigentlich so erstaunt gewesen? Er hatte sie zeit ihres Lebens beschützt. Warum hätte er gerade in diesem Fall anders handeln sollen?

Dann dämmerte ihr, welcher Gedanke ihr die ganze Zeit unterschwelliges Unbehagen verursacht hatte, und ihr Gesicht verlor jegliche Farbe. Er war ihr ständig gefolgt, hatte sich in ihrer Nähe aufgehalten und sie beobachtet. War ihr Vater etwa auch Zeuge ihres Liebesaktes mit Damian geworden?

Stockend fragte sie nach: »Warst du immer dabei? Auf jeder Station der Reise?«

Chandos schüttelte den Kopf. »Ein paarmal ist es dir gelungen, mich abzuhängen, zum Beispiel, als du Richtung Coffeyville geritten bist. Es hat mich über eine Woche gekostet, dich wieder einzuholen. Dann hast du Fort Worth verlassen, als ich gerade dort ankam, und ich mußte reiten wie der Teufel, um es bis zum nächsten Halt des Zuges zu schaffen. Und als du dich mitten in der Nacht aus Sanderson davongemacht hast, hab' ich dich mehrere Tage aus den Augen verloren und dich erst wiedergesehen, als du dich in Culthers auf diesen Zweikampf eingelassen hast.«

Casey seufzte erleichtert und krümmte sich gleichzeitig innerlich vor Scham. Er hatte zum Glück nicht mitbekommen, daß Damian und sie sich geliebt hatten. Aber diese verdammte Schießerei ...

»Das war ziemlich leichtsinnig von mir«, gestand sie.

»Da muß ich dir zustimmen.«

»Ich gebe ja offen zu, daß ich furchtbare Angst hatte. Ich weiß selbst nicht, wie es mir gelungen ist, meine Waffe zu ziehen, geschweige denn den Kerl zu erschießen. Also warst du derjenige, der Damian und mir Deckung gegeben hat, damit wir aus der Schußlinie verschwinden konnten, stimmt's?«

»Stimmt.«

»Ich wünschte, ich hätte gewußt, daß du in der Nähe bist, als sie mich später an diesem Tag in die Hütte verschleppten und als Lockvogel benutzten, um Damian umzubringen.«

»So weit bin ich gar nicht gekommen, weil mein Pferd auf einmal anfing zu lahmen. Aber ich gehe davon aus, daß du dich aus eigener Kraft aus der Affäre gezogen hast, so sah es zumindest aus, als ich dich endlich eingeholt hatte, nur um festzustellen, daß du deine Gegner überwältigt hattest und bereits auf dem Rückweg in die Stadt warst.«

Bei der Erinnerung an all die Fehler, die sie an jenem Tag gemacht hatte, mußte Casey ein Lachen unterdrücken. »Ich? Nein, ganz im Gegenteil, ich wäre beinahe erschossen worden, nachdem ich die Kerle mit einem ungeladenen Revolver bedroht hatte. Es war Damian, der mich befreit hat. Er hat genau im richtigen Moment die Tür aufgebrochen und mir das Leben gerettet.«

»Was? Dieser Grünschnabel?«

»Warum klingst du so skeptisch? Er kennt sich zwar mit Handfeuerwaffen nicht aus, dafür kann er aber um so besser mit einem Gewehr umgehen. Und er hatte sich schon recht gut an das Leben in diesem Teil des Landes angepaßt, ehe er in den Osten zurückgekehrt ist.«

»Warum hast du dich überhaupt mit ihm zusammengetan? Darüber habe ich mir schon so manches Mal den Kopf zerbrochen.«

Casey zog den Wechsel aus der Tasche und hielt ihn ihrem Vater hin. »Weil er mir einen Haufen Geld angeboten hat, wenn ich diesen Job übernehme, so viel, daß ich einfach nicht ablehnen konnte, zumal ich dachte, ich müßte kaum etwas dafür tun. Außerdem war ich bereits entschlossen, möglichst bald wieder nach Hause zu kommen. Ich nahm an, etwas mehr als zwanzigtausend Dollar würden ausreichen, um dir zu beweisen, daß ich nicht auf einen Ehemann angewiesen bin – jedenfalls jetzt noch nicht.«

Courtney legte eine Hand vor den Mund, um das Grinsen zu verbergen, das sie sich nicht verkneifen konnte. Chandos setzte wieder seine undurchdringliche Miene auf, die nicht durchblicken ließ, was er als nächstes sagen würde. Was er dann jedoch von sich gab, kam für Casey völlig überraschend.

»Richtig, *das* hast du allerdings bewiesen, und wenn einer der Männer von der Bar M dich während der vergangenen Monate in Aktion erlebt hätte, dann hättest du dort wahrscheinlich auch keine Schwierigkeiten. Aber ich glaube immer noch, daß es dir schwerfallen wird, eine Horde rauhbeiniger Cowboys, egal ob jung oder alt, dazu zu bringen, deinen Anordnungen Folge zu leisten. Das Problem bei diesen Männern besteht darin, daß die meisten meinen, alles besser zu wissen, und viele bringen es nicht fertig, den Mund zu halten, wenn sie anderer Meinung sind als ihr Boß – wenn besagter Boß ein Mann ist. Handelt es sich dabei auch noch um eine Frau, dann werden sie davon *überzeugt* sein, alles besser zu wissen, selbst wenn das nicht zutrifft, und sie werden nicht zögern, es der ›kleinen Frau‹ einmal so richtig zu zeigen, verstehst du? Wenn du sie dann bloßstellst, indem du ihnen ihren Fehler nachweist, was glaubst du, wird dann geschehen?«

Casey seufzte, da ihr dämmerte, worauf er hinauswollte. »Es wird böses Blut geben, denke ich. Der Betreffende wird versuchen, die Scharte auszuwetzen, indem er mir erneut widerspricht, und wenn er sich wieder irrt, wird alles nur noch schlimmer. Und falls der Mann recht behält, bin ich gezwungen, ihn zu feuern, weil man sich nicht mit dem Boß anlegt.«

Chandos nickte. »Nun, nachdem ich dir all meine Bedenken aufgezählt habe, was ich bedauerlicherweise bislang versäumt hatte, möchte ich dir nur noch eines sagen. Wenn du immer noch vorhast, die Bar M zu leiten, werde ich dir keine Steine in den Weg legen. Jetzt weißt du ja, was du zu erwarten hast, und daß es nicht allein an dir liegt, wenn du versagst.« Er grinste sie an, ehe er fortfuhr: »Andererseits müßte jeder, der soviel geleistet hat wie du in den letzten Monaten, auch imstande sein, einen Weg zu finden, um zu vermeiden, daß das eintritt, was ich dir vorhergesagt habe. Ich wäre sehr stolz, wenn du mir beweisen würdest, daß *ich* in diesem Punkt unrecht hatte.«

45. Kapitel

Später, in ihrem geräumigen Schlafzimmer, das immer noch in den Weiß- und Rosatönen ihrer Mädchenzeit gehalten war, saß Casey in einem alten weißen Baumwollnachthemd vor ihrer Frisierkommode. Ihre Mutter stand hinter ihr und kämmte ihr das Haar, wie sie es schon getan hatte, als Casey noch ein kleines Kind gewesen war. Courtney sparte nicht mit vorwurfsvollen Bemerkungen hinsichtlich der Haarlänge, dennoch genoß Casey die kräftigen Bürstenstriche.

Kurz nachdem Casey nach oben gegangen war, hatte Courtney auch schon an ihre Zimmertür geklopft, womit Casey bereits gerechnet hatte. Sie und ihre Mutter standen sich seit jeher sehr nahe und hatten keine Geheimnisse voreinander, und es gab Dinge, die nicht für Chandos' Ohren bestimmt waren.

»Du hast ein bißchen zugenommen – aber an den richtigen Stellen«, bemerkte Courtney.

Casey errötete. Ihr war noch gar nicht aufgefallen, daß sich ihre Brüste und Hüften sanft gerundet hatten. Eigentlich sollte sie sich darüber freuen, wo sie doch so lange darauf gewartet hatte, endlich frauliche Formen aufweisen zu können, aber sie empfand nur Gleichgültigkeit, was einiges über ihren Gemütszustand aussagte.

»Vielleicht hat ja endlich die berühmte körperliche Entwicklung eingesetzt, die du mir schon seit langem versprichst.«

Courtney nickte, aber nach einigen weiteren Bürstenstrichen meinte sie: »Dein Vater denkt anscheinend, daß mit dir etwas nicht stimmt, daß du aus irgendeinem Grund unglücklich bist. Ist etwas Außergewöhnliches vorgefallen, worüber du gerne reden möchtest?«

»Wenn du es als außergewöhnlich bezeichnest, sich zu verlieben, dann trifft deine Vermutung zu.«

Casey seufzte, als sie das sagte. Sie hätte lieber schweigen sollen. Was hatte es für einen Sinn, über Dinge zu sprechen, die sich doch nicht ändern ließen?

Doch Courtney wirkte erfreut: »Du hast dich verliebt? Ich bin allmählich schon zu der Überzeugung gelangt, daß es keinem Mann hier in der Gegend gelingen wird, dein Interesse zu wecken. Demnach stammt er wohl nicht von hier, nicht wahr? Wer ist es – der Oststaatler?«

Casey nickte seufzend, versicherte ihrer Mutter jedoch gleich darauf: »Aber mach dir keine Sorgen, ich werde darüber hinwegkommen.«

»Warum willst du ihn denn vergessen?«

Casey blinzelte dem Spiegelbild ihrer Mutter zu. »Vielleicht, weil er meine Gefühle nicht erwidert. Vielleicht auch, weil er der New Yorker Oberschicht angehört und ein Mädchen vom Lande wie mich niemals zur Frau nehmen würde. Und vielleicht, weil ich mich in einer so großen Stadt nicht wohl fühlen würde und deshalb nicht dort leben will. Vielleicht ...«

»Vielleicht siehst du auch Hindernisse, wo keine sind«, schalt Courtney. »Bist du sicher, daß er deine Gefühle nicht erwidert? Es fällt mir schwer zu glauben, daß ein Mann sich nicht in dich verliebt – wenn er dich erst einmal näher kennt.«

Casey kicherte. »Die Worte einer Mutter.«

»Ich meine es ernst«, beharrte Courtney. »Du bist hübsch, intelligent und unglaublich vielseitig begabt. Du findest nichts dabei, Männerarbeit zu leisten, und hast doch ausgesprochen weibliche Charakterzüge. Ich denke, du hast bereits unter Beweis gestellt, daß du fast alles auf dieser Welt erreichen kannst, wenn du es dir einmal in den Kopf gesetzt hast.«

»Ich fürchte, es gibt nicht allzu viele Männer, die diese Vorzüge zu schätzen wissen«, erwiderte Casey trocken.

»Schon möglich«, gab Courtney zu. »Aber das Wissen

um deine Fähigkeiten verleiht dir ein gewisses Selbstvertrauen, das deine Gesamtausstrahlung noch verstärkt. Hat dieser – wie hieß er doch gleich? Damian, nicht wahr?«

»Damian Rutledge – der Dritte.«

»Der Dritte, so, so. Klingt beeindruckend. Hat er sich denn überhaupt nicht zu dir hingezogen gefühlt?«

Casey runzelte die Stirn, als sie sich an die leidenschaftlichen Stunden erinnerte, die sie miteinander verbracht hatten. Aber hatte die Anziehungskraft auf Gegenseitigkeit beruht, oder hatte sich Damian lediglich für sie interessiert, weil sie während des größten Teils ihrer gemeinsamen Reise die einzige verfügbare Frau weit und breit gewesen war?

Doch sie wollte ihrer Mutter die Antwort nicht schuldig bleiben, also erklärte sie: »Ein Mann kann sich auch zu einer Frau hingezogen fühlen, ohne sie gleich heiraten zu wollen. Zuneigung allein reicht für eine Ehe nicht aus, da gibt es auch noch andere Dinge zu bedenken, zum Beispiel, ob man überhaupt zueinander paßt. Damian will mich nicht zur Frau, dessen bin ich mir absolut sicher.«

»Was verschafft dir denn diese Gewißheit?«

»Die Tatsache, daß wir verheiratet waren, und er es nicht erwarten konnte, die Ehe wieder auflösen zu lassen.«

Die Bürste entglitt Courtneys Hand und fiel zu Boden. »Ihr wart *was*?«

»Es war eine unfreiwillige Heirat, Mutter, und das Problem ist bereits wieder gelöst.«

»Was soll das heißen, unfreiwillig? Seid ihr beide etwa zur Ehe *gezwungen* worden?«

Casey nickte. »Vielleicht hast du schon einmal von diesem alten Widerling, Richter Roy Bean aus Langtry, gehört. Er fühlte sich dazu berufen, öffentlich zu verkünden, Damian und ich würden in Sünde leben, was nicht stimmte. Aber er war hinter der Gebühr von fünf Dollar her, die ihm eine Trauung einbrachte, also vermählte er uns, ohne uns auch nur zu fragen, und wir konnten nichts dagegen unternehmen.«

»Das ist ja unerhört!«

Casey stimmte ihr aus vollem Herzen zu. »Allerdings. Damian schäumte natürlich vor Wut und suchte von da an in jeder Stadt, durch die wir kamen, nach einem anderen Richter, der die Ehe wieder annullieren konnte. Wir fanden keinen, aber als wir auf dem Rückweg erneut durch Langtry mußten, hat der alte Bean uns einfach so, wieder ohne uns vorher zu fragen, geschieden, nur um abermals fünf Dollar Gebühr kassieren zu können.«

Courtney setzte sich neben Casey auf den Schemel und nahm ihre Tochter in die Arme. »Ach, Liebling, es tut mir ja so leid! Das hat dich sicher schwer getroffen, wenn du zu diesem Zeitpunkt schon in ihn verliebt warst.«

Casey bemühte sich, die Erinnerung mit einem Schulterzucken abzutun. »Halb so schlimm. Ich wußte von vorneherein, daß er nicht für mich bestimmt war. Unser beider Leben verläuft in zu verschiedenen Bahnen. Er fühlt sich nur in einer Großstadt wohl, ich lebe lieber auf dem Land, und es besteht keine Möglichkeit, sich in der Mitte zu treffen. Ich wünschte nur, ich hätte mich in dieser Angelegenheit von meinem Verstand leiten lassen und nicht von meinem Gefühl.«

Courtney wollte das anscheinend nicht gelten lassen. »Habe ich dir nicht gerade eben klarzumachen versucht, daß du fast alles erreichen kannst, wenn du es nur willst? Warum gibst du ausgerechnet bei diesem Mann so schnell auf? Du hast eine Reihe gefährlicher Verbrecher zur Strecke gebracht. Du stehst im Begriff, die Bar M zu leiten. Warum schreckst du in diesem Fall schon vor dem Versuch zurück, dir deinen Herzenswunsch zu erfüllen?«

»Weil es mir sehr weh tun würde, eine Abfuhr zu bekommen, und ich nicht weiß, ob ich das verkraften könnte.«

»Du leidest doch sowieso schon unter der Trennung von ihm, oder fühlst du dich so elend, weil du nicht dein

Bestes getan hast, um ihn zu erobern? Die Hindernisse, die deiner Meinung nach zwischen euch liegen, können überwunden werden, Liebes. Wer sagt denn, daß du die ganze Zeit in der Stadt oder er auf dem Land leben mußt? Wer sagt denn, daß ihr nicht einen Teil des Jahres hier und den anderen dort verbringen könnt und diese Zeit sogar genießt – nur weil ihr zusammen seid?«

»Aber er will mich doch gar nicht zur Frau!«

»Dann sorg dafür, daß er seine Meinung ändert«, entgegnete Courtney sachlich. »Und falls du nicht weißt, wie du das anstellen sollst, bin ich gerne bereit, dir mit Rat und Tat zur Seite zu stehen.«

Bei diesen Worten errötete sie leicht. Casey lächelte ihrer Mutter zu. Sie meinte es gut; wollte nur ihre Tochter glücklich sehen. Allerdings übersah sie dabei eine Kleinigkeit. Selbst wenn es ihr, Casey, gelang, Damian zu einem Heiratsantrag zu bewegen, wie konnte sie mit ihm glücklich werden, wenn er sie nicht wirklich liebte?

46. Kapitel

Damians Nervenkostüm wurde durch die Belastung, mit Jack Curruthers zusammen reisen zu müssen, erheblich angegriffen, weil er den Mann so sehr verabscheute. Auch die Gewißheit, daß dieser nach der Gerichtsverhandlung ins Gefängnis wandern würde, tröstete ihn wenig. Er hatte die Firma von Damians Vater bestohlen und, statt sich wie die meisten Diebe mit ihrer Beute aus dem Staub zu machen, versucht, die Schuld auf einen anderen abzuwälzen, und deswegen einen Mord in Auftrag gegeben.

Curruthers verdiente jedes Urteil, das das Gericht über ihn verhängen würde, und wenn es noch so hart ausfiel. Aber Damian hatte es nicht verdient, während der ganzen langen Reise nach New York die Gegenwart dieses Mannes ertragen zu müssen.

Jack zeigte keine Spur von Reue. Bei jeder sich bietenden Gelegenheit grinste er höhnisch und prahlte mit seinem Verbrechen, und im Zug gab es keine Möglichkeit, ihm aus dem Weg zu gehen. Zwar konnte ein Knebel Abhilfe schaffen, aber das bösartige Funkeln ließ sich aus den Eulenaugen nicht vertreiben.

Deswegen verließ Damian auch in St. Louis, Missouri, den Zug, um sich nach einem anderen Salonwagen zu erkundigen; einem mit einem separaten Abteil, wo er Jack einsperren konnte. Aus den Augen – und zumindest teilweise aus dem Sinn. Und er fand genau das, wonach er gesucht hatte, nämlich einen Wagen mit einem abgetrennten Schlafabteil. Leider nahm es mehrere Stunden Zeit in Anspruch, den Wagen zu mieten – er gehörte einem in der Stadt ansässigen Geschäftsmann – und die Übergabe zu arrangieren. Als er endlich zum Zug zurückkam, mußte er feststellen, daß Jack inzwischen die Flucht gelungen war.

Damit hatte Damian zu diesem Zeitpunkt nicht im entferntesten gerechnet, zumal er seiner Meinung nach ausreichende Sicherheitsvorkehrungen getroffen hatte. Jack war mit den Handschellen, die ihm der Sheriff von Culthers zur Verfügung gestellt hatte, an Händen und Füßen gefesselt und zusätzlich noch an eine der am Boden festgeschraubten Sitzbänke gekettet worden. Außerdem war das Abteil abgeschlossen gewesen, und nur der diensthabende Schaffner besaß einen Zweitschlüssel.

Besagter Schaffner kam als Komplize nicht in Frage. Erstens hegte er eine heftige Abneigung gegen Jack, seit er von dessen Taten erfahren hatte, und zweitens hatte er, da der Zug über Nacht in der Stadt hielt, die Gelegenheit genutzt, um Verwandte zu besuchen, die in St. Louis wohnten. Außerdem meldeten sich rasch zwei Zeugen. Der eine hatte gehört, wie die Bank zertrümmert worden war, der andere hatte Jack aus dem Fenster krabbeln und eilig davonhumpeln sehen. Er schien sich in Luft aufgelöst zu haben, und St. Louis war keine Kleinstadt, in der man ihn rasch wieder aufspüren konnte.

Damian meldete Curruthers' Flucht unverzüglich der Polizei, und die Beamten zeigten sich auch recht hilfsbereit, doch ihre Suche nach dem Flüchtigen blieb erfolglos. Nach drei Tagen voller Rückschläge telegraphierte er dann den Detektiven, mit denen er schon in New York zusammengearbeitet hatte, und erhielt von ihnen die Namen ihrer Kontaktleute in St. Louis.

Dennoch dauerte es noch eine geschlagene Woche, bis die Männer endlich auf eine heiße Spur stießen, die direkt nach Chicago, Illinois, führte. Anscheinend hatte Jack es aufgegeben, sich in den endlosen Weiten des Westens verlieren zu wollen, da ihm das schon einmal schlecht bekommen war, und versuchte jetzt, in einer Großstadt unterzutauchen. Chicago konnte sich, was die Größe betraf, durchaus mit New York messen.

So hatte sich Damian seinen ersten Besuch in Chicago beileibe nicht ausgemalt. Irgendwo in seinem Hinterkopf lauerte hartnäckig der Gedanke an seine Mutter, die ja dort lebte, doch er bemühte sich nach Kräften, ihn zu verdrängen – trotz des Gesprächs, das er mit Casey zu diesem Thema geführt hatte. Vielleicht würde er seine Mutter eines Tages wirklich aufsuchen, aber im Moment‹ hatte er zu viele andere Dinge um die Ohren, um auch nur darüber nachzudenken.

Casey hingegen ließ sich nicht so einfach aus seinen Gedanken verbannen, im Gegenteil, er dachte fast ständig an sie. Er war immer noch mehr als nur ein bißchen verärgert, weil sie sich klammheimlich davongemacht hatte. Ohne einen Ton zu sagen, war sie mitten in der Nacht aus dem Zimmer geschlichen, das sie miteinander geteilt hatten. Sie hatte sich nicht von ihm verabschiedet; ihm keine Gelegenheit gegeben, sie um ein Wiedersehen zu bitten, nichts.

Dabei hatte er mit ihr über ihre Heirat sprechen wollen oder vielmehr über ihre Scheidung. Zwar kam es ihm nicht ungelegen, daß Bean sie beide ›geschieden‹ hatte, aber die eigenmächtige Vorgehensweise des Richters störte ihn gewaltig. Nun war ihre sogenannte Ehe allerdings von Anfang an eine Farce gewesen. Er hatte vorgehabt, endlich über seinen eigenen Schatten zu springen und Casey aus freien Stücken zu bitten, ihn zu heiraten, aber sie hatte ihm einen Strich durch die Rechnung gemacht.

Nur wenige Stunden, nachdem sie ihren versprochenen Lohn ausbezahlt bekommen hatte, war sie davongelaufen, was eindeutig bewies, wie eilig sie es gehabt hatte, Damian loszuwerden. Noch nicht einmal den nächsten Morgen hatte sie abwarten können! Im Zug war sie auch nicht gewesen; er hatte in der Hoffnung, sie zu finden, jeden einzelnen Waggon abgesucht, noch ehe er Jack im Stadtgefängnis, wo er die Nacht verbracht hatte, abgeholt hatte.

Auch jetzt noch, viele Wochen später, grübelte er über ihre unvermutete Abreise nach, und da ihm die Detektive unmißverständlich klargemacht hatten, daß ein Amateur sie bei ihren Ermittlungen nur behindern würde, blieb ihm viel Zeit dazu. Als Casey noch auf der Jagd nach Jack gewesen war, hatte sie Damian wenigstens aktiv in das Geschehen mit einbezogen und ihm zumindest ab und an das Gefühl gegeben, etwas Nützliches zu leisten.

Plötzlich schoß ihm ein Gedanke durch den Kopf, nach dem er schnappte wie ein hungriger Fisch nach einem Köder. Es war Caseys verdammte Pflicht und Schuldigkeit, nach Chicago zu kommen und ihm bei der Suche zu helfen. Er hatte ihr zehntausend Dollar bezahlt, um Jack vor Gericht zu bringen, doch dieser entzog sich erneut seiner gerechten Strafe. Er, Damian, hatte demzufolge nicht den vollen Gegenwert für sein Geld bekommen.

Aber wie sollte er sie finden? Er wußte weder, wo sie wohnte, noch kannte er ihren vollen Namen. Sogar der Vorname, mit dem er sie gerufen hatte, war nicht ihr richtiger, er hatte ihn von den Initialen K und C abgeleitet, die sie benutzte. Wahrscheinlich hatte sich sich mangels besserer Ideen einfach von dem Brandzeichen ihres Pferdes inspirieren lassen, als sie sich das erstemal gezwungen sah, eine Unterschrift zu leisten.

Dieses Brandzeichen auf Old Sams Rücken ...

Bucky Alcott hatte Casey zu einer in der Nähe von Waco gelegenen Ranch geschickt, um etwas über ihre Herkunft in Erfahrung zu bringen, was Damian für ziemlich weit hergeholt gehalten hatte, wußte er doch, daß Casey ihr Pferd nicht auf der K. C. Ranch gekauft, sondern von ihrem Vater geschenkt bekommen hatte. Aber nun war eben diese Ranch der einzige Anhaltspunkt für seine Suche nach ihr, da sie nicht ein einziges Mal eine Bemerkung über ihr Zuhause hatte fallenlassen, die Rückschlüsse auf die genaue Lage dieses Zuhauses erlaubte.

Wenigstens hatte er etwas zu tun, wenn er nach Texas reiste. Es gab auch noch einen anderen Grund für seinen Entschluß, aber er war immer noch so aufgebracht, daß er nicht weiter darüber nachdenken wollte. Allerdings wußte er, daß keine allzu große Hoffnung bestand, Casey zu finden. Wahrscheinlich verschwendete er nur seine Zeit.

Dennoch zog er es vor, sich auf den Weg zu machen, statt noch länger in seinem Hotelzimmer herumzusitzen und auf die täglichen Berichte der Detektive zu warten, die sich ständig wiederholten – es gab noch keine neuen Hinweise. Jack war in Chicago untergetaucht und diesmal klug genug, nicht seinen wirklichen Namen zu benutzen. Einen Mann in dieser Riesenstadt aufzuspüren glich der Suche nach einer Nadel im Heuhaufen, und Damian hatte keine Ahnung, wie er das bewerkstelligen sollte.

Aber erstaunlicherweise vertraute er fest darauf, daß Casey einen Weg finden würde.

47. Kapitel

Das Hauptgebäude der K. C. Ranch entsprach dem Standard eines Herrensitzes. Damian hatte zunächst angenommen, eine kleine Stadt erreicht zu haben, als das große Haus und die verschiedenen Nebengebäude in der Ferne aufgetaucht waren. Diese Ranch glich keiner anderen, die er auf seinen Reisen in den Westen zu Gesicht bekommen hatte, und er hatte schon einige gesehen.

Die Größe des Betriebes beeindruckte und enttäuschte ihn zugleich. Wahrscheinlich erinnerte sich auf dieser offensichtlich florierenden Ranch niemand mehr an ein einzelnes Pferd, das ein junges Mädchen von ihrem Vater bekommen und Old Sam getauft hatte, und es gab vermutlich auch keine Unterlagen mehr. Selbst wenn Aufzeichnungen über diese Transaktion existierten, nutzte ihm das wenig, denn er kannte auch den Namen von Caseys Vater nicht.

Bislang hatte Damian gehofft, irgend jemand würde sich anhand seiner Beschreibung an den Mann erinnern, aber nun überkamen ihn ernste Zweifel. Hier mußten jeden Monat Dutzende von Pferden verkauft werden, und die zahlreichen Ställe, die ihm auffielen, als er näher kam, verrieten ihm, daß sie hier auch gezüchtet wurden.

Trotzdem wollte er es auf einen Versuch ankommen lassen. Vielleicht hatte ja derjenige, der hier vor fünf oder sechs Jahren für den Verkauf der Tiere zuständig gewesen war, ein hervorragendes Gedächtnis, und vielleicht arbeitete er immer noch auf der Ranch. Einen Mann, der so bedrohlich aussah, wie ihm Caseys Vater an jenem Tag in Fort Worth vorgekommen war, vergaß man nicht so leicht wie einen Durchschnittsmenschen.

Nachdem er den Weg zur K. C. Ranch erfragt hatte, hatte er sich in Waco ein Pferd geliehen, worüber er sich im nachhinein selbst wunderte. Er hatte noch nicht einmal in Erwägung gezogen, sich statt dessen einen leichten Einspänner zu mieten. Aber inzwischen fühlte er sich tatsächlich recht wohl im Sattel; etwas, das er nach seinem ersten unglücklichen Versuch, sich auf den Rücken eines Pferdes zu schwingen, nie für möglich gehalten hätte.

Vor der Vorderfront des Hauses verlief eine sehr lange, breite Veranda, an deren Geländer er sein Pferd festband, ehe er die Stufen zur Eingangstür emporstieg und anklopfte.

Während er darauf wartete, daß ihm geöffnet wurde, ließ er den Blick über die Landschaft schweifen. Außer weitläufigen Ebenen, Kakteen und ab und an ein paar Bäumen gab es nicht viel zu sehen, aber ihm fiel auf, daß die Veranda zur Westseite lag, und er hatte bereits mehrere der prachtvollen Sonnenuntergänge in diesem Teil des Landes miterlebt. Auf dieser Veranda konnte man sich nach einem harten Arbeitstag wunderbar entspannen und den herrlichen Blick genießen, und die zahlreichen Stühle und Tische, die dort standen, bewiesen, daß die Bewohner und Arbeiter der Ranch diese Möglichkeit weidlich nutzten.

Die Tür ging auf. Eine recht hübsche Frau mittleren Alters stand auf der Schwelle und sah ihn fragend an. Ihre hellbraunen Augen kamen ihm irgendwie bekannt vor, aber aufgrund seiner Nervosität konnte er sie nicht sofort einordnen. Zwar hegte er nicht viel Hoffnung, hier auf der Ranch Hinweise auf Caseys Herkunft zu bekommen, aber er hatte nur diese eine Chance. Es war das, was er hier vielleicht in Erfahrung bringen würde, was an seinen Nerven zerrte.

»Kann ich Ihnen helfen?« erkundigte sich die Frau neugierig.

Damian zog seinen Hut und räusperte sich. »Ich suche eine junge Frau, die ein Pferd reitet, das von hier stammt – oder zumindest das Brandzeichen dieser Ranch trägt.«

»Wie heißt sie denn?«

»Leider kenne ich ihren wirklichen Namen nicht«, gestand Damian. »Ihr Vater kaufte das Tier vor ungefähr fünf Jahren als Geschenk für sie, aber sein Name ist mir gleichfalls nicht bekannt. Aber ich habe gehofft, daß sich irgend jemand hier an ihn erinnert und mir sagen kann, um wen es sich handelt, und eventuell sogar, wo er lebt.«

Die Frau wartete anscheinend auf weitere Informationen, und als keine mehr kamen, sagte sie: »Hier werden sehr viele Pferde verkauft. Hat dieses Tier irgendein besonderes Merkmal, das es von anderen unterscheidet? Wie sieht denn der Mann aus, der es erworben hat? Wenn Sie den Namen nicht wissen, wird es ziemlich schwierig sein, ihn zu …«

»Ich kann ihn beschreiben«, unterbrach Damian, dem gerade eingefallen war, daß er das sofort hätte sagen sollen. »Er ist ungefähr so groß wie ich.«

»Nun, das hilft mir weiter«, meinte die Frau lächelnd. »Immerhin sind Sie ein bißchen größer als die meisten Männer.«

Damian erwiderte das Lächeln. Die humorvolle Art seines Gegenübers bewirkte, daß er sich langsam ein bißchen wohler in seiner Haut fühlte. »Er hat schwarzes Haar, das er auffallend lang trägt – jedenfalls war es sehr lang, als ich ihn das letzte Mal gesehen habe, und das ist noch nicht allzu lange her. Er muß jetzt Mitte Vierzig sein, also war er zum Zeitpunkt, als er das Pferd erstanden hat, ungefähr acht- oder neununddreißig gewesen.«

Die Frau kicherte. »Diese Beschreibung trifft auf viele Männer hier in der Gegend zu, einschließlich meines eigenen. Hat er denn keine besonderen Kennzeichen, die einem im Gedächtnis bleiben würden? Irgendwelche Narben vielleicht?«

Damian verneinte. »Ich habe ihn nur einmal von weitem gesehen. Aber er strahlte eine Aura von Gefahr aus, die vermutlich auf viele Menschen einschüchternd wirken würde. Ehrlich gesagt sah er aus wie ein Outlaw.«

»Ach du lieber Himmel. Sind Sie ganz sicher, daß Sie ihn wiedersehen wollen?« fragte sie entgeistert.

»Ihn nicht, aber ich muß unbedingt seine Tochter finden.«

Die Frau nickte bedächtig. »Wie steht's mit dem Pferd? War es ein ganz gewöhnliches Tier?«

»Es handelt sich um ein außergewöhnlich schönes Pferd, wahrscheinlich ein Vollblut. Casey ruft es Old Sam.«

Die Frau erstarrte. »Casey? Sagten Sie nicht eben, Sie würden ihren Namen nicht kennen?«

Von ihrer Reaktion ermutigt erklärte Damian: »Das stimmt auch. Ich habe sie Casey getauft, weil sie die Initialen K und C benutzt – vermutlich weil ihr Pferd dieses Brandzeichen trägt, aber ich bin nie dazu gekommen, sie danach zu fragen. Sie selbst hat sich immer nur Kid genannt. Wissen Sie zufällig, von wem ich rede, Ma'am?«

»Schon möglich. Was wollen Sie denn von ihr?«

»Das ist eigentlich eine Privatangelegenheit ...«

»Dann kann ich Ihnen leider nicht helfen«, unterbrach die Frau und machte Anstalten, ihm die Tür vor der Nase zuzuschlagen.

»Warten Sie!« rief Damian. »Als ich sie kennenlernte, jagte sie Verbrecher, daher engagierte ich sie, um den Mörder meines Vaters zu suchen, was ihr auch gelungen ist. Aber er ist mir entkommen, ehe ich ihn in New York vor Gericht bringen konnte.«

»Also haben Sie vor, sie erneut zu engagieren?« fragte die Frau scharf.

Seine Beweggründe gingen sie wahrhaftig nichts an, deswegen erwiderte er lakonisch: »Etwas in der Art.«

»Und Sie sind allein deswegen hier?«

Ob ihrer Hartnäckigkeit runzelte Damian die Stirn. »Warum denn sonst?«

Ihre Miene verfinsterte sich, als sie entgegnete: »In diesem Fall sollten Sie vielleicht lieber mit meinem Mann sprechen. Kommen Sie herein.«

Er leistete der Aufforderung Folge, woraufhin sie ihn mit einem knappen ›Warten Sie hier‹ einfach stehenließ, so daß ihm gar nichts anderes übrigblieb, als zu gehorchen.

Er wurde aus ihrem Verhalten nicht schlau. Irgend etwas hatte ihren Zorn erweckt; in ihren bernsteinfarbenen Augen glomm jetzt ein wütender Funke. Und begonnen hatte es mit der Erwähnung von Caseys Namen. Hieß sie etwa wirklich so? Die Frau wußte anscheinend, wer sie war. Ihr ›Schon möglich‹ auf seine Frage, ob sie sie kannte, hatte eher nach einem klaren ›Ja‹ geklungen.

Damian wurde auf einmal sehr nachdenklich. Bernsteinfarbene Augen?

Diese Beschreibung trifft auf viele Männer hier in der Gegend zu, einschließlich meines eigenen.

Hoffnung keimte in Damian auf. War er tatsächlich auf Caseys Heim gestoßen? War die Frau, deren Augen denen von Casey so ähnelten, wenn sie wütend war, ihre Mutter? Hatte er etwa ihren Mann so genau beschrieben?

Jemand tippte ihm auf die Schulter, und als er herumfuhr, sah er sich ohne Zweifel Caseys Vater gegenüber, der gerade mit geballter Faust zum Schlag ausholte. Sterne explodierten vor Damians Augen, und danach erinnerte er sich an nichts mehr.

48. Kapitel

»Allmählich gelange ich zu der Überzeugung, daß ich dir nie von Caseys Liebe zu ihm hätte erzählen dürfen«, sagte Courtney zu ihrem Mann, während sie Damian betrachtete, der reglos und mit blutender Nase auf dem Boden ausgestreckt lag.

»Du hast völlig richtig gehandelt«, widersprach Chandos, wobei er sich mit einem zufriedenen Lächeln die Hände rieb.

Courtney holte tief Atem und erwiderte zweifelnd: »Wirklich? Obwohl ich dich fast mit Gewalt davon abhalten mußte, ihm, wenn nötig, bis nach New York zu folgen? Und dann steht dieser Idiot auf einmal vor unserer Tür. Genauso gut hätte er dir seinen Kopf auf einem Silbertablett überreichen können.«

Er hob die Brauen. »Warum hast du mir dann überhaupt gesagt, daß er hier ist? Du hättest ihn nur wieder wegschicken müssen, und ich hätte nie von diesem Besuch erfahren.«

Courtney gab einen undefinierbaren Laut von sich. »Na gut, einen Augenblick lang *wollte* ich, daß du ihm ein bißchen Verstand einprügelst. Aber nur einen Augenblick lang«, beharrte sie.

Chandos mußte grinsen. »Ich nehme an, er hat etwas gesagt, worüber du dich geärgert hast.«

Courtney preßte die Lippen zusammen. »Er ist auf der Suche nach Casey, um sie erneut zu engagieren. Kannst du dir das vorstellen? Nicht, daß sie überhaupt in Erwägung ziehen würde, noch einmal für ihn zu arbeiten, aber allein sein Anblick würde die Wunde wieder aufreißen. Aber denkt er *darüber* nach? Natürlich nicht. Der Mann ist ein egoistischer, gefühlloser Mist...«

Chandos legte ihr sacht einen Finger auf die Lippen,

um sie zu bremsen. »Ich liebe es, wenn du dich aufregst, Katzenauge, aber in diesem Fall besteht kein Anlaß dazu. Warst du nicht diejenige, die mich davon überzeugt hat, daß der Mann gar keine Ahnung davon hat, was Casey für ihn empfindet? Hat sie das nicht selbst zugegeben, als du sie gefragt hast? Also ist er sich vermutlich keiner Schuld bewußt, nicht wahr?«

»Nun ja.« Sie zögerte, und ihre Augen wurden schmal. »Warum bist du dann hier hereingestürmt und hast sofort zugeschlagen, wenn er doch gar nichts dafür kann?«

»Schlicht und ergreifend deshalb, weil er meine Tochter unglücklich gemacht hat. Nenn es das Vorrecht eines Vaters.«

Nun hob Courtney die Brauen. »Ach, und eine Mutter hat wohl keine Rechte, wie?«

Chandos lachte leise. »Du bist doch zu mir gekommen, weil du wußtest, daß ich ihn in der Luft zerreißen würde.«

Sie errötete schuldbewußt. »Vielleicht sollten wir uns nicht damit aufhalten, noch länger über die Gründe unserer beiderseitigen Abneigung gegen diesen jungen Mann zu diskutieren, sondern lieber überlegen, was wir mit unserem unerwarteten und unerwünschten Besucher anstellen. Ich würde es begrüßen, wenn Casey überhaupt nicht erfährt, daß er hier war, aber sie teilt ihre Nächte zwischen der K. C. und der Bar M auf und wird heute hier schlafen. Es ist schon später Nachmittag, sie kann jeden Moment auftauchen.«

Chandos nickte. »Ich werde ein paar Männer bitten, ihn auf einen Karren zu laden, und ihn dann in die Stadt zurückbringen. Hoffentlich hat ihm der Empfang, der ihm hier zuteil wurde, ein für allemal klargemacht, daß er hier nicht willkommen ist.«

Courtney runzelte nachdenklich die Stirn. »Ich glaube, er wird nicht so schnell lockerlassen.«

»Warum nicht?«

»Weil er mir recht hartnäckig vorkam«, erklärte Courtney. »Er hat den ganzen langen Weg auf sich genommen, um sie noch einmal anzuheuern, und ich fürchte, er wird nicht eher abreisen, bis sie ihm selbst gesagt hat, daß sie nicht für ihn arbeiten will.«

»Bist du denn ganz sicher, daß sie das nicht will?«

»Ich weiß es nicht hundertprozentig, aber warum sollte sie? Sie hatte den Job ja nur wegen des Geldes angenommen, weil sie dir beweisen wollte, daß sie selbst für sich sorgen kann. Jetzt muß sie nichts mehr beweisen. Sie leitet die Bar M und macht ihre Sache bislang sehr gut.«

»Logische Argumente für einen Mann, aber wie steht es mit einer verliebten Frau?«

Courtney knurrte unwillig. »Du hast natürlich recht. Das könnte ihre Entscheidung beeinflussen, falls sie vor eine gestellt wird. Sie könnte einwilligen, weil sie noch ein bißchen Zeit mit ihm verbringen möchte oder weil er Hilfe braucht und sie den Mann, den sie liebt, nicht im Stich lassen will. Vielleicht sollten wir versuchen, dafür zu sorgen, daß ihr diese Entscheidung erspart bleibt.«

»Du willst doch damit nicht sagen, daß ich den Kerl beseitigen soll, oder?«

»Mach dich nicht lächerlich!« fauchte Courtney, dann sah sie, daß er sie nur necken wollte, und funkelte ihn böse an. »Vielleicht kannst du ihn in einem offenen Gespräch davon überzeugen, nicht hierher zurückzukehren. Zeit genug dazu hast du ja, wenn du ihn in die Stadt zurückbringst. Und wenn er stur bleibt, sag ihm, daß sie nicht hier ist, daß sie nach ... nach Europa gereist ist. Ja, Europa ... das liegt weit genug weg. Dann muß er einsehen, daß er sich anderweitig nach Hilfe umsehen muß, wenn er welche braucht.«

»Ich würde lieber kein einziges Wort mit ihm wechseln, ich weiß nämlich nicht, ob ich der Versuchung widerstehen kann, ihm noch ein paar Ohrfeigen zu verpassen.«

»Dann werde ich ...«

»Nichts wirst du«, sagte Chandos entschieden, dann gab er seufzend nach: »Na gut, ich bringe ihn in die

Stadt.« Er fügte mit einem gequälten Stöhnen hinzu: »Verdammt, der Kerl ist genauso schwer, wie er aussieht.«

»Chandos ...«

»Ja?« grunzte er, schon auf dem Weg zur Tür.

»Verrate ihm nicht, was Casey für ihn empfindet.«

Er drehte sich zu ihr um. »Und warum bitte schön nicht?«

»Sie hat sich entschlossen, ihm nichts zu sagen, und er war nicht feinfühlig genug, um es von selbst zu merken ...«

Chandos fiel ihr ins Wort. »Oder er hat es gemerkt, aber es hat ihn nicht interessiert. Das war nämlich mein erster Eindruck, aber ich habe mich ja vom Gegenteil überzeugen lassen.«

»Ach, deswegen hast du ihn mit einem Fausthieb begrüßt, statt hallo zu sagen.«

Er schnaubte. Sie lächelte und fuhr mit ihren Ausführungen fort. »Wie dem auch sei, ich glaube, sie möchte nicht, daß er davon erfährt. Mir würde es an ihrer Stelle jedenfalls so ergehen.«

Chandos nickte, stieg die Verandastufen hinunter und warf Damian bäuchlings quer über das Pferd, das noch immer dort angebunden war, dann ergriff er die Zügel und blickte sich noch einmal zu seiner Frau um.

»Ich müßte eigentlich vor dem Abendessen wieder dasein«, sagte er. »Ach ja, und vergiß nicht, nachzusehen, ob Blutflecken auf dem Fußboden zurückgeblieben sind. Ich denke, ich habe ihm die Nase gebrochen.«

»Glaubst du wirklich?«

»Ich habe es jedenfalls versucht. Warum sonst sollte ein Mann dieser Größe so leicht zu Boden gehen?«

»Vielleicht, weil du einen ziemlich üblen Haken schlägst?« meinte sie augenzwinkernd.

Chandos lächelte ihr zu. »Du neigst dazu, mich zu überschätzen.«

»Unsinn. Ich bin eben mit einem außergewöhnlichen Mann verheiratet und weiß das auch.«

Chandos lächelte, als er Damians Pferd um den Stall herumführte, um sein eigenes Reittier zu holen. Aber die Freude, die die Worte seiner Frau in ihm ausgelöst hatten, dauerte nicht lange an, denn er mußte ja noch ihren Auftrag ausführen.

Zum Glück nahm diese Aufgabe nicht viel Zeit in Anspruch. Als er ungefähr eine Meile zurückgelegt hatte, begann Damian, Laute von sich zu geben, die darauf schließen ließen, daß er langsam wieder zu sich kam. Chandos brachte beide Pferde zum Stehen, um ihm Gelegenheit zu geben, von dem seinen herunterzurutschen, ohne weitere Verletzungen davonzutragen, was er auch tat. Einen Moment lang blieb er mitten auf der Straße stehen und schaute sich verwirrt nach allen Seiten um.

Als er Chandos erblickte, lautete seine erste Frage: »Hätten Sie die Güte, mir zu verraten, wo Sie mich hinbringen?«

»Zurück in die Stadt«, erwiderte Chandos barsch. »Sie sind auf der K. C. nicht willkommen.«

»Hätten Sir mir das nicht einfach sagen können?« erkundigte sich Damian gereizt, wobei er vorsichtig seine Nase betastete.

»Gebrochen?«

»Sieht nicht so aus.«

»Niedrige Schmerzgrenze, was?« lächelte Chandos. Der Hohn in seiner Stimme war unverkennbar.

Damians Miene verfinsterte sich, und er antwortete ungehalten: »Nein, aber meine Verteidigungsmechanismen funktionieren nicht so gut, wenn ich einen Schlag nicht kommen sehe und schon gar nicht damit rechne.«

Chandos zuckte die Achseln. »Was für eine Art von Empfang haben Sie denn von den Eltern einer jungen Frau erwartet, die Ihretwegen fast ums Leben gekommen ist?«

Damian fuhr zusammen. Es wunderte ihn, daß Casey Einzelheiten dessen, was sie während ihrer Abwesenheit getan hatte, ihrem Vater gegenüber erwähnt hatte, aber da Chandos offenbar Bescheid wußte, verteidigte er sich: »Sie hat Verbrecher gejagt und war verdammt erfolgreich damit. Es ist immerhin ihr Beruf ...«

»Sie hat diese Tätigkeit nur vorübergehend ausgeübt, also kann man sie wohl kaum als professionellen Kopfgeldjäger bezeichnen.«

»Spielt keine Rolle«, widersprach Damian. »Sie war für den Job bestens geeignet, und sie hat ihn übernommen.«

Chandos verzog angewidert das Gesicht. »Und Sie bilden sich jetzt ein, Casey würde nochmals für Sie arbeiten?«

Es war wohl an der Zeit, einige Erklärungen abzugeben. »Der Mann, den ich mit ihrer Hilfe festnehmen konnte, ist entkommen. Ich habe zwar Detektive auf ihn angesetzt, aber die haben diesmal genauso wenig Erfolge vorzuweisen wie ein paar Monate zuvor. Casey hat da eine wesentlich glücklichere Hand.«

»Casey besitzt gesunden Menschenverstand, das ist alles.«

»Also ist das wirklich ihr richtiger Name?«

Ob dieses Themenwechsels runzelte Chandos drohend die Stirn. »Sie wußten noch nicht einmal, wie sie heißt?«

»Wieso überrascht Sie das? Casey hat fast nie über sich selbst gesprochen, und schon gar nicht freiwillig. Es hat auch einige Zeit gedauert, bis ich überhaupt gemerkt habe, daß sie eine Frau ist.«

»Und wie haben Sie das schließlich herausgefunden?«

Die Frage klang so anzüglich, daß Damian sofort begriff, was in Chandos' Kopf vorging, und da er in diesem Punkt so schuldig war, wie der Mann annahm, hielt er sich bei seiner Antwort an die reine Wahrheit.

»Sie hat es mir selbst gesagt«, erklärte er. »Und zwar, als ich ihr vorschlug, sich einen Bart wachsen zu lassen.«

Ein eigenartiger Ausdruck trat auf Chandos' Gesicht, und wenn Damian ihn besser gekannt hätte, hätte er gemerkt, daß er kurz davor war, in schallendes Gelächter auszubrechen. So aber sah er nur, daß der unheilverkündende Blick, mit dem Chandos ihn unablässig musterte, sich für den Bruchteil einer Sekunde lang aufhellte. Überhaupt glich Caseys Vater jetzt kaum noch jenem Mann, den Damian damals in Fort Worth gesehen hatte. Er war rasiert und hatte sich das Haar kürzer schneiden lassen, obwohl er es nach städtischen Maßstäben immer noch recht lang trug. Nur eines hatte sich nicht verändert. Der Mann wirkte noch immer so gefährlich wie eine Klapperschlange.

»Ich schlage vor, Sie besteigen den nächsten Zug und fahren dorthin zurück, wo Sie hergekommen sind, Mr. Rutledge. Casey arbeitet nicht mehr als Kopfgeldjäger.«

»Es handelt sich aber um einen besonderen Fall, und sie ist mit den Fakten bereits vertraut«, protestierte Damian. »Außerdem würde ich gerne aus ihrem eigenen Mund hören, was sie dazu zu sagen ...«

»Vergessen Sie's«, unterbrach Chandos gelassen. »Ich geben Ihnen jetzt einen guten Rat, und ich sage es nur einmal: Lassen Sie meine Tochter in Ruhe.«

Damian wollte weitere Einwände erheben, aber dann fiel ihm auf, daß weit und breit keine Menschenseele zu sehen war und die Hand des Mannes griffbereit an seinem Colt lag, und er entschied sich dagegen. Caseys Vater war vernünftigen Argumenten schlichtweg nicht zugänglich, und Damians Beweggründe interessierten ihn nicht im geringsten. Außerdem hielt Damian ihn durchaus für fähig, seinen Revolver zu gebrauchen, um seinen Worten Nachdruck zu verleihen.

Also nickte er nur knapp und stieg auf sein Pferd.

»Nun, es war mir – in gewisser Hinsicht – ein Vergnügen, Sie kennenzulernen«, bemerkte er trocken.

Chandos rieb sich vielsagend die Hände. »Ganz meinerseits«, stimmte er zu.

49. Kapitel

Casey fand ihren Vater außerhalb des kleinen, eingezäunten Friedhofes, wo er auf seinem Pferd saß und einen Punkt innerhalb der Umzäunung fixierte. Seit ihrer Rückkehr war es das erste Mal, daß sie Fletchers Grab aufsuchte, und sie war überrascht, Chandos hier anzutreffen. Aber in der Nähe dieses abgeschiedenen, von einer einsamen große Eiche überschatteten Fleckchens Erde gab es sonst nichts, was seine Anwesenheit erklärt hätte. Der Friedhof der Bar M war allein Angehörigen der Ranch vorbehalten, und er hatte niemanden gekannt, der hier lag – abgesehen von seinem Vater.

Sie lenkte ihr Pferd neben das seine, sagte aber nichts, sondern wartete darauf, daß er ihre Gegenwart, die ihm unmöglich hatte entgangen sein können, auf irgendeine Weise zur Kenntnis nahm. Er reagierte nicht, sondern fuhr lediglich fort, schweigend auf Fletchers letzte Ruhestätte hinabzustarren. Schließlich stieg sie mit dem dürftigen Sträußchen Wildblumen in der Hand, die sie unterwegs gepflückt hatte, ab und öffnete das niedrige Tor, statt, wie sonst, darüber hinwegzuspringen.

Dann blickte sie zu ihrem Vater hoch und meinte: »Du kannst ruhig hereinkommen. Ich glaube nicht, daß er sich aus seinem Grab erhebt und mit anklagendem Finger auf dich deutet.«

Sie hatte beabsichtigt, ihm mit diesen locker dahingesagten Worten ein Lächeln zu entlocken, doch seine Antwort entbehrte jeglichen Humors. »Das sollte er vielleicht besser tun.«

Aus seinem Mund war das eine aufschlußreiche Bemerkung, die von tiefsitzenden, nagenden Schuldgefühlen zeugte, und sie wußte nicht, was sie darauf sagen sollte. Fletcher selbst hatte seinem Sohn nie die Schuld an ihrem Zerwürfnis gegeben, sondern sich selbst dafür verantwortlich gemacht, darüber war sich Casey im klaren, aber sie hatte ihren Vater nie dazu bringen können, ihr einmal zuzuhören. Sobald die Rede auf Fletcher kam, schaltete er für gewöhnlich auf stur ...

Auch jetzt schwieg sie, ging auf das Grab zu und ließ sich auf die Knie sinken, um die Blumen auf der Erde zu verstreuen. Aber nach ein paar Sekunden fiel der Schatten ihres Vaters, der hinter sie getreten war, über die Grabstätte.

»Mir ist kürzlich einiges klargeworden, auf das ich nicht sehr stolz bin.«

Casey hielt bei diesen Worten den Atem an. Eine Beichte? Hier, sozusagen vor Fletchers Angesicht? Vielleicht sollte sie besser gehen. Ihr Vater war aus einem ganz bestimmten Grund hierhergekommen und hatte beschlossen, sein Vorhaben nicht zu verschieben, obwohl er nicht mehr allein war.

Sie stand auf, aber er legte ihr sacht eine Hand auf den Arm, um sie daran zu hindern, ihn allein zu lassen. Tiefes Bedauern schwang in seiner Stimme mit, als er leise sagte: »Ich fürchte, ich habe versucht, dich ebenso hart an die Kandare zu nehmen, wie mein alter Herr es mit mir gemacht hat, als ich in deinem Alter war. Ich habe genau denselben Fehler begangen, für den ich *ihn* immer gehaßt habe. Aber dadurch habe ich begriffen, warum er versucht hat, mich nach seinen Vorstellungen zu formen. Jetzt kann ich seine Beweggründe verstehen.«

Casey traten die Tränen in die Augen. Ein größeres Maß an Einsicht hätte auch Fletcher nicht verlangen können. Wenn er nur hier wäre und diese Worte hören könnte! Aber er war ja gar nicht für immer fort ... Casey jedenfalls hatte seine Gegenwart auf der Bar M ständig gespürt und sich gerne vorgestellt, daß er immer noch über sie wachte. Dieses Gefühl empfand sie an seinem Grab am stärksten.

Und da sie während ihrer Jugend so viel Zeit mit ihrem Großvater verbracht hatte, war sie vielleicht die einzige, die ihren Vater jetzt trösten konnte – und ihm ein paar Dinge klarmachen, die er vermutlich nicht wußte.

Aber da sie auf sein Eingeständnis eingehen wollte, fragte sie erst einmal vorsichtig: »Kannst du ihm jetzt vielleicht auch vergeben?«

»Ja, das auch. Es tut mir nur so entsetzlich leide daß ich all das nicht vor seinem Tod eingesehen habe, dann hätte ich ihm wenigstens sagen können, daß ich ihn verstehe.«

»Das hat er nie verlangt. Er hätte sich über dein Verständnis zwar gefreut, aber er war nicht darauf angewiesen. Er wußte sehr wohl, daß er viele Fehler gemacht hatte. Er hat oft davon gesprochen«, fügte sie lächelnd hinzu, »und er schien fast ein bißchen stolz darauf zu sein. So war er nun einmal. Er glaubte, ein Mann würde aus seinen Fehlern lernen, davon profitieren und auf diese Weise an Stärke gewinnen.«

Chandos nickte. »Ja, eine solche Ansichtsweise paßt zu ihm.«

Casey registrierte zufrieden, daß diese Bemerkung keinen bitteren Unterton enthielt, was noch vor ein paar Monaten der Fall gewesen wäre. »Aber was dich betrifft, Daddy, so war er viel zu stolz auf dich, um seine Handlungsweise groß zu bedauern.«

»Wie meinst du das?«

»Wenn du dich als Versager entpuppt hättest, hätte er sich die Schuld daran gegeben. Aber das hast du eben nicht, verstehst du? Er war stolz darauf, wie gut du dich entwickelt hast, und weißt du was? Er meinte, das sei ganz allein sein Verdienst.«

Chandos brach in Gelächter aus. »Dieser alte Teufel!«

Casey grinste. »Genau. Da du dich so gut gemacht hast, ist Großvater davon ausgegangen, daß seine Erziehungsfehler entscheidend dazu beigetragen haben müßten. Er war vor Freude über deinen Erfolg mit der K. C. ganz aus dem Häuschen; hat überall damit herumgeprahlt, daß du alles aus eigener Kraft geschafft hättest und von ihm keine Hilfe annehmen wolltest. Du warst sein Sohn. Du hast deine Sache gut gemacht, hast ihn sogar noch übertroffen, du hast es ›deinem alten Herrn gezeigt‹, und darauf war er stolz, Daddy – und auf dich.«

»Das habe ich nicht gewußt«, sagte er weich.

»Du nicht – aber jedermann sonst wußte es.«

»Danke, Kleines.«

Wie früher gebrauchte er den Kosenamen auf die alte liebevolle Weise, gegen die Casey keine Einwände erheben konnte. »Du brauchst dich nicht bei mir zu bedanken, ich habe bloß die Wahrheit gesagt. Und es braucht dir auch nicht leid zu tun, daß du keine Gelegenheit mehr hattest, ihm zu sagen, daß du ihn verstehst. Das hast du soeben getan. Er ist hier, und er hört dich.«

Chandos lächelte traurig. »Mag sein, aber es ist trotzdem nicht dasselbe. Mein Vater und ich, wir haben nie miteinander geredet ...«

Caseys Schnauben schnitt ihm das Wort ab. »Ihr habt sogar ziemlich viel miteinander gesprochen, nur leider in etwas überhöhter Lautstärke.«

Er kicherte. »Spielst du auf unsere etwas hitzigen Wortgefechte an?«

»Immerhin hast du dich nicht von ihm zurückgezogen und ihm auch den Umgang mit deiner Familie nicht verwehrt, sondern dich sogar in seiner unmittelbaren Nachbarschaft niedergelassen. Glaubst du, das hätte ihm nichts bedeutet? Er wußte, daß du ihm mit dieser Geste unbewußt verziehen hast. Wir Kinder durften ihn besuchen, wann immer wir wollten. Am Ende hat er wohl nichts bedauert, was er getan hat. Er war stolz auf das Vermächtnis, das er seinen Erben hinterlassen hat, und er war stolz auf seinen Sohn, der sein Erbe weiterführen sollte. Großvater war in seinem Leben glücklicher, als du denkst, Daddy.«

»Davon hatte ich doch keine Ahnung.«

»Mama kann bestätigen, daß alles, was ich gesagt habe, der Wahrheit entspricht. Sie hat oft gehört, wie er mit dir angegeben hat. Vermutlich hat sie dir gegenüber auch etwas Derartiges erwähnt, nicht wahr?«

»Doch, ich glaube, das hat sie getan.«

Casey nickte und fuhr fort: »Du hast zwar immer den Wunsch gehegt, ihn zu übertreffen, aber tief in deinem Inneren hast du gewußt, daß ihn genau dieses Bestreben mit Stolz erfüllen würde – und du hast dich trotzdem immer bemüht. Diese Verhaltensweise spricht für sich, findest du nicht? Er jedenfalls sah es so. Hättest du ihm wirklich unmißverständlich zu verstehen geben wollen, daß du ihm niemals vergeben würdest, dann hättest du absichtlich versagt und dafür gesorgt, daß er sich die Schuld dafür gibt.«

Chandos nahm seine Tochter in die Arme und drückte sie fest an sich. »Woher hat ein Mädchen deines Alters nur so viel Weisheit?«

Sie lehnte sich zurück, um ihm ein spitzbübisches Grinsen zu schenken. »Vielleicht von dir?«

»Wohl kaum«, gab er zurück.

»Okay, dann eben von Mama«, kicherte sie.

Ihr war, als könne sie Fletchers Wärme und seine Freude über das, was endlich ausgesprochen und begraben worden war, fast greifbar spüren, und sie hoffte nur, daß es ihrem Vater ebenso ging.

50. Kapitel

Damian überlegte flüchtig, ob er den nächsten Zug Richtung Norden nehmen sollte. Er wollte sich weiß Gott nicht noch einmal mit Caseys Vater anlegen, obwohl er sicher war, sich gegen ihn behaupten zu können, falls es erneut zu einem Kampf kam. Der Mann hatte nur einen Glückstreffer gelandet, der nicht viel darüber aussagte, wie gut er seine Fäuste zu gebrauchen wußte. Nein, es lag daran, daß er jeglichen Streit mit ihrem Vater gern vermeiden wollte, ganz zu schweigen davon, daß der Mann bei ihrer nächsten Auseinandersetzung seinen Revolver ziehen – und auch davon Gebrauch machen könnte. Seine Warnung, Damian möge sich in Zukunft von seiner Tochter fernhalten, war durchaus ernst gemeint gewesen.

Aber trotz alledem hatte Damian nicht vor, abzureisen, ohne zuvor mit Casey selbst gesprochen zu haben. Also nutzte er das wenige, das er über sie wußte, und suchte Caseys Großvater wegen seiner immer noch schmerzenden Nase auf, nachdem er sich erkundigt hatte, wo der Doktor zu finden war.

Natürlich lehnte Dr. Harte es ab, ihn zu empfangen. Casey hatte Damian ja schon gewarnt, daß er nur noch seine alten Patienten behandelte. Aber der Doktor wich von diesem Prinzip ab, als er erfuhr, daß sein Schwiegersohn für Damians geschwollene Nase verantwortlich war. Und wie Damian gehofft hatte, konnte er Harte weitere Informationen über die Familie entlocken, nachdem er ihm erklärt hatte, wo und unter welchen Umständen er mit Casey zusammengetroffen war.

»Casey hält sich zur Zeit meistens auf der Bar M auf, der Ranch, die sie und ihre Brüder von Fletcher Straton geerbt haben«, erläuterte Edward Harte. »Die Ranch war auch der Grund dafür, daß sie überhaupt von zu Hause fortgegangen ist. Sie wollte sie selbst leiten, aber Chandos gestattete es ihr nicht. Also ging sie fort, um ihm zu beweisen, was sie alles leisten konnte. Er ist ihr natürlich sofort gefolgt, hat sie aber nicht so schnell nach Hause gebracht, wie wir alle angenommen hatten. Meine Tochter, Courtney, war nicht gerade erbaut davon, beide so lange entbehren zu müssen.«

»Also darf sie die Ranch jetzt leiten?«

»Ja, und soweit ich weiß, macht sie ihre Sache bislang sehr gut. Aber wenn sie nicht beide ein so hitziges Temperament hätten, dann wäre ihnen das von vorneherein klar gewesen.«

In diesem Fall hätte Damian Casey gar nicht kennengelernt, aber das behielt er für sich. Es überraschte ihn nicht sonderlich, daß Casey nun erfolgreich eine Ranch leitete, ihre vielseitigen Fähigkeiten hatten ihn schon immer beeindruckt. Worüber er sich wunderte, war, daß es Chandos in all diesen Monaten nicht gelungen war, Casey einzuholen. Schließlich hatte sie fast alles, was sie wußte, von ihm gelernt. Aber andererseits hätte Chandos seine Tochter schnurstracks nach Hause geschleift, wenn er sie gefunden hätte – und er, Damian, hätte das Nachsehen gehabt.

Nachdem er sich noch eine Weile mit dem freundlichen Doktor unterhalten hatte, beschloß Damian, ein paar Tage zu warten, ehe er einen neuerlichen Versuch unternahm, mit Casey zu sprechen. Insgeheim hoffte er, sie würde vielleicht in die Stadt kommen, wo für ihn weniger Gefahr bestand, erneut mit Chandos aneinanderzugeraten. Also behielt er das Haus des Doktors und den Gemischtwarenladen im Auge; die beiden Orte, wo sie sich seiner Meinung nach am ehesten sehen lassen würde. Doch sie tauchte nicht auf, und er fieberte einem Wiedersehen mit ihr zu stark entgegen, um noch länger warten zu können.

Deshalb brach er auch bald wieder ins Landesinnere auf, aber diesmal war die Bar M sein Ziel. Da diese Ranch einst Caseys Großvater gehört hatte und Casey sie nun ganz allein leitete, erwartete Damian einen wesentlich kleineren Betrieb als beispielsweise die K. C., aber nein, unglaublicherweise stellte sich heraus, daß sich gleich zwei dieser riesigen Ranches, die mit den zahlreichen, um das Haupthaus herum angesiedelten Nebengebäuden kleinen Städten glichen, im Besitz ein und derselben Familie befanden. Und nun verstand er auch, warum Caseys Vater ihr die Leitung der Bar M nicht hatte übertragen wollen. Eine Ranch dieser Größenordnung stellte schon für einen Mann eine gewaltige Herausforderung dar, und erst recht für ein junges Mädchen.

Leider war Casey nicht da. Man teilte ihm mit, daß sie sich auf den nördlichen Weiden aufhielt, und warnte ihn davor, sie auf eigene Faust zu suchen, da man sich in diesem Gebiet leicht verirren könne. Er schlug den guten Rat in den Wind – und verirrte sich prompt.

Die Sonne ging bereits unter, als er endlich wieder Gebäude erblickte, die allerdings zur K. C. und nicht zur Bar M gehörten. Fast wünschte er, Edwart Harte hätte nicht erwähnt, daß Casey ihre Abende abwechselnd auf einer der beiden Ranches verbrachte. Da er nun schon einmal hier war, brachte er es nicht über sich, wieder fortzureiten, ohne sich vorher erkundigt zu haben, ob Casey heute abend auf der K. C. anzutreffen war.

Was die Veranda und die von dort aus zu beobachtenden Sonnenuntergänge betraf, so hatte er recht gehabt. Zu dieser Stunde brannten zwar ein paar Laternen, aber das schwache Licht, das sie spendeten, ging völlig in den Strahlen der sinkenden Sonne unter, die die Veranda in eine warme rote Glut tauchten. Damian gönnte sich einen kurzen Moment, um sich in einen der Schaukelstühle sinken zu lassen, gen Westen zu schauen und die Schönheit dieses Landes zu bewundern, die endlose Weite ... und um die friedliche Stille zu genießen, die er in dieser Weise in der Stadt nie finden würde.

Es war wohl vermessen, darauf zu hoffen, daß Casey

unvermutet auf die Veranda trat, um diesen besonderen Augenblick mit ihm zu teilen. Er konnte sich förmlich vorstellen, wie er ihre Hand in die seine nahm und gemeinsam mit ihr schweigend die herrliche Aussicht in sich aufnahm ... Diese Vorstellung wurde allerdings durch seine schwelende Wut auf sie ein wenig getrübt. Die abrupte Trennung ging ihm immer noch nahe.

Wenn er sie dazu bringen wollte, ihm zu helfen, durfte er sich seinen Ärger aber nicht anmerken lassen. Sie würde sich wohl kaum erweichen lassen, wenn er sie finster musterte, während er seine Argumente vorbrachte ...

Seufzend stand Damian auf und klopfte an die Tür. Er hoffte inständig, daß ihm diesmal weder Caseys Mutter noch ihr Vater öffnen würden. Er hatte Chandos' Warnung nicht vergessen, sondern lediglich beschlossen, sie zu ignorieren, daher legte er keinen besonderen Wert darauf, dem Mann noch einmal zu begegnen.

Aber offenbar wurde in einem Haus dieser Größe nicht unbedingt eine dementsprechende Anzahl Dienstboten beschäftigt, oder sie waren nicht dafür zuständig, Türen zu öffnen, denn wieder sah sich Damian Courtney Straton gegenüber, als die Tür aufging, und sie machte keinen Hehl daraus, daß sie über sein Erscheinen alles andere als erfreut war. Sie runzelte böse die Stirn, und Damian wunderte sich, daß sie ihm die Tür nicht sofort wieder vor der Nase zuschlug.

»Ich hätte schwören können, daß Sie sich hier nie wieder sehen lassen würden«, sagte sie in einem leicht erstaunt klingenden Tonfall.

»Ich wünschte aufrichtig, es wäre nicht nötig gewesen, Ma'am, glauben Sie mir. Aber ich *muß* Casey sprechen, ehe ich die Gegend verlasse. Könnten Sie bitte darauf verzichten, Ihren Mann hinzuzuziehen, und mir einfach nur sagen, ob sie hier ist oder nicht?«

Sie setzte schon zu einer Entgegnung an, besann sich dann aber anders und musterte ihn eine Weile nachdenklich. Damian hielt vor innerer Anspannung beinahe den

Atem an. Schließlich stieß Courtney einen tiefen Seufzer aus.

»Na schön, da Sie sich anscheinend weigern, Vernunft anzunehmen, können Sie ebensogut gleich hereinkommen.« Sie schloß die Tür hinter ihnen und rief halblaut: »Casey, Liebes, komm doch bitte einmal her. Du hast ... Besuch.«

Da sie die Stimme nur unwesentlich erhob, ging Damian davon aus, daß sich Casey in Hörweite befand. Im nächsten Moment erschien sie auf der Schwelle zum Eßzimmer, eine weiße Leinenserviette noch in der Hand. Als sie Damian neben ihrer Mutter an der Eingangstür stehen sah, blieb sie wie angewurzelt stehen. Ungläubiges Staunen spiegelte sich auf ihrem Gesicht wider.

Ihre elegante Erscheinung traf ihn wie ein Schlag. Er war so daran gewöhnt, sie in Jeans und Poncho zu sehen – abgesehen von dem einen Tag in Culthers –, daß es ihm gar nicht in den Sinn gekommen war, sie könne sich nun, da sie wieder zu Hause war, ganz anders kleiden. Ihr schwarzes Haar war zu einer kunstvollen, von juwelenbesetzten Nadeln gehaltenen Frisur hochgesteckt, und sie trug ein schmal geschnittenes smaragdgrünes Samtkleid, dessen tiefer Ausschnitt von weicher Spitze in demselben Farbton gesäumt wurde.

Sie sah bezaubernd aus – und ungemein verführerisch, da das schmiegsame Material und der großzügige Ausschnitt die sanfte Rundung ihrer Brüste noch betonte. Damian starrte sie wie gebannt an und vergaß darüber beinahe, warum er eigentlich hier war.

Er hatte die Familie wohl gerade beim Abendessen gestört, und offenbar gehörte es hier, genau wie in den vornehmeren Häusern der Großstadt, zu den Gepflogenheiten, sich zum Dinner umzukleiden. Caseys Vater kam aus dem Eßzimmer und stellte sich hinter seine Tochter. Auch er trug einen maßgeschneiderten schwarzen Abendanzug nebst schmaler schwarzer Krawatte, und nichts an ihm erinnerte noch an den finstern Gesellen, der damals durch Fort Worth geritten war. Er warf Damian einen Blick zu, der Bände sprach. Chandos war über seine Anwesenheit noch weniger erfreut als Courtney.

Casey löste sich lange genug aus ihrer Benommenheit, um zu fragen: »Was machst du denn hier, Damian? Und was ist mit deiner Nase passiert?«

Damian fuhr zusammen. Er hatte den momentanen Zustand seines Gesichtes vollkommen vergessen. Die Schwellung war zwar bereits zurückgegangen, aber unter einem Auge und zwischen seinen Brauen schillerten immer noch große Blutergüsse. Laut Doktor Harte war das Nasenbein leicht angebrochen worden, doch der Schlag hätte wesentlich schlimmere Folgen gehabt, wenn er genau die Nasenmitte und nicht nur den oberen seitlichen Bereich getroffen hätte.

Er warf Chandos einen vielsagenden Blick zu, ehe er erwiderte: »Sie ist in engeren Kontakt mit der Faust deines Vaters gekommen. Anscheinend war er der Meinung, ich würde eine kleine Strafe verdienen, weil ich dich in Gefahr gebracht habe.«

Casey sah ihn erschrocken an. »Daddy hat dich verprügelt? Wann denn?«

»Vor ein paar Tagen.«

»Wie bitte? Du warst schon einmal hier, und niemand hat es für nötig gehalten, mir etwas zu sagen?« Ihre Frage war nicht an ihn gerichtet, sondern sie drehte sich antwortheischend zu Chandos um.

»Wozu sollte das gut sein?« verteidigte sich dieser gereizt. »Er ist wieder gegangen, und ich habe ihm untersagt, noch einmal wiederzukommen.«

»Daddy, hatten wir uns nicht gerade eben erst darüber unterhalten, daß ich alt genug bin, meine eigenen Entscheidungen zu treffen?«

»Frag ihn erst einmal, warum er hier ist, Kleines, ehe du voreilige Schlüsse ziehst. Es ist immer noch mein gutes Recht, dich zu beschützen, egal wie alt du bist.«

Nach dieser geheimnisvollen Bemerkung runzelten sowohl Casey als auch Damian die Stirn. Chandos schien andeuten zu wollen, daß Damian gekommen war, um ihr auf irgendeine Weise Schaden zuzufügen, was dieser absolut lächerlich fand. Er öffnete schon den Mund, um zu protestieren, als Caseys Blick zu ihm hinüberschweifte und ihre Augen sich verengten.

»Was hat dich denn nun hierhergeführt, Damian?«

Er hätte es vorgezogen, unter vier Augen mit ihr zu reden, aber es sah nicht so aus, als wollten ihre Eltern das zulassen, also kam er sofort zur Sache. »Jack ist mir in St. Louis entkommen. Meine Detektive haben seine Spur bis Chicago verfolgt und dort verloren. Es ist zu leicht, in einer Stadt dieser Größe unterzutauchen, dort gibt es viel zu viele geeignete Verstecke. Meine Leute wissen jedenfalls nicht, wo sie noch suchen sollen. Ihr Vorschlag lautet, in allen Staaten Steckbriefe auszuhängen und darauf zu hoffen, daß irgendein Sheriff ihn aufgrund dessen irgendwann einmal erkennt. Es kann natürlich sein, daß dieser Fall nie eintritt ...«

Sie nickte bedächtig. »Das erklärt aber immer noch nicht, warum du hier bist.«

»Du hast ihn schon einmal aufgespürt, Casey.«

»Hier draußen im Westen war das nicht weiter schwer, aber jetzt hält er sich in einer Stadt verborgen«, gab sie zu bedenken. »Was weiß ich schon von größeren Städten?«

»Aber du kennst Jack und weißt, wie er vorzugehen pflegt.«

»Du hast doch bereits einige Leute auf ihn angesetzt, Damian.«

»Sicher, und die sind auch eigentlich recht kompetent, aber sie geben zu leicht auf«, entgegnete er. »Allerdings haben sie auch kein persönliches Interesse an der Sache. Du hingegen schon.«

»Ich?« Sie zog die Brauen hoch. »Wie kommst du denn darauf?«

»Weil ich dich für einen Menschen halte, der einen einmal übernommenen Job auch zu Ende bringt«, erklärte er.

»Du hast zwar deinen Teil der Abmachung erfüllt, aber nicht das angestrebte Ergebnis erzielt.«

»Ist es etwa meine Schuld, daß Curruthers dir entkommen konnte?«

Damian seufzte. »Nein, natürlich nicht. Aber willst du wirklich zulassen, daß er sich jetzt ein schönes Leben macht, nachdem du soviel Zeit und Mühe aufgewandt hast, um ihn zu finden?«

Casey zog die Brauen zusammen. Er hatte ihren wunden Punkt getroffen und wußte es auch. Sie war sozusagen seine letzte Hoffnung.

»Hast du den ganzen langen Weg auf dich genommen, nur um mich erneut zu engagieren?«

»Geld spielt keine Rolle, wenn es das ist, was du …«

»Damals habe ich dringend Geld gebraucht, Damian, heute sieht das alles anders aus. Ich möchte nur eines klarstellen: Bist du nur aus dem einen einzigen Grund hergekommen, um mich dazu zu bringen, Jack für dich zu suchen?«

»Nur? Du weißt doch, wieviel mir daran liegt, ihn vor Gericht zu bringen! Warum sollte ich wohl sonst eine so lange Reise unternehmen, ohne überhaupt zu wissen, ob ich dich hier antreffe?«

»Ja, warum wohl sonst«, entgegnete sie sarkastisch, dann blickte sie sich zu ihrem Vater um und fügte hinzu: »Jetzt verstehe ich, was du meinst, Daddy.«

Mit diesen Worten stolzierte sie davon und ließ den entgeisterten Damian einfach stehen. Dieser war wie vor den Kopf geschlagen. Er hatte nicht damit gerechnet, daß sie sich schlichtweg weigern würde, ihm zu helfen. Wenn er ganz ehrlich sein sollte, dann hatte er gedacht, er bräuchte nur Jacks Flucht zu erwähnen, um sie dazu zu veranlassen, gemeinsam mit ihm den nächsten Zug nach Chicago zu besteigen.

»Ich denke, Sie haben Ihre Antwort bekommen, Mr. Rutledge.«

Damian drehte sich um und sah, daß Caseys Mutter

ihm die Tür aufhielt; eine unmißverständliche Aufforderung, das Haus zu verlassen. Ja, er hatte seine Antwort bekommen. Und er fühlte sich so niedergeschlagen, als habe Casey ihm wesentlich mehr verweigert als nur die Hilfe, um die er sie ersucht hatte.

51. Kapitel

Damian hatte bereits die Hälfte des Weges nach Chicago zurückgelegt, als er sich entschloß, die Reise zu unterbrechen und nach Texas zurückzufahren. Er hatte zu schnell aufgegeben, und er hatte seine Möglichkeiten nicht voll ausgeschöpft. Er hätte Casey Schuldgefühle einimpfen oder an ihre moralische Verpflichtung, ihm zu helfen, appellieren sollen. Er hätte alles nur Menschenmögliche unternehmen sollen, um sie dazu zu bewegen, ihre Meinung zu ändern, aber die Zurückweisung hatte ihn so schwer getroffen, daß er wie ein begossener Pudel von dannen geschlichen war. Wie erniedrigend! Und wenn er ohnehin schon nur Rückschläge einstecken mußte, dann hätte er sich bei der Gelegenheit wenigstens auch alles andere von der Seele reden können, was ihn schon so lange bedrückte. Schließlich hatte keinerlei Notwendigkeit bestanden, noch länger diplomatisch vorzugehen.

Also stieg er aus, um sich zu erkundigen, wie lange er auf den nächsten Zug Richtung Süden warten mußte – und entdeckte Casey, die im Bahnhofsrestaurant zu Mittag aß. Er war dermaßen erstaunt, sie dort zu sehen, daß er seinen Augen kaum traute.

Die Frau im hellgelben Reisekostüm mit passendem Hütchen und sogar farblich passenden Schuhen konnte doch unmöglich seine Casey sein, vermutlich bestand nur eine verblüffende Ähnlichkeit; das war jedenfalls sein erster Gedanke. Doch das unwillkürliche Zittern, das ihn überfiel, verriet ihm, daß es sich tatsächlich um Casey handelte.

Aber das bedeutete, daß sie sich schon seit Waco im Zug befinden mußte, ohne daß er etwas bemerkt hatte – nun, wie sollte er auch. Er hatte den Schaffner, der in dem neuen, größeren Salonwagen den Dienst versah, gebeten, ihm die Mahlzeiten in seinem Abteil zu servieren, damit er den Zug so selten wie möglich verlassen mußte. In seiner momentanen Verfassung war ihm nicht daran gelegen, bei den gelegentlichen Aufenthalten mit anderen Menschen zusammenzutreffen.

Langsam näherte er sich ihrem Tisch. Insgeheim fürchtete er immer noch, seine überreizte Fantasie würde ihm ihr Bild lediglich vorgaukeln. Aber als sie mit ihrem üblichen undurchdringlichen Gesichtsausdruck zu ihm aufblickte – inzwischen wußte er, wem sie diese Angewohnheit abgeschaut hatte –, brachte ihn das ziemlich außer Fassung. Keinerlei Anzeichen von Überraschung ihrerseits, kein Lächeln, keine unverbindliche Bemerkung wie ›Hab ich's mir doch gedacht, daß ich dich hier treffen würde‹, nichts, was ihm den Anfang erleichtert hätte.

So sagte er schlicht: »Du bist also doch noch gekommen.«

»Ja.«

Dann fragte er weit weniger unbeteiligt: »Wann wolltest du mir eigentlich mitteilen, daß du es dir anders überlegt hast?«

»Überhaupt nicht.«

Er erstarrte. »Und warum nicht? Ich finde, wir haben bislang recht gut zusammengearbeitet.«

»Wir haben uns in mancherlei Hinsicht recht gut ergänzt, aber die Suche nach Jack fällt nicht in diesen Bereich.«

Diese freimütige Antwort kam so unerwartet, daß es Damian die Sprache verschlug. Und sie lief noch nicht einmal rot an, obwohl sie mehr oder weniger unverblümt zugegeben hatte, daß sie beide sich im Bett gut verstanden hatten. Aber da sie das Thema selbst angeschnitten hatte, nutzte er die Gelegenheit, um seinem Herzen Luft zu machen:

»Komisch, daß ausgerechnet du auf gewisse Dinge anspielst, Casey. Nachdem du dich mitten in der Nacht ohne ein Wort des Abschieds davongeschlichen hast, bin ich davon ausgegangen, daß du in diesem Punkt anders denkst.«

»Ich finde, wir haben uns auf sehr angenehme Weise getrennt. Mit Worten wäre dem nichts mehr hinzuzufügen gewesen.«

So gesehen hatte sie recht. Es war wirklich eine sehr angenehme Art, sich zu trennen – vorausgesetzt, daß beide Beteiligten diese Trennung auch wünschten. Aber wenn einer von beiden anderer Ansicht war ...

»*Einer* von uns hätte vielleicht noch das eine oder andere dazu zu sagen gehabt«, widersprach er.

»*Einer* von uns hatte genug Zeit, um alle Punkte zu klären, die noch der Klärung bedurften«, schoß sie zurück.

Damian biß die Zähne zusammen. Wieder hatte sie ins Schwarze getroffen. Er war derjenige, der gezaudert hatte. Er hatte nicht den nötigen Mut aufgebracht, sie zu bitten, doch bei ihm zu bleiben. Und jetzt war ein äußerst ungünstiger Zeitpunkt, um darauf zu sprechen zu kommen, denn die Atmosphäre zwischen ihnen wurde zusehends frostiger. Zudem betrat just in diesem Moment Caseys Mutter, gefolgt von Chandos, den kleinen Speisesaal, und seine Gedanken schweiften in eine andere Richtung.

»Du hast deine *Eltern* mitgebracht?«

Casey folgte seinem Blick und lächelte dem sich nähernden Paar zu. »Anscheinend reisen wir alle zufällig in dieselbe Richtung«, erklärte sie Damian. »Meine Mutter hat den Wunsch geäußert, in Chicago ein paar größere Einkäufe zu tätigen, und mein Vater wollte sie nicht allein fahren lassen, nachdem sie gerade erst so lange getrennt waren, also ist er kurzerhand mitgekommen. Natürlich haben mir beide glaubhaft versichert, daß mein Entschluß, nach Chicago zu fahren, nichts mit ihrer Entscheidung zu tun hat.«

Beim Sprechen verdrehte sie die Augen gen Himmel, um zu zeigen, was sie von dieser Behauptung hielt. Damian jedoch zeigte sich wenig belustigt. Er hatte um ihre Hilfe ersucht, nicht um die ihrer ganzen Familie. Aber er vergaß ständig, daß sie ja gar nicht vorgehabt hatte, ihn darüber in Kenntnis zu setzen, daß sie nun doch die Suche nach Jack wieder aufnehmen wollte. Falls das überhaupt zutraf – auch diese Frage war noch nicht endgültig geklärt worden.

Damian seufzte. Es gab im Moment einfach zuviel, was er gern loswerden wollte, aber nun, da sie nicht länger unter sich waren, tat er wohl besser daran, den Mund zu halten. Nur eines noch ...

»Wirst du denn nun versuchen, Jack zu finden?«

»Deswegen bin ich hier«, gab Casey zurück.

»Aber auf meine Mitarbeit legst du anscheinend keinen großen Wert, nicht wahr? Willst du noch nicht einmal die Berichte der Detektive sehen?«

»Du hast mir bereits erklärt, wie groß die Stadt ist, in der er sich verkrochen hat. Meiner Meinung nach gibt es nur einen Weg, ihn dort ausfindig zu machen: Ich muß anfangen, so zu denken wie er. Dabei können mir die Berichte deiner Detektive nicht im geringsten helfen, also brauche ich sie gar nicht erst anzusehen.«

»Ich erinnere mich dunkel, daß dir meine Hilfe zumindest einmal sehr gelegen gekommen ist, nämlich dann, als du in Schwierigkeiten warst. Ich bitte dich schließlich nicht, dich meinetwegen noch einmal in Gefahr zu begeben, nur um dich dann im Stich zu lassen, wenn du mich brauchst.«

Casey seufzte. Ihr Vater, der Damians letzte Bemerkung mit angehört hatte, meinte nur: »Wenn ich vorher gewußt hätte, daß er dir zur Seite steht, Casey, dann hätte ich deine Mutter vielleicht dazu überreden können, ihre Einkäufe in einer nicht ganz so weit entfernten Stadt zu erledigen.«

Und Courtney mischte sich fast im selben Atemzug ein: »Guten Tag, Mr. Rutledge. Wie ich sehe, haben Sie Casey bereits entdeckt. Möchten Sie uns nicht den Rest der Reise erleichtern und uns einen Platz in Ihrem Privatwaggon anbieten?«

Damian blieb vor Verwunderung fast der Mund offenstehen. Die Stratons wollten gemeinsam mit ihm reisen, aber Casey nicht? Und ihr Vater traute ihm tatsächlich zu, seine Tochter zu beschützen? Was zum Teufel war bloß geschehen, seit er Waco verlassen hatte? Wieso hatten sie ihre Meinung über ihn plötzlich geändert?

Schließlich fand er seine Stimme wieder und rang sich zögernd zu einer Antwort durch, da er immer noch fürchtete, ihm könne der soeben gewonnene Boden wieder unter den Füßen weggezogen werden.

»Selbstverständlich, Ma'am«, sagte er höflich. »Es ist mir ein Vergnügen, den Wagen mit Ihnen allen zu teilen.«

Casey verzog unangenehm berührt die Lippen. Offenbar behagte ihr die Idee nicht sonderlich, doch Courtney nahm das Angebot lächelnd an, womit die Sache erledigt war.

Chandos gab sich natürlich so unbeteiligt wie eh und je und ließ nicht erkennen, was er von dem Arrangement hielt. Er mochte ja Casey gegenüber gerade erst zugegeben haben, daß er Damian zutraute, sie zu beschützen, aber er war ganz offensichtlich nicht gewillt, auch Damian einige anerkennende Worte zu zollen.

Vielleicht hatten sie ihre Meinung ja doch nicht so drastisch geändert. Er las in ihr Verhalten mehr hinein, als wirklich dahintersteckte. Und hatte er tatsächlich eben angeboten, sich mehrere Tage lang den begrenzten Raum, den der Salonwagen bot, mit Caseys Eltern zu teilen? Er mußte verrückt geworden sein.

52. Kapitel

Casey und ihre Mutter bezogen das separate Schlafabteil des Wagens. Ohne zu fragen räumte Chandos Damians Habseligkeiten fort, da er es als selbstverständlich voraussetzte, daß dieser den Damen ein wenig Privatsphäre zugestehen würde. Damian hätte natürlich keine Einwände erhoben, aber er wäre doch lieber vorher um seine Zustimmung gebeten worden.

Aber dies blieb auch während der nächsten Tage der vorherrschende Ton. Die Stratons, zumindest Caseys Eltern, setzten vieles als selbstverständlich voraus. Casey selbst zeigte sich ziemlich wortkarg – außer im Umgang mit ihren Eltern. Und nun erlebte Damian selbst mit, wie unbefangen und liebevoll die drei miteinander umgingen.

Es war Courtney Straton, die ihm die gemeinsame Reise einigermaßen erträglich machte. Ihre angenehmen Umgangsformen, die sich so von denen ihrer Tochter und ihres Mannes unterschieden, ließen darauf schließen, daß sie eine gute Erziehung genossen hatte. Sie versuchte ständig, Damian in jegliche Unterhaltung mit einzubeziehen, und brachte ihn dazu, auch über sich selbst zu sprechen, über seinen Vater und über die Firma, die sich schon seit Generationen im Besitz der Familie befand. Einmal erwähnte sie sogar seine Mutter ...

Casey war rot angelaufen, als Courtney bemerkte: »Wie mir Casey erzählte, lebt Ihre Mutter auch in Chicago. Vielleicht lernen wir sie während unseres Aufenthaltes in der Stadt ja auch einmal kennen.«

Der Blick, den Damian Casey zuwarf, besagte deutlich: ›Und was hast du deinen Eltern sonst noch alles erzählt, was sie nichts angeht?‹ Aber Courtney gegenüber antwortete er freundlich: »Das möchte ich bezweifeln, Ma'am. Ich fahre nicht zu meinem Vergnügen nach Chicago.«

Schlimmer noch waren die Nächte, in denen er, wenn sich die Damen in ihr Abteil zurückgezogen und die Tür hinter sich geschlossen hatten, mit Chandos Straton allein blieb. Auch hier waren die Fronten von der ersten Nacht an geklärt gewesen, was bedeutete, daß die beiden Männer sich ignorierten, so gut es ging. Nur einmal hatte Chandos, nachdem er es sich auf einer der langen Sitzbänke möglichst weit weg von Damian bequem gemacht hatte, einen bedeutungsschwangeren Satz von sich gegeben.

»Mein Frau lebt nach dem Grundsatz ›Im Zweifel für den Angeklagten‹. Sie meint, Ihre Hartnäckigkeit spräche für Sie. Aber ich behalte mir das Recht vor, Ihnen auch weiterhin mit Mißtrauen zu begegnen.«

Damian war nicht gewillt, diese Bemerkung einfach so hinzunehmen. »Wovon reden Sie eigentlich, wenn ich fragen darf?«

»Denken Sie mal darüber nach, Grünschnabel«, entgegnete Chandos, ehe er sich auf seine Schlafseite drehte.

Und so ging es auch die nächsten drei Tage weiter. Als der Zug endlich Chicago erreichte, kam es Damian so vor, als seien Courtney und er schon seit langem gute Freunde. Seine anderen beiden Gäste vermittelten ihm dagegen eher den Eindruck, als würden sie seine Gegenwart nur mühsam ertragen. Und er kam nicht ein einziges Mal dazu, mit Casey unter vier Augen zu sprechen. Entweder ihr Vater oder ihre Mutter waren ständig an ihrer Seite.

Damian empfahl ihnen das Hotel, in dem er schon einmal gewohnt hatte und in dem er sich auch jetzt ein Zimmer zu nehmen gedachte, da er hoffte, daß sich dort vielleicht eine Gelegenheit ergeben würde, Casey allein anzutreffen. Doch vermutlich würde Casey dies erst gar nicht zulassen. Als ihre Mutter meinte, das sei eine hervorragende Idee, verzog sie mißmutig das Gesicht, erhob jedoch keine Einwände.

Es hätte auch nicht viel Sinn gehabt, da bereits vereinbart worden war, daß Casey, wenn sie Jacks Aufenthaltsort herausfand, keinesfalls versuchen sollte, ihn auf eigene Faust festzunehmen – ein Gebot ihres Vaters, dem sie sich widerwillig unterworfen hatte. Damian sollte ebenfalls über ihre Fortschritte auf dem laufenden gehalten werden, was regelmäßige Treffen erforderlich machte, daher schlug Courtney vor, jeden Abend gemeinsam das Abendessen einzunehmen. Damian war zwar von diesem Arrangement nicht sonderlich begeistert, mußte aber noch froh sein, überhaupt ein wenig Zeit mit Casey verbringen zu können.

Casey selbst beeilte sich, ihm ihre Pläne zu erläutern. »Jack hat sich daran gewöhnt, mit deinem Geld um sich zu werfen, Damian. Er hält sich zwar versteckt, aber ich hoffe, er ist dennoch seinem bisherigen Lebensstil treu geblieben. Ich werde damit anfangen, die Angestellten der renommiertesten Maklerbüros zu befragen und die teuren Hotels zu überprüfen, dann werden wir weitersehen.«

Das bedeutete, daß seine Unterstützung zumindest während der ersten Tage der Suche nicht vonnöten war. Noch nicht einmal ihr Vater hielt es für möglich, daß sie in dieser Phase ihrer Ermittlungen in Schwierigkeiten geriet.

Wie sich herausstellte, hatte es Casey so eilig, Jack zu finden, damit sie wieder nach Hause zurückkehren konnte, daß sie sich weder am ersten noch am zweiten Abend wie verabredet im Hotel einfand. Sie hinterließ lediglich kurze Nachrichten des Inhalts, daß sie, da sie mit so vielen Leuten sprechen müsse, keine Zeit für ein ausgiebiges Dinner erübrigen könne und ihre Befragungen lieber bis in die Abendstunden ausdehnen wolle.

Chandos zeigte keine Spur von Erstaunen. »Wenn meine Tochter eine Sache in Angriff nimmt, dann verbeißt sie sich regelrecht darin.«

Damian war, milde ausgedrückt, verstimmt. Er wollte, daß Jack so schnell wie möglich wieder in Gewahrsam genommen wurde, aber er wollte auch unbedingt etwas Zeit mit Casey verbringen, ehe sie wieder abreiste. Und da sie sich seine Begleitung auf ihren Ermittlungsgängen verbeten hatte, hatte er fest darauf gezählt, sie wenigstens, wie ausgemacht, bei der Abendmahlzeit zu sehen.

Sie erschien erst am dritten Abend, und zwar in großer Aufmachung. Das Hotel verfügte über ein sehr elegantes Restaurant, welches nicht nur von den Gästen des Hauses, sondern auch von vielen wohlhabenden Bürgern der Stadt besucht wurde, die dort ihre kostbaren Juwelen, ihre kostspieligen Mätressen und alles andere, womit sie sonst noch prunken konnten, zur Schau stellten.

Doch Casey stellte in ihrem schlichten blauvioletten Seidenkleid und dem einfachen schwarzen Samthalsband als einzigen Schmuck alle anderen anwesenden Damen in den Schatten. Merkwürdig – jedesmal, wenn er sie sah, erschien sie ihm noch reizvoller als zuvor.

Heute war sie vor ihren Eltern in den Speisesaal gekommen. Als sie sah, daß diese Damian noch nicht Gesellschaft leisteten, verlangsamte sie ihren Schritt und erwog offensichtlich, sich unauffällig zurückzuziehen. Aber der Blick, den er ihr zuwarf, belehrte sie eines Besseren. Dem Ausdruck seiner Augen entnahm sie, daß er sie notfalls mit Gewalt an seinen Tisch zerren würde, und diese peinliche Szene wollte sie unbedingt vermeiden – ein weiser Entschluß, denn Damian befand sich in einer Stimmung, wo er sich herzlich wenig darum scherte, ob er einen Skandal heraufbeschwor.

Er stand auf, um ihr den Stuhl zurechtzurücken, und ein diensteifriger Kellner trat sofort an ihren Tisch, um sie nach ihren Wünschen zu fragen. Damian wartete nicht erst ab, bis er sich wieder entfernt hatte, sondern sagte halblaut: »Du siehst heute abend hinreißend aus, Casey.«

Mit einem Kompliment hatte sie nicht gerechnet. Ihre Wangen färbten sich rosa, doch ehe sie etwas erwidern konnte, fuhr er fort: »Aber ich mag dich auch in deinem Poncho und Jeans.«

Diese Bemerkung schien sie zu überraschen, aber sie schwieg noch immer, wartete vermutlich darauf, daß der

Kellner sich zurückzog. Sowie sie allein waren, fügte er, wohl wissend, daß er unklug handelte, hinzu: »Aber ehrlich gesagt gefällst du mir am besten, wenn du überhaupt nichts anhast.«

Jetzt wurde sie puterrot im Gesicht und schlug rasch die Augen nieder, ehe sie ihn anzischte: »Willst du mich mit aller Gewalt in Verlegenheit bringen?«

»Nein, ich stelle lediglich einige Tatsachen fest«, erwiderte er heiser.

Sie hob den Kopf, ihre goldenen Augen bohrten sich in die seinen, und ihn überkam das unwirkliche Gefühl, als entstünde vor ihrem geistigen Auge das Bild von ihnen gemeinsam im Bett. Er für seinen Teil konnte den Erinnerungen an ihre letzte Liebesnacht, die plötzlich wieder in ihm aufstiegen, keinen Einhalt gebieten.

Ihm stockte der Atem. Am liebsten hätte er sie auf der Stelle gebeten, mit auf sein Zimmer zu kommen. Er wollte ...

»Damian, sind Sie das?« fragte eine hohe, schrille Stimme hinter ihm. »O ja, tatsächlich! Sie sind in Chicago und haben mir nichts davon gesagt? Sicher sind Sie erst heute abend angekommen und wollten bis zum nächsten Morgen warten, um mir Ihre Aufwartung zu machen.«

Einen Augenblick lang schloß Damian gottergeben die Augen, ehe er sich erhob, um Luella Miller zu begrüßen.

53. Kapitel

Casey konnte ihr Pech kaum fassen. Gerade eben noch hatte ihr Herz schneller zu schlagen begonnen, weil sie geglaubt hatte, Damian wolle auf intimere Dinge zu sprechen kommen, und im nächsten Moment drang ihr diese mißtönende Stimme in die Ohren, die sie verabscheuen gelernt hatte – genau wie sie die Besitzerin selbiger Stimme wegen ihrer zierlichen Figur, ihrer Schönheit und vor allem wegen der besitzergreifenden Art, die sie Damian gegenüber an den Tag legte, verabscheute.

Zugegeben, ›verabscheuen‹ klang ein wenig hart, aber Casey konnte sich beim besten Willen nicht für die Frau erwärmen. Und nun stand ausgerechnet die einzige Person, von der sie gehofft hatte, ihr nie wieder begegnen zu müssen, vor ihr und verlieh ihrer Überraschung darüber Ausdruck, Damian in Chicago zu treffen. Himmel, Casey hatte Luella so entschlossen aus ihren Gedanken verdrängt, daß ihr sogar entfallen war, daß die Dame in dieser Stadt lebte.

»Mich haben dringende Geschäfte hierhergeführt, Luella«, erklärte Damian. »Es tut mir leid, aber mir bleibt keine Zeit, gesellschaftlichen Verpflichtungen nachzukommen.«

»Ach wirklich?« Luella durchbohrte Casey mit einem wütenden Blick. »Und wer ist diese ... Dame?«

Casey unterdrückte ein Grinsen. Luella war eifersüchtig auf sie? Und sie erkannte sie noch nicht einmal wieder, was bewies, was für ein oberflächliches Geschöpf diese Frau war. Sie mochte ja einem Mann, an dem sie interessiert war, ihre ungeteilte Aufmerksamkeit schenken, aber alle anderen Menschen zählten für sie kaum.

»Wirklich, Luella, es trifft mich tief, daß Sie sich nicht mehr an mich erinnern«, bemerkte sie mit beißendem Spott.

»Ach, Sie sind das, Casey.« Luella rümpfte die Nase. »Sie müssen schon entschuldigen, aber ich hielt Sie zuerst für eines dieser ... nun ja, Sie wissen schon ... eines dieser ...« Sie senkte die Stimme. »Freudenmädchen.«

Diese Bemerkung entsprach nicht der Wahrheit, sondern war reiner Gehässigkeit entsprungen. Aber Casey machte sich nichts daraus. Sie wollte sich gerade unter irgendeinem Vorwand entschuldigen und die beiden allein lassen, als ihre Eltern das Restaurant betraten und ihre Flucht vor der unerwünschten Gesellschaft vereitelten.

Es blieb ihr nichts anderes übrig, als Luellas Gegenwart während der gesamten Mahlzeit zu ertragen, da die Dame zu dickfellig war, um zu merken, daß sie störte, und die Höflichkeit es verbot, ihr zu sagen, sie solle sich zum Teufel scheren. Casey fühlte sich an die Reise nach Fort Worth erinnert. Auch damals hatte Luella stets jedes Gespräch an sich gerissen und dafür gesorgt, daß sie allein im Mittelpunkt stand.

Casey war nicht gewillt, dieses Theater noch länger mitzumachen. Sie wollte gerade Kopfschmerzen vorschützen und das Dessert ausfallen lassen, als Luella einen anderen Bekannten entdeckte und sich den Hals verrenkte, um zu einem der benachbarten Tische hinüberzuschielen. Da die leise Hoffnung bestand, daß sie sich verabschieden und jemand anderem mit ihrem unaufhörlichen Geschnatter auf die Nerven gehen würde, wartete Casey noch einen Augenblick, bevor sie sich entschuldigte.

»Ach herrje, das nenne ich aber einen Zufall«, quiekte Luella. »Damian, ich glaube, dort hinten sitzt Ihre Mutter – und sie hat Sie noch gar nicht gesehen.«

Ohne zu bemerken, welche Wirkung ihre Worte auf Damian hatten, sprang Luella auf. Offenbar beabsichtigte sie, an dem ›hat Sie noch gar nicht gesehen‹ unverzüglich etwas zu ändern, doch dann kreischte sie leise auf, als Damian sie am Arm packte und unsanft zurückriß.

Jetzt erst blickte sie ihn mit weit aufgerissenen Augen

an, als könne sie nicht glauben, daß er es gewagt hatte, so grob mit ihr umzugehen. Da sie außerstande war, die warnenden Anzeichen zu erkennen, begriff sie immer noch nicht, daß Damian ernsthaft wütend wurde – und zwar vor allem auf sie.

»Sind Sie verrückt geworden?« schmollte sie.

»Gut möglich«, knirschte Damian. »Ich rate Ihnen gut, meine Mutter in Zukunft in Ruhe zu lassen. Wenn Sie zugehört hätten, Luella, nachdem Sie schon unaufgefordert an diesem Tisch Platz genommen haben, dann hätten Sie mitbekommen, daß ich geschäftlich hier zu tun habe und mir keine Zeit für Privatangelegenheiten bleibt. Ich kann aber auch noch deutlicher werden: Ich verspüre nicht den geringsten Wunsch, meine Mutter wiederzusehen, jedenfalls nicht jetzt.«

»Anscheinend freuen Sie sich auch nicht sonderlich, *mich* zu sehen«, beschwerte sich Luella in einem Tonfall, der durchblicken ließ, daß sie mit augenblicklichem Widerspruch rechnete.

Dieser blieb aus, woraufhin sie leicht errötete. Leider war sie nicht beleidigt genug, um aufzustehen und den Raum zu verlassen. Vielleicht hatte sie mit ihrem Spatzenhirn überhaupt nicht begriffen, *daß* sie beleidigt worden war.

Courtney versuchte, den peinlichen Moment zu überspielen, indem sie auf das Dessert zu sprechen kam, und erntete für ihre Bemühungen einen belustigten Blick seitens ihres Mannes. Casey musterte Damian besorgt. Seit er Luella die Abreibung verpaßt hatte, starrte er unverwandt zu dem Tisch hinüber, wo seine Mutter saß, und da er so groß war, bereitete es ihm keine Mühe, über die Köpfe der anderen Gäste hinwegzublicken.

Plötzlich bemerkte sie, daß seine Mutter ihn entdeckt haben mußte. Er erstarrte; kein Muskel in seinem Gesicht regte sich, und er schien kaum noch zu atmen. Der Schmerz in seinen Augen traf sie bis ins Mark.

Unvermittelt stand er auf und marschierte aus dem

Saal. Casey erhob sich ebenfalls, um ihm zu folgen, und hörte gerade noch, wie Luella keifte: »Reichlich unhöflich, das muß ich schon sagen. Er hat sich ja noch nicht einmal verabschiedet.« Sie erwartete wohl, daß Caseys Eltern ihr den Grund für Damians Verhalten erklären würden – oder auch nicht.

Damian ging geradewegs zu seinem Zimmer. Ihm wurde erst bewußt, daß Casey hinter ihm hergekommen war, als er die Tür hinter sich zuknallte, oder vielmehr, als er versuchte, sie zuzuknallen, was ihm nicht gelang, weil Casey sie festhielt. Er fuhr herum und funkelte sie kampfeslustig an. Offenbar hatte er angenommen, seine Mutter sei ihm gefolgt, denn er entspannte sich sichtlich, als er Casey sah.

»Ich war noch nicht soweit«, sagte er, wie selbstverständlich davon ausgehend, daß sie wußte, wovon er sprach.

Was sie auch tat. »Ich verstehe dich sehr gut.«

»Dieses Frauenzimmer würde sogar einen Heiligen dazu bringen, die Beherrschung zu verlieren«, fügte er entschuldigend hinzu.

»Auch das ist mir bekannt.«

»Ich wollte ihr nicht in meiner momentanen Verfassung zum erstenmal nach so vielen Jahren gegenübertreten; nicht, nachdem ich mich bereits über jemanden anderen geärgert habe. Ich werde ohnehin all meine Selbstbeherrschung aufbieten müssen, um ihre Erklärungen und Rechtfertigungen möglichst gelassen über mich ergehen lassen zu können.«

»Du hast vollkommen recht. Wenn du dich mit ihr auseinandersetzt, solltest du dich vorher von allen anderen Emotionen freimachen.«

Er nickte und fuhr sich gereizt mit der Hand durch das Haar. Und dann verdunkelten sich seine grauen Augen, und er blickte sie schmerzerfüllt an.

»Sie hat mich wiedererkannt, Casey«, sagte er verwirrt. »Sie hat mich wiedererkannt, obwohl ich noch ein Kind war, als sie mich zuletzt gesehen hat. Wie um alles in der Welt ist das möglich?«

»Wieso hast du sie sofort wiedererkannt?« gab Casey zögernd zurück.

»Weil sie sich erstaunlicherweise kaum verändert hat. Ihre Schläfen weisen erste graue Strähnen auf, und ihr Gesicht zeigt ein paar Fältchen, aber sonst sieht sie noch ganz genau so aus wie früher. Aber ich war zehn, als sie fortging. Nichts an mir erinnert mehr an das Kind von damals.«

»Damian, eine Mutter verfügt über ganz bestimmte Instinkte, wenn es um ihre Kinder geht. Außerdem hast du recht auffällig zu ihr hinübergestarrt. Es ist gar nicht so unwahrscheinlich, daß sie deshalb erraten hat, wer du bist.«

»Ja, natürlich. So muß es gewesen sein«, meinte er seufzend, nur um gleich darauf zu beteuern: »Nicht, daß es irgendwie von Bedeutung wäre.«

Am liebsten hätte sie ihn in diesem Moment umarmt, aber sie unterließ es lieber. »Ist mit dir alles in Ordnung?«

»Sicher. Entschuldigst du meinen abrupten Aufbruch bitte bei deinen Eltern?«

Ein leises Lächeln trat auf ihr Gesicht. »Das wird nicht nötig sein. Meine Eltern haben ein feines Gespür für Stimmungen.« Sie drehte sich um und streckte die Hand nach der Türklinke aus.

»Casey?«

Sie blieb stehen und hielt den Atem an. Doch er kam nicht mehr dazu, das auszusprechen, was ihm auf der Zunge gelegen hatte. Casey hatte die Tür nicht richtig hinter sich geschlossen, und nun betrat jemand anderes den Raum und kam vorsichtig näher, ohne Casey zur Kenntnis zu nehmen. Die Augen dieser Besucherin ruhten allein auf ihrem Sohn.

»Du bist es wirklich, nicht wahr, Damian?« fragte sie hoffnungsvoll. »Bist du hergekommen, um mich zu besuchen?«

Casey fuhr herum, weil sie sehen wollte, wie Damian reagierte. Er trug eine steinerne Miene zur Schau. Ganz offensichtlich war er nicht gewillt, seiner Mutter gegenüber auch nur andeutungsweise Gefühle zu zeigen.

»Nein«, erwiderte er tonlos. »Ich bin hier, um den Mörder meines Vaters zu finden.«

Die Frau seufzte. »Ja, ich habe von seinem Tod erfahren. Es tut mir sehr, sehr leid.«

»Dazu besteht kein Anlaß, Madame. Er kann Ihnen nicht viel bedeutet haben. Was war er denn schon für Sie? Lediglich ein kleiner Teil Ihrer Jugend, mehr nicht.«

Tiefe Bitterkeit schwang in seiner Stimme mit, sosehr er sich auch um einen neutralen Tonfall bemühte. Die Frau nickte stumm. Wahrscheinlich rang sie krampfhaft um Beherrschung.

»Dann entschuldige bitte die Störung«, flüsterte sie, drehte sich um und floh.

Nur Casey bemerkte die Tränen, die in ihren Augen glitzerten. Sie warf Damian einen verstohlenen Blick zu, aber der stand mit dem Rücken zu ihr am Fenster, die geballten Fäuste in die Hüften gestemmt, und sie beschloß, besagte Tränen vorerst nicht zu erwähnen.

54. Kapitel

Nur zwei Tage später erschien Casey unvermutet im Speisesaal, gerade als Damian und ihre Eltern beim Abendessen saßen, um ihnen die guten Neuigkeiten mitzuteilen. Mit einem so raschen Erfolg hatte sie selbst nicht gerechnet. Ihr Entschluß, nach Chicago zu fahren, war nicht allein dem Wunsch entsprungen, Jack Curruthers dingfest zu machen.

Sie erinnerte sich noch genau daran, wie ihre Mutter sie über ihre Beweggründe ausgefragt hatte, als sie sie beim Packen antraf. »Du wirst ihm also doch helfen?« hatte sie gefragt.

»Ja.«

»Warum?«

»Weil ich gerne zu Ende bringe, was ich einmal angefangen habe, und diese Angelegenheit ist noch nicht erledigt.«

»Ist das der einzige Grund.«

»Nein«, gab Casey mit einem tiefen Stoßseufzer zu.

Courtney tappte ungeduldig mit dem Fuß auf den Boden. »Nun laß dir doch nicht die Würmer aus der Nase ziehen.«

Casey ließ sich auf ihr Bett sinken und erklärte: »Ich werde deinen Rat befolgen, Mama – bis zu einem gewissen Grad. Ich habe vor, Damian eine letzte Gelegenheit zu geben, mir einen Heiratsantrag zu machen, aber wenn er es nicht aus freien Stücken tut und es auch ehrlich meint, dann kann er mir gestohlen bleiben. Also misch dich bitte nicht ein, Mama, und das meine ich ernst.«

Courtney war nicht gerade überglücklich über diese Entscheidung gewesen, hatte aber eingewilligt. Und Casey war davon ausgegangen, daß Damian reichlich Zeit bleiben würde, um herauszufinden, was für eine gute

Ehefrau sie für ihn abgeben würde. Ihr Vorhaben hatte ausgesprochen vielversprechend begonnen; mehrmals war ihr aufgefallen, wie er sie auf jene durchdringende Art anstarrte, die jedesmal ein Kribbeln in ihrem Inneren auslöste. Aber letztendlich schien ihm doch nur daran gelegen zu sein, Jack dingfest zu machen.

Und nun hatte sie ihn gefunden.

Sie entschuldigte sich nicht dafür, daß sie sich verspätet hatte, sondern nahm lediglich am Tisch Platz und verkündete ohne Umschweife: »Ich habe herausbekommen, wo Jack sich aufhält.«

Chandos nickte ihr anerkennend zu, von ihrem raschen Erfolg offenbar nicht im geringsten überrascht. Courtney bemerkte leicht eingeschnappt: »Ich habe ja noch nicht einmal mit meinen Einkäufen begonnen«, woraufhin Chandos kichernd fragte: »Welche Einkäufe?«

Damian achtete nicht auf das Geplänkel, sondern vergewisserte sich ungläubig: »Schon? Bist du ganz sicher?«

Casey schüttelte den Kopf. »Nicht hundertprozentig. Ich habe ihn noch nicht selbst zu Gesicht bekommen. Aber die Beschreibung paßt auf ihn, und der Zeitpunkt seiner Ankunft in Chicago stimmt auch mit den Fakten überein.«

»Aber wie hast du ihn bloß so schnell gefunden, wo meine Detektive doch ...«

»Geh mit den Detektiven nicht zu hart ins Gericht«, unterbrach sie ihn. »Ich habe einfach nur Glück gehabt und vielleicht auch nach einigen Dingen gefragt, an die sie nicht gedacht haben.«

»Als da wären?«

»Nun, ich habe herausgefunden, daß Jack in einem in der Nähe des Flusses gelegenen Hotel abgestiegen ist, nicht lange, nur für ein paar Tage, aber es war zumindest ein erster Anhaltspunkt. Also habe ich mich mit allen nur erdenklichen Leuten unterhalten, die irgendwie mit ihm in Berührung gekommen sind oder in seinem Zimmer zu tun hatten, während er dort gewohnt hat.«

»Meine Detektive haben *jedes* Hotel der Stadt überprüft«, sagte Damian. »Wenn du dir die Mühe gemacht hättest, ihre Berichte zu lesen, hättest du das gewußt.«

»Wenn ich die Berichte gelesen hätte, wäre ich vielleicht weniger gründlich vorgegangen und hätte eventuell noch nicht einmal die Hotels abgeklappert. Aber du hörst nicht richtig zu, Damian. Ich sagte, es war reine Glückssache. Wie sich herausstellte, nahm Jack alle seine Mahlzeiten auf seinem Zimmer ein, und während dieser Zeit war der junge Mann, der hinterher die Tabletts abräumen sollte, einen Tag lang krank. Sein Bruder ist für ihn eingesprungen, wovon sonst nur noch ein einziger anderer Hotelangestellter gewußt hat. Offenbar hat besagter junger Mann in der letzten Zeit häufiger wegen Krankheit gefehlt, so daß ihm angedroht wurde, er würde seinen Job verlieren, wenn er noch einmal nicht zur Arbeit erscheint. Daher hat er alles darangesetzt, sein Fehlen vor seinem Vorgesetzten geheimzuhalten.«

»Und er war der einzige, der dir etwas über Jack sagen konnte?« wollte Damian wissen.

»Er nicht, nein. Ich habe auch nur erfahren, daß er einen Tag gefehlt hat, weil er sich verplapperte, während ich ihn ausfragte. Von sich aus hätte er das Täuschungsmanöver nie eingestanden – sein Bruder und er sehen sich ungemein ähnlich, nur deswegen hat das Ganze überhaupt geklappt.«

»Also hast du zufällig herausbekommen, daß der junge Kellner noch einen Bruder hat, wohingegen alle anderen, die ihn verhört haben, von der Existenz eines solchen Bruders gar nichts ahnten«, vermutete Chandos.

»Ganz genau. Ich bekam Namen und Adresse dieses Bruders und habe ihn heute nachmittag aufgesucht. Anscheinend ist Jack die Nervosität des Burschen verdächtig vorgekommen. Ein Mann wie er, der von so vielen Leuten gesucht wird, sieht wohl überall Gespenster. Nur hatte das merkwürdige Verhalten des jungen Mannes überhaupt nichts mit Jack zu tun, und um Jack davon abzuhalten, sich bei seinem Vorgesetzten zu beschweren, mußte er gezwungenermaßen mit der Wahrheit über das Doppelspiel herausrücken. Jack hat sicher sofort erkannt, welche Chance sich ihm da bot. Der Mann gehörte nicht zu den offiziellen Hotelangestellten und würde daher auch nicht befragt werden, wenn jemand kam und sich nach Jack erkundigte. Keine Spur würde je zu ihm führen.«

»Aber inwiefern sollte dieser Mann ihm denn helfen?« fragte Courtney.

Casey grinste. »Das ist ein weiterer Beweis dafür, wie gerissen Jack Curruthers doch ist. Er erklärte dem jungen Mann, er würde nicht verraten, daß er die Stelle seines Bruders eingenommen hatte, wenn er ihm ein hübsches Zimmer besorgen würde, ohne zu diesem Zweck einen Makler zu konsultieren.«

»Was er dann auch getan hat?«

»O ja, er kam noch am selben Tag mit einer Adresse vorbei, so besorgt war er wegen dieser Angelegenheit. Es war die Adresse seiner eigenen Unterkunft, um genau zu sein. Er war bereit, sie aufzugeben und zu seinem Bruder zu ziehen, bis er etwas anderes gefunden hatte, weil er Jack um jeden Preis zufriedenstellen wollte, um zu verhindern, daß er die Brüder anschwärzte. Natürlich war Jack von dem Zimmer nicht sonderlich begeistert, da das Haus nicht gerade in dem besten Wohnviertel von Chicago liegt. Aber er muß sich gesagt haben, daß er eine so günstige Gelegenheit unmöglich ungenutzt verstreichen lassen konnte. Niemand würde seine Spur bis dorthin verfolgen können, da alles unter der Hand abgewickelt worden war.«

»Und er wohnt immer noch dort?«

Casey nickte. »Laut Aussage der Vermieterin ja. Er benutzt den Namen Marion Adams, vermutlich in der Hoffnung, daß der Vorname ›Marion‹ irreführend wirkt, da er für Männer und Frauen gleichermaßen gilt – nur für den Fall, daß doch jemand zufälligerweise das Haus und sämtliche Mieter überprüft.«

»Worauf warten wir dann noch?« Damian sprang bereits von seinem Platz auf.

»Wir unternehmen erst morgen früh etwas«, gab Casey zurück.

»Wieso das denn?«

»Weil Jack im Moment nicht zu Hause ist«, antwortete sie lässig. »Ich habe mich wohlweislich vorher vergewissert.«

Die letzten Worte trugen ihr ein drohendes Stirnrunzeln seitens der beiden Männer am Tisch ein. »Du hast dich vergewissert?« fragte Chandos dann. »Wenn du mir jetzt noch erzählst, du hättest an seine Tür geklopft, könnte ich in Versuchung geraten, *deine* Tür abzuschließen, und zwar mit dir dahinter!«

»Aber Daddy ...«

»Du hast dich einverstanden erklärt, nicht zu versuchen, Jack auf eigene Faust festzunehmen«, fiel Damian ein. »Eins schwöre ich dir, Casey. Von nun an lasse ich dich nicht mehr aus den Augen.«

»Wollt ihr zwei wohl endlich aufhören!« fauchte Casey verärgert. »Ich habe nicht die leiseste Absicht, die Heldin zu spielen. Nein, ich habe nicht angeklopft. Sein Zimmer liegt im dritten Stock direkt neben der Treppe. Die Vermieterin sagte mir, er sei nicht da. Sie gehört zu der neugierigen Sorte und schnüffelt ständig hinter ihren Mietern her. Aber um ganz sicherzugehen, habe ich einen kleineren Gegenstand gegen seine Tür geworfen und in der zweiten Etage, wo er mich nicht sehen konnte, abgewartet, ob ich Geräusche höre. Als alles still blieb, habe ich den Gegenstand wieder an mich genommen, um nicht sein Mißtrauen zu wecken, und habe gemacht, daß ich fortkam.«

»Er hätte zurückkommen können, während du dort warst, und dich überraschen können«, gab Damian, der immer noch nicht davon überzeugt war, daß sie sich nicht in Gefahr begeben hatte, zu bedenken.

Casey lächelte nur und zog den dichten Schleier ihres

Hutes herunter. Der Gazestoff bedeckte den größten Teil ihres Gesichtes und verbarg ihre Züge nahezu vollständig.

»Schon möglich«, sagte sie. »Aber er hätte mich schwerlich erkannt.«

»Na gut.« Damian gab sich geschlagen. »Aber ich will trotzdem nicht bis morgen warten. Irgendwann im Laufe des Abends wird er zurückkommen, und dann möchte ich gern an Ort und ...« Er brach ab, als Casey den Kopf schüttelte. »Warum denn nicht?«

»In dem Haus ist es relativ dunkel, und auf seiner Etage gibt es nur ein einziges Fenster, und zwar ganz am anderen Ende des Flurs. Gegenüber von diesem Fenster steht ein hohes Gebäude, also fällt schon tagsüber kaum Licht auf den Flur, und nachts ist es stockfinster, zumal die Flurbeleuchtung in diesem Stockwerk nicht funktioniert. Wahrscheinlich mußte sich Jack in der letzten Zeit mit einer Kerze behelfen, wenn er auf sein Zimmer gehen wollte. Jeder der Räume hat nur zwei Ausgänge, die Tür und einen Notausgang, der zur Feuerleiter hinter dem Haus führt. Ich hab' mir die Rückfront genau angesehen. Wenn es ihm gelingt, dort hinunterzuklettern, hat er zu viele Möglichkeiten, sich zu verstecken. Die Feuerleiter führt auch noch über zwei weitere Stockwerke bis zum Dach hoch; da kann er im Dunkeln zu viele Fluchtwege einschlagen, und wir könnten ihn leicht aus den Augen verlieren. Warten wir lieber bis morgen, im hellen Tageslicht entkommt er uns nicht so leicht.«

Damian seufzte resigniert und gab seinen Widerstand auf. Chandos grinste ihn an. »Sie überläßt eben nichts dem Zufall.«

»Allerdings nicht«, murmelte Damian.

55. Kapitel

Am nächsten Morgen brachen sie kurz vor Sonnenaufgang auf. Im Hotel war noch alles totenstill, und auch in der Stadt würde vermutlich kaum Betrieb herrschen. Sie hofften, Jack noch im Bett vorzufinden. Schließlich war Damian ein Experte im Aufbrechen von Türen, und Casey wollte den Überraschungseffekt nutzen.

Wie sie vorausgesehen hatte, beschloß Chandos, mitzukommen und die Feuerleiter zu überwachen, um Jack, falls nötig, den Fluchtweg abzuschneiden. Es war ja gut und schön, daß ihr Vater ihr und Damian zutraute, mit jeder nur möglichen Situation allein fertig zu werden, aber wenn er schon einmal mit von der Partie war ... ein zusätzliches Paar Hände konnte nie schaden.

Casey hatte vorsorglich ihre Jeans angezogen, da sie im Ernstfall nicht von langen Röcken behindert werden wollte, was sich als schwerer Nachteil erweisen konnte. Den Poncho hatte sie allerdings zu Hause gelassen, da das rauhe Klima hier im Norden wärmere Kleidung erforderte. Eine der dicken Wolljacken, die sie im Winter bei ihren Ausritten trug, würde ihr bessere Dienste leisten.

Niemand rechnete mit größeren Schwierigkeiten, zumindest Casey tat das nicht. Jack hatte hier im Gegensatz zu damals in Texas keine bezahlten Revolverhelden um sich geschart, und wenn es ihnen gelang, ihn ohne Blutvergießen zu überwältigen, konnten sie gerade rechtzeitig zum Frühstück wieder im Hotel sein.

Die Kutsche, die Casey gleich nach ihrer Ankunft in der Stadt gemietet hatte, brachte sie zu dem Haus, in dem Jack wohnte. Die Sonne tauchte gerade am Horizont auf. Chandos eilte unverzüglich eine Seitengasse hinunter, um an einer Stelle Posten zu beziehen, von der aus er sowohl einen Teil der Vorderfront des Gebäudes als auch die Feuerleiter an der Rückseite im Auge behalten konnte. Damian und Casey stürmten unverzüglich nach oben.

Damian trug sein Gewehr bei sich. Casey, der es unpassend vorgekommen war, hier in der Stadt mit umgeschnalltem Revolvergurt herumzulaufen, hatte ihren Colt nebst zusätzlicher Munition – man konnte ja nie wissen – in ihre Jackentasche geschoben, aber sie zog ihn heraus, als sie sich Jacks Zimmertür näherten.

Im Zimmer war es mucksmäuschenstill, und kein Lichtstrahl schimmerte unter dem Türritz hindurch. Damian nahm Anlauf, blickte sich kurz zu Casey um, um sich zu vergewissern, daß sie sich bereithielt, und warf sich dann mit aller Gewalt gegen die Tür.

Diese flog sofort auf, und Damian wäre beinahe kopfüber in den Raum gestürzt, hätte er seinen Schwung nicht gerade noch abfangen können. Das Zimmer war leer. Ein paar von Jacks Habseligkeiten lagen zwar noch überall verstreut, aber von ihm selbst fehlte jede Spur.

Casey begann, den Raum gründlich zu durchsuchen, während Damian frustriert knurrte: »Wo zum Teufel steckt der Kerl bloß?«

Sie antwortete nicht, da sie den hilflosen Zorn spürte, der von ihm Besitz ergriffen hatte. Er nahm diesen neuerlichen Fehlschlag viel schwerer als sie. Und dann hörte sie plötzlich den Ruf eines Vogels, schwach, doch deutlich vernehmbar. Einen solchen Vogel gab es in diesen Breitengraden nicht ...

»Das ist mein Vater.«

»Wie bitte?«

»Ihm muß etwas aufgefallen sein. Raus hier, aber schnell!« Casey rannte bereits zur Tür.

Damian widersprach nicht, sondern setzte sich gleichfalls in Bewegung, und da er längere Beine hatte als sie, schoß er auf der Treppe an ihr vorbei und kletterte bereits neben ihrem Vater in die Kutsche, als sie aus dem Haus stürzte. Chandos bedeutete ihr, sich zu beeilen. Ihr blieb keine Zeit zu fragen, was eigentlich geschehen war.

Sie sprang in den Einspänner, und ihr Vater trieb das Pferd zu einem scharfen Galopp an. Das Tier war ein solches Tempo nicht gewöhnt, doch Chandos gelang es, das letzte aus ihm herauszuholen. Damian half Casey auf und zog sie auf den Sitz neben sich, so daß sie beide in Fahrtrichtung blickten.

»Okay, was ist denn passiert?« fragte sie, sowie sie wieder zu Atem gekommen war.

Damian wies auf die Straße vor ihnen. Das vor ihnen befindliche Fahrzeug, das in einem genauso mörderischen Tempo wie das ihre vorwärtsschoß, war nicht zu übersehen, aber das erklärte noch nicht, wieso ihr Plan fehlgeschlagen war. Also krabbelte Casey auf den gegenüberliegenden Sitz, von dem aus sie sich besser mit ihrem Vater auf dem Kutschbock unterhalten konnte, und tippte ihm auf die Schulter.

Er erriet, was sie wissen wollte, und brüllte ihr zu: »Ich weiß nicht, ob der Kerl euch beide oder meine Wenigkeit bemerkt hat, aber ich sah ihn zufällig in eine vorbeifahrende Kutsche springen, ehe er außer Sichtweite war. Anscheinend ist er gerade nach Hause gekommen, hat aus irgendeinem Grund Verdacht geschöpft und die Flucht ergriffen. Als ich wieder auf der Hauptstraße angekommen war, hatte er bereits den Kutscher vom Bock gestoßen und war losgefahren, während der arme Mann noch schreiend und mit gebrochenem Fuß am Boden lag.«

»Und wir sind offenbar genauso verrückt!« schrie Casey zurück. »Diese Hetzjagd ist ziemlich gefährlich!«

Das stimmte haargenau, denn sogar zu dieser frühen Stunde herrschte auf der Straße schon beträchtlicher Verkehr. Es wimmelte von mit Waren beladenen Fuhrwerken, leichten Einspännern und Kutschen, und ständig kreuzten Fußgänger die Straße. Doch Jack pflügte sich einen Weg mitten durch die Menge, ohne darauf zu achten, ob er jemanden verletzte – und sie klebten förmlich an seinen Hinterrädern, da er ihnen durch seine rücksichtslose Fahrweise eine Gasse schuf. Flüche und erboste Verwünschungen seitens derjenigen, die sich noch rechtzeitig in Sicherheit gebracht hatten, folgten beiden Fahrzeugen.

»Du hast recht – und der alte Klepper, den du da gemietet hast, wird nicht mehr lange durchhalten«, stimmte Chandos zu. »Sieh zu, daß du ihn unschädlich machst. Ich versuche, noch ein bißchen näher heranzukommen.«

Sie sollte aus einer holprigen Kutsche heraus mit ihrem Colt einen sauberen Schuß anbringen? Aber sicher doch, murmelte sie in sich hinein, als sie sich wieder neben Damian auf den Sitz fallen ließ.

»Hast du gehört?« fragte sie.

Er nickte knapp. Casey starrte auf das Gewehr, das er umklammert hielt, und sagte entschieden: »Du mußt die Sache übernehmen, Damian. Ich würde ihn mit Sicherheit nicht treffen, dazu schwankt dieses Vehikel viel zu sehr, aber du kannst dein Gewehr besser ausbalancieren. Schieß zuerst über seinen Kopf hinweg. Vielleicht hat er Verstand genug, um anzuhalten, ehe Unschuldige zu Schaden kommen.«

Damian gab keine Antwort, sondern versuchte, auf dem anderen Sitz eine möglichst günstige Position zu finden. Wenn er das Gewehr benutzte, brauchte Chandos nicht noch näher an das gegnerische Fahrzeug heranzufahren, denn es konnte, im Gegensatz zu einer Handfeuerwaffe, den Abstand mühelos überbrücken.

Damian feuerte den ersten Schuß ab, der Jack zwar nicht zum Anhalten veranlaßte, aber vielleicht der auslösende Faktor dafür war, daß er in die nächste Seitenstraße einbog, um sich aus der Schußlinie zu bringen. Sein Pferd nahm die Kurve sogar bei dieser Geschwindigkeit ohne Probleme, doch unglücklicherweise war die sperrige Kutsche für solche scharfen, abrupten Wendungen nicht geschaffen. Sie kippte in voller Fahrt um, wobei Jack herausgeschleudert wurde, und kam dann nach einigen Metern zum Stehen.

Ein anderes Gefährt mußte über den Bürgersteig ausweichen, sonst hätte es den am Boden liegenden Jack überrollt. Dem allerdings hätte das nichts mehr ausgemacht, denn er hatte sich bei dem Sturz das Genick gebrochen.

56. Kapitel

Als Damian in das Hotel zurückkehrte, nachdem er alle Formalitäten bei der Polizei erledigt hatte, traf er Casey beim Packen an. Im Hotel hing stets ein aktueller Fahrplan aus, und der nächste Zug in Richtung Texas fuhr noch an diesem Nachmittag ab.

Casey hatte ihren Eltern bereits mitgeteilt, daß sie beabsichtigte, diesen Zug zu nehmen, wovon sie beide nicht allzu begeistert zu sein schienen. Sie hatten auf einen anderen Ausgang dieser Reise gehofft – zumindest Courtney hatte in diesem Punkt ganz bestimmte Vorstellungen gehegt.

Chandos stand immer noch auf dem *Ich behalte mir das Recht vor, Ihnen mit Mißtrauen zu begegnen, bis ich Ergebnisse sehe*-Standpunkt, was hieß, daß er Damian nicht eher akzeptieren würde, bis er mit eigenen Augen sah, daß er Casey glücklich machte. Und danach sah es beileibe nicht aus.

Vielleicht reiste sie wirklich ein bißchen zu überstürzt ab – wieder einmal. Sie gab Damian praktisch keine Chance, sich nun, da seine Gedanken nicht mehr ausschließlich von Jack Curruthers in Anspruch genommen wurden, mit anderen Dingen, wie zum Beispiel einer Heirat, zu befassen. Doch wenn sie ehrlich war, mußte sie sich eingestehen, daß sie Angst hatte, ihn auf die Probe zu stellen, da er ihr keinerlei Grund zu der Annahme gegeben hatte, er könne eine Heirat mit ihr in Erwägung ziehen. An Gelegenheiten, sich ihr zu erklären, hatte es ihm nicht gefehlt, wenigstens hätte er sie um ein Gespräch unter vier Augen bitten können, sowie das Problem Jack aus der Welt geschafft war.

Aber er hatte nichts von alledem getan, wozu sollte es also gut sein, noch ein paar Tage zu warten? Sie wußte ja nicht einmal, ob er nicht gleichfalls vorhatte, mit dem Nachmittagszug abzureisen.

Einige Minuten später kam er zu ihrem Zimmer, um ihr mitzuteilen, was er bei der Polizei erreicht hatte – und ihr zu sagen, daß er sein Amt als U. S. Marshall offiziell niedergelegt hatte. Da sie die Tür nur einen Spalt geöffnet hatte und ihn offenbar nicht in ihr Zimmer zu bitten gedachte, blieb er auf dem Flur stehen, während er mit ihr sprach. Erst als er geendet hatte, bemerkte er die auf dem Bett ausgebreiteten Kleidungsstücke und die daneben stehende Reisetasche.

»Du willst abreisen? Jetzt schon?«

»Warum nicht?«

Er schob die Hände in die Hosentaschen. »Ja, warum eigentlich nicht«, wiederholte er grollend. »Ich nehme an, du hattest auch diesmal nicht vor, dich zu verabschieden, oder?«

»Hab' ich da irgend etwas falsch verstanden? Soviel ich weiß, hast du mich nur um meine Hilfe bei der Suche nach Jack gebeten und sie auch bekommen. Aber da du anscheinend so großen Wert auf Abschiedsszenen legst, sage ich dir hiermit auf Wiedersehen.«

Damian riß der Geduldsfaden. »Casey, du raubst mir noch den letzten Nerv! Du bist wirklich ...«

»Was habe ich denn jetzt schon wieder falsch gemacht?« unterbrach sie ihn stirnrunzelnd.

»Nichts. Rein gar nichts«, schnaubte er und drehte sich auf dem Absatz um, um sie allein zu lassen.

Nun bereute Casey doch, so schroff mit ihm umgesprungen zu sein. Sie wollte sich nicht im Bösen von ihm trennen, und aus irgendeinem Grund war er wütend auf sie. Dabei hätte sie am liebsten den Rest ihres Lebens damit verbracht, ihn glücklich zu machen, wußte aber, daß dies nicht möglich war. Doch da gab es etwas, was sie noch für ihn tun konnte, sozusagen als Abschiedsgeschenk.

»Damian ...«

Er wirbelte so unvermittelt zu ihr herum, daß sie vor Schreck ein Stück zurücksprang. Es dauerte einige Sekunden, bis sich ihr wild klopfendes Herz wieder beruhigt hatte, doch sie bemerkte nicht, daß es ihm ähnlich erging.

»Ich wollte nicht darauf zu sprechen kommen, während du so mit Jack beschäftigt warst«, begann sie. »Und da es nicht so aussieht, als würde ich noch einmal eine Gelegenheit dazu bekommen ... erinnerst du dich an den Abend, an dem deine Mutter dir in dein Zimmer gefolgt ist und ...«

Als sie seine Mutter erwähnt hatte, war Damian zusammengezuckt, und nun unterbrach er sie grob: »Na und?«

»Als sie sich von dir abwandte, schimmerten Tränen in ihren Augen, Damian.« Er erstarrte und wurde leichenblaß. Rasch fuhr sie fort: »Ich fand diese Reaktion sehr bezeichnend. Sie beweist, daß sie, was dich angeht, sehr starke Gefühle hegt. Meiner Meinung nach solltest du versuchen, herauszufinden, was sie wirklich für dich empfindet, ehe du die Stadt verläßt. Ich habe ihre Adresse. War vielleicht ein bißchen voreilig von mir, aber ...«

»Würdest du mich begleiten?«

Die Bitte kam völlig unerwartet. Casey hatte ihn nur dazu bewegen wollen, noch einmal mit seiner Mutter zu sprechen, komme, was wolle. »Warum?«

»Weil ich nicht alleine gehen möchte«, erwiderte er nahezu unhörbar.

Ihr Herz zog sich zusammen. Sie konnte ihm diesen Wunsch unmöglich abschlagen. »In Ordnung. Jetzt sofort?«

Er nickte kurz. »Ja, jetzt sofort, ehe ich meine Meinung ändere.«

57. Kapitel

Casey hatte sich die Zeit genommen, außer ihrer Adresse noch einige andere Dinge über Margaret Henslowe in Erfahrung zu bringen, nachdem sie an jenem bewußten Abend in Damians Zimmer gekommen war. Ihr zweiter Ehemann, Robert Henslowe, hatte sie als sehr wohlhabende Witwe zurückgelassen. Sie wohnte in einem großen Sandsteinhaus, das seit Generationen im Besitz der Familie ihres Mannes war und nun ihr gehörte.

Sie erfreute sich eines ausgezeichneten Rufes und war in der Gesellschaft sehr angesehen, hatte aber keine engen Freunde, jedenfalls war den Leuten, mit denen Casey über sie gesprochen hatte, niemand eingefallen, der ihr besonders nahestand. Aus ihrer zweiten Ehe waren keine Kinder hervorgegangen. Seit dem Tod ihres Mannes lebte sie allein in dem riesigen Haus und ging nur selten aus. Laut Aussage ihrer Bekannten war ihr jegliche Lebensfreude abhanden gekommen, und sie schien nur noch darauf zu warten, daß der Tod sie aus ihrer Einsamkeit erlöste.

Doch Casey verschwieg Damian vorerst all diese Einzelheiten. Sie wollte vermeiden, daß die Frau ihm leid tat, falls sich hinterher herausstellte, daß sie sein Mitleid nicht verdiente. Aber erst mußte er sich anhören, was sie zu sagen hatte – über ihn.

Sie kamen zur Mittagszeit bei Margarets Haus an. Wahrscheinlich störten sie die Frau beim Lunch, aber Casey war nicht gewillt, sich abwimmeln zu lassen, und hatte vorsorglich ihren Colt mitgebracht, um ihrem Ansinnen, wenn nötig, Nachdruck zu verleihen – natürlich nur, wenn Margaret überhaupt zu Hause war. Falls nicht – nun, Casey bezweifelte, daß Damian eine weitere Reise nach Chicago unternehmen würde, wenn sich diese als Mißerfolg erwies.

Sie war zu Hause. Der Butler, der ihnen die Tür öffnete, wies ihnen den Weg zum Salon und bat sie, dort zu warten. Casey wunderte sich über das steife, förmliche Gebaren des Mannes. Damians Name schien ihm nichts zu sagen. Andererseits – warum sollte er auch? Margaret hatte schließlich keinen Grund, im Hause ihres jetzigen Gatten Einzelheiten über ihre erste Ehe zu verbreiten.

Sie betrat wenige Minuten später den Salon; leicht außer Atem, anscheinend hatte sie sich sehr beeilt. Wahrscheinlich vermochte sie noch gar nicht zu glauben, daß Damian sie tatsächlich von sich aus aufgesucht hatte. Sie wirkte erstaunt – und freudig erregt, als sie ihn in ihrem Salon neben dem Kamin stehen sah. Casey würdigte sie keines Blickes, sie hatte nur Augen für ihren Sohn.

Es dauerte einen Moment, bis sie begriff, daß Damian über diese Begegnung weit weniger erfreut war als sie selbst. Er hielt sich kerzengerade und hatte die Hände hinter dem Rücken verschränkt. Sein Gesichtsausdruck verriet nicht, was in ihm vorging, nur in seinen Augen glomm eine Mischung aus Bitterkeit und Zorn auf. Schweigend starrten Mutter und Sohn sich an. Keiner von beiden schien bereit, zuerst das Wort zu ergreifen.

Seufzend ließ sich Casey auf einem Sofa nieder, breitete ihren weiten grauen Samtrock um sich und errötete, als sie das Gewicht ihrer Waffe in der großen Handtasche spürte, die sie auf dem Schoß hielt. Sie hätte wissen müssen, daß sie ihren Colt hier nicht benötigen würde. Aber wenn es gar keine andere Möglichkeit gab, die beiden zum Reden zu bringen ...

Doch sie versuchte es zuerst einmal mit einem kleinen verbalen Denkanstoß. »Mein Name ist Casey Straton, Ma'am. Ich bin eine Freundin von Damian, und ich glaube, er möchte Ihnen gerne ein paar Fragen stellen ...«

Das war Damians Stichwort, doch er nahm es nicht auf. Margaret mußte nachdenken. »Was denn für Fragen?«

Casey warf Damian einen verstohlenen Blick zu. Er

sah immer noch nicht so aus, als wolle er sich endlich bequemen, den Mund aufzumachen. Wieder seufzte sie leise. Die Dinge entwickelten sich nicht so, wie sie gehofft hatte.

»Fangen Sie doch einfach mit der Scheidung an, und erläutern Sie ihm Ihre Gründe dafür.«

Dies entlockte Damian eine Reaktion. Bitter meinte er: »Ich kenne ihre Gründe bereits.«

Margaret runzelte die Stirn. »Nein, du weißt nicht, warum ich mich scheiden lassen wollte, zumindest kennst du nicht sämtliche Hintergründe. Es war nicht so, daß ich deinen Vater nicht liebte – na ja, ›lieben‹ ist vielleicht zuviel gesagt, aber ich war ihm sehr zugetan. Unsere Ehe ist aus Gründen der Vernunft geschlossen worden, da wir beide dem Druck ausgesetzt waren, jemanden aus unserer eigenen Gesellschaftsschicht heiraten zu müssen, und da ist die Auswahl an möglichen Bewerbern nicht allzu groß, wie du ja selbst weißt.«

»Er hat dich geliebt!« Damian spie die Worte förmlich aus.

»Ja, ich weiß«, seufzte Margaret. »Aber ich habe seine Gefühle nicht im gleichen Maß erwidert. Das wäre an und für sich nicht weiter tragisch gewesen, viele Frauen machen das Beste aus einer solchen Situation. Doch dann traf ich einen Mann, der mein Leben wieder lebenswert machte, und verliebte mich Hals über Kopf in ihn. Danach konnte ich nicht länger mit deinem Vater zusammenbleiben, das wäre uns beiden gegenüber nicht fair gewesen.«

»Deshalb hast du zehn Ehejahre sowie das Kind, das dieser Ehe entsprungen ist, einfach aus deinem Leben getilgt?«

»Glaubst du wirklich, es wäre besser gewesen, wenn ich geblieben wäre und drei Menschen unglücklich gemacht hätte statt einen?« fragte sie zurück.

»Nur einen? Ich stelle immer wieder fest, daß ich für dich nie gezählt habe.«

Margaret schnappte nach Luft. »Das ist nicht wahr! Ich

hätte dich mitgenommen, Damian. Der Himmel weiß, wie sehr ich mir das gewünscht habe. Aber ich wußte, wie sehr dein Vater an dir hing, und du warst in einem Alter, wo ein Junge seinen Vater am dringendsten braucht. Ich habe ihn schon genug verletzt, indem ich ihn verließ. Sollte ich ihm noch mehr Kummer bereiten und ihm auch noch seinen Sohn wegnehmen?«

»Gut, diesen Gedankengang kann ich noch nachvollziehen. Was ich dagegen nicht verstehen kann, ist, wieso du mich nicht ein einziges Mal besucht hast. Du hast dich nicht nur von meinem Vater scheiden lassen, sondern zugleich auch von mir. Habe ich dir so wenig bedeutet, daß du dich noch nicht einmal überwinden konntest, mir ab und zu zu schreiben oder nach New York zu kommen, um zu sehen, wie es mir geht?«

»Mein Gott, er hat dir also nie die ganze Wahrheit gesagt!«

Damian erstarrte. »Was soll das heißen?«

»Ich mußte deinem Vater versprechen, daß ich nie wieder versuchen würde, dich zu sehen oder Kontakt zu dir aufzunehmen.«

»Du lügst!«

»Ich lüge nicht, Damian«, beharrte sie. »Nur unter dieser Bedingung hat er in die Scheidung eingewilligt. Aber denk deswegen nicht schlecht von ihm. Ich glaube nicht, daß er aus Haß oder Rachsucht heraus gehandelt hat. Er wollte dich nur nach Kräften schonen, und ich konnte seine Beweggründe gut verstehen. Er wußte, wie hart es für dich war, mich von einem Tag auf den anderen zu verlieren, und er wollte dir Zeit geben, um über den Trennungsschmerz hinwegzukommen. Besuche von mir hätten damals alles nur noch schlimmer gemacht. Er versprach mir allerdings, dich nicht davon abzuhalten, *mich* zu besuchen, sobald du alt genug warst. Aber das hast du nie getan«, fügte sie traurig hinzu. »Ich muß leider gestehen, daß ich nicht imstande war, mein Versprechen ganz zu halten, obgleich dein Vater nie davon erfahren hat. Es war entschieden zuviel verlangt, dich nie wiedersehen zu dürfen.«

»Wie meinst du das?«

»Viermal in jedem Jahr bin ich nach New York zurückgefahren, um wenigstens einen Blick auf dich werfen zu können. Ich habe darauf geachtet, daß du mich nie zu Gesicht bekamst; in diesem Punkt habe ich mein Wort gehalten. Aber ich wollte mir nicht das Recht absprechen lassen, dich aufwachsen zu sehen und mich mit eigenen Augen davon zu überzeugen, daß du glücklich bist. Auch nachdem du schon erwachsen warst und bei Rutledge Imports gearbeitet hast, habe ich diese Gewohnheit beibehalten und viermal im Jahr diese Reise unternommen. Für gewöhnlich saß ich in dem kleinen Café auf der anderen Straßenseite und wartete, bis du von der Arbeit kamst. Einmal kamst du sogar in das Café, um einen Happen zu essen – du mußt lange gearbeitet haben, nehme ich an. Ich war sicher, du würdest mich bemerken, aber du warst zu sehr mit anderen Dingen beschäftigt. Ein anderes Mal wies ich den Droschkenkutscher an, stundenlang um den Block zu fahren, weil ich darauf wartete, daß du das Haus verläßt, und als du dann zur Tür herauskamst, hattest du es anscheinend furchtbar eilig, denn du hast versucht, meine Droschke anzuhalten und einzusteigen. Ich mußte den Kutscher regelrecht anbrüllen, damit er weiterfuhr ...«

Casey erhob sich leise und verließ unauffällig den Raum. Diese Geständnisse waren nicht für ihre Ohren bestimmt, sondern es handelte sich um ein privates Gespräch zwischen einer Mutter und ihrem Sohn, die lange Zeit voneinander getrennt gewesen waren.

Nun endlich bekam Damian zu hören, worauf er so lange gewartet hatte. Seine Mutter liebte ihn und hatte ihn schon immer geliebt. Die Tränen, die ihm in die Augen gestiegen waren, während er ihr zuhörte, bewiesen, daß er ihr nun Glauben schenkte. Auch Casey hatte die Versöhnung nicht unbeteiligt gelassen. Ihr Gesicht war vom Weinen schon ganz verschwollen.

58. Kapitel

Auf Sonnenschein folgt wieder Regen und umgekehrt. Dieser Spruch ging Damian nicht aus dem Sinn, als er zum Hotel zurückfuhr – allein. Niemand bekam alles, was er sich wünschte, so war nun einmal der Lauf der Welt. Doch der Gefühlsaufruhr, der in ihm tobte, ließ sich mit dieser Philosophie schlecht in Einklang bringen.

Einerseits erfüllte ihn nach der Unterhaltung mit seiner Mutter ein tiefer Friede; ihm war, als sei ihm eine schwere Last von den Schultern genommen worden. Das Wissen, doch nicht als unerwünscht abgeschoben worden zu sein, wie er immer angenommen hatte, hatte sein Selbstwertgefühl beträchtlich gestärkt. Und einen liebevolleren Abschied hätte er sich nicht wünschen können. Die letzte Umarmung hatte viele Wunden geheilt, und sie hatten sich gegenseitig versprochen, von nun an aktiv am Leben des anderen teilzuhaben.

Auf der anderen Seite war da noch Casey. Er konnte sie einfach nicht aus seinen Gedanken verdrängen – und nun hatte sie sich wieder einmal in Luft aufgelöst.

Er hatte damit gerechnet, Casey in der Kutsche vorzufinden, als er das Haus seiner Mutter verließ. Weit gefehlt. Sie hatte sich ins Hotel zurückbringen lassen und den Kutscher dann angewiesen, Damian abzuholen. Keine Botschaft, keine Erklärung, absolut nichts. Wieder einmal nichts.

Sie war auch nicht mehr im Hotel, als er dort eintraf. Das brachte das Faß zum Überlaufen. Sie war bereits ausgezogen und wahrscheinlich auf dem Weg zum Bahnhof.

Die Fahrt dorthin erinnerte ihn an die wilde Verfolgungsjagd, die er sich mit Jack geliefert hatte, aber diesmal hatte er dem Kutscher ein mehr als großzügiges

Trinkgeld zugesteckt, damit er so schnell fuhr wie irgend möglich. Er würde sich die Chance, Casey ein letztes Mal zu sehen, nicht entgehen lassen, nur weil in Chicago, wie in allen Großstädten, so dichter Verkehr herrschte. Zum Glück lag der Bahnhof nicht allzu weit vom Hotel entfernt. Unglücklicherweise war er groß und unübersichtlich.

Damian gelang es, noch vor Abfahrt des Zuges Richtung Süden dort einzutreffen, doch es fiel ihm schwer, die Stratons in der Menschenmenge auszumachen. Es war Chandos, den er zuerst entdeckte und sich zu ihm durchkämpfte.

Die Stimme des Mannes klang, als sei er überrascht, Damian zu sehen, obwohl sein Gesicht unbewegt blieb. »Ich könnte schwören, daß Casey erwähnt hat, sie hätte sich bereits von Ihnen verabschiedet. Einmal war wohl nicht genug, was?«

»Caseys Vorstellung von einem Abschied und meine stimmen nicht unbedingt überein. Aber was kann ich schon anderes erwarten, da mich Ihre Tochter ja zu verachten scheint.«

Chandos kicherte leise. »Glauben Sie wirklich, Casey könnte jemanden lieben, den sie verachtet?«

Damians Herz machte einen kleinen Satz. »Wollen Sie damit sagen, daß sie mich liebt?«

»Woher soll ich das wissen? Diese Frage sollten Sie ihr vielleicht lieber selber stellen.«

»Wo ist sie denn?«

Chandos deutete zum Ende des Zuges, wo Casey mit ihrer Mutter stand. Die ältere Frau hatte ihr den Arm um die Schultern gelegt, als wolle sie sie trösten. Aber natürlich trog der Schein.

Wahrscheinlich waren beide ebenso froh, wieder nach Hause zu kommen, wie Chandos, der mit seiner Meinung nicht hinter dem Berg gehalten hatte, als Damian ihm eine gute Reise wünschte. »Ich bin zum erstenmal so tief im Inneren des Landes«, meinte er. »Gegen den technischen

Fortschritt läßt sich nicht viel einwenden, solange man nicht mittendrin leben muß. In Texas kann man ihn jedenfalls noch recht gut ignorieren – und frische, saubere Luft atmen, die noch nicht von dem Rauch aus Tausenden von Fabrikschloten verseucht ist.«

Wenn er nicht so unter Zeitdruck gestanden hätte – der verdammte Zug konnte jeden Moment das Signal zur Abfahrt erhalten –, hätte Damian vielleicht etwas darauf erwidert und sogar zugegeben, daß er in einigen Punkten durchaus mit Chandos übereinstimmte. Aber im Augenblick stand sein Sinn einzig und allein danach, noch einmal mit Casey zu sprechen, ehe sie in den Zug einstieg.

»Ma'am.« Er nickte Courtney höflich zu.

»Sie entschuldigen mich bitte, ich glaube, Chandos winkt mir«, sagte diese und ließ ihn mit ihrer Tochter allein.

Damian drehte sich nicht um, um sich davon zu überzeugen, ob diese Behauptung stimmte, sondern packte Casey, sowie ihre Mutter fortgegangen war, riß sie an sich und küßte sie heftig. All sein aufgestauter Frust schwang in diesem Kuß mit – und seine ganze Wut sowohl auf sie als auch auf sich selbst. Er hätte schon viel früher handeln sollen.

»Das nenne ich einen richtigen Abschied«, meinte er, als er sie endlich freigab.

»So?« entgegnete sie atemlos. »Ich habe keine Ahnung, ich muß mich nämlich nicht allzu oft von jemandem verabschieden.«

»Ich auch nicht, und *dieser* Abschied behagt mir ganz und gar nicht«, grollte er.

»Wieso denn nicht?«

»Casey, ich ...« Er brachte den ursprünglichen Satz nicht mehr heraus, da ihm seine Kehle plötzlich wie zugeschnürt erschien. Statt dessen sagte er mühsam: »Weißt du, deine Heimatstadt gefällt mir ausnehmend gut. Ich denke daran, dort eine Zweigstelle von Rutledge Imports zu eröffnen.«

Sie blinzelte ihn an. »Tatsächlich?«

»Ja, und da habe ich mich gefragt, ob du mir wohl erlauben würdest, um dich zu werben, sobald ich nach Waco gezogen bin.«

»Um mich zu werben?« echote sie ungläubig. »Du willst um mich *werben*?«

»Ich habe dich nicht gebeten, gleich bei dir einziehen zu dürfen, Casey. Du hast ganz richtig gehört, ich will dir den Hof machen. Und eines Tages werde ich dann wohl den Mut aufbringen, um deine Hand anzuhalten.«

»Du willst mich heiraten?«

Ob ihres fassungslosen Gesichtsausdrucks mußte er lächeln und antwortete weich: »Es gibt nichts, was ich lieber möchte.«

Das verschlug ihr zunächst die Sprache. Sie starrte ihn so lange schweigend an, daß er meinte, die Spannung kaum noch ertragen zu können.

Und dann sagte sie plötzlich in ihrer alten unverblümten Art: »Zum Teufel mit langer Werbung. Frag mich einfach – jetzt sofort.«

Ihm stockte der Atem. »Willst du denn ...«

»Sag es.«

»Willst du meine Frau werden?«

»Und ob ich das will!« Lachend warf sie ihm die Arme um den Hals, rief noch einmal laut und vernehmlich: »Ja!« und dann: »Warum hast du bloß so lange gezögert?«

Er lachte. »Weil ich mich so unsicher gefühlt habe wie nie zuvor. Ich hätte schon viel früher darauf kommen müssen, daß nur du allein meinem Leben einen Sinn geben kannst, Casey. Aber dich zu bitten, mich zu heiraten, erwies sich als der wichtigste Entschluß meines Lebens, daher habe ich eine ganze Zeit gebraucht, um alle Bedenken und Ängste beiseite zu räumen. Ich hatte vor, dich auf der Rückreise von Culthers zu fragen, ob du meine Frau werden willst, aber du hast dich aus dem Staub gemacht, ehe ich dazu gekommen bin.«

»Deine Unschlüssigkeit hat uns beiden eine Menge Kummer bereitet, Damian. Ich fühlte mich nämlich furchtbar elend, nachdem ich dich verlassen hatte. Hättest du damals schon die bewußte Frage gestellt, wäre meine Antwort dieselbe gewesen, ich war bereits bis über beide Ohren in dich verliebt.«

Er zog sie eng an sich. »Es tut mir ja so leid ...«

»Du brauchst dich doch nicht zu entschuldigen. Auf dem Gebiet der Herzensangelegenheiten bin ich genauso ein Grünschnabel wie du. Ich hätte ja selbst die Initiative ergreifen können. Da ich mich ohnehin schon todunglücklich gefühlt habe, hätte ich mich ebensogut vergewissern können, daß es wirklich keine Hoffnung auf eine gemeinsame Zukunft für uns gibt, dann hätte ich wenigstens einen triftigen Grund für meinen Kummer gehabt. Vermutlich hatte ich genauso viel Angst vor einer Entscheidung wie du. Also wenn irgendwen Schuld trifft ...«

»Ich glaube nicht, daß wir uns im nachhinein noch große Vorwürfe machen sollten«, unterbrach er sie grinsend. »Wenn du die letzten Wochen aus deinem Gedächtnis streichen könntest, werde ich mich bemühen, dasselbe zu tun – und dafür zu sorgen, daß solche Mißverständnisse nie wieder vorkommen.«

»Solche Versprechen höre ich gern – und ich werde dich von Zeit zu Zeit daran erinnern.«

Zur Antwort beugte er sich zu ihr und gab ihr einen langen, zärtlichen Kuß, der das Versprechen immerwährender Liebe besiegelte.

Ein Stückchen von dem Liebespaar entfernt sagte Courtney hocherfreut zu ihrem Mann: »Es sieht so aus, als würde bald eine Hochzeit stattfinden.«

Chandos folgte ihrem Blick und entdeckte seine Tochter inmitten einer leidenschaftlichen Umarmung. »Da könntest du recht haben.«

Courtney musterte ihn besorgt und bemerkte warnend: »Ich hoffe, du gibst ihm eine Chance, sich zu bewähren, ehe du anfängst, ihn zu piesacken.«

»Ich?« Er grinste sie an. »Aber natürlich, Katzenauge. Etwas anderes wäre mir doch nie in den Sinn gekommen.«

»Wer's glaubt, wird selig«, murmelte sie in sich hinein.

Johanna Lindsey

»Sie kennt die geheimsten Träume der Frauen ...«
Romantic Times

Fesselnde Liebesromane voller Abenteuer und Zärtlichkeit.

01/13331

Eine Auswahl:

Ungestüm des Herzens
01/9452

Wer die Sehnsucht nicht kennt
01/10019

Die Sprache des Herzens
01/10114

Die Rache der Liebe
01/10317

Juwelen der Liebe
01/10521

Zärtliche Sünderin
01/10627

Was der Nachtwind verspricht
01/10782

Wild wie die Nacht
01/10947

Stürmische Begegnung
01/13141

Ein Dorn im Herzen
01/13331

Ein Lächeln der Liebe
01/13582

HEYNE-TASCHENBÜCHER

Patricia Ryan

»Überwältigend ... der neue Star des historischen Liebesromans!« *Affaire de Coeur*

Der Zauber des Falken
04/229

Flammender Himmel
04/256

Ein sündiges Angebot
04/272

04/272

HEYNE-TASCHENBÜCHER

Lisa Kleypas

Leidenschaftliche Romane,
die von verzehrender Liebe
erzählen.

Das Geheimnis der Rose
04/275

Du gehörst zu mir
04/320

04/275

HEYNE-TASCHENBÜCHER